本书获"广东省高水平大学建设"华南师范大学科研经费资助出版

广东省高等教育教学改革一般类项目"跨媒介文化创意的新教改策略"

华南师范大学教改项目"跨媒介文化创意：新媒介教学内容和教学策略"

华南师范大学第一批校级创新创业课程建设项目"跨界创意文化研究"

华南师范大学"互联网+"资源建设第一批开放在线课程建设项目"跨界创意"

跨界网

Crossover Creativity

凌 逾 ○ 著

中国社会科学出版社

图书在版编目(CIP)数据

跨界网/凌逾著. —北京：中国社会科学出版社，2018.2
ISBN 978-7-5203-1814-3

Ⅰ.①跨⋯　Ⅱ.①凌⋯　Ⅲ.①文艺评论—中国—当代—文集
Ⅳ.①I206.7-53

中国版本图书馆 CIP 数据核字(2017)第 324774 号

出 版 人	赵剑英
责任编辑	史慕鸿
责任校对	周　昊
责任印制	戴　宽

出　　版	中国社会科学出版社
社　　址	北京鼓楼西大街甲 158 号
邮　　编	100720
网　　址	http://www.csspw.cn
发 行 部	010-84083685
门 市 部	010-84029450
经　　销	新华书店及其他书店

印　　刷	北京明恒达印务有限公司
装　　订	廊坊市广阳区广增装订厂
版　　次	2018 年 2 月第 1 版
印　　次	2018 年 2 月第 1 次印刷

开　　本	710×1000　1/16
印　　张	20.5
插　　页	2
字　　数	279 千字
定　　价	68.00 元

凡购买中国社会科学出版社图书，如有质量问题请与本社营销中心联系调换
电话：010-84083683
版权所有　侵权必究

目　录

上编　网络世纪创新

第一章　跨界创意 ABC ……………………………………（3）
第二章　全球创客新浪潮 …………………………………（30）
第三章　微文化创意 ………………………………………（51）
第四章　视觉艺术创意 ……………………………………（77）

中编　虚拟空间开拓

第五章　赛博符号 …………………………………………（123）
第六章　互动艺术 …………………………………………（146）
第七章　科幻叙事 …………………………………………（185）
第八章　通感创意 …………………………………………（207）

下编　古今文化织造

第九章　复兴传统之道 ……………………………………（221）

第十章　考现符号创意 …………………………………（246）
第十一章　集体创意写作 …………………………………（271）
第十二章　融合再造文化 …………………………………（301）

结语　　跨界创意面面观 …………………………………（317）

上 编

网络世纪创新

第一章　跨界创意 ABC

一　面向未来的跨界需求

让我们想象一下，未来跨界创意的新可能性。将来的影院，没有座椅，没有银幕，只有全息剧场，或电脑游戏式影院，观众置身于高仿真的虚拟空间，真切地深入虚拟的天体、星球、洞穴、海底、微生物世界……闯入龙卷风的中心、感受地震的撼动……观众与人物握手，与人物互动，甚至改变原先故事的走向……参与者完全沉浸其中，刺激的历险，仿佛亲身经历一次全新的人生体验，好像行走在一个平行世界，虚设的小宇宙之中。观众像点菜一样，自由选择组合自己想体验的人生频道，并在虚拟影剧院经历一番。经由各种虚拟选择，或许能找到适合自己的爱人、职业、人生。最近有款想象式的"神灯搜索"：触摸手机边框，就像神灯召唤一样，手机上浮现出全息影像，3D 影像活灵活现，生动有趣，神灯可以帮办各种事情，如订餐更加轻而易举。[①]。或许还有虚拟人，像真人版"神灯"，可以帮办各种事情，招之即来，挥之即去。

---

① http：//www.iqiyi.com/w_19rs4cd9tx.htmlp.

未来世界可能到处是可视可控的透明超薄触屏。有微视频①描述十年后手机消失，特殊的光伏玻璃材料大派用场，用于每天的生活，从闹钟，到相册，到厨房家具，到处都是建筑和汽车显示玻璃，可折叠的玻璃书库等，该片展现了未来屏幕化、互联网化便捷美好的生活前景。

未来机器人可能像真人一样，能做家务、看家、管理行程，甚至成为伴侣。有个7分钟微视频，名为《卡拉》（KARA）②，讲述生产线正组装一个机器人，一步步成为一个美艳尤物、多才多艺、会N种语言、寿命有100多年，她自我宣告，欢迎大家买回去做伴侣。但是组装完成之后，机器人想有生命，想成为人。于是，被视为意外出现的残次品，要立即拆卸。直到她梨花带雨地求饶，自愿埋没任何思想，才被重新组装归队，成为真正的商品机器人。此视频让人撕心裂肺。

此外，未来电子商务不再是空间之争，如争夺渠道、卖场等，而是直接切入时间之争，24小时均可购物，地方差价的壁垒被摧毁，送货时间更短，让人实现短购物、宅生活。商务智能化，通过数据，网络店家洞察顾客意向，提前送货。未来的概念房车功能更全面，组装更灵活。将来，环球旅行不再是时尚，太空旅行才是。2016年年初热播的迪士尼电影《疯狂动物城》（Zootopia），想象全新的动物社区：

---

① 《十年后手机将会消失，世界变成这样，令人震惊》，"美丽大视界"微信公众号，https://mp.weixin.qq.com/s?__biz=MzIyMTA4NzQ2MQ==&mid=2650801095&idx=7&sn=35c65ff6ded39c791a52ad6ca5211d47&mpshare=1&scene=1&srcid=0704dN3o6w2IJ1B40krV2fs&key=c50f8b988e61749aaba260f62a5d40b5b1196b8063f8bb4fef50883e01841310bc9f6f67105ed7c7fd777a28224104ef&ascene=0&uin=MTUyNjEwMDE2Mw%3D%3D&devicetype=iMac+MacBookAir4%2C1+OSX+OSX+10.10.4+build（14E46）&version=11000003&pass_ticket=bM1i5jTVCNq3EKXWErbwlS%2B0qASVsAZzFUfHe2CaC5s9ox%2F9Z2EmhLz%2Fbg6ZCYG.

② 《卡拉》，"走近科学"微信公众号，https://mp.weixin.qq.com/s?__biz=MjM5NzMwODc1NQ==&mid=402236196&idx=3&sn=b7631c93558ab9cf6f0ac3cb75262fc1&mpshare=1&scene=1&srcid=0303rvCpaNm7oZDLfdSpdCTg&key=c50f8b988e61749a5c4d56a3e393c9ed788ace5989897c73bc381f6ed797d29c979e0380a265a6f07ac985b85f342c5&ascene=0&uin=MTUyNjEwMDE2Mw%3D%3D&devicetype=iMac+MacBookAir4%2C1+OSX+OSX+10.10.4+build（14E46）&version=11000003&pass_ticket=%2By7leULHvP%2FGykgs1uuW7klwnZbN6dwpDl0mg%2F23ukgdnxcIid9rPhuqFVWdlc7R.

肉食与素食动物和平共处，尊重多样性和差异性，减少歧视和偏见，努力建设美好城邦。微信公众号的稿酬不再由出版方付资，而直接由粉丝在微信打赏支付，鬻文为生有了新的形态。眼泪可以显微拍摄，每个人心情不同时，雪花般的眼泪结晶体不同，千姿百态的眼泪可结集成个人影集。

所有这一切都是跨媒介，都属于新的跨界创意。创意即是在合适的时间、合适的地点、以合适的人为某事找到合适的解决办法。未来学家丹尼尔·平克说，未来人们要有六种技能：设计感、讲故事能力、整合事物能力、共情能力、会玩的能力、能找到意义感。这也正是跨界创意的能力。

2016年10月，诺贝尔文学奖颁给了鲍勃·迪伦，以表彰其"在伟大的美国歌曲传统中创造了新的诗歌表达"。他是音乐家、艺术家、诗人、民谣歌手、格莱美终身成就奖获得者……跨界获奖无数，他恢复了音乐与诗之间的重要联系，代表作如《答案在风中飘》（Blowing in the Wind）、《时代在变》（The Times They Are a-Changing）、《叩开天堂的门》（Knocking On Heaven's Door）等。2016年音乐人获诺贝尔文学奖，类似于2015年的新闻记者获奖，但不同于罗素、柏格森哲学家和丘吉尔政治家等获奖。因为新的变化反映了一种新的风向：诺贝尔文学奖脱胎换骨，跃出纯文学的边界，注意到新时代的跨界井喷现象，认可音乐与文学融合打通的可能性，有划时代的意味。

跨界，其实就是无界。无界有文。文学与音乐等艺术之间无界，爱与不爱也无国界限制。各界优秀的艺术家在人文的路上相遇。如果中国旧体诗词、新诗与歌词能从三足鼎立、各司其职，走向融合，将是怎样的盛景？我们在拓宽文艺的边界，也在拓展存放自我身份的空间。

跨界创意，在有界与无界之间融合贯通，日趋成为主流。约翰·霍金斯《创意经济》指出，创意经济每天创造220亿美元的产值，平均以5%的速度递增，而美国和英国增速分别为14%和12%，其增长速度比传统服务业快两倍，比制造业快四倍。资源有限，创意无限。创意已经成为经济主流。资本经济时代过去，全球创意经济时代来临。

创意经济兴起于21世纪。在人类文化传播的三个阶段中，口传和印刷发展缓慢，数字网络电子化的发展则呈指数速度增长。刚兴起不过百年的影视传媒，已经被归入传统之列。传统、现代和后现代更替越来越快。今世资讯以光速流行，手机、DVD、MP4、QQ、博客、微博、微信等，今人备件更新换代眨眼之间。

随着网络数码、互动影像兴起，虚拟空间开辟社区，形成前所未有的线上人际网络。① 计算机从地下室走上每个人的台面，电脑操控从手指的舞蹈，发展到触摸的屏幕，再到向非洲学习全身舞动操控，未来将有穿戴上身的电子设备，每个肢体动作都会有新的行动效果。梁实秋说，麻将，是很好的蛙泳运动。而可穿戴智能设备，既可以操控设备，也可以进行有氧运动。

过去，学而优则仕，文统天下。后来，经济基础决定上层建筑，财统天下。如今，计算机网络时代到来，网统天下。未来社会将从万人互联走向万物互联，成为高度关联、无孔不入的智能世界。网罗天下，联结一切，所以，学术研究也应该找到一个网罗之法，跨界研究法就是个尝试。希腊哲学家赫拉克利特说过："这个世界唯一不变的就是改变。"创意的产生是一个动态的发展过程。比尔·盖茨说："创意具有裂变效应，一盎司创意能够带来难以计数的商业利益、商业奇迹。"时代巨变，时势造创意。在无边无界的网络时代，跨界势在必行。本书意在省思互联网时代的各种跨界创意可能性。

二 跨界做什么

跨界文化创意实践及其研究是新时代的新课题，发现网络化、数

---

① 参见廖炳惠《关键词200：文学与批评研究的通用词汇编》，江苏教育出版社2006年版，第57页。

字化时代的文艺新形态,挖掘人类的跨界创意能力,开辟新文艺的拓展可能性,具有前沿性,具有前所未有的整合观。

世界日新月异,研究的范式也随之不断更新。范式应该不仅仅是某学科某阶段的共识,更应该强调变革性、颠覆性的力量。例如,从地心说转向日心说,再转向当今全新的天体宇宙论。有人说,一等研究改变观念,二等研究探究如何让理论联系实际,三等研究搜集资料。其实应该说,搜集资料是基础,理论联系实际是台阶,改变观念是研究的更高目标。

用新闻传播学的5W/1H法作为探讨跨媒介的初始理论,不失为好方法。1948年,美国学者H.拉斯维尔的论文《传播在社会中的结构与功能》,首次提出构成传播过程的五种基本要素,即"五W模式":Who（谁）,Says What（说了什么）,In Which Channel（通过什么渠道）,To Whom（向谁说）,With What Effect（有什么效果）。这表明,传播过程是说服过程,是目的性行为过程,具有企图影响受众的目的。这与叙事交流目标一致。

后来经不断总结,该理论产生出更成熟的"5W/1H"模式,即对选定的项目、工序或操作,从六方面思考:原因目的（何因Why）,对象事情（何事What）,地点场所（何地Where）,时间程序（何时When）,责任者、执行对象（何人Who）,方法手段（何法How）等。"5W/1H"原则是一种定律、原理、流程、工具,为跨媒介研究提供了科学的分析方法,有利于进行跨媒介创意的规划与分析,提高效率,有效执行。前期的规划,中期的执行,后期的反馈,便于跨媒介研究的深化发展。具体而言,研究跨媒介文化需要弄清六个层面的问题。

第一个层面,对象（What）。什么是跨媒介文化?跨媒介需要什么零配件,拿什么来跨媒介?跨媒介的传播手段是用什么来传播信息的,即用什么传播符号?如何激活、打通、融合各种元素?具体有哪些类型?跨媒介生产什么创意?哪些最有创意,并发展成系列作品?有哪些作品已成为经典?

如今媒介的定义相当多元。不同的学科门类，根据各自目的，有不同的研究对象取舍。媒介不仅仅是管道或者传输概念，也是符号、技术、文化实践。跨界研究不仅包括言辞文本（verbally narrated texts），也包括非言辞文化文本（nonverbal），如影视、美术音乐、戏剧晚会等，还包括虚构与非虚构纪实文本。跨媒介不仅仅指小说的影视改编，这只是一个很小的范围。若用通俗易懂的话来说，跨媒介就是研究如何多专多能、多才多艺，看各种跨界创意是如何激发的。

从学理角度而言，文艺领域的跨媒介主要探究文学与艺术、文艺与科技的联姻，各媒介如何互相吸取创意灵感。这主要有以下几种形态：一是文学叙事吸取图像、声音、影像、舞蹈、音乐叙事的灵感，创造新内容和新形式；二是艺术品从一媒介向另一媒介变异，实现不同媒介载体的改编、转化；三是同一个文本历经多种不同媒介的转换、变形、再生；四是集听、说、读、写、音、像、文于一身，以数字化平台为基础，整合多种媒介手段，完成事件叙述，新和旧、同质和异质媒介越过自身边界，经横向、纵向或斜向整合，实现渗透融合，成为综合媒介。跨界整合，讲究文学、艺术、科技、经济、金融、媒介传播、文化产业等转化，多种渠道的打通。

三　文学跨界做什么

如今，文学的边界何在？在全新的数码网络时代，文学要转型升级，从楚骚、汉赋、六代之骈语，到唐诗、宋词、元曲、明清小说，到20世纪长篇小说，再到21世纪跨界艺术，传统文学边界早已被打破，新式文学迈入无边无界的时代。只要人类还需要说话和思考，语言就不会消亡，表情达意就不会消亡，文学就不会消亡。

文学是一切艺术文化的母体。叙事抒情、言志载道、兴观群怨，这是文学乃至跨媒介艺术的根基。跨界者成功的基石，最基本的还是对文学的热爱、摇笔杆子的才华，对内容和形式的开拓与创新。不管怎样跨界，年少时的文学阅读积累都很重要。底气要足，根基要牢。

若没有青少年时期阅读的积累，很难成为跨界之人。文学是根本，是未来发展的发电机。鲁迅如果没有百草园的修炼，也难以弃医从文。林怀民本学中文，作家出身，后来跨向舞蹈，成功地将中国传统文化渗入舞剧中，弘扬中国传统文化，真正走向了世界。

跨界创意如何对文学叙事产生革命性影响？若从文学角度考察，跨界创意有几种方法。

其一，文理跨界整合法。文学与科学从对抗走向对话。

小说家有深厚的数理思维，更易见人未见，别出心裁。科幻小说是此类典型，用幻想的形式，表现人类在未来世界的物质精神文化生活和科学技术远景，其内容交织着科学事实与预见、想象。这是随着近代科学技术的蓬勃发展而产生的新文学样式。科幻小说往往上知天文、下知地理，左知科技、右知艺术，前知历史、后知未来，各行各业，无所不知，无所不包。科幻作品多由有理工科功底的作家写就，如刘慈欣科幻小说《三体》、天体物理学家李淼随笔《想象另一种可能》，均展示出更宏阔的宇宙新说想象。后文将有专章分析。

当然，也有非科幻的文理跨界。如《质数的孤独》《软件体的生命周期》《你一生的故事》等作品。意大利80后作家、粒子物理学博士保罗·乔尔达诺，2008年出版处女作《质数的孤独》，迥异于常，以质数隐喻难缠的人物关系、难言的孤寂。质数是只能被1和自身整除的数字，是所有整数中特殊又孤独的存在。小说讲述年轻人马蒂亚和爱丽丝，都有痛苦的童年创伤，两个孤独者若即若离，爱若游丝。质数是孤绝的，难以结对，难以找到规律。质数与其他合数绝缘，爱丽丝和马蒂亚这两个质数，难以融入周边亲友人群这些合数，与现实世界格格不入。两个孪生质数，也不易找到心灵连接点，马蒂亚和爱丽丝彼此相近，却无法靠近。书籍页码排版，也是按质数从小到大的顺序2，3，5，7，11……来排列。质数的孤独渗入边边角角。该书获意大利最高文学奖斯特雷加奖，位列欧美超级畅销书。两年后，意大利导演萨维里奥·克斯坦佐将之改编为同名电影，获得第67届威尼斯电影节金狮奖提名。从文理跨界，转为媒介跨界，再次华丽变身。

少君，被誉为"中文网络小说第一人""新移民实力派作家"，北京大学声学物理专业学士，又获得美国经济学博士学位和中国的文学博士学位，文理兼修，学位拿全，已经出版50多部著作，如《人生自白》《奋斗与平等》等。理工男而以文学成名，类于丁西林。丁西林以独幕剧闻名，少君以网络文学成名，各有风采。网络文学名家蔡智恒是水利工程博士，《第一次亲密接触》将数学微积分定律运用到"网络无美女"的推理中，幽默有趣，让人耳目一新。作家董启章与画家利志达合作创作的《对角艺术》，将数学的对角关系用于艺术创作，开拓图文互涉创意，言不尽意则辅以图示，意蕴更加多元。

理工男女舞文弄墨，成为网络写手，跨学科和跨领域的渗透，使得网络文学语言涌现出科技词汇，新词汇剧增，语言更自由无拘，更能吸引各行各业的网民，因此，网络阅读更加兴盛。最近微信有一篇文章《无数学不人生》[①] 传得很火热，从数学定理中发现人生哲理，而且还有图有真相地加以证明。"人生的痛苦在于追求错误的东西。所谓追求错误的东西，就是你在无限趋近于它的时候，才猛然发现，你和它是不连续的。""零点存在定理告诉我们，哪怕你和他站在对立面，只要你们的心还是连续的，你们就能找到你们的平衡点。""人生是一个级数，理想是你渴望收敛到的那个值。不必太在意，因为我们要认识到有限的人生刻画不出无穷的级数，收敛也只是一个梦想罢了。不如脚踏实地，经营好每一天吧。"文学语言与数学语言一旦通电，就会火花四射，让人觉得匪夷所思，文学怎么可以如此表达，怎么可

---

① https：//mp.weixin.qq.com/s?＿＿biz＝MjM5MTIxNDMwOQ＝＝&mid＝2656080483&idx＝1&sn＝c8a088416bb8a947d94dec0c8168821a&chksm＝bd1ccde98a6b44ff7e5330166d9fa54a8e581b6513328e96dc0181c9b7ae765c5607576a8520&mpshare＝1&scene＝1&srcid＝0306WhGKz6rVVrxg6k22SsXC&key＝663300aa6a6ebb480f97ebdec6afe32a34f1d8b8421eff9ee870538ce35724b70c8a5e10052436bfad922112a476451ba3b4f77a06de6054fce46213b01b21abe1b46e23092d50560d9f27b2af709b4f&ascene＝0&uin＝MTUyNjEwMDE2Mw%3D%3D&devicetype＝iMac＋MacBookAir4%2C1＋OSX＋OSX＋10.10.4＋build（14E46）&version＝11000003&pass_ticket＝pAN34TO8aNL8MsCHe6vuHWuU6qqUH4qvHrp2WrecRXzwkQC8azkMMcxmtN5VjNNV.

以如此焕发出新的活力。

其二，文本外部的跨媒介法。以文学为主体叙事，吸纳其他艺术或媒介技术，互借互鉴。

此类实验，在叙事方面有纸上电影，如杜拉斯、张爱玲、西西、李碧华、严歌苓小说都尝试过化用电影语言，营造蒙太奇镜头感；采取电影化时空修辞法，时间浓缩，空间错接；运用电影化结构，串联不同时地的人事；采用电影化心理描写，内心世界外化、外景展现内心、全知全能视点间杂内聚集式意识呈现。李碧华还从戏曲中汲取养分，重述"白蛇传"、"霸王别姬"等故事。

在谋篇布局方面，有地图小说，从地理学科获取灵感，如董启章的《地图集》；有向建筑取经的庭院式小说，如西西的《我的乔治亚》分层分进建筑体；有向波斯飞毯学习的编织体，如西西《飞毡》的蝉联编织体；有向中国麻将取法的结构体，如谭恩美的《喜福会》，讲麻将俱乐部的几对母女故事，采取麻将结构叙事法，如不同的庄家轮言，以座位和出牌顺序轮流发声，内容与形式水乳交融。

服装设计与文学叙事交织，《古董衣情缘》（*A Vintage Affair*，2009），以各款古董衣设计法来安排情节人物，叙事结构类似于缝制方式。西西的《缝熊志》《猿猴志》自创"缝制体"布偶展文学，开拓触觉符号学新路子。[①] 黄碧云的《血卡门》文舞合一，展现文学吸收费拉门戈舞蹈魂魄的非凡生命力，开创新的文与舞跨界创意。[②]

从热门电视节目《百万富翁》获取灵感，陶然写成小说《认人，你肯定》[③]，化用知识竞猜游戏，但人物不是挣扎于百万大奖，而是犹豫于将凶手擒拿归案大快人心，还是放生凶手以免招致更大的灾祸。全文书写受害者指认凶手的心理较量、内心煎熬，惊心动魄。

---

① 参见凌逾《创设"缝制体"跨媒介叙事》，《暨南学报》2013 年第 6 期。
② 参见凌逾《文拍与舞拍共振的跨界叙事》，《文艺争鸣》2011 年第 5 期。
③ 参见凌逾《跨媒介：港台叙事作品选读》，广东高等教育出版社 2012 年版，第 177—179 页。

印度电影《贫民窟里的百万富翁》则是竞猜节目的现实人生版，流浪儿参加《百万富翁》竞猜节目，一夜暴富，却被警察拷打逼问，以为其做假，于是其逐一追忆、申诉为何能答对题的缘由，背后是惨痛的人生际遇。

其三，文本内部的跨界整合法。文体文风混搭交织，古今文本互涉改写。

20世纪初，文言文变为白话文后，诗文退居二线，小说独占鳌头，兼收并蓄。传统文学功底深厚如梁启超、鲁迅者，融入大量非小说笔法，如日记、书信、笑话、逸闻、游记、答问、诗词、史传等文类，促进文体变化，小说不仅"可做风俗通读、可作兵法志读"，甚至"可作唐宋遗事读、可作齐梁乐府读"。[①]

过去的文学跨界，主要表现在主题、人物、情节的挪用转化等，如鲁迅、刘以鬯、西西、李碧华、陶然等都是故事新编高手。陶然晚近微型小说创作实现自我突破，对《三国演义》《水浒传》《西游记》等进行跨越时空的故事新编[②]，穿行于抒情与魔幻[③]，这恰似克里斯蒂娃说的互文性，即文本都是对过去引文的重新组织。香港文学善于纳旧迎新，在技巧、结构、语言、美学风格上再造活血，通经活络。

当代新潮的文学跨界，更强调多体整合，文体创意则更丰富，如西西《哀悼乳房》综合对话体、词典体、数学体、蝉联体、互动体等；董启章《贝贝的文字冒险——植物咒语的奥秘》串接电邮体、书信体、魔法体、儿童文学体、书面体与口语体，深入浅出化用叙事学，在游戏练习中激发写作创意；董启章还创设文献体、物件体等写法，

---

① 无名氏：《读新小说法》，录自《新世界小说社刊》1906年第6、7期，选自《中国近代文学大系·文学理论集》第2卷，上海书店1994年版，第278—279页。
② 参见黎湘萍《跨越时空的故事新编——论陶然的故事新编小说》，《香港文学》2006年7月号。
③ 参见赵稀方《陶然小说：穿行于抒情与魔幻的迷墙》，北京《中华读书报》2005年2月2日。

如《梦华录》不以人为中心,而书写99种物件,生成99个短篇,以共时法再现香港史,以物物关系看尽香港的繁华与孤寂。[1] 文学跨界不断演进、递变、更迭。

四 艺术跨界做什么

跨媒介在文学艺术与科技、媒介之间跨越边界,谋求水乳交融的整合,而不是简单的主辅从属关系。如果从整体考察,跨媒介也有多种路径。

其一,再媒介转译:一媒介向他媒介的跨界改编改写、变形转译、转化变异,这是较常见的媒介再造,《理解新媒介》[2] 称之为再媒介(remediation),指一媒介在另一媒介基础上蔓生发展、再创造。

麦克卢汉指出,一媒介的内容都是另一项媒介[3],如文字的内容是言语,文字是印刷内容,印刷又是电报内容。新媒介都会挪用旧媒介的技术、形态、社会情境,如印刷挪用书写文化形体、电话挪用口语、摄影挪用绘画、电影挪用摄影、电视挪用广播、网络同时挪用报纸与电视。再媒介种类多样,如电影改编小说,小说有插图或改编为连环画本,美术家在网上艺术馆展示作品。戏曲电影,或原样呈现戏曲表演,如《定军山》(1905)再现京剧老生谭鑫培的经典片段,如梅兰芳《游园惊梦》《贵妃醉酒》等戏曲电影;或再现戏剧人物传奇,如陈凯歌电影《梅兰芳》;或将戏曲元素嵌入小说电影结构,戏中有戏,如陈凯歌、李碧华的《霸王别姬》。新媒介不是颠覆铲除旧媒介,而是再造重构,成为新的艺术品种。

其二,跨界增生:颠覆"一文本一世界一故事"的传统公式,产

---

[1] 参见董启章《梦华录》,(台北)联经出版社2011年版,原名为《The Catalog》,(香港)三人出版1999年版。

[2] Jay David Bolter and Richard Grusin. *Remediation: Understanding New Media*, The MIT Press, 2000. 该书尚未有中译本。

[3] 参见[加]马歇尔·麦克卢汉《理解媒介——论人的延伸》,何道宽译,商务印书馆2000年版,第376页。

生出三种类型的"增生的美学"。①

一是叙事增生：多故事一世界，如大卫·米歇尔原著的改编电影《云图》（2012），组接六段独立又关联的故事，轮回再现同一地球世界的不同历史时刻，暗示一个灵魂的前世今生，但是，该片轮回意念的表达不够圆熟渗透。其实，李碧华小说及其改编电影早已娴熟地运用此类轮回法。二是本体增生：多世界一故事，一故事N结局，如刘以鬯短篇《打错了》（1983）、基耶斯洛夫斯基电影《盲打误撞》（1987）、韦家辉电影《一个字头的诞生》（1996）；德国电影《罗拉快跑》（1998），女友救男友命，一次不成，再链接，再来，直至满意为止，成三种结局，像打电子游戏；美国电影《蝴蝶效应》（2004）有四种结局，一次次给人反悔机会，人生重来。至今，全球已有80多部此类电影，叙述聚焦于某个关键事件点，以此将剧情推向多个分叉方向，被称为分叉情节叙述。这恰似电子游戏玩法，抵达某关键情境后，玩家反复选择重来，以多选择法，进入各种可能世界。三是整体增生，多文本多世界多故事，如董启章的"自然史三部曲"。所有这些叙事都热衷于对可能世界的探索和发现。

其三，多媒介雪球：围绕某题材，整合多媒介完成一个或多个叙事作品，电光影画、图文声色多元整合，化用最新科技，创造印刷、音频、视频、互动数字媒介联盟，整合不同艺术，实现多方位、深层次的跨媒介盛宴，这是最有生命力的前沿领域。

这不是概括、改编、翻译故事，而是将故事从语言中解放出来，以不同媒介演绎重构、延伸拓展，滚动成跨媒介雪球，既是再媒介，也是多媒介。正如网络世界的超链接，一网页连接另一目标，如网页、图片、电视、电影、文件、应用程序等，环环相扣，形成错综交叉的网状关系，传统与新兴媒介融合，各模块组成可执行的整体，资源优

---

① 参见［美］玛丽-罗尔·瑞安《文本、世界、故事：作为认知和本体概念的故事世界》，第四届叙事学国际会议暨第六届全国叙事学研讨会大会主题发言稿，2013年11月7日，中国中外文艺理论学会叙事学分会主办，南方医科大学外国语学院承办。

势互补。跨媒介作品不再是单一符号系统的产物，而是各种符号的多重交织。因各符号分属不同的话语体系，因此只有研究叙事和语意互动而形成的意义总和，才能了解作品全貌。

跨媒介的典例很多。如《一千零一夜》《罗密欧与朱丽叶》《哈利·波特》《女巫布莱尔》《卡门》《功夫熊猫》《九歌》《花木兰》《红楼梦》《西游记》《三国演义》、几米和麦兜系列、《茶馆》《雷雨》《白毛女》《红色娘子军》等，每个范例多衍生出文学、影视、画作、绘本、歌曲、舞剧、交响曲等系列作品，不同跨媒介展示同一文本题材各有独特之处。电影世界的领跑者史蒂文·斯皮尔伯格、沃卓斯基由兄弟变姐妹，两人合作创造整合各种电影技术、数码技术的新式综合电影。香港麦兜系列以漫画起家，动漫影片成名，然后拓展歌舞剧等衍生产品。艺术家透过绘画、雕塑、舞蹈、音乐、歌剧、电影和文学等形式，来表达对同一故事的不同诠释，因交集而产生出对抗、竞争、辩证的美学问题，在深入发展情节基础上，构建框架，系列作品具有连续性和互文性。

导演小津安二郎写过一本书，直言《我是开豆腐店的，我只做豆腐》。专一坚守，成就大师。只专一项，不及其余，这在过去时代可行，但在如今的跨界时代，是否还可行，则是有待商榷的。

跨界创意产业日益凸显出重要性。未来的文化创意更要善于化用技术，不再只是拍摄影视，而是整合影视、数字化网络，更加多元、高维、虚拟，现实体验感更强，更有身临其境感。跨国资本运作，跨国整合运营，跨国发行销售，创意路子更加宽广。重视同一题材的系列开发，衍生产品，一条龙服务，产业链条更丰富多彩。号准文化需求的脉搏，找准显性与隐性的、雅与俗的传统文化资源，善加利用、转化，重新焕发出活力，建构新的文化IP，开拓文化产业。文化再造不再有国界限制，一不小心，中国的花木兰、孙悟空、熊猫故事，就被美国好莱坞文化创意产业拿走，赚得盆满钵满。有本书叫《一切行业都是娱乐业》，认为娱乐在重构一切行业规则，重新定义产品、消费者……从娱乐化的角度，用娱乐化的方式。在这样一个娱乐化的时代，跨界创意将更加举足轻重。

五　谁来做

第二个层面我们要考虑，人员（Who），谁在进行跨媒介实验？谁接受跨媒介文化？

新时代的受众是"产消者"，1980年未来学家阿尔文·托夫勒创造了这个新词，将"producer"和"consumer"合成为"prosumer"，产消者，即生产者和消费者的结合，按消费者意愿直接订制产品。跨界创意人员方面，除创造者外，还有重要的考量因素，即受众。受众带目的来欣赏，具有参与意识。跨界创意更强调受众的互动参与。受众对媒介的参与程度，主要指受众在接触和使用媒介的介入程度。受众参与程度不同，媒介创意效果也会不同。产消者将如何推动跨媒介文化建设？

跨媒介文化要在发送者与接受者之间流转，才能完成。这种流转不容易实现。跨媒介应时而生，号准了时代脉搏；也要随时而动，像太极图阴阳流转，处于动势才会有生命力；行走于潮头浪尖，先知先觉；而不是深陷流俗，后知后觉。阿帕杜说全球化有五种图景：跨国人种、资金、观念、媒体图像、技术流动[1]，跨媒介要把握人流、物流、信息流、货币流、文化流，在流动之河中打捞宝藏。不同领域、层级的文化流转能激发创意，詹宏志认为有三类："一是异民族文化对本体文化的冲击，二是品味文化层级的流动与辩证性，三是次文化团体对主流文化的刺激。"[2] 当今全球化时代，各国各地区的异族文化渗透几乎到了看不见的程度，而且不同层级品味文化（taste culture）

---

[1] Arjun Appadurai, *Disjuncture and Difference in the Globle Culture Economy. Theorizing Diaspora*. 转引自张松建《文心的异同——新马华文文学与中国现代文学论集》，中国社会科学出版社2013年版，第175页。

[2] 詹宏志：《创意人：创意思考的自我训练》，人民交通出版社2003年版，第163页。

也在互化：大众的变成上层的，通俗的变成高雅的，青年、女性、特殊族群的文化变成主流文化。詹宏志和赖声川都是中国台湾研究创意思维训练的名家，值得关注。

有人说，跨界创作有种不可逆转性，因为在文理跨界的流转中，学理工医学者较容易向文学跨界，但是学文学者则不能或者很难跨越到理工科领域。目前跨界的作家很多，多从商界、医学界、新闻界跨到文学界。但是，从理工科特别是从IT行业跨到文学界的不多。而且，跨界进入文学界后，还留在原理工领域的作家则更少。美国有此类人才，但也不多。为什么有此现象？如何破此困局？未来艺术创作不再仅是个人独行，而有越来越多的集体创作，文理科创意者集结，取长补短，思维碰撞，跨越疆界，打通文理。

跨媒介创意，对创造者与接受者都提出了更高的挑战。中文系培养文学人才，但是真正成为名家、编剧、大秘、主编的，往往都不是中文专业科班出身的，为什么？因为名家往往都是杂食家，都是跨界者。成功的跨界者，有几个特性：知识结构的多重性、眼界的开阔性、语言驾驭的自由随性。要么是跨行跨业的从职者，要么是跨海跃域的移民群，要么是多才多艺的才子才女。跨界作家的多元经验、多重人格、人生积累、知识结构往往比专业作家、职业作家丰富，因此能有新的视点，不同的生活视角。未来，将有越来越多的跨界者涌现。

具体而言，跨界者起码有三个层面的要求。

一是博学：见多识广、职业多元，阅读阅历越丰富，受大众喜欢的人。知识经验越渊博，据点越高；越多才多艺，组合可能性越多，越有利于成就人的交叉思维，打通专业壁垒，激发头脑风暴，产生创意。

二是跨越：古今穿越，中西异地交流，跨时代、跨语言、跨民族、跨领域吸纳新元素，才能开拓新文艺风。后现代社会强调同时性、同存性，不同时空在同一立体面展开。中国香港很典型，容纳混杂人种、不同生活制度带来多元的消费观、价值观。多变多元的复杂社会，只有后现代时空展示法才足以涵括。

三是创造：见人未见，想人未想，敢为人先，脑洞很大，异于常人。各行各业的顶尖人物，更容易实现独辟蹊径的跨界。文化缔造过程在于，从先知先觉经营者，到后知后觉跟随者，再到不知不觉消费者。在跨媒介转型路途中，要做先知先觉者。一是创造新术语。西西创设"我城"，成为香港符码象征，广为人知；创设"家务卿"术语，对应于"国务卿"，为家庭主妇正名。二是拓展新思维，如电影吸纳3D技术，或与电子游戏整合；微信、博客、微博影响网络文学；音乐剧歌舞艺术整合新变；体育小说、音乐小说、建筑文学、地理小说拓展空间叙事。跨媒介要求创作者具有广阔视野思维，具备高超的创作技巧；既需个人天赋，也需集体智慧、团队合作。若出精品，更需千锤百炼。

跨界创意挑战受众已有的赏读习惯，要求新型受众有新眼界、素养胸怀、开放心态、好奇心，敢于接纳新鲜尝试，才能挖掘新作品隐含的丰富元素，体悟到跨界艺术的奥妙和不足。当今文艺日益强调创作者与接受者互动。经典叙事学多从作者角度考量，研究如何表述作者意图；而后经典叙事学多从读者角度考量，考察如何全方位调动读者的思考，让读者阐释并接受文本的意义，强调创作者与接受者的平等关系。

狂热痴迷的受众被称为粉丝。粉丝的沉醉、陶醉，被界定为沉浸。跨媒介叙事有"4I"元素：沉浸（Immersion）、交互（Interactivity）、整合（Integration）与影响（Impact）。沉浸和交互引导受众深度融入媒介叙事中；而整合和影响则将故事从屏幕向现实生活拓展。[1] 瑞安构建沉浸诗学的三个类型[2]：空间沉浸，原文本构建的世界扩展；时间沉浸，叙事进程的流动；情感沉浸，移情效果，唤起情感反应。

跨媒介还可以继续设想各种跨界流转方法。一是艺人合作跨界法：

---

[1] 参见何宗丞《媒介叙事的未来：沉浸、交互和整合、影响》（http://www.ifanr.com/137901），转引自 Latitude 研究公司《叙事的未来》报告的观点。

[2] 参见黄鸣奋《新媒体与西方数码艺术理论》，学林出版社 2009 年版，第 396—407 页。

舞者与写者、作家与画家、歌手与词手、作者与导演合作,既可以是个人多职多能,一人饰演多角色,也可以是艺术家跨界集体创作,或创作者与接受者互动创作。二是人与物跨界法:一人与多物,一人同时展示几种手艺,如手沙画;多人与一物,如男舞者或女舞者跳《四小天鹅》舞曲,产生出迥异效果。三是物与物跨界法:媒介与艺术、文学与艺术、地理与文学、生态与艺术整合等。方法日益多样多元。

六　为什么做

为什么要跨界?为什么在这个时代出现?跨媒介文化为了什么?为什么文学要与其他艺术和科技联姻?为什么非做不可?这是需要思考的第三个层面,因果(Why)。

适应今时今世的时代需求。时下有三股力量推动着跨界业的多元发展,一是全球的移民流动,二是电脑数码传媒的技术跃进,三是科学与文艺的融合。在"互联网+"时代,互联网形态演进由知识社会创新2.0推动,经济社会发展新形态是"互联网+各传统行业",如电子商务、互联网金融(ITFIN)、在线旅游、在线影视、在线房产等。当今社会同时也是"媒介+、艺术+"的时代,这些层面的跨界难度更大,要求创意程度更高。

跨界因时而动。当今"自媒体"(we-Media)时代,以个人传播为主,人人都是记者、新闻传播者,新闻提高了自由度,增加了交互性、自主性,传媒生态发生前所未有的转变。丹·吉尔默(Dan Gillmor)认为,媒体有三类:媒体1.0即旧媒体(old media)、媒体2.0即新媒体(new media)、媒体3.0即自媒体(we media)。自媒体是博客、微博、论坛、即时通信的总称[1],又称参与式媒体(participatory media)、社会化媒体(social media)、合作媒体(collaborative media)、

---

[1] Dan Gillmor, *We the Media: Grassroots Journalism by the people, for the people*, O'Reilly Media, 2006.

用户生产内容媒体（User-generated-content）。自媒体演变出互播特性：传播理念平等、传播价值同向、传播渠道网状、传播时效高速。[①] 但"自媒体"只是信息发布的平台，要对信源负责任地求证，要有把关能力，才能具有公信力。在网络时代，从"我媒介"发展到"我们媒介"，从"我城"的区域城市概念，发展到"我们城"的全球网络社区概念，社会日新月异。

跨界为了预见危机，解决危机。全球从触电时代转向触网时代，世界成为图像，语言退居边缘。小说在20世纪本居主导位置，到了21世纪却岌岌可危。穷则思变。那么，如何应对复杂多变的新时代现象和状况？新世纪的文学艺术和文化主体如何转型？在强调混拌杂糅的后现代文化语境下，文艺只有转型、变革才能化解文学危机，才能在新时代中取得新的生存空间；只有吸收各媒介优点，超越文字语言的表现能力，才能更好展示文本。跨媒介叙事是新时代文化整合的产物。跨媒介文化将是21世纪文艺发展的新趋向。

跨界目标在于创造美第奇效应（The Medici Effect）。15世纪意大利的美第奇家族资助各领域专家打破壁垒，场域碰撞，爆发出惊人创造力，开创出文艺复兴时代。跨界关键在于找到不同范畴契合的焦点，即交叉点（intersection），跳脱单一惯性、本色当行的联想障碍，催生出创造发明。弗朗斯·约翰松从经济管理角度研究美第奇效应，[②] 如何用创意谋职挣钱、发展企业。本书探讨文化的美第奇创意，文学如何与其他艺术门类、学科范畴、文化领域找到交叉点，创造出新的艺术文化想象。

[①] 参见周晓虹《自媒体：从传播到互播的转变》，2011年8月1日，人民网（http：//media.people.com.cn/GB/22114/227512/227513/15300464.html）。

[②] 参见［美］弗朗斯·约翰松《美第奇效应》，刘尔铎、杨小庄译，商务印书馆2010年版。*The Medici Effect*: *What Elephants and Epidemics Can Teach Us About Innovation Paperback*, by Frans Johansson, Harvard Business Review Press; First Trade Paper Edition edition , October 1, 2006.

七 创意之地何在

我们可以继续思考第四个层面场所（Where），哪些地区尝试过跨媒介实验？哪些地区做得较为成功？为什么这些地方获得成功？哪些地区尚未起步？哪种社会语境适合跨媒介文化的生根发芽、开花结果？如何进行跨地域比较？各区域如何取长补短、互相促进发展？中西文化场域不同，跨媒介创意也会有差异。即便是华人圈内，也因身处中国大陆和台港澳地区以及美洲、欧洲等地会有变异现象出现。此外，还可以思考：在哪些专业、学科领域进行跨媒介实验？除小说、电影、绘画、摄影、建筑、戏曲、舞蹈、地图、新闻、广告、电子游戏、市场营销等，还有哪些领域可以互相打通、交融？

20世纪中叶后，港澳台地区经济飞速发展，高科技勃兴，出洋留学蔚然成风。港澳台地区文艺家满世界游历，多精通双语、多语，跨行业从职，先锋文艺因此兴起，先于内地一步，孕育出跨媒介文化创意的丰厚土壤。香港作为百年电影王国，带动了影视文学发展。3D和4D影视更是跨媒介的新典范，集视、听、动、味于一身，全方位融合数码、网络、卡通等高科技手段，着力于新思维、新产业创意，给叙事艺术带来新的冲击。港澳台地区跨媒介艺术实验，在中西文化对立与碰撞中立足，在多媒介中吸取灵感，变异转化。香港的快、台湾的慢、澳门的稳等文化因素，催生出三地跨媒介创意的特色差异。

一个人就可以撑起跨界创意的王国。香港的西西，多才多艺、创意盎然，跨越文学、电影、绘画、音乐、建筑、布偶手艺等多个领域，在不同艺术符码之间谋求交融之道，实验50多年，开拓跨媒介创意体系，创造出"西西体"系列。自1963年起，她写作绘画和电影研究专栏，此后创作的长篇小说均有新创意：1975年《我城》的"手卷影像体"；1977年《美丽大厦》的"电梯影像体"；1980年《哨鹿》和1981年《候鸟》的"比兴影像体"；1986年短篇《浮城志异》的"图文体"；1996年《飞毡》的"蝉联曲式体"；2008年《我的乔治亚》

的"建筑体";2009年《缝熊志》和2011年《猿猴志》的"缝制体"等体式。

笔者以"跨媒介"作为研究关键词,正是始于21世纪初对西西的研究,并于2009年出版论著《跨媒介叙事——论西西小说新生态》[①]。西西的跨媒介叙事体独树一帜,具有范式意义。一是开创跨媒介叙事和文体的多元新形态,如影像叙事小说、图文叙事小说、蝉联想象曲式。二是有利于呈现中国汉语叙事的本土性。三是有利于解构父系主流叙述,构建女性主义文学的新美学。

《跨媒介叙事——论西西小说新生态》在博士学位论文基础上修改而成。曹惠民教授2007年在《文艺报》发表评论,认为该博士学位论文富于学术的想象力与穿透力,显示出走向前沿的精进姿态;切入口小,探索力度却很大,极富新意,摒弃面面俱到的架构而独取"文体创新"一端,提出了诸如"反线性的性别叙事""蝉联衔接的增殖法""蝉联网结体"等自创新词,独出机杼地凸显了西西的文体创意,把研究推进到更深层面。司方维、曹惠民撰写长文《更新论述话语的可贵尝试——评凌逾著〈跨媒介叙事——论西西小说新生态〉》,发表于香港《文学评论》2011年6月号。

当然,独木难成林。跨界创意不是个体现象,而是整个城市的文化氛围所造就的。因此,需要在个案研究基础上,由点及面,不仅考察个别香港作家的跨媒介叙事,更意在重点考察香港整体文化的跨媒介特性,谋求从作品入手加以分析。2012年,笔者的《跨媒介:港台叙事作品选读》[②]问世。黄丽兰有书评《跨越藩篱,现彼岸风景——评凌逾〈跨媒介:港台叙事作品选读〉》,发表于《香港文学》2013年8月号。

全面考察一个城市跨界创意的形态、成因、策略、方法、特色,于

---

① 参见凌逾《跨媒介叙事——论西西小说新生态》,人民出版社2009年版。
② 参见凌逾《跨媒介:港台叙事作品选读》,广东高等教育出版社2012年版。

是有了 2015 年的论著《跨媒介香港》[①]，由国家社科基金后期资助出版，该书修炼六七年而成。该书认为，香港文学、文化的创意在于跨媒介叙事，重点分析 20 世纪 90 年代以后的香港作品，探究在电子数码网络的新媒介时代，香港文艺开创出哪些跨媒介叙事的新形态，文学叙事如何与电影叙事、文化地理、建筑空间、赛博空间、展演艺术跨界贯通；挖掘具有跨媒介特点的作品，归纳其独特之处。

《跨媒介香港》，共 45 万字，分五章。第一部分，分析香港文学与电影改编的对倒叙事、性别建构，研究王家卫、李安、许鞍华、徐克、罗永昌等导演如何改编刘以鬯、张爱玲、李碧华、西西等作家作品，小说和电影如何共同开创对倒叙事，叙述难以叙述之事，叙述人称和性别身份建构的差异，改编的意旨得失等。

第二部分，分析香港后现代文学的空间叙事，如何从文化地理、地图建筑、味觉触觉空间中吸取灵感：董启章开创地图空间叙事学；也斯开拓味觉地理叙事学，还开创游牧中西的文化地理空间；西西搭建后现代小说的建筑空间，还实验手工触觉符号与文学符号、文化生态符号联姻的"缝制体"叙事。香港作家各自开创出小说空间叙事的新形态创意。

第三部分，研究赛博时代的新叙事，探究香港作家如何化用科技元素，活用传播媒介，创设虚拟意象，新生代作家在伊托邦时代创造出哪些新符码；董启章如何开辟出赛博时代的三重世界叙事、多向多元的互动新叙事、集邮体和电邮体式的魔法创意写作；唐睿如何开创脚注空间和时间的叙事。

第四部分，研究文学与展演艺术的跨界整合，具体分析图文互涉的对角叙事创意；对比分析港派麦兜、台派几米的跨媒介整合；比较香港、北京、台湾的后现代文学与戏剧的跨界打通，以詹瑞文、孟京辉、赖声川为例论述；分析香港乐坛的词、曲、唱、器、视五合一的

[①] 参见凌逾《跨媒介香港》，社会科学文献出版社 2015 年版。

新艺术形态,以林夕、黄霑、许冠杰等词曲为例论述;研究黄碧云小说与费兰明高舞的共振叙事。

第五部分,跨媒介叙事追根溯源,理论根基为后经典叙事学、符号学、媒介学,综述这三个学科的研究现状、发展趋势;在全球后现代文化语境中,梳理已有跨媒介叙事研究;透析在传统媒介和新媒介生态下的香港文艺创作发展变化;归纳香港跨媒介叙事的总体特色,比较港派、台派和海派的叙事风格,探究港派跨媒介叙事的范式意义;透析跨媒介创意的普遍方法,预测跨媒介叙事创作和研究的未来发展趋势,提出有待拓展的研究路向。香港跨媒介叙事特色鲜明,创意十足,可资大陆学界借鉴。

《跨媒介香港》界定跨媒介叙事,论述香港跨媒介叙事的成因、形态、特色、风格和意义,论述港派跨媒介叙事研究的意义,形成新的评价标准,奠定跨媒介叙事研究的理论根基。该书的书评已有若干篇:古远清《别开生面的香港文学研究》、王瑛《跨媒介叙事的风姿》、徐诗颖《跨媒介叙事研究的新突破——评凌逾新著〈跨媒介香港〉》、彭瑞瑶《究跨越之风,辟逾常之路》、廖靖弘《聚焦港派叙事创意,引领文学跨界新路——评凌逾新著〈跨媒介香港〉》等。[1]

到目前为止,笔者的为学兴趣、学术发展路径经历了几个阶段。最初,研究一个人的创意世界,以西西为例,探究一个作家的跨界特质和成功经验。其后,探究一个城市的创意世界,以香港为例,探究

---

[1] 参见王瑛《跨媒介叙事的风姿》,《文艺报》2016年8月5日第3版。王瑛《练文以析其辞,观象以综其理:评凌逾〈跨媒介香港〉》,《华文文学》2017年第4期。古远清《别开生面的香港文学研究》,《北京晨报》2016年3月20日第A15版(http://www.morningpost.com.cn)。古远清《别开生面的香港跨界文化研究——读凌逾新著〈跨媒介香港〉》,《梅州日报》2016-05-27(http://mzrb.meizhou.cn/html/2016-05/27/content_107804.htm)。徐诗颖《跨媒介叙事研究的新突破——评凌逾新著〈跨媒介香港〉》,《香港文学》2016年11月号。彭瑞瑶《究跨越之风,辟逾常之路》,短文见于《文学报》2016年7月21日,长文见于《语言文化研究》2016年第6辑(http://wenxue.news365.com.cn/wxb/html/2016-07/21/content_215512.htm)。廖靖弘《聚焦港派叙事创意,引领文学跨界新路——评凌逾新著〈跨媒介香港〉》,《华文文学评论》第四辑,四川大学出版社2016年版;《香港作家》2016年第6期。

跨界如何从个别现象发展为普遍规律。然后，考察跨界创意文化的类型和形态，由点及面，尽可能广泛地比较不同国家和地区的文化发展差异和特色，探究跨界之道。如今，大陆的跨界创意蓬勃发展，大力推进创新产业的发展，借鉴已有的成功经验，汲取教训，在此基础上，拓展延伸，创造辉煌，跨界创意的发展很有前景。

八　怎么做

怎么实验跨媒介？怎么实现跨界创意？为什么用这种方法来进行？有没有别的方法可以操作？这是跨媒介创意中最难的第五个层面。整本书都将探究这些问题。

跨媒介要学会方式方法（How），把握跨界手段，创造性地实践，不是点石成金，即刻可成，而需要智慧灵感，需要执着修炼。创意要剑走偏锋，然后从偏锋走向正锋，就像书法艺术，讲究中锋、侧锋、逆锋运用起来挥洒自如。跨媒介，组合关联度极低的元素，越风马牛不相及，越有创意。灵光一闪的刹那，转化为永恒的时刻，这是抒情、艺术、创意的核心点。灵光转化为实存，需要艰苦卓绝的努力，正如白璧德说："真正的创新是艰苦的生发过程。"[1] 只有真正在苦水里浸泡过的创意，才能有撼动人心的力量。

首先难在跳出定见的跨越。如何找到合适的跨媒介创意组合？跨界选择可能性越来越多，却带来更多难题：如何转，如何借，如何培养创新意识、问题意识，发现跨界的无穷可能性？创意多存在于临界点边缘：矛盾的左右，善恶的边缘，酷儿（Queer，同性恋）的边界等。

不少艺术家善于挖掘临界点。各种组合越随兴，越能捕捉到神奇交叉点，越有创造性。边走边听音乐？有了随身听。火与冰相融？有

---

[1] ［美］白璧德：《论创新》，收入《文学与美国的大学》，张沛等译，北京大学出版社2004年版，第148页。

了火烧冰淇淋、冰淇淋鸡蛋仔、牛扒杯饮品等。洋人拍中国武侠?《功夫熊猫》就此诞生。MTV,听觉加视觉,互相增势。跨媒介的"跨"是手段,最终要将创意思维付诸实践,产生出有创意的作品,得鱼忘筌。

其次难在水乳交融的化合,在相斥中找到意义的沸点与熔点。有些跨界组合能成为佳偶,如西西实验跨媒介叙事[1],穷一生精力,打通文学与绘画、电影、建筑、音乐的关节点,具有纯净的洞察力,精于挖掘联结潜力,找到美第奇点,创造力饱满。作家朱天文小说与导演侯孝贤电影共生,既有同质因素的回声,如文学修养、审美情趣、成长主题,都关注个人与社会历史;也有异质因素的差异,体现于个人经历、性别视角、职业身份等,朱天文有古意与诗味,侯孝贤富有野性,善于根据演员和环境特色,即兴修改剧本。

为什么有些人跨界成功?有些人失败?除了天时、地利、人和还有很多因素。媒介与媒介也有对抗性,跨界若只是大杂烩,会相互削弱,就像器官移植、植物嫁接等处理不好,会产生排异现象。各媒介若不般配协调,会导致重复叙事,互相拖累,无法实现主题升华。有些跨界成为怨偶,像功能失常的庞大家庭。因此,跨媒介联结要找出意义的交融性:考察主题是否需要通过不同媒介来表现;吃透各媒介符号叙事优质特性,把握不同媒介异同,弄清相斥和相融点,打通可叙述和不可叙述,把握叙述张力,需要智慧。手段也是创意方法。有时候方法一改,全局就会改变。

创意需要跳跃式思维,强调顿悟性、直觉性、非线性、非理性,这不可预测、天才式思维方式,并不源于逻辑推理,不走理性逻辑常轨。逻辑思维忌讳推移法(transference),而这正是形象思维的有效手段,因此跨媒介研究要另建形象逻辑话语,另辟新路。

---

[1] 参见凌逾《跨媒介叙事——论西西小说新生态》,人民出版社2009年版。

九　新书如何做？

本书在已有研究基础上，进一步发展，希冀打通地域、艺术、学科的壁垒，重点捕捉、收集全球重要的跨媒介理论，尤其是美国和日本创意文化发达，可作为中国创意文化的参照系，一东一西，对比参详，有利于深化思考。挖掘中国更丰富的跨媒介创意作品，尤其关注中国大陆、香港、台湾的跨媒介优秀作品，也涉及海外华人的创意作品。希冀取长补短，互相借鉴，挖掘更新、更富有创意的可能性。如今，新中华文化都谋求打通南北、贯穿东西，以融通思路研究香港跨媒介叙事创意，恰逢其时。跨媒介叙事研究创造者如何以跨学科、跨艺术、跨媒介视野，实验媒介、艺术、文类混合；激发美第奇效应，再现日益纷繁复杂的社会文化现象；开拓整合文化创意，建构新文艺。

与前面所述几个层面呼应，还可以再思考时间和程序（When），即第六个层面。人们什么时候需要跨媒介？怎样的时代语境能激发跨媒介创意？为什么如此？不同时段的跨媒介创意会有何变化？潮流趋势如何转向？变异如何产生？跨媒介如何进行前期实验，中期如何执行，后期展出效果如何？如何处理跨媒介的时效性问题？跨媒介的持久性与时效性是否成反比？不同媒介在信息传播速度上各有鲜明的特点，不同媒介在保存信息的时间、与受众接触的特性等方面，也各不相同。

本书意在研究跨媒介文化创意的策略、方法、效果、本土化及时代性特色。全书分为上、中、下三编：网络世纪创新、虚拟空间开拓、古今文化织造。每编四章，既从物理实体空间角度，考察全球跨地域的创意文化，分析美国融合文化创意、日本文化符号创意、中国港台文化创意，多方比较，省思东西方文化的打通路径；也从网络虚拟空间角度，考察跨媒介、跨艺术的创意文化，如新媒介与融合文化，西方数码艺术理论、赛博符号、通感符号、新叙事学、后经典叙事学、人工智能和认知叙事学等；还考察东方传统文化再造，华文文化的重构。

本书探究媒介科技与文学艺术的融合，立足于叙事学、符号学、媒介学等理论，探测新时代的文艺和文化转向。研究方法力求多元，梳理跨媒介创意特色，采取归纳法；研究中西跨界创意的相反相成，采用比较法；研究文学与艺术的触类旁通，运用符号学和视觉媒介文化理论。探究跨媒介的化学反应，而不仅是物理连锁反应。

全书希望顾及两个重点。一方面，重视"理论指引"，选取古今中外的跨媒介文化、叙事学、符号学理论文本，涉及皮尔斯、罗兰·巴特、赤濑川原平、詹金斯、瑞安、凯文·凯利、赫尔曼、塔拉斯蒂、钱钟书、叶维廉、刘纪蕙、李幼蒸、赵毅衡、黄鸣奋、申丹等人的论述，让不同时期、不同地域、不同文化背景的学者对话，以期搭建创意思维碰撞的场域。另一方面，注重"创意实践"，重点探究华文界的跨媒介创意作品，微文化创意、创客新浪潮、互动创意、物联网、赛博空间、赛博新符码、游戏创意、集体创意写作、通感创意、未来符号学、科幻与非科幻叙事、互联网图像诗、图文创意想象、寻根仿古的创意想象、武侠文化新编创意等。不拘大陆、香港、台湾、海外等地域，不论雅文化还是俗文化，只要该作品有美学价值和意义，均作为本书的案例。将不同地区的同一类型、体裁、话题的作品，并列放置，提供对比参照的机会，有利于学习者多方比较各地文化艺术，从中感悟、拓展。

本书在《跨媒介香港》基础上，接着研究，重点回答前书尾声第五章中提出的问题。相比而言，《跨媒介香港》重个案研究，偏重文学，偏重文本细读。《跨界创意》新书不再局限于香港地域；不再局限于文学与艺术媒介的跨界，也省思文学与科技媒介的跨界；不再时时处处围绕文学来谈，而是拓展更多新的领域；关注时代前沿问题，重在文化创意分析，注重整体趋势分析，希冀范围更广，视野更宽，希望能走得更远。

做一件事情，做着做着，就会有观众。最初，乏人问津。渐渐地，越来越多的人来问，什么是跨媒介？学习、研究跨媒介要读什么书？

怎么跨媒介？写这本书，也算是回答吧。

　　此书诞生，得益于本科和研究生的跨媒介教学。二十多年来，每次上课的教学内容都力求不重样，阅读、备课、授课、写作，"行行重行行"，"道路阻且长"。一直以来，实践互动式、讨论式教学，小组团队合作，围绕某个课题进行探究学习。不厌其烦地给学生们提出修改建议，反复讨论，几易其稿。课外备教案所耗费的时间，远比课内上课的时间多百倍。最终，一学期下来，往往能成就两三个精彩的小组课堂演示。课堂上灵感四射的深度思辨讨论，学习者在课堂上展示的优秀跨界创意作品，都尽可能地纳入本书的体系，提供实例，以便激发本书阅读者，将自身变成创客，成为跨界创意实践者。在大量阅读、实验教学、写作不辍的过程中，笔者自己也总是冒出很多问题，百思不得其解。写此书，也算是尝试对自己的一个回答。

第二章　全球创客新浪潮

一　何谓"创客"

"创客"，即"makers、creator、DIY 爱好者"，或叫作"某客、某族、某友、geek、极客"，就是努力将点子变成金子的行动达人，创意孵化者。创客注重 DIY，即 do-it-yourself，自己动手制作，运用最新的工业技术和互联网，将网络智慧用于现实世界，把各种创意转变为现实，进行创造。

创客引领科技行业新方向，造就划时代的新浪潮。美国《连线》主编克里斯·安德森，将创客誉为"新工业革命"。[1] 澳大利亚盖·兰道尔则认为，创客时代，意味着 3D 打印、机器人技术、新材料和新能源未来时代的到来。[2] 20 世纪 70 年代末 80 年代初，人们才将电脑搬到自家台面，步入个人电脑发展期。1990 年，互联网在欧洲核子研究组织中诞生。接着，全球很快就实现了网络的无缝连接。而到新世纪，人们已能将制造业搬到桌面，跨入自给自销的零边际成本时代。

这意味着，私人订制成为时髦。2013 年底，冯小刚导演了电影《私人订制》，把准了时代的脉搏。但该片的私人订制是替他人圆梦，成全别人，恶心自己。其圆梦方案是帮助个人情感宣泄，属于文化的

---

[1] ［美］克里斯·安德森：《创客：新工业革命》，萧潇译，中信出版社 2012 年版。
[2] 参见［澳］盖·兰道尔《创客时代：3D 打印、机器人技术、新材料和新能源未来时代的到来》，高宏译，机械工业出版社 2015 年版。

私人订制，而不是制造业、科技界的私人订制。新工业时代注重"个体制造"，"一批批"的消费者转变为"一个个"的消费者，这迥异于大工业时代的"批量制造"和"大量复制"。新时代不再是共时制的，不是中国的看更时代，或西方的教堂钟声时代，而是异时制的，闹钟设定的个体时代。创客，不再是流水线上的工人，不再是《摩登时代》卓别林扮演的那个拧螺丝钉的工人查理，而是个性化的产消者，创客就是生产者与消费者集于一身的独创者，自己决定生产什么产品，自己使用消费。

克里斯·安德森还写过一本书，叫《长尾理论》，即商业文化的未来不在于畅销商品这个头部，而在于冷门商品这个尾部。如亚马逊网络书店，冷门书籍的销售比例高速增长，估计将占书市一半。"80后""90后"更加追求个性化消费，因此，一种商品通吃全球的现象，未来将会减少，而个性产品订制需求将会飙升。在长尾时代，每个人都可能是产品经理。

创客，有人也曾称之为威客。威客英文 witkey，即 wit 智慧 + key 钥匙，the key of wisdom 的缩写。威客，2005 年由中科院研究生刘锋提出，指人的知识、智慧、经验、技能通过互联网转换成实际收益，从而达到各取所需的互联网新模式，主要解决科学、技术、工作、生活、学习等问题，体现了互联网按劳取酬和以人为中心的新理念。刘川郁、陈晓华主编的书籍《威客力：从精英创意到大众创意》[①] 认为，威客正从精英走向大众，这呼应于个人订制时代的到来。

当今全球正在大力发展物联网（internet of things，IOT）。物联网在互联网基础上延伸，为物物相连的互联网。物联网利用局部网络或互联网等通信技术，通过智能感知、识别技术与普适计算等通信感知技术，连接传感器、控制器、机器、人员和物等，形成人与物、物与

[①] 参见刘川郁、陈晓华主编《威客力：从精英创意到大众创意》，中国发展出版社 2010 年版，第 19 页。

物相连，实现信息化、远程管理控制和智能化网络。物联网联结互联网上所有的资源，兼容互联网所有的应用，如水电、燃气、交通、图书影视等，但所有的元素包括设备、资源及通信等都是个性化、私有化的。应用创新是物联网发展的核心，以用户体验为核心的创新2.0是物联网发展的灵魂。物联网被称为继计算机、互联网之后世界信息产业发展的"第三次浪潮"。

物联网时代将会催生出更新的内容，3D电影+3D打印+3D游戏，全息互动影视游戏也将登场亮相。4D比3D打印多一个时间维度，通过软件设定模型和时间，变形材料会在设定时间内变形而成物件，即打印根据编程随时间而变化的物体，把智慧植入材料，成为带记忆的智能材料。"3D是制造业造物呈现的终结，4D打印则是造物呈现的开始，像人类诞生一样。"[①] 如果说克隆人、机器人，是造人的技术；那么开源设计、3D、4D打印，则可谓是造万物的技术。未来，人类DNA也可以修改，那将是怎样的世界？

《道德经》云："道生一，一生二，二生三，三生万物。"如今，创客求生万物。

3D、4D打印比孙悟空的七十二变更厉害，可以打印人体器官、液态组织、抗病毒的纳米机器人，新医学让人脱胎换骨；打印建筑，甚至是光固化成形的建筑，若鲁班转世，都要大吃一惊；打印枪支武器；打印自己设计的汽车；打印可以塑形的衣服、鞋子，再也没有服饰不合身这一说法；打印精美大餐，不再需要烹饪；永续栽培、养耕共生；彩色人体塑像、复制实存人的机器人、克隆立体人……应有尽有，包揽衣食住行，指日可待。有些甚至超越想象：点击鼠标，就建立起工厂；若大规模生产成为在线服务，就有云工厂；创意梦工厂，技术乌托邦，打印成真，建设未来，一次一个城市，一个更美好的世界。有人预言其将改变未来商业生态，有人称之为"第三次工

[①] 陈根：《4D打印：改变未来商业生态》，机械工业出版社2015年版，第Ⅳ页。

业革命的引擎"。①

追溯历史，我们可以梳理清创客运动的来龙去脉。第一次工业革命，18世纪兴起的技术革命，以蒸汽机作为动力机广泛使用为标志，机器代替手工劳动，工厂代替手工场，自耕农阶级式微，工业资产阶级和无产阶级壮大。英国率先完成工业革命，成为世界霸主。蒸汽机不仅有利于开疆辟土，也为人类赢取更多时间，用来发明创造。

第二次工业革命，19世纪中期，欧洲和美国、日本兴起资产阶级革命和技术革命，以电器的广泛应用为标志，人类进入"电气时代"，垄断组织应运而生，争夺市场经济和世界霸权的斗争更激烈，促成了世界殖民体系、资本主义世界体系。几百年前，几乎所有人都为生产生存必需品忙碌，而如今，这一景象不再，人们有更多的休闲时间。

第三次工业革命，20世纪末期，以3D、4D打印、机器人技术、新材料为标志，数字—网络技术正以几何级数增长，高科技发展正在加速。比特是数字领域内最基本的组成单元。比特改变了世界。新的比特赋予旧有原子新的生命。霍尔姆斯指出，自由依赖税。弗里德曼认为，自由依赖资本。而如今，自由依赖网络，依赖创客。

技术革命历经几代变化，从蒸汽到电力，到流水线，到机器人，自动化程度越来越高。在创客时代，"奴隶、农民、工人、商人、知识分子"这类标签显然不适用了，不够用了。创客们可以在家借网络上班，时间支配更自由，更有利于产生更多的创意灵感。如汽车更像车轮上的电脑，电力系统驱动，软件控制，从规模生产的机器，变成移动电脑，更加智能。如果汽车也像手机般，可以经常更新汽车软件，改进车辆性能，常换常新，那也是很刺激的体验。

最近，VR（virtual reality）技术也发展火热，即利用计算机模拟产生一个三维空间的虚拟世界，提供用户关于视觉、听觉、触觉等感

---

① 李旭鸿、张东升等：《3生万物：3D打印——第三次工业革命的引擎》，经济科学出版社2015年版。

官的模拟，让用户如身临其境一般，可以及时、无限制地观察三维空间内的事物。复旦大学中文系严峰教授，科学杂志《新发现》主编，业余为随笔专栏作家，音乐评论家，资深电脑游戏玩家，电子阅读器发烧友，IT产品评论家，其痴迷VR技术，微博一直在推荐最新的VR设备，可谓是跨界达人。

电影技术也越来越先进，从众所周知的3D电影，再往高阶发展，按照百度的说法，各有奇妙。

4D：观看电影时能获得视觉、听觉、触觉、嗅觉等全方位感受。除了立体的视觉画面外，放映现场还能模拟设计烟雾、雨、闪电、雪花、光电、气泡、气味、布景、任务表演效果，观众座椅还能产生下坠、震动、吹风、喷水、扫腿等动作。这些现场特技效果和立体画面与剧情紧密结合，在视觉和身体体验上给观众带来全新的娱乐效果，犹如身临其境，紧张刺激。

5D：让观众从听觉、视觉、嗅觉、触觉及动感全方位体验中来达到身临其境的效果。当观众在看立体电影时，顺着影视情节内容变化感受到风暴、雷电、下雨、撞击、喷洒水雾所对应的立体事件，座椅也随时摇摆。

6D：影院有六个影厅、播放六部短片，每个影厅各有特效，根据电影情节变化，适时调整影院内的环境，如声音、音响、气味、色彩，好像走进迪士尼乐园，电影除了看，还可以闻、摸、动，静态欣赏变成动态参与，听觉、视觉、嗅觉、触觉、味觉加感觉，全方位整合。

动态影厅内建动态座椅，配合影片模拟潜水艇进入水面下探险，冲入水面时还有水汽喷出，碰上大乌贼攻击时，座椅还会模拟撞击，甚至可制造出气味，整个体验过程让观众融入其中，很难分辨出真实与模拟的场景。

创客起源于西方的车库文化。美国的家庭车库里多有各种工具，可以随意组装实验。硅谷很多巨头企业，如惠普、苹果，都起家于车库。3D打印诞生于美国，已经发展了20多年。如今，创客发展于网络社区。创客理念强调打破技术独享，变为网络共享，即开源（open source）。苹果公司分享了Store及其开发工具，APP开发者成为创客，创造了大批创客就业。创意因分享而放大，在分享中传播，因分享而发展为团队项目。

有些创客产品让人惊异。如"扫墓go"APP，运用AR技术，即增强实时技术，上坟时，手机能记录墓碑位置，让人看到逝者的图片或视频，听到说话声，这些视频录于逝者生前，可在不同时间地点播放。

创客不仅注重个性化，也强调合作精神。在世界各个角落的一帮志同道合者，因网络而轻松地结成开源创新社区，将潜在才能、潜在供需联结起来。众人拾柴火焰高，全球志愿者们一起动脑、动手，激发出潜在能量，作为创新的引擎。汇聚众人智慧的网络社区，比单体公司更高效，更省钱，更有成效。有些实体公司，也开始设置创客空间、技术工作坊，吸收会员，鼓励众人自由创造，开发新技术，为公司注入创客精神。

更高级别的创客谋求建造通用制造机，即几乎能按需制造所有物品的机器，而不仅是激光切割、3D打印、数控铣床等。这需要发展生物学这原始的工厂，寻找生命的基本组件，智能物质。结构DNA，将材料当作建筑材料，可以编程，构成物品的脚手架。DIY生物学，合成修改DNA，基因工程，制造、改造生命，这远比嫁接、农业遗传学走得更远。

二　创客如何影响世界

创客运动如何改变商业形态？

传统生意受限于信息、运输、销售能力和手段，在供求错位层面，利用信息不对称，寻找利润，出现了因垄断流通信息而获利的商人。商人获利，引领时尚，影响消费和生产，最终盈利，而忽略消费本身的原始需要，用非善意引导社会需求的方式影响生产方……人类生命被资本扭曲。但传统贸易如今日益衰落，老式商人失业，雇用、打工、谋生向创造方面升级转型。随着全球化经济的发展，商人成了一道卡在生产和消费之间的巨大闸门。

过去，生产方式所有者才能决定生产内容。而现在，人人都可以是产消者。1980年，未来学家阿尔文·托夫勒创造了新词"产消者"，即生产者和消费者的结合。创客商务，缩减原先过于庞大的流通环节，抛开夹在中间的商业资本，更快连接消费与生产，生产者和消费者实现利益转换，大大减少商业剥削的可能。虚拟化的制造业，人人都可以参与。

创客的产业链不再是从生产者到经销商到消费者，而是从消费者到设计者到生产者，消费者决定产品设计，个人订制，乃至跨国订制。先订单，再生产。而不是传统的生产好产品，再找买家。创客商务改变"再生产—流通—消费"的生产方式链条，经济价值的路径转变为"价值提供者—价值整合者—价值放大者"，重视价值放大环节，扩大影响力和号召力，赢取粉丝经济。创新，不再由大公司大企业自上而下地推动，而由消费者、业余爱好者、创业者、专业人士等个人自下而上地开拓。消费者也更看重自己能够参与创意的产品，有人称之为"宜家效应"，因宜家家具产品，鼓励顾客自己组装成型。顾客宁愿多花钱，也要选择有自己劳动成果的产品，这就是"创客溢价"。①

未来世界经济如何发展？创客们购进材料、生产产品、推广产品，几乎每一个环节都会用到跨境电子商务、全球电子支付，这如何改变世界经济走向、各国城市格局？马云说："未来要么电子商务，要么无商可务。"电子商务以新流通方式，敲响了商业资本的丧钟。一维

---

① [美]克里斯·安德森：《创客：新工业革命》，萧潇译，中信出版社2012年版，第81页。

的传统产业，转为二维的互联网产业，再转为三维的智能科技产业。过去的公司＋员工，变成平台＋个人，新型垂直平台出现，跨界互联，行业整合。

是否需要设定创客的边界？是自我设限还是自我拓展？其实，大可不必设限。创客不仅指制造业，不仅指靠点子挣钱的一帮人，其出发点应该是面对所有人，所有与互联网有关的人，与互联网有关的各行各业。创客运动应该不仅指制造业的科技创造，也应该指艺术界、人文社科界的创造，或者社科与科技打通之后的创造。若科技极客和艺术创客们都专注于文化、艺术、创意、设计等领域的革新，不仅将丰富创意人才的含义，还将促进文化创意产业的发展。

创客影响文学。创客，这个新词由加拿大英国裔作家科利·多克托罗（Cory Doctorow）2009 年的科幻小说《创客》（*Makers*）首创。创客小说，恰恰是创客时代诞生的文化新产品，富有创意。

相映成趣的是，美国华人作家陈谦 2016 年出版的《无穷镜》一书，讲述硅谷的创客们研发 3D 眼镜的心酸故事，恰似没有硝烟的无穷尽的商业战争。全书刻画硅谷创客们黄连苦般的追求，洞察新一代硅谷人卓越而艰难的挣扎，主人公珊映一直在追问自身：要过一炷香式的平稳淡定人生，还是过烟花式璀璨爆燃的人生？陈谦作为"曾长期奔命于硅谷第一线的资深芯片设计者"，善于捕捉与时代同步的新元素，硅谷、创业、融资、上市、谷歌眼镜……华人高端科技创业者的硅谷生涯，其实负载着家庭与学校教育、婚姻变故等无数沉重的东西。作家希望读者透过这面"无穷镜"，看到硅谷炫目而悲惨的景致。

《无穷镜》故事曲折，现实感超强，还有开放式结局：主人公面临突然可能被全部翻盘的惨境，如何应对？读者们一直揪着心，盼着该书有第二部、第三部延续。陈谦早在新世纪之初，已经出版《爱在无爱的硅谷》，当时被称作"迄今为止第一部描写硅谷成功华人的长篇小说"。其时，"互联网"作为全新的概念，给硅谷带来漫天横飞的泡沫的同时，也成就了硅谷的第一个白金时代。期待这类小说更多地涌现出来，开拓出一种全新的小说类型。

科技发展影响艺术文化。德国学者本雅明1935年发表《机械复制时代的艺术作品》（*The Work of Art in the Age of Mechanical Reproduction*），专门分析工业化大生产和科技进步，孵化出新的艺术样式——机械复制艺术，给资本主义文化带来深刻的变化。一模一样的大量机械复制作品，制造"世物皆同的感觉"，消解古典艺术的距离感和唯一性，使原来独一无二的艺术作品的"元真性"消失，导致古典艺术所具有的"灵韵"（aura）消失，艺术美境流失，这正是古典艺术与现代艺术的重大区别。本雅明赞赏受众对绘画艺术品屏气凝神的观看方式，静观神思，体会到作品的价值；贬斥电影式的观看，画面快速切换，让受众成为三心二意者，消遣观看，碎片化获取信息。

美国画家安迪·沃霍尔，将工业复制用于艺术复制，以大众崇拜的偶像以及时髦事物作为题材，重复50次印制在一个画面上，如世界名人、蒙娜丽莎、电影明星、美钞、电椅、花束、竞赛场的骚动等。《玛丽莲·梦露》是典型代表作，采取照相版丝网漏印技术，大规模复制流行电影红星梦露的图像，善意讽刺美国的商业气息，玛丽莲·梦露的照片泛滥，和可口可乐的广告泛滥一样，标志着美国社会大众的趣味，此类大众趣味也是被大批量地制造、建构的。

沃霍尔是美国波普艺术运动的发起人和主要倡导者。波普艺术（pop art）是流行艺术（popular art）的简称，又称新写实主义（不是意大利新现实主义Neorealism）。1957年，汉密尔顿界定"波普"特性为流行的（面向大众而设计的）、转瞬即逝的（短期方案）、可随意消耗的（易忘的）、廉价的、批量生产的、年轻人的（以青年为目标）、诙谐风趣的、性感的、恶搞的、魅惑人的和大商业的。当然，因批发效应而流行的波普艺术，也因时代变化而式微。

创客艺术迥异于波普艺术，讲究制造个性化作品，既有手工匠人的原始，又具有创新力，创客产品也许能重拾古典艺术作品的"灵韵"。现代的数字科技与古典的"自己动手"的工匠艺术联姻，结成数字制造和个人制造的合体。这低成本的高科技，从小处开始，大处成长，既有软件产业的增长速度，也有硬件产业的盈利能力。

几年前，在美国加州某大学的本科课堂上，电影课老师布置大家做自制微电影的期末作品。班里有一些华人本科生，但是大多都是美国学生，他们出点子，做导演，而华人学生则负责拍摄等工作。看着一幕幕的展示，心里像被荆棘刺了一下。其实，过去很多行业，都通行"加州设计、中国制造"模式。什么时候，可以改变这种套路？什么时候能有更多"中国设计、中国创意"的东西？我们亟待从"中国制造"变身为"中国创造"。

中国的创客空间和创客运动如何发展？中国当前社会强调"双创"运动：大众创业，万众创新。创客运动，将实现全民创造。创客使人人成为创造者。这有利于培育创新的文化氛围，发挥科技创新对文化发展的引擎作用，促进文化与科技融合发展。

在创客教学中，不仅是制造物品，更关键在于教会学生们如何设计，培养创客新一代，催生下一波创造者。现在珠三角一带的中小学都尝试进行创客教育，由信息技术和数学老师牵头，着手培养小创客、小科学家，让学生们了解创客创业兴起语境、特色类型、发展前景和创客文化的意义。或许，未来，应试教育的标准答案或教育模式，有望在创客时代被打破。巨变的时代，关键在于如何创设跨界创意的开源社区。如何发挥长尾效应，实现可持续发展，取得后期辐射影响力？这些都将是本书重点探讨的内容。

运用拿来主义法，中国有意将创客运动进行本土化改造，成为中国特色的宿舍创客文化，咖啡厅创客文化，实现西式文化和传统文化的转化，由大学舍友华丽变身为富翁，已成为可能。深圳创办文博会——国家级、国际化、综合性文化产业博览交易会。自2004年创办以来，品牌影响力越来越广泛，国内外客商多，展出精品多，成交金额大，成为展示文化改革发展成果、促进中外文化交流合作的亮丽名片。文博会意在立足创新，引领中国文化"走出去"。

深圳着力于打造中国的湾区硅谷，走在国内创客运动的前沿。深圳的"文博会"已成为品牌，就像广州的"交易会"。深圳经常举办各类创客赛、国际创客周、海峡两岸大学生交易展等活动，各具特色的创客空间林立，各类学术研讨会频开。2016年10月，深圳华强集团与深大联手共建"创客育成中心"。2017年初，桂庙新村发展为创客基地，借助深圳大学文化资源优势，找准创业定位，打造南山片区亮点，吸引大学生实现创客梦。据报道，2017年深圳创客超10万人，成为活力四射的年轻之城。

深圳大学捕捉到了时代先机，口号是"创客引擎，深大先行"。2009年，成立学生创业园，每年投入200万元，设立基金，搭建融创业教育、培训、实践、创业孵化为一体的实战平台。据副校长李凤亮介绍，"截至2015年底，该园累计孵化学生创业企业131家，销售额或市值1亿元以上的企业5家，千万元以上的企业24家，百万元以上的企业28家"。[①] 2016年5月13—14日，深圳大学举办"创客运动与文化创意产业发展"学术研讨会暨"中国中外文艺理论学会文化创意产业研究会第二届学术年会"，议题包括：创客运动对创意产业发展的促进作用，创客运动与文化艺术、文化科技的融合，艺术创客的培养模式。会议论文37篇，既有地域色彩，分析香港、台湾、北京、深圳、扬州等地的创客发展，也有方法意识，如举办纤维编织展、发展特色手工艺、打造微电影、创新产品设计、寻求集体创意，将"老树画画"画作变身为行李箱、瓷器产品等。领导重视、策划有道、团队合作和创客氛围激励，这些都有利于造就深圳这座创客之城。

三 大数据时代的创客未来

谁将是创客网络时代的导航者？微软的创始人比尔·盖茨、雅虎

---

① http：//www.szu.edu.cn/2014/news/3685.html.

的杨致远、苹果的史蒂夫·乔布斯继承人、Google 的拉里·佩奇和谢尔盖·布林、Facebook 的马克·扎克伯格,还是中国的"马云、马化腾"?这些互联网业界的大腕,都在引领着创客文化的潮流。

凯文·凯利、克里斯·安德森被称为"技术狂热分子乐园"。他们不关注一个个具体的大公司,而关注大的潮流和趋势。凯文·凯利被誉为网络时代的"游侠"(maverick),是美国科技杂志《连线》的创始主编之一,写了不少预言未来科技发展的书,被人尊称为"预言帝"。

1994 年,其《失控》指出,当前有两种趋势:一是人造物表现得越来越像生命体;二是生命变得越来越工程化。他提出要用生物学而不是机械学角度看世界。预言人造世界就像天然世界一样,很快就会具备自治力、适应性及创造力,随之失去我们的控制。作者认为,这是美妙的结局。2010 年出版的《科技想要什么》,把握科技脉动,分析其起源、规则、选择、方向,认为科技是一个生命体,能创造大脑,创造新生命。2016 年新出的《必然》①,总结几十年来的科技观察,预言未来 30 年的科技走向、创客目标、重大财富机会。三书结集为"观察·反思·展望"三部曲。尤为特别的是,《必然》的中文版先于英文版出版,足见对中国市场的重视,看好未来中国的发展。

《必然》预言,未来将是"霍洛思"(holos)的世界。为了讲清未来,作者创设了这个新词,即所有人的集体智慧、所有机器的集体智能、自然界的智能整合而成,也就是说,全人类、计算机、手机、可穿戴智能设备、传感器等由网络而联结,这个全球级别的"巨无霸",成为世界大脑、心智圈。希腊字"holos",即完全的。类于粤语的"冚棒呤"(语音 ham ba lang),该词还收入非正统英国单词 hampalang,即"通通,全部"。以霍洛思为词根的术语是全息。全息即完全的信息。全息术(holography)能再现与物体极似的多维影像。这位先知预测,全球化心智的巨变时代即将拉开序幕。寒武纪曾有动物种

---

① 参见 [美] 凯文·凯利《必然》,周峰、董理、金阳译,中国工信出版社 2016 年版。

群大爆发，如今则是智能技术突破、奇点突破的大爆发。物理学"奇点"描述边界，越过边界的一切都是不可知的。他指明新时代变迁的12条道路。概述如下。

形成（becoming）：机器技术会随时自我更新，不断升级，从层级化结构进化到网络化结构。集中式结构是层级结构，分散式结构是开放性、网络式结构。后者更有活力，激励人自由地创造。

知化（cognifying）：人工智能渗入万事万物。过去一百多年，社会电力化；发展到如今，社会智能化。三大技术可以提升人工智能。一是神经元网络，通过模拟大脑神经元网络处理、记忆信息的方式，完成人脑那样的信息处理功能。二是GPU芯片，图形处理器、游戏芯片用在人工智能（AI）领域，高速、轻便、便宜。三是大数据，可以帮助人工智能变得更聪明。智能手机之后的信息平台是虚拟现实（VR）、增强现实（AR）、混合现实（MR）。人类想要的人工智能，不是比人类做得更好，而是做人类完全做不了的事。2016年，王菲的演唱会通过VR技术来进行现场直播，粉丝可以付费观看。

流动（flowing）：万事万物流动更快，从日清日毕转换到实时模式，实时播报、实时新闻、实时购买。这带来新力量，威力不在于复制品的数量，而是通过其他媒体链接、处理、注释、标记、突出、翻译、强化复制品的方式的数量，进一步释放创造力。互联网是世界上最大的复印机。可复制的东西越来越不值钱。而无法复制的东西具有"原生性"特质，不能被复制、克隆、仿造，其价值在交易时才能产生。在更加开放和自由流动的时代，获取财富更需要创造力和原生性。万物快速流行转换，这对传统文学、艺术创作有何影响？20世纪，长篇小说当道，21世纪，将是跨界的微文化兴盛时代。

屏读（screening）：屏幕时代，所有书籍将互联、连接。屏读在开放、共享、互动优势下，以"万能图书馆"取代传统书籍文化。未来将有"无屏显示"，且有强大的互动性，可用手指、身体、表情、目光与屏幕交流，个人的情绪能操控屏幕，如皱眉，自动跳转；

重读，自动标注。

使用（accessing）：物品日益信息化、减物质化，变轻变小变薄，消费者多不再购买商品实物，而购买渠道，演变出新的消费习惯，如Kindle电子书。平台协同，提供更好的服务。对事物的使用比占有变得更为重要，租赁业将更为兴盛。在中国，租赁业确实越来越发达，如共享单车已经风行中国大城市，未来还有随时租借的共享汽车，目前广州已有运营试行。

新兴的服务业鼓励消费者与供应商之间建立更深层的关系：按需使用，即时使用，产品由客户来定，按需分配。货币去中心化，民众共有。当今手机多数分属两种系统。一是安卓系统，开源，共享意义最大化，既可下载安装第三方应用，也可自行开发应用，上传到应用市场里公用，但存在安全隐患。二是苹果IOS系统，不开源，不认可其他软件，只能下载本系统软件，不够自由，但安全监管好。两方各有利弊，如能协调解决，更有利于共享。云端，电脑无缝对接，深度共享数据，成为新的电脑殖民地。

共享（sharing）：免费共享，万物随时增值，赢取未来最大的财富。共享，也有合法性与合理性问题。免费共享，反美国梦式的垄断追求，带来了集体主义、共产主义的新可能性。产消者基于自愿立场，提供免费方案，成为"去中心化、平民主义"的先驱者，组成网络社区、论坛、公社，产生文化聚集效应。但是"共产、资产"中的"产"意义有变，聚集效应产生出其他的垄断方式。如果解决好各种可能的麻烦，也许"网络共产主义"可以实现。

过滤（filtering）：内容越扩张，信息越海量，越需要过滤，以使注意力聚焦。注意力流到哪里，金钱就跟到哪里。注意力经济有两个面向：一是让别人注意到，才有变现的基础；二是你注意到别人，才可能抓住"个性化""订制化"的商机。传统过滤方法有："守门人"，父母亲人屏蔽；媒介过滤，音乐和电影工作室方案被否定；管理者过滤，零售店和图书馆等过滤；品牌过滤，品牌选择；政府过滤，禁忌设限；文化环境过滤，朋友和自身过滤。新时代要探索更完美的推荐型过滤器：依据个人化数据库，进行个人订制化的过滤。过滤器的本质是赢取注意力聚焦。

其实，除了注意力经济，还有流量经济。尤其是娱乐圈有些流量小生、流量小花，一呼百应，赢取万千关注，如有些明星的一条微博可以引发上亿次或几十亿次讨论，因而身价倍增，这常常让人忽略：演技，才是演员最重要的标准。现在，甚至有些总统都在巧用推特的注意力经济、流量经济的力量，可见赢取眼球经济价值的威力。

重混（remixing）：对已有的事物重新排列，拆解、跨界、重组、再利用，多元文化融合、碰撞，产生新的思想，具有增长与创新的能力，创造新产品和新服务。未来30年最重要的文化产品和最有影响力的媒介将是重组现象发生最频繁的地方。如编制影视词典，可视化媒介具有可检索性、可回放性，将是动态领域的巨变。在界定原创与重混方面，主要看作品的素材是否进行了转化与提升，从而实现创新与升级。近年，电视剧抄袭案时有发生，新闻事件不少。

互动（interacting）：未来所有的设备都需要互动。高仿真的虚拟现实更注重现场感和互动效果，实现人与人、人与机、产品与受众之间的互动。尤其是人与设备互动，将设备植入皮肤，人与设备一体，记录身份密码，更增强全息体验。作者与读者互动，如清代书商为增加销量，给《水浒传》增加系列情节，如梁山好汉被招安后，征讨田虎、王庆、方腊等。再如当代的计算机互动小说、"代码诗歌"等，利用互联网和多媒体技术，形成了粗具规模的数字叙事。越高级的互动艺术，越能消弭现实与虚拟的边界，如电脑游戏、声音雕塑、互动戏剧等。互动领域大有发展空间，需要解决好"和谁互动"以及"如何互动"的问题。具体的互动艺术研究，本书将有专章论述。

追踪（tracking）：跟踪技术日益进化、廉价，追踪无处不在。如未来的智慧列车、高铁动车组将有虹膜识别摄像头，检测司机是否正常工作。不平等追踪会衍生出问题，而双向监督会优化跟踪科技。自我追踪将涵盖人类的整个生活。我们会量化自我，写数字日记，创建生活流、个人数据库。这有利于个性订制，但也更容易泄密。人类是倾向于自我暴露的分享虚荣，还是倾向于自我保护的独享隐私，一直是两难的悖论问题。很多时候，人们热衷于在网络晒这晒那，源于孤独，渴盼寻找知音，心灵共鸣。波兰基耶斯洛夫斯基的电影《十诫》之"爱情短片"深刻揭示了男女之间分享与独享争战所带来的情和性悖逆悲剧。

提问（questioning）：提问比回答更有力量，更有价值，更能激励创新。机器给人答案，但是难以替代人类来提问。提问将是机器人学会的最后一样东西。全球万物互联互通，实现人类共享和实时互动，不经意间就有了全球意识，这将打造新的社会结构。人工智能创造了"答案语料库"，全球即时联通，增长了我们的无知而不是我们的知识。然而，人类知道得越多，未知也越多，于是，开始追求"完美问题"：不能让我们得到正确答案的问题，可能有千百种答案、能创造新思维、能生出其他许多好问题的问题。

绝杀提问，激发创新，突破框框，点子喷涌。关于未来的问题，本书试举一些：衣食住行等物品何时从大众产品变成订制产品？手机何时能真正像电脑，完全整合电脑的功能？语音录入即时转化为文字，什么时候有更高的准确率？几千年前的口头文学传统是否重出江湖？口述文艺是否将成为新的时代潮流……

开始（beginning）：全球化心智时代即将开启。人类主导的新平台不是乌托邦，而是传统自然社会的延伸。当然，这也仅仅是个开始。

什么是必然？日益智能化的新世界是必然，网络免费共享是必然，霍洛思发展壮大是必然……全书讨论了未来的两大趋势。一是技术变革，如知化、过滤、重混、追踪等。二是观念和生活方式的变革，如流动、屏读、使用、共享、互动、提问等。有种奇点理论认为，技术发展将会在很短的时间内发生极大而接近于无限的进步，这是激变、突变的转折点。而作者凯文·凯利乐观地认为，超级智能毁灭人类，这种"硬奇点"不太现实，未来将是"软奇点"，即人工智能为人类所用，两相结合创造更大的财富价值，才是未来发展方向。

当前，大数据（big data）产业发展迅猛，云计算大有市场。据说，云计算（cloud computing）有每秒10万亿次的运算能力，可以模拟核爆炸、预测气候变化、市场发展趋势等。高科技发展为创客们提供了更多的创意空间，将有更多的创意产业随之诞生。其实，大数据不是神秘事物，Google、百度的搜索服务就是典型的大数据运用，根据客户的需求，这些搜索引擎实时从全球海量的数字资产中快速找出最可能的答案，呈现出来。信息时代的大数据增长依靠量（volume）、速（velocity）与多变（variety），道格·莱尼称之为"3V"。

随着全球互联网的深化发展，数据积累越来越丰富，可以淘取的财富也越来越多。如给每件品牌服装装个RFID码，记录试衣的地点、时间、次数、时长，可以更好地为服装生产销售提供决策。落魄作家可以利用大数据，进行炒股，成为股神，这是2011年好莱坞电影《永无止境》展现的奇迹。大数据为网民提供航班的准点率，这也能有效提升各大航空公司的管理水平。保险公司运用大数据，更有利于概率评估，专门为人度身订制各类保险。

大数据可以告诉你与某人的匹配指数，低于匹配指数，需要慎重考虑，或者，未来人们可以在全球范围内海选适配对象。根据基因图谱、各类身体数据，人们得知自己生命的倒计时数，像算命先生一样。数字化生存的结果，是计算机网络储存每个人的一切信息，让人的虚拟数据永生，仿佛灵魂不死。如果将之植入生命体，或者能实现死而复生。随着全球数据积累愈加海量，人工智能将会愈加智慧，接近甚至超越人的智慧。

全球网络文学创作和研究都谋求活用大数据。乔克思写过论著

《大分析》[1],阐释大数据下的文学观察,对 19 世纪文学基因组进行可视化展现。数据库可用于词汇语法、语用语体、自然语言处理、人工智能、机器翻译、言语识别合成等领域,还提供文学特征、概率数据、作品研究、文本比较、历史检索、频率统计等资料,作家和学者们可从量化到质性分析中,找到创意的新动向、新点子。网络文学作家少君写过一篇论文——《大数据时代的华文文学研究》[2],并多次在会议上呼吁:建立一个专业的海外华文文学研究数据库和分析软件势在必行,因为港澳台地区及海外华文文学研究已有近三十年的发展历史,但若没有数据库,就无法知道时至今日华文文学大约有多少部作品,也无法计算作品的历史与分布,难以分析港澳台地区及海外华文作家的数量、作品的数量、分布地域比例、作品语言特质、读者阅读范围,等等。在大数据时代,世界华文文学研究因为跨国界、跨地域,尤其需要重视数据库的建设,研究方法的科技化有利于更新研究的手段和理念。

当然,高科技发展、创客运动、技术急速进化,所有这一切也存在隐忧。人类制造了无数的万物之后,会不会被自身制造的垃圾淹没?人类创造了超人超物、机器人军队,最终会不会反过来被驾驭?现在人们都热衷于追新逐奇,追踪非凡、传奇的事情,实现不可能的事,当有一天,所有的新奇都被穷尽后会如何?当有一天,所有人如果都选取智能机器作为伴侣,人类的繁殖如何继续?当人造心智完成所有的事情,所有的任务,人类怎么办?按照马斯洛需求理论,最高层级自我实现的需要都没有了,人类存在的价值何在?

《3 生万物:3D 打印——第三次工业革命的引擎》一书谈及 3D 打印技术的消极影响。一是存在一定的安全隐患,杀伤性武器生产更便捷。二是可能引发一系列盗版问题,电子设计很容易被拷贝或者复制,

---

[1] Matthew L. Jockers*Macroanalysis:Digital Methods and Literary History*,University of Illinois Press,2013.

[2] 参见少君《大数据时代的华文文学研究》,演讲于第二届世界华文文学大会暨第十八届世界华文文学国际学术研讨会,2016 年 11 月 7—8 日,北京。

新的知识产权问题很棘手。三是可能导致资源环境问题，3D普及，消耗大量物资，大量的设计产品给环境保护带来压力。四是可能引起道德与伦理争论，透视扫描人体，复制自己、复制人类都会带来一系列的新问题。五是可能产生审美疲劳，过多过度后，又想回归简约实用。六是科技用于邪恶用途，制造出人类难以控制的生物或者武器，导致灾难大片在现实上演。[①]

新技术在产生新利益的同时，也带来诸多麻烦。今天的问题来自昨天的成功，对今天问题的解决方案，又给明天埋下隐患。尼尔·波兹曼认为，每种技术既是恩赐也是包袱。网络让人越来越不爱思考，注意力更易分散，个人隐私更易泄露，不负责言论更易流传，更多网络诈骗、黑客攻击。英国迷你科幻剧《黑镜》系列，就照出了网络技术给人类带来的痛苦、错误与代价。比如人肉搜索，有时能帮助发现真相，有时也会给个人带来巨大的伤害，隐私误伤。2012年上映的电影《搜索》，陈凯歌执导，改编自获"鲁迅文学奖"的网络小说《请你原谅我》，正是探讨网络时代的这类社会问题。

《必然》用极短的篇幅提及科技的负面因素："负面事物同样会逐渐知化、重混以及筛选。罪行、骗局、战争、欺诈、折磨、腐败、垃圾信息、污染、贪婪以及其他不良欲望都会变得越来越去中心化，并以数据为中心。""在本书中，我有理由不去关注这些负面的内容"，反之，作者认为"任何有害的发明都能给人们提供一个契机，去创造前所未有的有益事物"。"善与恶相互激发的循环加速，仿佛原地踏步，但每一轮循环后，我们都能获得前所未有的额外机遇和选择。这一点十分关键。选择的拓展（包括选择破坏）增加了自由程度，而更多的自由、选择和机遇是我们进步的基础，也是人性和个人幸福的基础。"不管如何，凯文·凯利都对未来持相当乐观的态度。

[①] 参见李旭鸿、张东升等《3生万物：3D打印——第三次工业革命的引擎》，经济科学出版社2015年版，第78—80页。

尼葛洛庞帝的《数字化生存》指出，计算机代表的数字化技术将从四方面改变人类社会：全球化、分散权力、赋予权利、追求和谐。但信息科学是把双刃剑，技术越来越智能化，给人类带来了很大便利，但是人类走向纯粹、抽象、高级的数字世界，人失去了神圣的光芒，失去了控制改造征服世界的勇气和信心。

什么是智能化机器难以完成的工作？如提问、创新能力、对效率要求不高的工作，如需要经验的育子工作，我们会花费越来越多的钱。人类心智的优势是弹性，能处理、整合不同的信息，并作出判断。电脑心智在于速度和正确性，而不是弹性。未来社会，决策比执行重要。机器智能化不断发展，所有可标准化、流程化、逻辑化、规律化的工作，不再需要人力，在这些方面，人类难以跟机器人抢饭碗。人类需要拓展弹性生存能力，如思辨、提问、创新、决断等能力，这对人类进化提出了更高的要求。

智能化世界会改变人性。智慧的联结，如果再进一步，就是心灵的畅通联结，人与人之间不再有秘密，是否能抑制一些人性恶的因素？智能化让平凡变为超凡，超凡又变成平凡，直到有一天，世上只剩下"不可能发生之事"。超凡有利有弊。当凡事求"超凡"时，人类易于走向极端主义，引发贪得无厌的不满足状态，一如小说《蝇王》、迷你剧《黑镜》所再现的。人性善若被人性恶颠覆，将会如何？

但不管乐观、悲观，问题一直存在。人类有了"答案机器"后，将来是否会制造"提问机器"？如果人造心智学会了提问，人类会面临什么困境，哪些问题？当今社会的低头族涌现，人与人之间复杂多样的情感沟通是否会阻隔？人工智能是否会取代人来实现情感交流？《必然》没有提到人类与智能机器之间的伦理问题。如果人工智能与人进行情感交流，那么，人和机器人就能组成家庭。当这类群体不断壮大，人的价值观念将会发生变化，正常的人类家庭将不断瓦解，此时，人的伦理道德和法律是否还适用？当人类的伦理道德法律无法调和人与机器人的关系时，人与人、人与机器人之间会出现伦理问题，会产生分化，社会矛盾会激化。如果智能机器能帮助人类完成一切事情，人类还有什么是不可替代的？当"霍洛思"主宰了一切之后，世界还需要人类吗？人类智慧有何意义？人类会不会质疑自己的人生价值，质疑存在的意义？人类该如何发现新的价值？人类将如何应对所有一切可能的麻烦？随着科学技术突飞猛进的发展，人会不会异化？克隆人、复制人、人机合体、人机人，人头马式的生物人，人造人，是否会导致"人将不人"？人的边界何在？所有这些，都是值得深思、警惕的事情，关系到地球存亡问题。如何面对，如何限制，如何与负面事物抗争，是我们人类永恒的任务。

第三章 微文化创意

"互联网+"时代，微个体与微技术遇合，碰撞出微文化创意，这些都属于跨媒介文化研究的范畴。"微"，表面字义，指微小、轻微、言微、人微，但小中见大，滴水石穿，千里之行，始于足下。今时今世的"微"，反而凸显出个体的重要性，人人都可以是微文化的创造者。一些看似微不足道的行为，不经意却改变生活，如众筹、微公益、微温暖工程。2006年起，微博改变了媒体。2011年起，微信改变了社交。2014年起，微店改变了电商。微文化家族系列，还有短信段子、微课、微家教、微视频、微整容、微支付、微表情、闪剧、微信创意、APP创客……

新新人类成长为"拇指一代"。微文化创意从PC端转移到移动端，智能手机几乎包揽一切，拥有越来越开放的操作系统，允许用户借安装程序获得其他功能应用；且以3G、4G的网络传输速度，迅速升级。移动互联网日益壮大，移动学习（mobile learning）兴盛，移动创意也更为丰富。2010年，腾讯启动智能手机微信后，不断改进版本，快速成为中国最热的社交平台，2016年微信的活跃用户数高达8.06亿户，仿佛全民皆微。

微文化创意者，或可称为"微客"。在微客们的黄金时代，创意更易发展为生意，发展为实现梦想的舞台。因此有必要考察，各类微文化创意微什么、怎么微、为什么微、微效果如何等问题。

一　对倒三行诗+公众号微创意

微信推送，这种新兴的传播方式已经成为热门的宣传方式。大学生，一群走在时代最前端的群体，每时每刻无不感受着微信推送给他们带来的变化。

"跨界太极"，微信公众号，有篇推送"凌逾老师带你玩转对倒三行诗"。[①] 起因于2016年初，笔者讲授跨媒介文化课，讲到"对倒叙事与性别建构"这一章时，灵光一闪，布置了一个随堂作业，即每个人在课堂上即兴创作一首对倒三行诗。于是，学生们就有了人生第一首对倒三行诗，精心挑选后，孕育出此推送。

凌逾的《跨媒介香港》专门研究过对倒创意法。[②] "对倒"源于19世纪法国，受背靠背艺术启发而生。本指邮票学术语，指两张相同邮票，一正一反双连拼贴。对倒，正反倒转，双向倒转，仿佛水中倒影，镜花水月，成双成对。这类似于中国传统文化的太极图符码，阴阳相生，首尾相错，乾坤颠倒。对倒有别于对比。对比是性质的对立；对倒是方向相反，将同类物反向并置。但是，对倒又包含对比，就像"无"，不全是"有"的对立项，并非一无所有、简单否定，而是超脱于"有与无"的真空，亦即真空不空、妙有非有。相反相成的对倒思维，不同于剑拔弩张的二元对立，提供了别样的思考路径。对倒的奥妙在于边界模糊，不好拿捏把握，引人揣测，难以叙述。对倒是触发小说和电影融合的催化剂。可叙述与不可叙述之间可以对倒；小说语言和电影声画可以对倒；性别建构可以对倒，男女之间不是本质对立，

[①] "跨界太极"微信公众号，https://mp.weixin.qq.com/s?__biz=MzI2ODI4MzM1OA==&mid=2247483652&idx=1&sn=49fc73f740abc115ba29c31a64e8d7d5&mpshare=1&scene=1&srcid=0107oXaaCuJucCEVnWqS9iko&key=e186d5c2ecc1ad29b0808c5823636f6b7ff50d1efc4c4e4f6d13aed9b6d4689b62be589015b2d052bd2a8908dcb7e928cb970a9a591125ecabfc34145399860e0dd44e47181c4643550ab9fdd7eb99b4&ascene=0&uin=MTUyNjEwMDE2Mw%3D%3D&devicetype=iMac+MacBookAir4%2C1+OSX+OSX+10.10.4+build（14E46）&version=11000003&pass_ticket=WVg2Ap9%2F3QgxP1RyC07CgGAYw2 EXtV%2BpEiQJRiDT0OasCwTMZu2IuzzKBnGD245X.

[②] 参见凌逾《跨媒介香港》，社会科学文献出版社2015年版，第6—26页。

而是思考方向、行为方式、社会意识等互衬互应。

负责发布此推送的本科学生李婉婷，很有美感意识和推送经验，她写了篇"我看对倒三行诗推送"，详述创意过程。

出于对"跨媒介"的好奇，我选修了凌逾老师的"跨媒介叙事研究"课程。一学期下来，收获满满。在凌老师的课堂上，我不用局限于传统课堂的秩序，同学们想到什么说什么，一起进行"头脑风暴"，让我接触了更多有趣的、新兴的知识。老师在讲解"对倒"时，为加深我们对"对倒"的印象，也为激发出更多创新的想法，布置我们每人写一首对倒三行诗。写诗本身就已足够创新，老师还将优秀的对倒三行诗制作成一篇推送，将传统的文字与当热的传媒结合。出于对制作推送的兴趣，我报名制作该推送。制作一则推送本身并不困难，麻烦的是不断地进行修改，还好，我乐在其中。在长达三星期的修改中，老师的意见起到了十分重要的作用，同学们宝贵的建议也给推送增色不少。三行诗的配图，老师反复强调要跟诗的内容绝配。有首诗写太阳和月亮，我原本打算分开找图，但老师建议既然是一首诗，最好能在同一张图里体现出来。果然，当我找到符合条件的图片后，配合上诗，给人的冲击感更强，更直观。一开始，我并未将陆建宇《湖边》和张秋萍的《想念》两首诗放在开头，但老师说这两首诗契合"对倒"内蕴，开门见山，能迅速抓住读者的眼球，让人震撼，激起兴趣。最初，我没考虑添加音乐，但老师一言惊醒梦中人，于是开始漫天搜罗音乐，反复选都不合适，最后老师选取了要《爱的礼赞》古典乐，抒情推送加添音乐更有韵味了。制作对倒三行诗推送，我又多了感悟。单靠文字无法传达出灵魂的诗歌，辅以图片表达，视觉感官冲击给人的震撼更大。跨媒介叙事研究这门课给我最大的触动就是——在任何时代，任何创新都为时不晚。

"华附初语",这是华南师范大学附属中学初中语文组公众号,分年级、综合拓展、作文三个板块:年级栏目有初一、初二、初三的阶段目标、方法建议;综合拓展有课文延伸、古诗鉴赏、读书活动、课前讲话、师生阅读栏目;作文则有调查报告、生活札记、小作文训练、作文评析、综合活动等栏目。作为广东省重点中学,华附的语文教学独具创意,具有桥头堡的作用,将自身的教学创意、新点子广而告之,不仅服务大众,也有利于互帮互学。内有好文如葛菁老师的《我的阅读2016》,阅读的层次非常高,范围广,解读细。他们请大学名师来给他们讲鲁迅、苏东坡、文学的魅力等,很有质感。还有各年级的传帮带经验介绍,组织每次重要的作文大赛,相应地讲解非虚构写作、创意写作等知识。还有2016届初三(2)班同学自己写歌词、自己演唱录制的毕业歌,《手写的从前》3D环绕版,以及后面的故事。他们还出版了初一生活札记精选合集《我们的初中时代,我来了》。师生们碰撞出很多的点子、创意、佳作,共同成长,共同进步,真正地做到了教学相长。微信公众号成了华附的名片,成了各地师生语文学习的共同舞台。

微写作教学,也是新兴产物。随着互联网的快速发展,已不局限于传统的课堂,更不局限于文本写作;一段简短的人物对话、一次简短的短信交流,甚至是一封普通的电子邮件、两三百字的微博、博客和空间心情日志,即是微写作。学生们微写作,就像段子手们一般,利用手机、ipad、计算机等终端进行网络微写作,写短信、微信、微博,随时随地实现个人情感表达和交流的需要。从微到众,集腋成裘,从易到难,不断提高写作能力,不失为一种好办法。

借助微信公众号,可以实现各种教育创意。但是,很多公众号,文章关注度不足10%,用户转化率不足0.1%。为此,《微信运营手册》[①] 进行入门指导,从标题、图文、H5场景、签名、推送频率、活

[①] 参见斯瓦西里、关硕编著《微信运营手册》,电子工业出版社2015年版。

动、工具等方面，详加探索。开发微信公众号，首先要弄清楚定位，关于用户、服务、平台的定位，确定用户群体、功能选取、类型层次。选择好公众号平台，订阅号、服务号还是企业号，为微信公众号取个好名字。内容运营尤其关键，考虑添加什么内容，有创意，有新意，能吸引目标读者。进行数据分析，如何吸粉，如何零成本为微信增粉。该书主要面对企业公众号，出谋划策。

21世纪初，博客、段子、微信、微博，引发微写作热潮，人们的写作量和阅读量远超从前。微文学范围很广，包括短信段子、微诗、微博、闪小说、微信文学等。微博，140字短文，即记即发，即时传送，当下时政新闻有不少是先通过微博爆料出来，类于应用文写作，文言文写作。这些微文学为了吸引观者，总要别出心裁，例如，标题党，迥异于传统文学标题，神转折与欧亨利式结局，碎片化段子等，另有讲究。

二 微诗+短信：微文学

微诗，四行以内，加配精美插图，图文并茂呈现于微信。之所以四行，因为在朋友圈可以立马看到，不必点击全文，契合今人的刷屏、切换更快的速度。

古代早有过短小精练的唐诗宋词，源远流传。唐代格律诗分律诗和绝句。律诗格律严格：篇有定句，每首八句；句有定字，五字或七字；字有定声，平仄相对；联有定对中间两联对仗。绝句不同于律诗，每首四句，五言或七言，简称五绝、七绝，平仄对仗没有律诗那么严格。

古代的绝句律诗，讲究平仄韵律，讲究藏，含蓄为美。今日的微诗，讲究奇，图文并茂，巧露为美。古人写格律诗较少配图，除非题画诗；而且传播速度远不及今人。今人借助网络新科技平台，顷刻间就传遍全球，与国际接轨，"诗可以群"甚至可以在全球范围内实现，这让微诗更加迸发出蓬勃的生命力。

微信微诗写作，近年忽如一夜春风来，冒出了头，已涌现出不少微诗写作群。2014年12月3日，诗人熊国华教授组织了"国际华文微诗群"，在纯文学式微时代，一群人乐此不疲地写诗、和诗、斗诗、评诗，2015年即出版诗集《国际华文微诗选粹——当下最火爆的国际性微诗群》[①]，按地区分境外、广州、其他地区诗人，按文体则有旧体诗、同题唱和诗、微诗论坛等。2015年，《山东诗人》杂志和"长河文丛"编辑部联合组织微信诗征稿活动，马启代和周永主编《中国首部微信诗选》，由团结出版社出版。

《国际华文微诗选粹——当下最火爆的国际性微诗群》佳作频频，特点鲜明。

第一，国际视野广阔无拘。当今时代，"空中飞人"剧增，成为时尚。群里诗人来自世界各地，全球每个角落的律动都逃不过诗人们的锐眼，像一道闪电般，捉拿归诗。达拉斯的施雨《品》关注到"飞人"现象："每一次飞行目标明确／唯独这一次，不希望着陆／一生都在奔波／所以，能为你停留成为大事"，不仅写出了环球行旅这类新人类的共同经验，也写出了个体的独特感悟。悉尼的雪阳《诗行的空隙》："白昼一行是仰望苍穹的大地／黑夜一行是俯瞰人间的星空／诗行之间的空隙里沉浮着日月／那黄昏的醉眼与黎明的苦心……"《异域》："穿过星球的内部，喜金刚在上／穿过锁孔与指间玫瑰的漏光／异域，已抵达你最初出发的地方／我被逼成一道闪电，在天国逃亡"。

旧金山的王性初《心的独白》："把耳语搓成远远的细长／沿话筒勇敢地传递／声音变成了熟悉的身影／身影化成了热烈的渴望"，前两句尤佳，远洋长途电话的经验入诗，也能写出古韵。王性初的非微诗也写得相当精彩，他也是摄影大师，观察角度新颖，诗思活跃。纽约的诗人阮克强绝对痴迷拍摄，他能为拍雪鸮，早出晚归，不畏暴风雪，在冰天雪地的世界中坚守多时，他的诗歌也近乎细拍特写："蜻蜓停

---

① 参见熊国华选编《国际华文微诗选粹——当下最火爆的国际性微诗群》，银河出版社2015年版。

驻叶尖，羽翼透明，/阳光泼下来，一定没有撕裂声/你成日地流浪/考虑过故乡的感受了吗"，但又比仅仅拍摄更多几层思想的光芒。日本的华纯也写《异域》："异域的枯山水杜甫草堂/依然汉唐之色/方寸之间千岩万壑/眼睛与砂海的波纹一道流去"。再如，比利时的章平云："眼珠里黑是爱情，眼珠里白是冤仇"。纽约鲁鸣说："我们一生命中注定拥有进入彼此的签证"。宾州曹红雨希冀故乡在秦腔里和我张望："汉字站在阿巴拉契亚山岗/黑发黄脸的素颜如台上的王朝马汉/喝退大西洋的风，吼一句秦腔/八百里秦川的泪雨滂沱"。中西元素无缝对接，如果没有环球时空穿越的经验，是断然写不出此类诗歌的。

广州黄金明聆听《交谈》："两个雕塑在交谈。一个在抱怨：我的舌尖/聚集着一百个聋子。另一个在叹息：/我的耳朵居住着更多的哑巴，秋风吹到大地的尽头/广场上的雕塑还保持着奔跑的姿势"。不少佳句都是古人绝对写不来的，新人微诗微词成新调。

第二，古韵古调入新诗。瑞士的洪俞沁《年味》："我用长短句，虚构江南/小桥、流水、鳞次栉比的屋顶/月光黏稠，粘住父亲的咳嗽/小路曲折，通向母亲的鱼尾纹"。纽约的应帆渲染《节日》："八月十五咬一口月亮/乡愁是圆的也是甜的/大年三十放一夜烟花/乡愁是寂寞的也是灿烂的"。新西兰的芳竹忆念《心怀善良的那些日子》系列："无需梦境雨水和颂词/在所有的花开之前/我的心情已然绽放/并穿过月光的长廊抵达春天"；还有《这雨是蓝色的》系列："那片海在雨的停歇处/闪烁着迷离的微茫/古诗里的箫声涉水而来/想念是白露为霜的柔肠"。古诗清韵化用无痕。

动植物入诗，天人合一，不仅是生态环保那么简单。加拿大的陆蔚青被蝴蝶刺穿，成诗："从庄周一直飞到梁祝/从梦一直飞到梦/从鼓盆而歌到小提琴/蝴蝶，你究竟是谁的使者？"捷克老木《放生》组诗："踽踽而行你在哭泣吗？/一路泪痕可算印证？/你带着家淡然流浪，/不急不缓享受自己的命运。"为蜗牛歌唱。广州熊国华歌颂《大地之王》："请不要跟蚯蚓谈豪宅名车金钱地位/时装美食。人类的天

57

气与它无关/蚯蚓最大的骨气是柔软/受大地的庇护,终生耕耘大地。"他为蚯蚓叫好,也为荔枝高歌,但更警醒世人:"好东西不能吃得太多/譬如江山和美人"。红尘妃子,一语双关。

比利时的章平礼赞《树木》:"走在人群中想站着做树木/站在树林中想做走动的人/自古英雄都想把时间打败/我看见了树木看不见树林";《眼光与文字》:"把我眼睛挖走,不能把眼光搬走/眼光储存在心灵深处/如我的雷鸣在等待闪电/把我心挖走,眼光还储存在文字";他还追念《一群你我过去追过的女孩》:"石头死了里头鬼魂还在哭诉/斑竹一枝、两枝、三枝未够/曹雪芹把那眼泪收集入瓶里/孵出一群你我过去追过的女孩"。这简直就是故事新编式的古事新诗,活用曹雪芹、《石头记》、眼泪等符号元素,打碎重糅,仿佛化骨绵掌,击中了少男少女的心扉。章平诗句总能让人眼前一亮。

第三,互动呼应,酬唱应和,诗痴情动,微言汇海。如常德的瑶溪写《梦中》:"强迫自己关机睡一会儿,/梦里尽是微诗的影子。/醒来一颗颗星星直接向我砸来,/仿佛又回到梦中。"痴醉亢奋之情溢于言表。这位警察诗人还写有不少职业诗,如《监狱纪事》:"监狱不是诗人的监狱/诗歌也冲不破高高的大墙/但当看到大墙内一棵棵绿树在春风中摆动的样子/我仍然看到一行行绿色的诗行。"在微诗群开通13天内,他就写诗唱和550首,2个月内写了3000多首。

诗集中有不少同题诗,如《异域》《出生证》《房产证》《结婚证》等,成为应和诗。2014年12月18日,群主熊国华在诗群诞生之初,写有《出生证》:"嘹亮的宣告化为一张薄纸/我不知道该写下怎样的诗句/从古至今都有拼爹的胎记/我宁愿独立行走一生"。章平写《后出生证》应和:"在旧时光阴折皱里/我让诗歌伸了个懒腰/小说打了个哈乞/就此平平安安过完一生"。瑶溪写《出生证》:"只有母亲才能证明我的出生/但风雨可以证明我的存在/太阳能为我作证/我是它派往大地的一名诗人"。广州吴作歆写《房产证》:"它吞噬了我所有的劳作/包括梦想、青春和诗行/为了填上我歪歪扭扭的名字/我走过歪歪扭扭的一生"。证件文化盛行，也是新时代的文化特色，微诗诗人敏锐地捕捉到了新时代的脉动。一般诗集都有不少情诗，但是，此诗集情诗较为欠奉，而且，多写情伤深重，厦门的萧然说："爱情，是一服年轻时误服下/剂量过重的药/有人因此，一生都要用眼泪/慢慢稀释它的毒性"。爱是病，情是毒，只有受过痴迷之苦的人，方知其痛。

广州诗人就选了22家，成就相当不俗，已成"广州派诗人"的气象。广州北安的诗歌有骨。澳门有"诗岛"之称，但是，入此群的澳门诗人较少。汕尾李万堡收入的14首均为和诗，而且都是旧体诗。广州侯立兵新旧诗皆写，也写和诗，诗集还收录了其诗评《唱和点燃诗情》，"一时酒渴思吞海，几度诗狂欲上天"，"新媒体的娱乐功能与微诗的轻松写作不谋而合，正是因为好玩与轻松，才使得微诗群的人气火爆，参与者兴趣盎然，这也是微诗群活力的不竭之源"。写来才情四溢，气象磅礴。张海沙新旧诗体均有创作，如《山斋即景》："斗室一方自在天，唐宋风韵醉茶仙。琅玕更立窗前树，春绿秋黄伴永年。"古典文学教授的时代情怀立现。

至今，该诗群依然非常活跃。2017年1月17日，熊国华有三首微诗见于《羊城晚报》，如《雄鸡》唱曰："你用歌声驱逐黑暗，呼唤黎明/在东方站成一幅雄起的版图/太阳赐给你金色的羽毛/抖一抖翅膀，化为腾飞的凤凰"。自信自豪，昂扬向上，微诗群亦如是。

手机短信文学也是微文学的一种，在21世纪第一个十年曾经风头无两，但在21世纪第二个十年就被微信遮住了光芒。短信文学相关书籍如《智取短信1300条》，类于小百科；《短信小说30篇》，类于闪小说。李丹编《精彩短信大全》[①]，分设节日问候、真情祝福、人际交往、谈情说爱、职场交际、娱乐专家、生活名言等栏目归纳整理，有些短信幽默有趣：精神病院里，有两位病友在交谈："我的小说怎么样？""不错，就是出场人物太多。"此时，护士冲他们嚷道："嘿，你

---

① 李丹编：《精彩短信大全》，三辰影库音像出版社2009年版。

们俩快把电话簿放回去。"有些短信反映了时代的某些心态:"难道全世界的鸡蛋联合起来就能打破石头吗?所以做人还是要现实些。"有些语句有哲理:"失言就是一不小心说了实话。"有些是脑筋急转弯:"什么门永远关不上?球门。"程健编《手机短信》[①] 则分为情话绵绵、祝福连连、整蛊专家三部分。其实,短信文学具有轻化、浅化、淡化、笑化的特点。"不那么忙了,所以才想着找点兼职。专业:爱情本科!特长:洗碗刷锅!能力:爱你没说!薪水要求:你的真心一颗!理想合同期:常年有效,永不跳槽!"网络上一搜经典短信,可谓是铺天盖地。转瞬即逝的烟花,偶尔也能留下一些经典语句。然而,短信的麻烦在于,太有时效性,越是转发得多,越是过时得快,难以保鲜。

显然,微诗比短信文学更精致高雅,诗意盎然。两者面向不同的群体,有不同的诉求。短信文学大众化,微诗诗意化,短信文学入俗,微诗脱俗。

三 闪小说+世界机场

后现代社会总强调快速、效率,网速、航速不断提速,快闪行动、快闪歌舞创意迭起,快闪文化波及小说,于是掀起了闪小说风潮。《香港文学》杂志2014年6月号,专设闪小说专栏,打捞起印度尼西亚、马来西亚、泰国、新加坡、越南、美国、加拿大、新西兰、中国港澳台内地等地的佳作,区域文化碰撞,引人遐想,赐人灵感。该刊总编辑陶然的卷首语告诉我们:闪小说(flash fiction)的渊源可追溯到《伊索寓言》,后来好手有契诃夫、欧·亨利、卡夫卡等。

当代闪小说限600字以内,在信息时代可以多渠道传播。海外华人作家多写养老、养生、骨灰、宗教信念、福报、报应、宿命、问米婆灵媒、集体记忆、绿卡梦、镀金、番客、打工族、越狱、应征、牛缘、死亡等事;港澳台多写爱、恨、家庭悲剧、动作片、人偶装、死

[①] 程健编:《手机短信》,吉林大学出版社2009年版。

神笔记本、赌徒，富有科幻、魔幻色彩；内地或有内地背景的作家多写谍战、批斗、贪官、小三、谋杀、金手指GDP增长的成与毁，富有写实色彩，故事情节离奇，结局总像脑筋急转弯，让人吃惊。

当然，灵感跨域交错之事也时有发生。新加坡学枫也写解放系列：犹太人从纳粹集中营逃离，获得解放；太太与上司去度假村解放；"我"去夜总会解放，巧遇朱丽安，竟然是家中女佣化名来解放、挣大钞。全文构思巧妙。新加坡的希尼尔敏感于嗅觉，榴莲滋味能挽救轻生小伙的生命；就像伊朗导演阿巴斯，以樱桃的滋味挽救了自杀男子的命。马来西亚的多拉敏感于听觉，写三年后重回原来的房间，还能听到那中年女子心碎的哭声；养老院的老妇则向医生企求失聪，因不想听晚辈的刺耳话。在马来西亚的菲尔笔下，超级富豪喜欢吃大葱煎蛋，结果手下都跟着吃，想沾点富贵气，还将灵验说得神乎其神；就像内地汪曾祺写《异秉》，草民相信与众不同，能带来好运富贵，迷信也会遗传。陶然写职业刀手、醉酒幻觉；写眼盲患者竟要预约一年才能看病；恰似故事新编般，一如既往地呈现出深刻的写实性。芜华写美国华人夫妇，一生攒钱，为这为那，直到一死一失忆，养老钱都未动用，活活被逼成了守财奴。

时代在变。泰国杨玲写对付变心丈夫，一哭二闹三上吊传统手法已失效。内地蔡中锋写市长夫人首创印刷鸳鸯名片，随意找各局局长处理小事。马来西亚杨伟哲笔下，老夫妇养狗，竟然是为了处理剩饭剩菜，为了瘦身和健康。美国的少君写电脑工程师，为与所爱共撑一伞，竟置吃饭家伙——贵重电脑于不顾。台湾宇文正写调音师，拆钢琴盖调音时，接长长的电话，仿佛自己的盖子卸下来，让旁人不习惯。加拿大陈华英笔下，阿文去西藏拍天葬，竟然将自己性命搭进去，得成录像；又写老老少少一家人喝早茶，都成了低头一族，叫阿爷等长辈吃点心，都要靠手机传讯。

香港潘国灵以数学思维书写情感，富有创意。例如，十致电给前女友三：我对你的感情是十除三，除之不尽，女说：我明白，第三者在这世界总是太多；由 let's go 到 let go，其间是以光年计的距离；其还以小说角色戏剧对白方式，再现作家创作召唤才华的艰难、成败得失的压力。香港罗贵祥窥探特警训练班，用暴力教授顺从；王良和怒斥打印机死机、被过度注视的黑白电视机的鱼骨天线错位、电脑屏幕 Deadline，无不在压迫当代人。

台湾李进文扫描超声波看见不能说的秘密。澳门寂然俯瞰飞机坠毁前，夫妻自剖心声、自毁前缘。年青一代绿茵、吴鑫霖则写网上奇缘、照见脸书皆空，与数码网络解不开千千结。澳门梁淑淇的《时光话筒之离合悲欢》，给手机安装时光话筒应用程序，录制留言在未来的预设时间播放，由此组接出分手、复合、生子、病故、护母故事，生与死两条线索交错，构思精妙，科幻想象奇特。

闪得快，好世界。但偶有闪失，也能让哲思灵感再次起航。《香港文学》7月号还设有"世界机场专辑"，该栏目设置了触动扳机——2014年初，马航370航班失联，陶然卷首语赫然就是"飞向无踪影"，6月号小说《迷踪》已有先兆。陶然还曾创设过地铁专辑，眼光独到，新锐合潮。

飞机、机场，讲究高速、便捷，最适合作为闪小说、闪散文的题材。机场、地铁，出发、抵达、远行、离散，都是富有后现代感的符号，是后现代社会的衍生物和象征。21位书写者都是名副其实的空中飞人、世界人，所写21种世界各地机场，异彩纷呈。

机场关联离情。赵稀方描述女儿获得哈佛全奖后，一家三口送别在北京机场，全文点化出接送、买零食、喊睡觉等前后几个细节，看似不经意，却催人泪下，戳中了所有为人父母者脆弱的心。女孩菲尔第一次单独旅行，在陌生的伦敦希思罗机场，体会到旅途中最珍贵的人情。谭惠贤也谈及第一次独自去欧洲读书，在启德机场的三块围板禁区，"一个闪身，就是一个人，那是我经历的最艰难的一个转身"；启德机场曾是香港的地标，但她伤感地叹息："启德没有了，香港的传奇也消失了……传奇不是这个世界需要的。"钟国强则感悟新的香港赤腊角国际机场，欣赏诺曼设计的建筑、默片般的乘客，怡然自得地消磨等飞的时光。

机场启迪写作。朱蕊说，写作像在机场，从一个点出发，可以去无数个地方。在机场里，每个人就是一条航线，从自己出发，而后又抵达自己。既然远方出来遥遥一无所有，那么，抵达才是出发的理想。她由上海虹桥、浦东机场随意兴发，思考世界的可不可思，上升到高深的哲理问题。卢因发觉，温哥华机场观景台适合写诗，让人文思泉涌；机场还是旅游景点，不少师生前来 field trip，实地旅行观察，提升写作思维。郑明娴也写加拿大机场，但是却从两个以人命名的机场，想到了皮尔斯和杜鲁道总理的政绩和受大众拥戴程度，想到建筑背后的人文魅力。

好机场给人暖意。吴小攀哀叹世界机场多是毫无个性的集装箱，一边吞，一边吐，日夜赶工，不动声色；其常年出入广州白云国际机场，不由自主要对机场建设建言献策：最好由无情到有情，甚至多情，让乘客安心、暖心。而韩国的仁川机场正因做到此点，获评世界机场第一，九连冠，李安东将之与浦东机场比较，分析仁川机场胜出之因，整体设计高端大气上档次，有世界最全免税店，物美价廉；花园式休闲场所，牌楼木地板民族风俨然；与韩国国立博物馆联手，将航站楼打造成文化博物馆；还有免费洗浴、小心搬运行李等很多人性化的细节，让乘客舒心难忘。计红芳说波兰华沙肖邦机场也很人性化：考虑周到的儿童乐园、最完备的残疾人登机设施，还有因慢节奏生活而带来的优雅、从容、善良和天然。景色绝佳的当属建在海上的日本关西国际空港、与海争地的新加坡樟宜机场、大海平原高山天空合而为一的韩国金海国际机场，郑芸、希尼尔、金惠俊对此有详尽的描述。

肖复兴难忘芝加哥机场的恐龙骨架，想起了"流年暗换南北路，老眼厌看往来人"古诗，恐龙仿佛看尽春秋演绎的沧桑老人，不变的芝加哥对于居住者而言，其实是好事。刘荒田讲及多次进出纽约肯尼迪机场，在陌生城市的接机趣事。印度尼西亚袁霓的《雅加达"苏加诺—哈达"机场》溢出到了 8 月号。若然携带也斯小说，在苏黎世候机，却念兹在兹香港，由此体验烦恼娃娃的回程之旅。黎翠华则是怀揣澳门，在葡萄牙里斯本机场寻找熟悉的前世今生记忆。当然，机场也会给人寒意，如马海甸所写的莫斯科谢列梅捷沃机场。

机场见证华人的崛起。梁源法描述30年前与巴黎戴高乐机场第一次约会的惴惴不安，到如今频频出入其中的驾轻就熟，呈现出华人自信之姿兴起的历史流变过程，机场最能见出人间的真情流露。胡仄佳也注意到悉尼机场华人越来越多，中文旅游指南、指引标识越印越精美。其实，新西兰、美国等国都早有此现象。全球华人流动正影响着世界文化。

国际航空机场属于"非地方"（non-place），这流动站和周遭环境没有什么关系，自成一体，不属于一般意义的地方概念，不属于当地居民，而属于国际人、边际人；在此，社会关系、历史和身份认同会变得模糊不明。还有什么比国际机场更能让人体验到全球化、地球村、世界性、流动性、国界边界等宏大话语呢？由机场建筑地理空间出发，能碰撞出那么精彩的思绪和灵感，很具特色。机场专栏不同于过去的游记文学，开拓文学地理学，有更高层次的提升，属于跨学科、跨地域、跨文化的新锐实验。设计此专栏，实在值得点赞。

上述两专栏，明显具有世界性、前卫性。但是，以散文笔法写机场，多是温情、美好的记忆；而闪小说多写暴力血腥、喊打喊杀、凄惨悲剧，魔幻诡异，仿佛不传奇则不足以称奇。虽然书写者都用汉语华文，但因来自世界各地，用语不同，风格迥异，文化有别，读者不时遭遇奇特话语，给人陌生化之感，就像冷水浇面，这冲击让人新奇清醒，醒悟到华人的个体差异性、尊重有别的重要性。

四　快闪＋传统文化

有种微文化行为艺术，叫快闪[①]，为互联网衍生物，用网络召集一

[①] 华南师范大学本科学生围绕快闪新课题，做过精彩的演讲，组长为林晓云，组员为林朝颖、李上裕、刘璐、尉舒云。

批人，在指定地点和时间，出人意料地同时做一系列指定的歌舞或其他动作，然后迅速闪开。"快闪行动"初期纯为搞笑或膜拜纪念，是忙碌的当代人对世界开的善意玩笑。后来，"快闪行动"制成"快闪影片"，传播威力大增，并在公益、商业等领域热起来，快闪族兴起。

快闪源于2000年3月美国纽约曼哈顿，由比尔组织发起。后扩展至欧洲、亚洲等。如加拿大的"青蛙跳"，数十人突然步入商场TOYSRUS玩具店，扮青蛙跳来跳去。《歌舞青春》闪电影[1]很有创意，将篮球动作与舞蹈艺术融合，融入街舞、爵士舞、拉丁舞等，配合摇滚歌曲，充分展现一群青春阳光男孩的热力和活力，轻易就能俘获年轻人的心。香港第一闪是2003年8月22日，一群外籍人士突然在铜锣湾时代广场的麦当劳，集体举起纸巾并跳芭蕾舞，一分钟后散去。NFM北京快闪团，为羽泉演唱会闪舞。青岛，一群人在繁华地段擦地，并迅速消失，以此唤醒环保意识。

艺术无国界，以正确方式创造艺术，利大于弊。快闪可为艺术服务、社会服务，由街头表演拓展到公益活动、绿色环保、品牌推广、主题宣传、迎接春运、快闪求婚等。公益快闪进行公益理念的传播、公益活动的呼吁。商业快闪，融合快闪与广告，由原来的架上艺术向架下转移，走上街头，走进百姓生活，由早期的用户创作广告，转向民众直接参与广告，成为广告的主角，实现了广告的平民化与互动传播。[2]

快闪艺术有几个特点。

首先是"跨"。快闪属于典型的跨媒介创意艺术，网罗电子游戏、广告、音乐、摄影、影视等元素，综合不同符码、话语习惯、渠道感觉和认知模式，既可利用现代流行的音乐、舞蹈等元素，又可运用传统文化元素，通过新颖的方式呈现出来。快闪与影视融合，实现媒介的整合

---

[1] 参见《歌舞青春》(http://my.tv.sohu.com/us/63277965/54574609.shtml)。
[2] 参见李明合、王玉良《T-Mobile："快闪"，亮出广告新主张》，《销售与市场》(评论版) 2010年第22期 (http://www.cmmo.cn/article-34814-1.html)。姜鸣红、许祥云《"快闪"，让公益传播"快"起来》，《传媒评论》2015年第9期。

以及协作叙事，缩短影片与观众的距离，看与被看的共时性，增强了互动性。快闪不仅运用影视播出平台和网络PC端等传统媒介，也运用视频门户网站、微信公众号等新媒介，寻找跨屏互动的最佳结合点，结合手机播放，在时长、风格、拍摄等方面，考虑播放要求和受众口味。以跨媒介的方式，实现了"互联网＋"时代的媒体融合、品牌打造、促进线上线下互动等的互利共赢，实现再媒介转译与多媒介的整合，实现移动新媒体立体传播与复合营销，走"短、热、快"路线。

其次是"快"。通过"眼球效应"，迅速吸引人群，瞬间冲击观赏者，向人群传达某种理念、商家品牌等信息，达到传播目的。快闪年轻化，紧扣"80后""90后"乃至"00后"的心理特征，与新时代节奏合拍。

然后是"众"。快闪改写了舞台概念，公共空间变成舞台，提供免费的视听盛宴。快闪客有意选取空间宽敞、人流密集之地，如露天广场、购物中心、交通枢纽等，迅速将常规生活空间改造为艺术空间，空间表现形态是进场、介入、离场。以新奇、突然的方式，给观众深刻、强烈的视听嗅觉印象。快闪讲究在场感，快闪客与旁观者同时在场，看与被看互换统一。

高雅的快闪，是值得留存的艺术经典。例如，芬兰科瓦斯特兰姆的都市四部曲快闪舞蹈，整合多媒介艺术。一是舞蹈＋文学：全舞有隐含故事线，两男一女双人舞、三人舞纠缠，仿若演绎三角恋的爱恨情仇小说，以舞蹈捕捉潜意识。二是舞蹈＋电影：运用快闪快切、晃动摇移等镜头法，舞蹈镜头交织日常镜头，现代舞选配摇滚乐，夹杂地铁噪声，动感十足；舞蹈因视频传播而长存。三是舞蹈＋地铁：肢体动作设计呼应地铁的去来，为动感舞蹈再添流动性，再现既有控制力又无序的都市情绪张力。四是舞蹈＋现实舞台：以地铁站作为舞台，地铁广告成为布景，光源就地取材，生活真实与艺术真实较量。五是舞者＋人群互动：群众既有赞赏或惊愕的呼应，也有漠然视之的不呼应。艺术家不刻意要求乘客驻足观看，只表达潜在诉求。全舞视频只有四分多钟，像快闪演出，都市节奏的现代感与打破常规的后现代感交织,全新创意给人震撼感。

"快闪"是舶来品,传入中国存在文化相容与否的问题。快闪的中国化演变,需要土壤,需要创意。快闪可与传统艺术结合,如合唱、舞蹈、器乐、童话、传说……快闪可让传统文化重入人心,给人亲切随和感。但是,快闪特点是快速、短暂,多以劲歌热舞为亮点;中国传统文化特点是含蓄、悠长,需要时间来细细品味。快闪与中国传统文化融合,要解决这一冲突,需要抓住传统文化的最大亮点,通过短时间的快闪表演呈现传统文化的精髓,给观众留下深刻印象,以点带面起到烘托作用。

快闪与中国传统文化能产生化学反应,并直接向海外输送传统文化。经典案例是加拿大上演的"祝贺华人猴年新春"精彩快闪。[①]2016年1月30日,首都渥太华的地标建筑国会山,虽是零下19摄氏度,却游人如织,他们先被教堂阶梯上的Q版孔子小雕塑吸引,纷纷拍照留影。伴随着教堂的钟声,一列鼓号队出现。一声哨响,欢快的贺岁音乐响起,几位洋人娴熟地唱起了中国歌曲:原创歌曲《你好孔子》,将中华文化的博大精深轻松地唱出来;中国摇滚乐开山之作《新长征路上的摇滚》与西方交响乐的碰撞,唱出了时代经典。《龙的传人》由华人歌手演唱,《在希望的田野上》则由大型合唱团倾情演绎,融入了多转音的动感唱腔、黑人灵魂式solo。《新年到》营造的喜庆氛围与DJ打碟融合,相得益彰。歌曲《加拿大》由加拿大的小伙子们用中文快板念出来,中国快板与西方乐器如架子鼓、小鼓、keyboard等融合,别具一格。在青春少男少女的且歌且舞中,又加入舞龙舞狮,带来浓浓的中国农历新年味道。踩高跷和Q版孔子大人偶的出现,更是将全场气氛推到高潮。虽是冰天雪地,但是所有演员与外围观众一起,在广场上载歌载舞,鼓乐齐鸣,热情洋溢,化成了欢乐的海洋,让人油然而生民族自豪感。Q版孔子像在全国各地均有巡回展览。

[①] https://v.qq.com/x/page/e0184jiix6v.html.

这次快闪之所以成功，原因很多。中国古代圣人孔子以可爱活泼的形象做代言，增强了中国传统文化的吸引力。邀请很多洋人演员参演，融入华人的贺春庆典。邀请到加拿大联邦环境与气候变化部部长凯瑟琳·麦肯纳，代表总理出席并发言。动用了1000多名中外演员，准备时间超过一个月。近年，加拿大的华人数量剧增，这次快闪选择在加拿大举行，不但能吸引外国人的注意，更勾起了华人浓浓的思乡情谊，本地生活与故土文化碰撞，非常感染人，也使这次快闪更引人注目，引起共鸣。虽然只有11分钟，但被誉为"全球华人最棒贺岁视频"，迅速在网络上传播，点击率高，宣传效果好，中西文化交织，更有利于在全球传播传统文化，使之名扬四海。

中国传统文化与快闪契合的例证，还有"老外穿汉服寻福"[①]，在北京、上海、广州、成都四大城市的闹市区，于春节期间，同时举办寻福快闪，同步同传，开拓"城市四合一"快闪。开局设计巧妙，在闹市中弹古筝：闹市的"闹"和古筝的"静"、快闪的"短"和古筝的"悠"，拼贴互渗，矛盾交织，快闪活动更有生命力和吸引力。然后，数名外国友人身穿传统汉服逐一出现，合力拼成一个巨大的"福"字，最后散发小福字贴纸，与游人合影。此次快闪，巧借福文化、汉服、古筝、中国书法，以"寻福"作为催化剂，外国人穿汉服，说汉语，祝福新年吉祥如意，中西结合，更能吸引观众眼球，也有利于在海内外网站传播中国传统文化。

快闪是起源于当代西方创始的行为艺术，而中华传统文化是独树一帜的民族符号。快闪与传统文化联姻，既要寻找中国传统文化的永恒、和谐、神韵等抽象符号，在避"实"就"虚"的意境中，感悟特有的民族精神和东方韵味；也要借用西方的表达方式、创作手法等，在西方艺术形式框架中融入中国文化精神，追求传统的典雅与现代的新颖融合，集传统与现代、古典与时尚于一身，矛盾性、复杂性和多

---

① http://v.youku.com/v_show/id_XNDcwNDMxMjQ4.html.

元化统一，采用非传统的混合、叠加等设计手段，以模棱两可的紧张感取代直陈不误的清晰感，非此非彼、亦此亦彼的杂乱取代明确统一。中国传统文化与快闪形式的冲突反而造就了艺术风格上多元化的统一，视觉的冲击，听觉的震撼，寻根文化因素的萌动，让人耳目一新。相对于"老外穿汉服寻福"中较单一的汉服、福、古筝等中国文化符号："加拿大华人春节快闪"多姿多彩的中国符号更为夺人眼球、内涵丰富。

未来的快闪发展，在中国传统节日弘扬传统文化，可以把快闪作为辅助工具，提供前卫、时尚的传播方式。传统文化与外国文化融合，如西方流行音乐的奔放、激动与中国传统舞蹈的含蓄、内敛互补互利，共同发展；如武术与太极可以肃穆、庄严的西方交响乐为背景乐，在街头表演；如用书法写诗歌、对联等；如制作传统文化快闪电影，弘扬传统文化；如发展校园传统文化快闪，年轻学生较易接受新事物，也是传统文化传播的重要受众。

笔者曾为快闪小组设计"课堂快闪戏剧"：春天，开课，突然一汉服学生缓步进入课堂，执扇，朗声诵出两句春日诗词。另一个学生起来，挥袖，应和两句春日诗词。然后，从不同方位里，一个个学生起立，吟诵，从独诵，到双声，到群诵。快闪完毕，开始快闪演讲。或者，还可以设计，校运会、社团宣传活动或文化课堂上，进行传统文化快闪如吟诵、历史短剧等；专门成立传统文化快闪的社团组织。这些将有利于宣扬传统文化，能产生正向的良性效应。再如，快闪与沙画、文学的结合，通过快闪的模式，利用沙画的表现形式，把快闪表现内容转化为沙画。又如快闪与微电影结合：微电影的特点是短，在短时间内呈现完整小故事；快闪的特点是快，讲究瞬间给人留下深刻印象。每次快闪活动后加以后期的制作，形成快闪微电影，让快闪变"慢"，让观众能够仔细地品味其中所蕴含的思想主题等，同时能够通过网络渠道快速传播开来，提高影响力。

五　微课＋快课＋慕课＋翻转课堂

电脑互联网如何变革教育？未来的教学创意将是颠覆性的，就像从地心说转为日心说、从马车时代跨到汽车时代一般的革命。"为什么在教育领域信息技术的投入很大，却没有产生像在生成和流通领域那样显著的效果呢？"这个著名的乔布斯之问，很快就会有解决之道。

传统授课方式日渐被淘汰。农耕时代，师徒授课，私塾授课。工业时代所发明的现代学校和班级授课制，起源于300多年前的普鲁士，为适应工业时代的标准化人才而设。赵国栋主编的《微课、翻转课堂与慕课实操教程》一书区分古今教育差异：传统学校，包括课堂教学、纵向课题、论文论著、说课、观摩课，教学技能竞赛，主要在体制内发展。数字学校，包括精品课程、视频公开课、横向课题、网文、微博、微课、慕课、课件大赛等，主要在体制外发展。[①] 数字技术创新以计算机做讲台，用互联网做课室，日益占据桥头堡位置。

未来大学将会消逝，不必在规定时间、规定地点学习，四年才结业，而是"混搭+订制"，"线上知识学习+校园实践能力训练"，教会学生学习的能力。未来的专业、学位将消失，因为未来人才和教育都是跨界的，更重视不同学科的组合学习。21世纪的最佳人才是灵活创新者（smart creative），有独立思考、人际沟通、解决问题能力的人。目前，全球已有不少面向未来的创新教学类型。

第一阶段，以数字化学习、开放课件、网络教学（online learning）为代表。2001年4月，麻省理工启动开放课件计划（open courseware project），引发全球的开放教育资源运动。2003年，中国启动"精品课程建设工程"。第二阶段，以混合式学习、翻转课堂、微课为标志。第三阶段，以慕课为代表，新近还有快课（rapid e-learning）。从2013年起，中国增加了微课类比赛。

微课，microlecture，微型、微小的课，以微视频为主要呈现方式，以新颖课件设计理念和教学组织形式而著称。微视频一般控制在3—

[①] 参见赵国栋主编《微课、翻转课堂与慕课实操教程》，北京大学出版社2015年版，第11页。

10分钟，短小精悍，运用新技术手段，如屏幕录制软件和视频编辑软件（adobe premiere），整合图文声像等要素，讲解一个小知识模块，制成新资源。讲者多不出镜，以免学生分神。影视化教学，再不是粉笔加黑板的教学，也不是PPT多媒体课件教学，而更有利于展示变化的动态过程，微观放大，宏观缩小，抽象概念图示等。微视频讲解零散的知识点，也需要进行系统梳理，点明知识谱系。微视频有利于吸引学生注意，避免认知疲劳，而且，便于学生随时随地学习。这与小品、微电影一样，讲究短、平、快，与网络时代的"自媒体、草根文化、电子民主"等精神一脉相承。从微视频，发展到微讲座，再到微讲课，再到微课程，微课的特点是视频化、简洁化、交互性。

慕课，massive open online courses，简称MOOC，大规模开放在线课程，可以快速、低价、订制化地帮助学生学习。业界估计这可能引发大学教学革命。2004年，孟加拉裔美国人萨尔曼·可汗，给表妹远程辅导功课，首次将视频传到网上。2006年，成立可汗学院，制作各专业的教学微视频，给学生提供网上学习资源，注册学习者数有两千多万人，后来吸引了比尔·盖茨的投资。2008年，加拿大创始人斯蒂芬·唐和乔治·西蒙首次提出该术语。2012年，慕课遍地开花，引发全球网络教育新潮流，被称为"MOOCs元年"，著名的网络学习平台有"Coursera、Udacity、edX"，均由美国顶尖高校创建。2013年，北京大学也启动了"网络开放课件"建设项目。此外还有小众在线课，small private online courses，简称SPOC，规模为几十到几百人。

慕课的理想是做到"任何人、在任何时候、任何地方都能学到任何知识"。[①] 慕课，中文翻译还多了一层意思，慕名听课，听一流大学的大牛上课，全世界的优质教育资源唾手可得，免费共享。还有人将之翻译为"梦课、磨课、蒙课"，令人浮想联翩。关于慕课的书籍已有不少。汤敏的《慕课革命》一书好看，可读，耐读，前沿，敏锐。乔纳森·哈

---

① 汤敏：《慕课革命：互联网如何变革教育？》，中信出版社2015年版，第XXX页。

伯的《慕课：人人可以上大学》[①] 注重脉络的梳理。慕课被誉为"印刷术发明以来教育的最大革新"，前景无限，引大咖们纷纷投资。

微课与慕课有一些重合之处，都是线上课程，都使用微视频，短视频，一般不超过15分钟，抓住受众的有效注意力。但是，慕课更讲究相应平台建设，包括微视频微课、即时测验、在线讨论、作业布置与提交、形成性评价和同伴评价等环节。在作业模块、互动模块、诊断与反馈模块等层面，注重即时反馈、即时传递信息，收集分析学生学习的数据。学生学微课视频之后，运用"通关式"设计，即时闯关，即时奖励，做些小测试、进阶作业，游戏式学习，激发学生兴趣。

翻转课堂，the flipped classroom，主要变革在于课堂教学流程与顺序变化，上课模式改变为：在家学视频、查资料；课堂上，共同完成作业，解疑答困，深化探究。将学生的提问讨论学习引向课堂，切实让学生思考，实现以学生为主体的教学方法，而不是被动地填鸭知识。这始于2005—2006年，美国科罗拉多州有所山区学校——林地公园中学，因为交通不便，学生们上学困难，于是，两位化学老师发明了新的教学法，在家线上学习、查缺补漏。先学后教，课上课下教学重点翻转，知识内化过程在课堂内，从大一统到个别化翻转，学生从被动的接受者转为主动学习者。

数字化信息时代，线上线下随时随地学习，线上与线下混合（on line plus offline，OPO模式），on campus 和 online 混合。乔治·西蒙认为，在联通主义（connectivism）时代，学习不再是个人活动，而是连接专门节点和信息源的过程；"学习的重心不再是知识内容本身，而是在创建个人学习网络的行为中"。[②] 查阅美国华盛顿大学的教与学中心网站[③]，有幅翻

[①] 参见乔纳森·哈伯《慕课：人人可以上大学》（2014），刘春园译，中国人民大学出版社2015年版。

[②] 陈玉琨、田爱丽：《基础教育慕课与翻转课堂问答录》，华东师范大学出版社2016年版，第7页。

[③] http://www.washington.edu/teaching/teaching-resources/engaging-students-in-learning/flipping-the-classroom/（center for teaching and learning university of Washington）.

转课堂与传统课堂的形象对比图，便于大家理解两者差异。

这些都是互联网时代的新事物，既促教，也促学。这些都符合教育的本意，英文词 education 有三个词根，首字母"e"是向外，"duce"是引导，"tion"是名词，本意是引导出来。教育就是把一个人的内心真正引导出来，帮助其成长成自己的样子。

快课，也叫快捷式数字化学习技术，利用模板套件来设计教学课件的一种快速化技术。快课式微课自助式技术的实现方案，这是伴随微课而兴起的新型教学课件，恰似利用 PPT 模板来设计教学讲义。快课设计软件如 Adobe Captivate，视频编辑软件如 Abode Ultra、IClone 等，后者可生成 3D 动画视频。快课特点是开发时间短，开发容易，教学视频像影视专题片一样吸引学习者的眼球。每个内容学习单元大概用 30 分钟，可以同步或者异步传递。

21 世纪初，世界名牌大学的网络公开课流行，如哈佛大学的《正义和公正》《积极心理学》等，但这仍然是传统方式授课的类型，而不是慕课、微课。后两者都强调以学习者为中心，在线学习，因此，学习者可以自我把握、自我掌控学习进度和学习方式，更强调教与学的互动性。微课以快课为技术基础，翻转课堂针对校内学习者，慕课针对开放学习者。

当前的创新教学多为组合型。微视频如果只是从"人灌"转为"机灌"，只是单向性的教学传递，而没有即时反馈、学习过程的互动，也是无效教学。因此，要从单播式微课转变为交互式微课；要借助微课、微视频、慕课，来带动翻转课堂，从"依教而学"到"先学后教"。课堂不再是批量教学、批量生产模式，而强调学生个性化的自主学习，因材施教。课室无纸化，厚重书本被平板电脑、手机取代，人人通网络，师生、生生互联互通。智慧课堂，即将高科技引入教学，建构"云、网、端"新教育体系，通过学生电子书包，教师智能讲台，活跃课堂气氛，让每个学生都参与到教学互动中，集合课堂上每个人的智慧，让学生和老师共同发挥主观能动性，实现真正意义上的智慧课堂，智慧不能像知识一般直接传授，而是渗透于教育的过程和情境中，需要在获取知识经验的过程中，互相激发、碰撞、开启、顿悟、丰富和发展。

未来的学校，按萨尔曼·可汗的设想，学生每天只用1—2小时自主学习基础知识，剩下的5—7小时，独立思考做事，开展个人或团体项目，学生自己调整学习节奏。未来的课堂，像个蜂巢，安静的、团队的、实验的、动手的，每个学生按照自己的方式找到学习之所。

课程强调互动性。线上和线下学习结合，老师引导与学生团队学习、朋辈解难相结合，每个课程都有相应的论坛，可以实现多对多学习法，多人同时发言、回应，世界各地的同学互相帮忙，解答各类问题，最佳的问答、点击率高的问答，自动置顶。计算机跟踪学生的上网听课、答题、改错等学习情况，并进行大数据分析。

数字化信息技术对教育的影响，不再仅仅是工具与技术的革新，如PPT、电子白板、一体机等，而是教育模式和教学流程的再造发展，线上线下，打破教室内外的区隔，打破全球地域的区隔，冲破教师一对多的人力局限，实现教师多对一的新型教育，更有利于因材施教，打破专业设置的局限，实现跨域、跨界的教学新思路。

创新教学具有开放性、体验性、自主性、个性化、互动性等特点。不强调掌握了多少具体知识，而是要求学生动手学习，在体验中学习。因为世界是综合的，知识与知识之间是网状联系，而不是直线结构的。因此，课程也是综合性、跨学科的。课程不提供固定的答案，而鼓励学生的奇思妙想，鼓励学生发展个人兴趣爱好，寻找个性化项目。

教育边界何在？日益无边无界。过去，我们以为中小学和大学是教育，但后来有博士、博士后，教育日益从阶段性学习转化为修身教育、修身学习。过去教育就是师生面对面授课，现在有机、人网对话学习、全球师生联网学习。过去教育就是灌输知识，教硬的技术、对的知识，现在教育教活的思想、新的创意、软的实力。

新时代还有种微创意，叫APP创意。APP，手机软件，应用程序，

application 的缩写。手机安装新软件，完善原始系统的不足与个性化，手机功能因此越来越强大。2007 年，苹果推出了运行自己软件的 iPhone；Google 推出 android 手机操作系统平台。目前，移动终端主要有 android（安卓）、iOS（苹果）、windows phone（微软）系统。

  沈超写过一书《App 创客：从创意到生意》[1]，将 APP 软件分为时尚购物、视听资讯、大众社交、娱乐消遣、交通旅游、学习教育、医疗健康、投资理财、生活服务九大类，深度剖析 45 个成功 APP，分析市场格局、APP 产品开发、运营思路，分享拥有大量用户的商业案例经验，揭示教训和反思。适读人群为 APP 创业者、互联网创业者、投资人、咨询从业者、行业分析师、媒体人士等。其中，第 7 章为"学习教育类 APP：传统教育的互联网破冰之旅"，选取了 5 个成功范例。一是有道词典：在线教育领域的黑马。二是超级课程表：蹭课蹭出移动学习风。三是猿题库：一场关于习题的革命。四是 51offer：全程开挂，留学征程"so easy"。五是作业帮：开启个性化学习时代。新思维层出不穷。

  安杰的《手把手教你开微店：为什么我的微店更赚钱》[2] 指出，移动互联网时代，电商的春天是微店。微店成为移动电商的新商机。该书从微店入门、视觉装修、商品管理、微信推广、打造爆款、有效沟通、文案策划、交易策略、粉丝经济、销售服务、案例分析等角度，详加分析。但是，目前书籍多为商业类的公众号指引，教育类公众号创意书籍，还有待拓展出版。

  网络时代，线上教育，免费教育，教育产品淘宝购买，不出门就享受优质教育，不必连篇累牍，只要网学十几分钟就可以速学？所有一切听起来都很美。那么，慕课、微课、APP 微学……未来发展前景如何？这些会不会只是函授教育的线上版？会不会起初是雨后春笋，然后很快

---

[1] 参见沈超《App 创客：从创意到生意》，人民邮电出版社 2015 年版。
[2] 参见安杰《手把手教你开微店：为什么我的微店更赚钱》，人民邮电出版社 2016 年版。

就变成干笋，而难成竹林？有了好的教育平台，还需要有好的执行人，最难得的是老师们的创意点子，学生们的创意互动。教与学的转化，学生学习的内化，因材施教，才是教育的根本。人才，才是社会的根本。人才的培养不可一蹴而就，教育也不是轻而易举之事。今日的人才不再是工业时代的标准化的流水线人才，而是复合型、创造型人才，适应于网络生存的人才。

微文化时代，个体发声的机会更多，人民变成了诸众，个体面目仿佛特写般，越来越清晰。但也要注意回避一些负面因素。比如，如何避免只见树木，不见森林？如何防范诈骗？网络时代，骗子手段也进化了，更高明了，很多打着各种旗号的骗子网站，以各种方式骗取浏览者的好奇心，诱导手机注册，之后扣除手机费，或骗购、骗财、骗色等。网络也不是万能的，网络也会成为双刃剑。在网络冲浪中，尽可能地闪避暗礁，逐浪而行，才能立于潮头浪尖，在"互联网＋"时代，以互联网为中心，做加法艺术，生成"Made in Internet"的全新创意。

第四章 视觉艺术创意

新型视觉艺术的跨度更为广阔，在文学与美术、影视、动漫、电子游戏之间跨界寻找灵感，触类旁通。画家眼、作家笔一经碰撞，能产生出灵感的火花，激活出视觉图文创意。文字与图像合作叙事，图文并茂，互文映衬。视觉图文创意研究"图、形、文"即"言、象、意"的关系：不仅分析语言如何受视觉艺术启发，生成文字的画面感，开拓新的叙事特色和语言风格；而且分析视觉艺术如何受文学启发，为视觉创意增添新的元素，创造新风尚，这远比古代文论的"诗中有画、画中有诗"复杂。视觉艺术创意如跨界诗歌、人体彩绘。跨界诗歌又有很多类型，如图像诗、画谜、文理诗等。

一 大陆图像设计诗

中国诗歌源远流长，已有三四千年的历史，可谓"诗国天下"。诗歌讲究多义性，隐喻象征的复杂性，意象的丰富性，具有杂语特征。图像诗，古已有之，又称图案诗、具象诗或具体诗，把词语、诗行按某一图案或形状排列而成的诗，诗图融合。汉字象形，适合创造图像诗，除通过语言表述意义外，还通过笔画、字形、词组等部件连接，给人带来视觉美享受。图像诗重在诗，虽有绘画特性，但图像功用主要在于表达诗义，读者借助图像表意，更能体会到诗歌内涵。

大陆当代图像诗,朱赢椿可谓奇才,善于进行各类跨界创意设想。2004年起,自主策划选题和创作图书,装帧设计独特,有个性,有内容,引人注目;《不裁》获评2007年中国最美的书和世界最美的书;《蚁呓》获2007年中国最美的书,2008年世界最美图书特别奖;2011年绘本《蜗牛慢吞吞》、先锋实验文本《设计诗》[①],均数次加印,前书入选2012年中国最美的书。2013年概念摄影集《空度》被评为2013年中国最美的书。朱赢椿,江苏淮安人,南京师范大学国画专业毕业,现为南京师范大学书文化研究中心主任,南京书衣坊工作室设计总监。如今,"朱赢椿"大名已经成为品牌。

图像诗书册《设计诗》印证了其主张:最好的设计是不露声色,极简至美。封面装帧设计精美:《设计诗》"言"字旁被放大凸显,隐喻图文并重;线装书式的黄纸书卷、颜色、手感,很有设计感;封底竟有书籍的各国货币价目表,幽了世界一默。全书收录了38首图像诗,首首有别,各具特色。

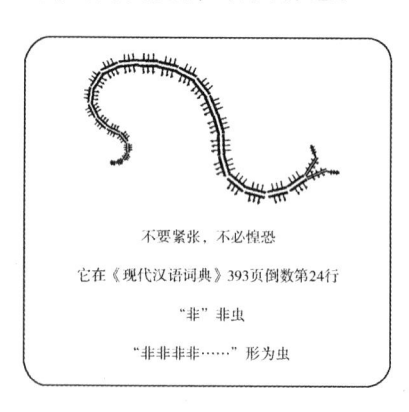

图4-1 "非"非虫
《设计诗》,第13页

第一,由图像小诗而及生态大书。《"非"非虫》(图4-1),用28个非字连成了蜈蚣形状,在非与虫之间建立了微妙的联想,让人惊觉,人类有恐虫心态,人与昆虫关系紧张。他养虫、观虫五年后,设计了《虫子旁》《虫子书》图文书系列,意在让人与自然更和谐。他种菜为了养虫,像西西笔下的哑巴。他让虫先生作画,观赏这些在野艺术家在叶子上画下的每一幅画:"潜蝇的行书、蚯蚓的大篆、天牛的点皴、瓢虫的焦墨、蜗牛的写意、椿象的飞白、马蜂的狂草……"他

[①] 参见朱赢椿《设计诗》,广西师范大学出版社2011年版。

唤起人们对昆虫世界全新的温暖感知,胜于一切生态环保的说教宣言。

第二,诗行线条设计与现代诗内容糅合。《距离》很有诗味,礼赞春夏秋冬的阳光,以及沐浴在阳光下的四时万物,最终落点在一句哲理诗:"赞美或者诅咒/取决于/和太阳之间的/距离"。诗行排列为阳光射线状,很有美感、动感、冷暖距离感。《流星与野狗》也很有诗味:"一颗善良的流星在漆黑的夜空划过长长的弧线坠落在不远处的村庄。"诗行排列为弧状,像流星雨划过。"一只四处流浪的野狗一动不动地站在笔直的地平线上向村庄张望",野狗两字竖排,恰似一条狗蹲立于地平线。《不要总是看这里》(图4-2),先是色男眼中玲珑欲滴的女体曲线,然后,是细细的诗行,肥臀下最终一句:"不要说我丰满不要夸我美丽……说穿了也就是脂肪而已……"实在是一记响亮的耳光,劝诫让人忍俊不禁。

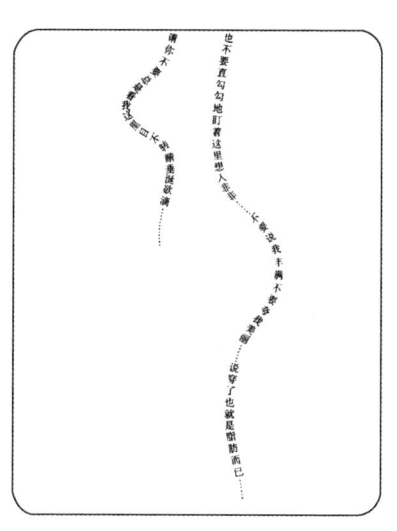

图4-2 不要总是看这里
《设计诗》,第71页

第三,拆字法成诗。《刹那花开》,由小及大的"花"字,形象展现花开花落的全过程,最后,风来,花字被拆落一地。《两颗心》两个心字,由远至近,日益缠绵,谈了场恋爱的结果是,心被拆得七零八落,碎了一地。《客车上遭劫的人》(图4-3),昏睡的乘客被偷,钱字被偷得不成字样,当只剩"戋"字时,被偷的乘客炸醒,挥刀,结果,钱字还多了几笔,形象地再现了一出人生历险记。

第四,码字法成诗。《出口》,警报拉响后,狭窄的出口,一片混乱,横七竖八,各种丑态毕露,人字堆叠,挤、踩、揉、搡、拽、骂……密不透风,最终,谁都逃不出去。用文字形象地传递出空间的膨胀感与挤压感,活画出人性恶大暴露的丑剧。人字堆叠的想象还有

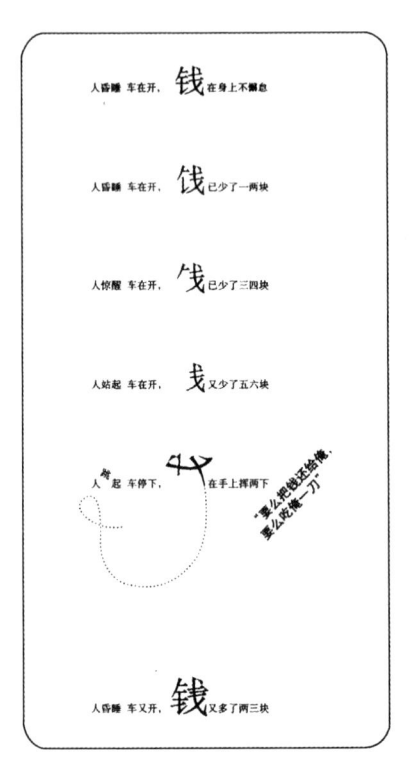

图 4-3 客车上遭劫的人，
《设计诗》，第 39 页

图 4-4 几瓣花一起无邪的笑

另外两首：《婚前婚后的人》《车站》，从人到从众，道出对婚姻的感悟，对车如流水马如龙的想象，形象生动。《小蜜蜂》，用几个跳跃的形声字，将扑窗的小蜜蜂瞎撞瞎碰的忙活劲活灵活现地传递出来，疏可走马，然后蜜蜂远去。堆叠码字活化出形态各异的空间感。

第五，弘扬传统书画的留白艺术。书签序言、后记、作者简介，均以简单的符号表情达意，几近于无，而又韵味无限，有幽默的因子。尤其是留给读者两页空白，召唤读者的无限想象，继续拓展生发。

大陆近年的图像诗人还有黄文科、尹才干。尹才干的图像诗也利用汉语的形意之美，形意结合，数量多，如《几瓣花一起无邪的笑》（图 4-4），以及《喂饱相思的眼睛》《走不出逝去的心境》《童》《温暖的春》等。其图像诗重点在于诗歌的锤炼，而不是着力于图像的变化和突破。

二 港台网络图像诗

香港与台湾当代图像诗发展得更早些，两地几乎同步发展。香港黎青的图像诗可与台湾的詹冰媲美。黎青学立体派诗，创造图像诗。王珂新浪博客有论文《香港新诗的文体特征及香港诗人的诗体观》[①]，分析黎青图像诗，如写北约轰炸南斯拉夫的组诗《大轰炸》[②]。

  五角大楼
   北约大军
    "救世主"
     和"天使"
    低酌密谈
     测位定点
      B52 型
       隐形幻影
       按钮投放
        导弹铀弹
       漫天散花
       遍地轰炸
       天堂崩塌
       压下来了
 炸机场炸毁
 炸公路溃
   炸桥梁断裂
 炸学校损毁
 炸电厂起火
 炸医院焚烧
 炸河海污黑

[①] 王珂：《香港新诗的文体特征及香港诗人的诗体观》，http://blog.sina.com.cn/s/blog_4bab0db00102vjhf.html。

[②] 参见黎青组诗《大轰炸》，《台湾诗学季刊》1999 年第 28 期，《戈雅之二》1999 年 7 月 16 日。

炸鱼虾泛白

炸地上窟窿处处

炸血肉尸骸纷飞

炸那位穿白衫者神情恐惧伸出双手

  十字架的身型迎向射杀

  那位着黑衫的老修道女抵挡不住

  向她倾泻下来的厚墙重压

大树被压得枝断叶飞

柔弱的草地野花

  无力躲开成吨成吨炸弹的轰炸

王珂分析这首诗歌,"前半每行四字,每句退后一格成等阶排列,模仿一群轰炸机成编队飞临上空,再投弹向下俯冲,中后部11个炸字竖排,如一颗颗炸弹自天而降。从轰炸机编队飞临—投弹俯冲—炸弹垂落,抒写整个轰炸过程"。组诗第三首,以北约轰炸南斯拉夫中国大使馆为素材,另创排列方式,写出了轰炸的情形:

声音是一束导弹　　光线是一束导弹

弹
核
突
袭
天
台
层
楼
直
抵

第四章 视觉艺术创意

地
库

东方　　声音　　西方　　电闪
南方　　雷响　　北方　　火光
红火　　绿焰　　黑暗　　电闪
雷响　　火光　　红火　　绿焰

强盗狂炸贝尔格莱德的万里长城！

王珂认为："该诗的第一、二个诗节，既写导弹垂直钻入建筑物在地下室爆炸，还每两字一组，表示弹片，也表示导弹的分弹头，呈现出导弹散爆的动态。"① 诗行排列成弹，更具有直观性，更让人联想到导弹爆炸的威胁、惨烈，能激发起读者的强烈情感。

也斯的图像诗《洋葱》，收入《食事地域志》（图 4-5），诗行外形排列为洋葱形，内容则呼应于罗兰·巴特学说：苹果式小说，甜，有中心；洋葱式后现代小说，辣，去中心；全诗揶揄老古董与新思维的冲突矛盾。也斯也实验过跨界展览。1997 年 3 月，也斯和李家升合作诗与摄影映像展览《食事地域志》（Foodscape），在温哥华举行。2004 年，香港文化博物

> 他们说
> 洋葱并没有
> 什么了不起，活该
> 它近来一再受到批评
> 尽管像穿着乡土的外衣
> 它的姓氏听来就不可信赖
> 成分也不怎么好，剥开一层
> 又一层，里面居然会没有什么
> 大众公认的内涵！真是形式主义！
> 他们结果用严正的言辞和感情彻底
> 取消了这简单的东西。可是我这个
> 做饭的人，看着瓣瓣参差形状，不知
> 怎的染了满手辛酸，却不想只用一个
> 比喻说说，眼睛有点痒痒的，仿佛
> 记得相异的事物也曾经触动过我
> 那股辛辣爽甜澄明却又暧昧的
> 劲儿不见容于习见的言辞
> 老是被贬斥说它太容易
> 坦开了自己让人看清楚
> 他们裹着长袍呷茶说
> 他们喜欢猜灯谜
> 我寻找另外
> 的文字

图 4-5　也斯《洋葱》

---

① 王珂：《香港新诗的文体特征及香港诗人的诗体观》，http://blog.sina.com.cn/s/blog_4bab0db00102vjhf.html。

馆再次举办《食事地域志》展览，并出版《蔬果说话》。2004年，沙田文化博物馆举办《香港食景诗》展览，重构茶餐厅，葡国蓝白墙纸相间18世纪咖啡种植园版画；麦当劳、肯德基等西方快餐厅商标，拼贴中国传统的云、龙图案，视象表达东西文化相会。再现也斯诗《鸳鸯》，挖空诗作字位，填上咖啡粉、茶以及混合粉末，香气扑鼻。几个大排档食物摊子，放22个砂煲，访者打开盖子，可嗅到草药茶叶香料气味，听到中外男女老少朗诵诗歌、童谣儿歌、街头叫卖、示威市声，味觉、视觉、嗅觉扑面而来，成为跨界的盛宴。

台湾最早创作图像诗者为詹冰，丁旭辉指出："他1943年首写《Affair》《自画像》图像诗……第一本诗集《绿血球》有图像诗《插秧》和《雨》；1955年写《蝶与花》，1978年附于《图像诗与我》发表；1966年在《笠》诗刊发表的图像诗有：15期《水牛图》、16期《三角形》；1967年20期《二十支的试管》；1975年写《山路上的蚂蚁》。80年代中期，洛夫、罗门、非马、杜国清、萧萧、罗青、苏绍连、杜十三、陈黎、罗智成、陈建宇、林耀德、罗任玲、颜爱玲等，将詹冰、林亨泰、白萩撒下的种子，灌溉出图像诗花园。"关于台湾的图像诗，陈仲义如此分析[①]：

> 从形式论角度上说，台湾图像诗是发展得最为完备成熟的，可以追溯到1943年詹冰《affair》；场面活跃，几家大刊物都办过专辑；参与者普遍，从元老林亨泰到现在中学生，蔚然成风；而且出现总结性成果：丁旭辉《台湾现代诗图像技巧研究》，2000年由春晖出版社出版。图像诗的表现真叫人眼花缭乱，如甘子建的《随便乱读》，出现该"诗"的正、倒、斜、右、上等排列形式。颜艾琳的《失踪的鸟》在中文字间嵌入十余种"动物"。杜十三的《坛中的母亲》将诗题演变为亲人的头颅。田运良的《不

[①] 陈仲义：《海峡两岸：后现代诗考察与比较》，《文艺评论》2004年第3期。

定期出版的心情》用"。、；……？——（　）！"等符号影射现代文明的空白，其《聋音乐会》把五线谱和高音符搬进诗体。颜艾琳《方位之陨》只有一句："夜在错综的星座屏里遗失了一颗北极星"，也将它无情拆散，变成十多行的"天女散花"状。这些诗歌多利用跨行、叠加、排列、字体、符号、几何形状，以及空白制造各种视觉效果……诚然台湾的图像诗玩到今日，已臻登峰造极的地步，但其前提条件必须像张汉良先生所言"具备文义格局"方属正常，否则徒然在形式上翻筋斗，终归要溺于游戏。细究起来，台湾有些图像诗确实仅仅在形式上做"拟形"表演，没有太多意涵，应该引起警惕。

网络图像诗是新时代的新产品、新创意。台湾称网络为网路，数码为数位。早期网络文学由校园BBS站开始。全球资讯网（www）兴起后，涌现出"台湾文学研究工作室""暗光鸟e厝""鲜文学网优秀文学网"等，网络文人圈表现出E世代文学社群的网络特质："去中心、去霸权、去主体性。"[①] 1998年，台湾蔡智恒（痞子蔡）网络长篇小说《第一次的亲密接触》一炮打响。台湾网络诗歌与小说并驾齐驱，在李顺兴、须文蔚、苏绍连（米罗·卡索）、向阳等人的推动下，网络图像诗、数码诗备受瞩目，相关网站兴起，创作活跃，如"新诗电电看""诗路：台湾现代诗网路联盟""电纸诗歌""妙缪庙""触电新诗网""歧路花园"，米罗·卡索创设的"现代诗岛屿"网站。[②]

"触电新诗网"[③]，为数码文学理论传播与教学网，创立于1998年11月1日，该网站首页云："管它绿的还是红的，会辣的才端上桌"，基本囊括了各类网络文学网站，如"歧路花园""诗路""妙缪庙"

[①] 向阳：《鸟瞰网络文学》，www.66wen.com，更新时间：2006年9月25日。
[②] http：//residence.educities.edu.tw/purism/.
[③] http：//faculty.ndhu.edu.tw/~e-poem/poem/menu.html.

"涩柿子的世界"等，收录了大量的超文本诗歌，结合声音、图像与文字寻求创意。网站有六个栏目："通了电的诗、触电感想、来去触个电、触电后的沉思、东华2003新新创意、北大2003新新创意"。其中，"通了电的诗"栏目下，有如下目录，新意爆表：

烟花告别（动画）

凌迟——退还的情书（动画）

成住坏空（动画）

一首诗坠河而死（360度动画）

拆字：为现代诗的命运占卜（影像地图）

翻覆（刘坤仁〇作品改编3D诗）

镜中之镜（动画）

把诗句刻在波动的湖面（JAVA与动画）

在子虚山前哭泣（多向诗）

追梦人（互动诗）

一只犀牛负伤逃出迪化街之随想

木兰辞（JAVA选单模式下的多向诗）

非常性男女（PowerPoint写成的电脑诗）

触了电的诗是跳动的诗。2001年Wen-Wei Hsiu的动画诗作《烟花告别——追忆稍纵即逝的年少岁月》，随着诗人对那场热恋的回忆，形状各异的诗行会上升、翻滚、散花，像烟花绽放。如"我们共有的梦想穿透——黑夜的屏风"，诗行真的会缓缓穿过，让黑夜的屏风炸飞；言及"急速坠落的烟花"，那些颜色璀璨的多行同句诗歌，果然急速坠落，就像"是我未说出口的道别"。读完全诗，观者感受到落寞的伤痛，被失恋感刺穿。有些flash诗作，由"诗"排列组成翻滚的动态画面，鼠标点击会出现彩色大写的"诗"字爆炸式散开，伴随着爆炸音效，声音既突然又吓人，让人震惊。

第四章 视觉艺术创意

网络图像诗比纸版图像诗而言，在二维基础上，增添了三维动感。读诗好像看电影，全新的体验，让人惊艳，诗歌原来可以这样创作。须文蔚创作的《镜中之镜》（图4-6）截取了动态图中的三个画面：竖排的诗行像镜子一样对倒，点击之后，诗行会对折、收缩、星射，然后又逐渐还原。不仅形式如镜子般对倒，镜子内外的内容也对倒："近处和远处、眼睛和背影、不耐烦和不经意"等，中间粘连同一句话："无数对立的镜中。"但这对倒也不截然是黑白分明的对比、对立，而是相映成双的黏合，像对联、对偶，在几米的绘本《向左走，向右走》和王家卫的电影《花样年华》中有绝佳的对倒再现，笔者论著《跨媒介香港》有详述。诗歌进行此类对倒实验，也别具一格。

远处走近的身影
不经意地跨进
近处走远的身影
不耐烦地逃脱
沁凉了的一大片空白
冰冻了的一大片空白
许多惊异的眼睛
纷纷摔落
许多苍惶的背影
跌撞追逐
紧缩的空间渐渐紧缩
意欲禁锢
无数对立的镜中
不停追逐
更多惊异的眼睛
深邃的空间渐渐深邃
无情淡出
所有苍惶的背景

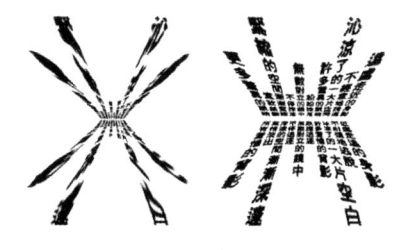

图4-6 须文蔚图像诗《镜中之镜》，三维动态效果图

"歧路花园"① 网站，由台湾中兴大学李顺兴创办，1998年8月15日启用，涵括台湾著名诗人的好些超文本图像诗、翻译的超文本图像诗和小说。其中，"作品欣赏"栏目②，有苏默默的诗作《抹黑李白·诗组》，包括《李白问醉月》《诗·尸》《归零》《本相》《生死四道辩证》《吃·喝·拉屎》等诗歌群，还有李顺兴的《城·V1.3》《文字狱·城之2》《蚩尤的子孙·城之3》《破墨山水·城之4》《猥亵·网路节选版》，米罗·卡索的《思想的运作》《名单之谜》《心在

---

① http：//benz.nchu.edu.tw/~garden/a-works.htm.
② http：//benz.nchu.edu.tw/~garden/b-su.htm.

变》，译作有《西雅图漂流》《谜》《文字温泉》《谎言》《雷根图书馆》，还有 flash 版《美丽新文字》等。

迷宫式历险叙事，故事情节奇特，这是李顺兴超链接小说的特色。其《蚩尤的子孙》尤其有趣，虽链接路径不多，但迷宫内容和形式水乳交融，形神兼备。点击后有黑色页面，左上角写道："围城的戒严时代禁止许多的文学作品出版，偶有查封，以下文件为一例，作者姓名待查。因应城外学术研究要求，先行开放给某些特定人士翻阅。进入密室阅读前，请先验明身份。"下有问题：你是谁的子孙？答案有三：黄帝子孙、蚩尤子孙和其他。选择"黄帝子孙"，弹出一页面："你是黄帝子孙，没错，天经地义的事。如果有人问你有无血统证明，你就回答说这是认不认同的问题，也无法检验。不必跟对方争论，然后继续过你的日子。建议你保持现在的想法，不必阅读文件。"退出选项，选择"蚩尤子孙"，就能进入密室，点击"请进"选项，弹出一个全黑色的页面，随着鼠标运动，能看到一个像放大镜般的圆圈，可以窥到一点文字，好像在黑夜中打着手电筒看路，好像从洞口看文件。给了小费之后就可以看见整体，这是关于蚩尤子孙的秘密文件——"我"高二的历史老师提出的问题：我们可能是蚩尤的子孙、商朝的孽种、黄巢的私生子、洪秀全的龟孙子、成吉思汗的杂种、山地人的浑蛋，但是这个问题随着老师的离开而消失，"我"也就不再关心。"走后门"选项里也是同样的文件。第三种身份"其他"选项并没有什么内容。作者使用超文本链接的形式来阐述自己的历史观：历史是被建构出来的，真相是被禁锢的，人们很难看到历史的真实。李顺兴的《破墨山水·城之4》也是叙事技巧独特：先有文字界面，两段文字分别为黑底白字、白底黑字，直观呈现不同的叙述层次：当代人李君追忆往事，历史考试考王维画风特色，再忆及当年如何对女同学口沫横飞地大谈卷面文艺，却遇到女高人，败走后郁闷地开始关注王维画作。若读者点击链接，进入另段叙事，后有王维画作，得到意外的惊喜像彩蛋，图像欣赏也更易入心入肺，有震撼效果。

第四章　视觉艺术创意

动感激励诗思的萌动。米罗·卡索的《心在变》，界面先呈现整首诗歌，在抖动运行中。诗中有个旋转的"心"字，点击此"心"后，可读到诗的一部分，不断地点击跳动的"心"字，就能读到不同的诗。全诗被切分成六段，组合成新的诗，移动效果与新诗组合都契合"心在变"标题。flash 版的《美丽新文字》，英文大写字母"BRAVE NEW WORD"随着光标的移动，呈现各种不同形状的流线符号。《诗·尸》："漂泊的诗／一具不安的尸／漂泊的尸／一句不安的诗"，黑底白字，最后一句彩色字体，会不断抖动，仿佛不安的心，页面下边还有"注"来引导读者理解。《归零》跟《诗·尸》差不多，只是最后两句"诗的瞬间狂喜"没有采用彩色字体。《本相》的特殊之处在右边有李白图像，在图像上移动鼠标会出现李白不同的面相，隐喻李白诗仙有亮面，也有暗面。苏默默《李白问醉月》设计互动游戏，可连接其他成员。

　　台湾诗人也喜欢翻译外国图像诗。中外图像诗互相激励，互相影响。Jim Andrews 的《谜》，英文诗句只有一词"meaning"七个字母，译成中文一行七字："文本之外无他物"，但点击"刺激文字、搅拌文字、驯服文字"三个按钮之后，指令会越变越多，又增加"变换、彩绘、变速"等按钮，像变魔术，然后，这些文字遵从各种指令行动，会像鸟儿一样飞舞，而且，每次点击的结果都不一样，像万花筒。他还有一首诗作《文字温泉》，为动态拼贴（collage）作品，进入诗歌界面后，鼠标滑入诗句间，会造成文字跳跃、起伏效果。原文本有五篇短文，随着鼠标的移动，新的文字生成是随机的，消解固定意义，带来新的文本意义。flash 动态画面，配上读者的点击动作，超文本诗作更有交互性、视觉和听觉效果，动态呈现，画面感强烈，文本意义更模糊，读者更要发挥想象，多加揣摩，文本意义因此更丰富。他还有一首《西雅图漂流》（图 4-7）：[1]

---

[1]　http：//benz.nchu.edu.tw/~garden/andrews/SeattleDrift.htm#.

上编　网络世纪创新

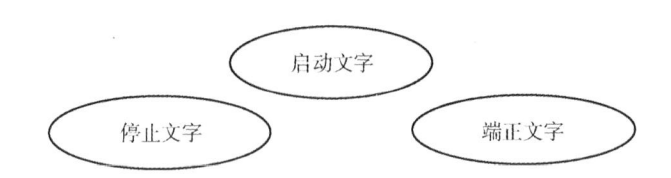

```
        启动文字
停止文字          端正文字
```

我是一篇坏文字
曾经是一首好诗
只是生性爱漂流
启动我吧
让我再次漂流而去

图4-7　Jim Andrews 的《西雅图漂流》

在电脑屏幕上方，提供三个红色字体的超链接指令：在同一页面内，可点击启动、停止、端正三个按钮。一旦"启动"，诗歌就一直运动，真的漂流起来。"停止"指令，是某次"启动"指令的静止状态，呈现出无意义的字的分离摆布。点击"端正"指令，诗作又回复到最初的状态。

我的身体却是一个鱼鼓
空　空　空　空
为了这些声音
我猛力的反击自己

敲打乐
米罗·卡索作品
鱼鼓

土地里面是空的　草根啊
你把自由的伸展给我的双脚
潮水里面是空的，鱼虾啊
你把未知的流向给我的眼睛
狂风里面是空的，鸟雀啊
你把前进的翅膀给我的双手
火焰里面是空的，烛芯啊
你把炙热的光芒给我的心脏

图4-8　图像诗《鱼鼓》

有首诗歌《鱼鼓》（图4-8）[①]，用图纽控制文字显隐，每点击一次，跳出一些诗句，最终构成完整的一首诗。再次敲打，诗作周而复始、永不疲倦般地出现。对比传统图像诗，它带给读者更多惊奇，诗作不能一览无余，而需要一次次点击来获得诗句的奖赏，最后才能欣赏整个诗作。

---

① http：//residence.educities.edu.tw/purism/flash/flash02.swf.

第四章　视觉艺术创意

曹志涟创办"妙缪庙"、姚大钧创办"涩柿子的世界"网站，发布了几十篇超文本实验作品。点击"妙缪庙"页面，"妙、缪、庙"三个字便来回跳动，给人虚幻迷茫感。再点击，就出现一座庙宇，横幅为"华藏世界"，门上书"僧人宿舍，闲人免入"。再点击门扣铁环，笑脸和尚正用手机通话，说："你怎么来了？"仿佛在等待着给人去除心理烟瘾。然后才是网页前言，佛味十足。

网络图像诗讲究网页设计，超文本作者不仅要构思诗歌文字，还要增添多媒体要素，如图片、声音、影像、同页面内或页面之前跳转链接，形式新颖。1999年以来，大陆网络诗歌发展迅速。[①] 据2002年统计，全球诗歌网站有26.5万个，中文简体站点有12.7万个。而2000年中文简体站点还只有1万个。2004年8月，可实名搜索的汉语诗歌网站和论坛共503个，大陆诗歌网站及个人网站475个，港澳台诗歌网站15个，国外汉语诗歌网站5个，外国诗介绍网站8个。网络诗歌集陆续出版，如"界限"网站编选的《诗歌的界限——网上现代诗选》（重庆出版社2001年版）、陈村主编的《网络诗三百——中国网络原创诗歌精选》（大象出版社2002年版）、"诗江湖"网站编选的《诗江湖·先锋诗歌档案》（青海人民出版社2002年版）、马铃薯兄弟编选的《中国网络诗典》（江苏文艺出版社2002年版）等。相比台湾的网络图像诗创意而言，大陆在此领域还有很大的拓展空间。美国的超文本网络诗歌网站有"Electronic Poetry Center"（电子诗中心）、"The Kinte Space"（黑人作家多媒体诗）等。最近国内外还出现诗歌自动创作软件，涌现出软件自动创作的诗作。当然，网络诗歌也不能只是形式创新，而需要创造出更有深度的作品。

三　古体图像诗

古代图像诗有题画诗，文人书画等，还有绘图填文成诗，如盘中

[①] 参见魏天无《1999年以来的网络诗歌：状况、特征和问题》，收入《2004—2005中国新诗年鉴》，海风出版社2006年版，http://www.poemlife.com/showart-36239-maxinchao.htm。

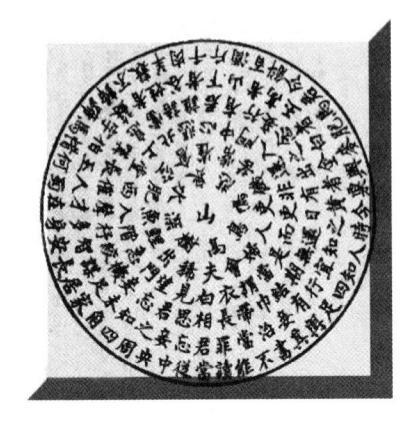

图 4-9 召夫的盘中诗

诗、酒壶诗、梅花形诗等；以及文字排列具象成诗，如三角诗、宝塔诗、龟形诗等。苏轼也写过不少回文诗。有一首盘中诗，据说是长安妻子为召回在蜀地为官、乐不思归的丈夫苏伯玉而作，并成功将丈夫感动回家。如图 4-9，全诗 168 字，49 句，27 韵，从中央起读，宛转回环，像回文诗体。诗作解读为：

山树高，鸟鸣悲。泉水深，鲤鱼肥。
空仓雀，常苦饥。吏人妇，会夫稀。
出门望，见白衣。谓当是，而更非。
还入门，心中悲。北上堂，西入阶。
急机绞，杼声催。长叹息，当语谁？
君有行，妾念之。出有日，还无期。
结巾带，长相思。君忘妾，未知之。
妾忘君，罪当治。妾有行，宜知之。
黄者金，白者玉。高者山，下者谷。
姓者苏，字伯玉。人才多，智谋足。
家居长安身在蜀，何惜马蹄归不数？
羊肉千斤酒百斛，令君马肥麦与粟。
令时人，知四足。与其书，不能读。

绣像龟形诗，如图 4-10。唐武宗李炎会昌五年（845），有将军张暌（揆）戍边十年不得归，其妻绣了一首诗送给武宗皇帝，皇帝感动，召回其夫，又嘱翰林院将诗存于宫中，得传。该诗顺时针阅读，可得七言八句诗：

暌离已是十秋强，对镜那堪重理妆。闻雁几回修尺素，见霜先为制衣裳。开箱叠练先垂泪，拂杵调砧更断肠。绣作龟形献天子，愿教征客早还乡。

奇怪的是，为何图像诗多为女性所为，且多为闺怨诗？古代女子养在深闺，守着牢笼，愁肠百结，没有位置，没有话语权，没有赐予女子以理服人的权力，女子多只能以情动人，且用奇特的诗歌形式，以唤起注意，以求打动人心，让人印象深刻。女子图像诗可谓另辟蹊径。此外还有回文诗、题画诗，如图4-11。

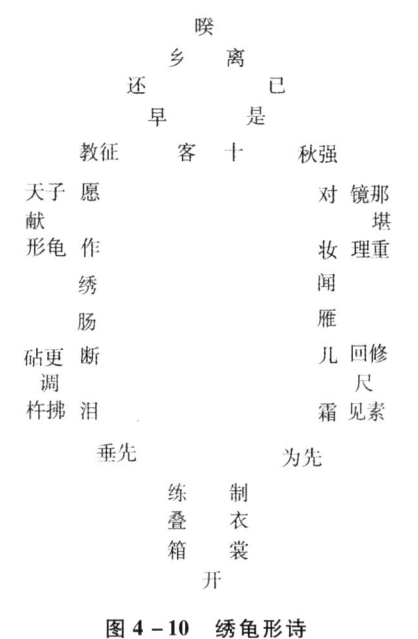

图4-10 绣龟形诗

图4-11 题画诗

唐代白居易有首宝塔诗名为《诗》，如下所示。

诗，

绮美，

瑰奇。

明月夜，

落花时。

能助欢笑，

亦伤别离。

调清金石怨，

吟苦鬼神悲。

天下只应我爱，

世间惟有君知。

自从都尉别苏句，

便到司空送白辞。

《诗》写诗本身，一路写及诗的风格形态、审美内容、功能特征、情感表达，不断扩充，展示作诗过程。蒋远翔编有《中国历代图形诗》，则有更多示例。

西方图像诗跟中国古代图像诗相似，谋求形的变化和突破。如法国先锋诗人阿波利奈尔（Guillaume Apollinaire）的三首图画诗[①]，图4-12为原诗，图4-13为法译中。

---

① https://www.douban.com/note/323549155/.

第四章　视觉艺术创意

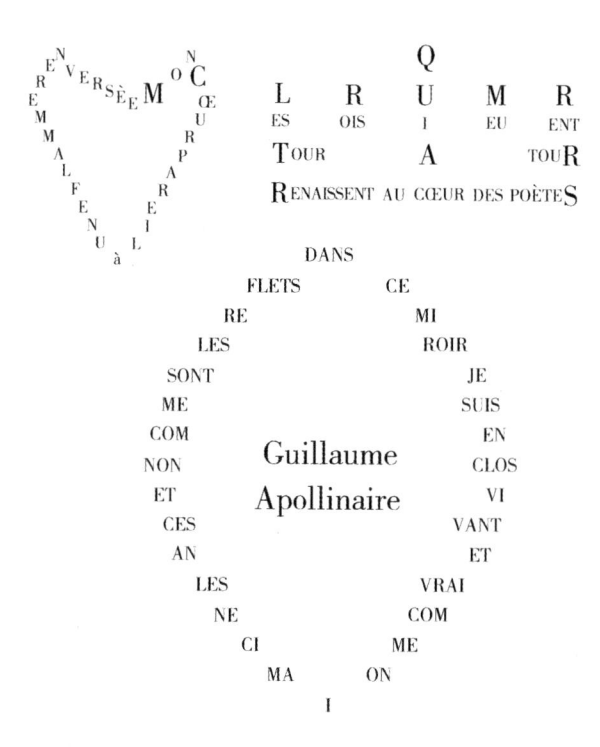

图 4-12　原诗——Cœur, couronne et miroir

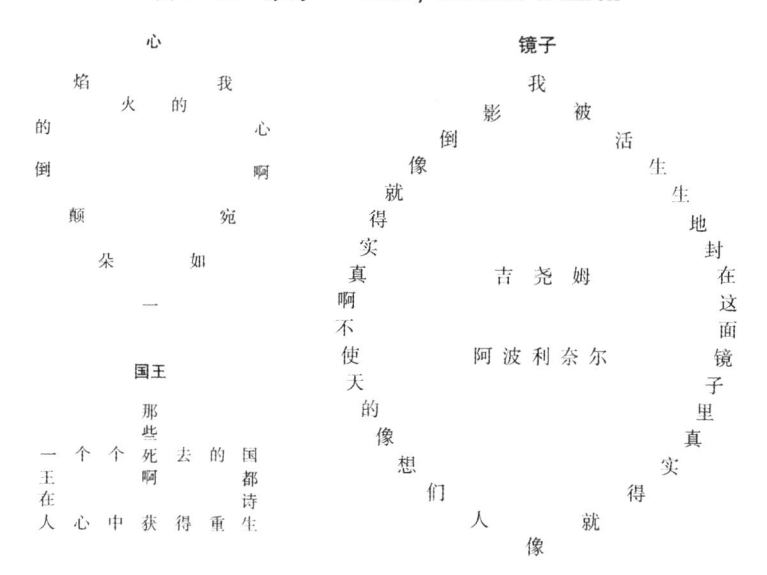

图 4-13　阿波利奈尔的三首图画诗翻译

中国当代图像诗不同于古代图像诗,不再仅仅求形,简单的图形排列,更关键是求义,图文之间的水乳交融、严丝合缝,相得益彰,互相成全,互为佳偶。而且,力求不重样,不按模板套作,力求开拓新创意,不与人同。

图文关系研究日渐受重视,适应于读图时代的发展趋势。图文研究学者有赵宪章、黄万华、周宪、高建平、包兆会、赖大仁、汪正龙、彭亚非等。凌逾分析过西西、也斯、董启章、几米、麦兜等港台当代图文互涉创意。刘石、王韶华、张思齐等分析中国古代诗画一律、文人书画,以及王维、苏轼、韩愈等诗画关系。台湾的衣若芬分析苏轼等人的题画文学,大陆周桂峰研究题画诗、徐子方分析传统艺术与古代文学的关联,此外,张洲有《倪瓒诗画汇通研究》(广东教育出版社 2014 年版),陆涛有《中国古代小说插图及其语——图互文研究》(南京大学出版社 2014 年版)。海外学者有高居翰、雷德侯、巫鸿等美术史专家,从视觉文化角度研究中国古代美术。

四　人体彩绘跨界术

人体彩绘,又称纹身彩绘,即用植物颜料在皮肤上绘出图案,设计新的造型艺术,化身为其他自然物种,具有特殊的美感。人体彩绘的雏形是土著人身上的图案;中国京剧脸谱也是早期的人体绘画杰作。人体艺术,广义而言,就是以人体为客体,展示静态和动态、裸体和非裸体的人体造型总称。狭义而言,专指裸体静态造型艺术,如雕塑、绘画、摄影人体[①]。

纹身,亦称文身、刺青,用带颜色的针刺入皮肤底层,在皮肤上制造出图案或字眼,这不仅仅是绘图,而且是刺破皮肤,在创口敷用颜料使身上带有永久性花纹。

[①] 华南师范大学本科学生"人体彩绘的跨媒介探究小组"做过精彩的展示,组长张秋萍,组员有陆建宇、陈洁、周应婷、林嬿、姚倩仪。

纹身和人体彩绘都属于狭义的人体艺术范畴，区别在于纹身是永久的图绘，人体彩绘是短暂的图绘，且更具有跨媒介的特性，当然两者也具有一定的交集，如图4-14。

西方人体彩绘追求自然，凸显个性。意大利艺术家Guido Daniele将手型和人体彩绘结合，手指弯曲与手掌组合成动物头形，讲究色彩搭配，深浅程度，纹路差异，富有立体感。意大利视觉大师Johannes Stoetter注重将人体与自然背景结合，强调人与自然的完美融合，如《变色龙》让人过目不忘。相反方向叠加的两个人，支撑身体平架在空中，支撑手成为脚，处在下方的人将脚翘着曲折起来变成"角"，绘画精湛，呈现出以假乱真的变色龙。西方文化对于人体，持欣赏、赞美的态度，强调人对身体自主的权利，人体彩绘意在凸显人体的美好。

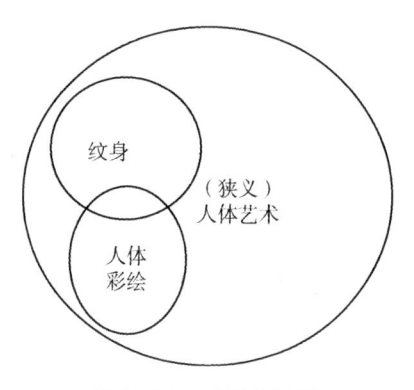

图4-14 术语关系图

中国人体彩绘强调和谐，融汇传统。刘勃麟的《隐形人》，在衣服和裸露皮肤上涂上与环境相同的颜色，站在相应位置，使身上颜色与背景颜色一致，达到隐身效果，这更讲究拍摄角度，而不是绘画艺术。中国人体彩绘多将身体某一部位当成画布，将画布作品移植过来，相比西方作品，创意有点不足。要么太保守，对裸体较为禁忌，难以启齿，与中国的道德伦理、传统观念相冲突；要么太色情，将人体彩绘与商业利益挂钩，用鲜艳色彩涂画显眼的部位，成为更大的噱头，通过低俗化的人体彩绘，吸引买家猎奇，为商家创造盈利机会。

人体彩绘极具视觉冲击感，在于既是此，又是彼，陷入阐释旋涡，具有两可性，似是而非，亦真亦幻，形成了多种对倒关系。对倒，即同类事物的反向并置，是性质接近的双方的偶然共存，强调矛盾的统一性；在共存和统一中，文本寓意含混而暧昧——似乎是其中一方，又似乎是另外一方，或者可能两者都不是。

一是绘画与摄影的对倒。人体彩绘更有跨媒介性：设计师先有构想，然后在人体上绘画，进行人体绘画和人体组图，然后，摄影绘画记录，定点摄影，后期修图。最终作品难以断定其媒介属性——绘画和摄影以对倒方式同时进入接受者的视野。人体彩绘的跨媒介性关键正在于对倒手法的介入，人体彩绘与摄影艺术结合。选择人体作为画布，利用人体本身所具有的肌理、曲线，作出兼具美观和形象的色彩图案。因为人体是立体的，因此人体彩绘也讲究三维构图，立体呈现。

二是光和影的对倒。人体彩绘其实属于似是而非的幻术，经历"从整体的自然转向局部的人"的过程，要成功完成视觉魔术转变，关键之处要借助光影来实现，增加欺骗感觉、知觉元素——前期彩绘和后期电脑技术营造出的"光影对倒"。如人体彩绘"蝴蝶"，艺术家用彩绘和摄影的光影修图，突出蝴蝶主体的颜色和光影，以漆黑背景衬托，最大限度地保证受众先感受到整个主体——蝴蝶，然后，观众才感受到主体内部的人体叠加。

光影发展到极致，出现纯光学的人体彩绘，如《海马》光学彩绘，由孕妇装扮而成。海马是地球上唯一一种由雄性生育后代的动物。因此，海马与人类孕妇符号在雌雄生育之间转化形成了有趣的呼应关系。

若光和影对倒不当，会导致人体彩绘失效失败。如"人体山丘图"，观众先看到人体，而不是先看到山丘，变成了人体摄影，而不是人体彩绘。由于光度和色调都太过接近人体原来的比例，所以山丘的效果并不明显和突出。

三是人与自然的对倒。人们观赏人体彩绘时，往往先聚焦作品的整体，某自然景观或生物，即"自然"；随后视线会逐渐转移到作品细部，注意到构成元素，组成这些景观图或者生物画的"人"。如人体彩绘《猫头鹰》，观者先看到一只色彩斑斓的猫头鹰，视线慢慢收窄，就可看到一个个蜷缩着身体的人，构成了美丽的猫头鹰。

"自然"和"人"通过"整体"与"元件"的二元框架，形成了

"对倒"关系。单纯将之看作"自然"或者"人"都是不妥的。造者把"人"组成"自然",是"人化自然"。观者把"自然"解构成"人",则是"自然化人"。

人体彩绘的意涵具有多义性。若从中国的"天人合一"思想,或德国的浪漫主义思想出发,此图可阐释为,人与自然的统一、理性与非理性的融合。但若从传统伦理或西方的马克思主义思想出发,可阐释为,这是对人体的亵渎,或人的异化,当然这不是被动异化——"社会的人变成机械上的零件",而是主动地将人体置于自然之中,像是人类借艺术超越于自身局限。若从环保的角度去解读,人们看到的猫头鹰或蝴蝶不是单纯的一个物种,而是由许多个体组成的,这隐喻当人类捕捉并杀死它们,死去的不仅是猫头鹰或蝴蝶,也包括人类自身,通过这个直观可感的形象,告诫人们保护环境,保护生态,即是保护人类自身。

人体彩绘的"光和影的对倒"给"人和自然的对倒"提供了技术上的支持。前者是技术手段,后者是作品的内容呈现。对倒手法给人体彩绘作品增添了亦真亦幻的两可视觉冲击感,增添了含混而暧昧的文本寓意,这正是人体彩绘的艺术魅力所在。

未来的人体彩绘如何发展?

一是回归艺术化的层面,雅俗共赏。

人体彩绘曾以各种方式兴起于中国大江南北,演绎为具有流行性的社会时尚,却不断地被商业利用,多用人体的奇异和大胆来吸引观者,重在突出"人体"而不是"彩绘"。随着民众的综合素质提高,行业的规范发展,期待人体彩绘回归艺术之路。如人体彩绘《摩托车手》,根据人体曲线、身体架构、模特的肢体语言,传达在画布上不可能表达的内容,成为承载更多内涵、更高难度的双向艺术创作。

二是由静态向动态发展,形式多变。

过去的人体彩绘多用摄影方式保存,多为静态、平面的照片;未来的人体彩绘将变成动态的表演，保存成 3D 图像，整合 3D 绘画、手指舞蹈、夜光荧光技术等元素，更加立体多维。

三是拓展整合话剧、影视、公益、军事等元素，目的更加多元。

在新媒介时代，人体彩绘艺术将能融入话剧、影视艺术中，艺术形象可通过人体彩绘形式呈现出来，运用新媒体视听手段演绎成舞台剧，可从另外的角度去理解人体彩绘的艺术魅力。另外，人体彩绘可与环保、公益广告相结合。如在人体上画出与器官比例相等的污水处理器，提醒人们关注环境污染带来的危害，直观真切，震撼可感，有助于公益理念的传播。另外，人体彩绘可能会应用到军事领域中，在传统作战模式中，隐身是很重要的技能，人体彩绘可跟化妆术、易容术相结合，更进一步发展。过去的图腾纹身多为信仰、宗教、祈福、象征神明或者魔鬼，树立权威；如今人体彩绘是为了美感、创意、公益、商业、军事，目的更加多元化。

五　画谜、诗谜、梦与金花

图 4-15　名画《侍女》

人体彩绘更接近超写实艺术，追求极致的真实。画谜和诗谜则更接近超现实艺术，追求极致的虚幻。

画谜是种高级的画作，图是谜面，谜底扑朔迷离。如图 4-15，西班牙著名画家委拉斯开兹的《侍女》，到底谁是主体？

观者第一眼看此图，往往感到睥睨一切的小公主是聚光灯照耀下的中心，是主体。左边的画家将自己画进了画作，画家拿着调色板作画，掌控着一切，他既是创作主体也是观赏主体，还是被观赏者。背后墙上镜子里，倒映出国王和王后的影像，表明国王和王后所站位置正是观者位置。国王和王后是画板上的主体,也是画家、小公主和侍女、侏儒和侍从观看的主体,国王和王后也是观看此画的主体。画作名为《侍女》,表明侍女也是主体。右上角有个回头看的侍从,正看着所有一切,包括国王和画家、宫女、观众等,他也是主体。墙上镜子反映出现实,让人了解真相,了解这幅画的内涵丰富,镜子也是主体。还有不在场者的观者,有此画以来的所有观者,占据和国王、王后一样的位置,画家把王权、统治位置留给观众,给观众至高无上的位置,表明观众也是主体。这幅图确实错综复杂,主体成谜。

福柯分析过此图,以阐明权力话语理论:没有任何主体是权力的来源,权力循环,任何人在其中既是压迫者也是被压迫者。权力不是主体,而是话语生产了知识和主体,主体受制于话语,主体是在话语内生产出来的,主体必然地被限定在话语之内,服从话语规则,同时主体也被历史化了。在话语内不存在绝对真理,所有政治思想都会卷入知识和权力的相互作用中。权力除了靠武力和强制起作用,还吸引、拉拢、诱惑以赢得赞同。权力隐含于知识之中。在权力的作用下,知识有权使自身真实,如惩罚在一定的话语和权力中起作用,同样的犯罪,在不同国家会被判处不同的罪行,因为有不同的话语权衡标准。

《侍女》图远比唐朝的宫廷仕女图复杂,重重叠叠的后设观照,无限循环的观看设计,主体位置游移不定,权力话语也不断游移,画面凝缩,意义移植,像谜,像梦,因此被人一说再说,被反复阐释和解读。

诗谜,以诗为谜面,也称敲诗、打诗宝,包括字谜、物谜、事谜等。唐朝的诗谜鼎盛。白居易的"乌鸢争食雀争窠,独立池边风雪多。尽日踏冰翘一足,不鸣不动意如何";杜牧的"霜衣雪发青玉嘴,群捕鱼儿溪影中,惊飞远映碧山去,一树梨花落晚风";李峤的"解落三秋月,能开二月花。过江千尺浪,入竹万竿斜",谜底依次为"鹤、鹭鸶、风"。

《红楼梦》第二十二回的回目为"听曲文宝玉悟禅机,制灯谜贾政悲谶语",写众人制作了不少灯谜诗,暗示了各自的悲剧命运和结局,引得最后贾政感叹了一声:"并非福寿之辈!"宝玉制作谜语为"南面而坐,北面而朝。象忧亦忧,象喜亦喜",打一用物。① 其实,诗谜多比较积极,藏谜于诗,读诗猜谜,咏物言志,趣味盎然,好诗好谜相得。顾城的当代朦胧诗《生活》,只有一个字:"网"。这也是一种诗谜,仅从"网"字不太容易想象出诗人的本义,可谓言不尽意,或只可意会,不可言传。

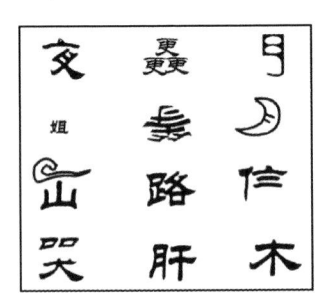

图 4-16 尤孟娘《闺怨》

诗谜和画谜结合,有人称之为"神智体"。秦汉时期尤孟娘有首《闺怨》(图4-16)。该诗借文字的造型功能制作谜面。一是减字法:夜字少人,信字少口,空缺却另生出意义,沉默和空白符号更有意义的功能。二是图文造字法:三更叠加,凝缩为叠字。山顶着云,意为云雾缭绕的山峰。三是分离缩小法:哭字隔断,意为断肠。姐字缩小,意为小姐。谜底为:"半夜三更门半开,小姐等到月心歪。山高路远无口信,哭断肝肠无人来。"一个个象形字经过倒立、放大、缩小、缺失、多余、凝缩等变形,生成他义。

圈圈词,也是神智体的一种。如图4-17,据传此诗是宋代才女朱淑贞因思念外出经商的丈夫而作。其夫苦思冥想,不得其解。发愁之际,风吹落信纸,才发现后面有首词,即谜底:

相思欲寄无从寄,画个圈儿替。
话在圈儿外,心在圈儿里。
单圈是我,双圈是你。

---

① 谜底:镜子。

你心中有我，我心中有你。
月缺了会圆，月圆了会缺。
我密密加圈，你密密知我意。
还有那说不尽的相思情，一
路圈儿圈到底……

不久，朱淑贞病逝，其夫修墓立碑，刻下此诗，从此流传。又是一悲剧故事。

这类神智体，恰似无题诗+画谜，恰似超现实主义绘画，迷宫小说，歧路花园，这些艺术类型都将一些颠覆形式强加于文本性空间，将作品提供给指称活动，并将操作记录于谜底文本中。

诗谜和画谜像梦，梦像画谜和诗谜。为梦画图，不断释梦、译梦，从梦通往诗的道路。诗谜、画谜和梦的谜面和谜底都难解、不可解，呈现出诗性、画性、梦性的疯狂和非理性，像无理数。弗洛伊德说：梦的工作不思想。梦的内容和思想的内容不是恒定关系。东方有很多画谜，谜底所揭示的与图片呈现的意义不一定相同。

画谜的图像占很大一部分，话语只是通过一些音节、字母、标点在场，

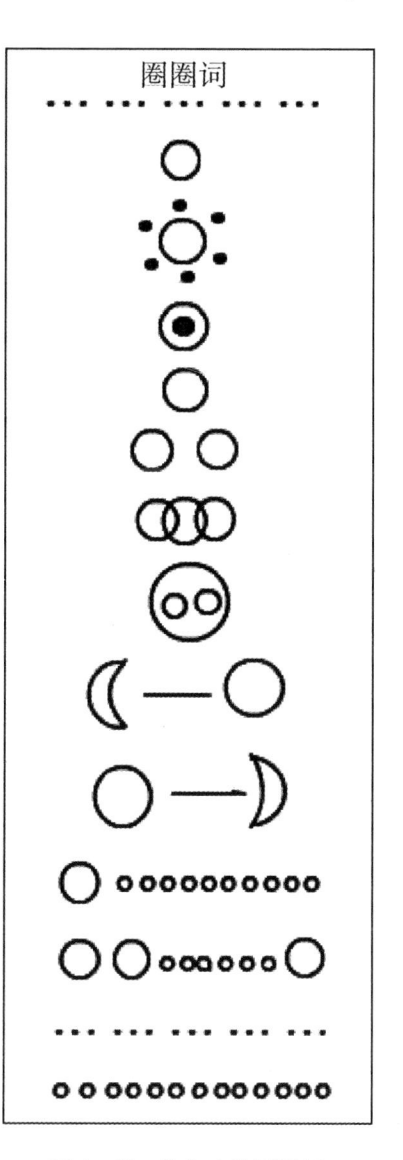

图 4-17　朱淑贞的圈圈词

物主要是图形—图像。利特雷认为，画谜是文本的本身被图形—形式化，用物造字，用图形表达我们要说的内容。利奥塔指出："画谜加工话语，一种乔装为可见事物的话语，为研究真正乔装所必需的种种

103

转移提供了典范的素材。"① 制造画谜的工作使语言活动的意思不能快速传达,听者不能立刻辨认说话者的内容。

利奥塔认为,梦的形成过程中会产生一种精神强度的转移和移置,构成梦的显意和隐意的差异。意识的欲望只有当它不断唤醒类似的潜意识欲望,并从它那里取得援助,才能促成梦的产生。它碰到了仍在发挥作用的意识稽查作用,这时会采取两种化装方法:凝缩和移置。

凝缩,能指的重叠结构,通过省略实现,隐喻就存在其中。视觉空间的凝缩,从不同物体截取一部分进行组合,如"龙",每个拼装部分都是可辨认的,但在现实生活中却无法找寻。凝缩解构图形—形式,打乱秩序,空间被弯曲变形,如摄影、电影中的叠印。梦是对梦念残缺不全的复制。

移置,个人真实的愿望被压抑了,并被较稳定的愿望替代。凝缩会隐藏意义的关键部分,移置会使意义变得难以辨认。移置作用大于浓缩作用,移置作用可以不必伴随着浓缩作用。由凝缩和移置产生的无意识意义,是对于维持所有意思的系统内部规则的违背。

有一种情感语言,文化语言,严格意义上被赋予内涵的语言活动,对某种特定时期和地点的社会集体的感受性进行组织。另一种情感语言,诗性语言,诗人无意识所说的语言,具有相同感性的读者才能听懂它,这不属于真正的交流语言,即在社会意义上被赋予内涵的语言。诗的功能不再是交流,就过去而言是整合,今天则是批判。诗性因素在于解构。一种不同于语言法则和话语交流法则的力量在场。解构,将一些语言外的作用纳入语言活动内,这些作用会延迟交流。读一首诗是知觉到另一世界。诗歌具有不透明性,抵制翻译为日常语言。人类对于诗也一直在解构。前天还被认为是现代的诗,今天它的词汇、句法、语法、结构统统解体。

---

① [法]让-弗朗索瓦·利奥塔:《话语,图形》(2002),谢晶译,上海世纪出版集团2012年版,第363页。

在弗洛伊德那里，梦就是种画谜，在梦中，潜意识必须化装躲过意识的稽查，才能出现在能指中，梦里的图像是杂乱的，这些杂乱的碎片化图像是欲望的一种表达。画谜，当我们不对整体和组成部分提出以上质疑时，力求每幅图像都能换成随便在哪项关系里都能成立的词语，这些词语放在一起不再是无意义的，而是最富有意义的诗意语言，这些图像就构成了画谜。

诗谜和画谜更接近于无意识思维，对现实采用移置、删除、二次加工、凝缩等操作，谜与现实恰似梦的潜隐和显性内容之间的关系。

佛道、思想，均认为大道无以言传，只能靠心悟、谜传。内修之法，最初不传文字；后来，图像示意；再后来，才著书立说，如内丹经典《太乙金华宗旨》和柳华阳的《慧命经》，清朝时第一次印刷，两书合印，图文并茂，但画谜文谜像天书，要学习修炼殊为不易，从知到行，隔着千万里之遥，能得到真传者估计寥寥无几，也不知有多少人会误入思想的歧途？

但是，瑞士心理学家荣格，德国译者卫礼贤，竟然对这两本中国古书极感兴趣，两人合写成书《金花的秘密——中国的生命之书》。荣格甚至说，道家此两书为自己的心理哲学思考解困。金花即光，天光即道。金花即金丹，炼丹术，外炼金石，长生不老；内炼心丹，打通意识与无意识，接通内与外，像打通了任督二脉，修炼有成者能看见眼前天目穴处有奇妙、闪光的图案：曼陀罗（Mandela）。金花即曼陀罗。结合佛道的禅定功法，他们认为："人出生时，意识和无意识就分离了。意识是被分开的个体要素，无意识是与宇宙相结合的要素，两者可通过禅修统一。意识沉入无意识之中，将无意识提升至意识，以精神再生的形式进入一种超个人的意识层次。这种再生会使意识状态内部继续分化而进入自主的思想形式，但禅修必然会导致所有差别都在最终不二的统一生命中消失。"[①]

[①]［瑞士］荣格、［德］卫礼贤：《金花的秘密——中国的生命之书》，张卜天译，商务印书馆2016年版，第32页。

荣格博采众家之长，兼收并蓄，评述过《易经》《度亡经》《大解脱经》，还游历印度和锡兰，研究瑜伽，为铃木大拙《禅学导言》的德译本写前言。他指出：曼陀罗图形有两个来源：一是"无意识"自发地产生幻想；二是专注的生命产生对自性的直觉，当无意识作用于生命时，自性便以幻想的形式表达出来。荣格认为，所有人类的身体都有共同的结构，心灵也有共同的根基，这就是集体无意识。西式的因果性原理难以解释无意识和集体无意识心理现象，但《周易》理念却可以，他将之命名为同步性（synchronistisches），这另种联系法，像心理上的平行现象[1]。也就是说，思维既是逻辑的，也是类比的。

对古老的东方学说进行心理学的新解释，荣格认为，内修通过对无意识的理解，使人从它的控制中解脱出来，教导人把意念集中在最深层的光，以便摆脱所有外部和内部的纠缠，把生命意志导向没有具体内容但又允许所有内容存在的意识中，即"凝神祖窍，系念缘中，而后了却尘缘"。他从东方哲学中习得心灵健康之本：人要客观地观察心灵中的灵知本原、原窍，使之顺其自然地发展，"事来要应过，物来要始过"。自然曰道，慧与命的统一就是道。对于非理性的人生难题，不能解决，则需超越，通过内丹修炼，超然物外，得到解脱。主观的"我在活"变为客观的"它使我活"[2]。圆满之人的目光回到自然之美。

融会贯通佛教和其他亚洲宗教经验与心理学，荣格的分析心理学打通东西文化，中国思想能用朴素的语言表达深刻的东西，"东方精神将穿透所有毛孔而抵达欧洲最为脆弱的地方"[3]。在东西图文解谜中，其分析意识和无意识转化挪移的张力，虽然对阴阳、魂魄等问题有一些误解，但总体还是提供了别具一格的解释可能。西方人总是善

---

[1] ［瑞士］荣格、［德］卫礼贤：《金花的秘密——中国的生命之书》，张卜天译，商务印书馆2016年版，第7页。
[2] 同上书，第59页。
[3] 同上书，第11页。

于从现象中升华出理论，这也是我们可以学习之处。

荣格说，无意识只有通过象征才能企及和得到表达。其实，图文契合点在于，通过象征，直通无意识，甚至是集体无意识，达到意识与无意识的有机统一，进而得道。好的视觉艺术多并不恪守逻辑世界的因果律，而是谜的、梦的、非理性的、超链接的、发散的。正如德里达自创术语"异延"（différance），反对逻各斯中心主义，赞同解构主义，异延代表一切差异的根本特征，也包含全部差异，存在于一切在场、实在与存在之中，在颠覆现有的结构中呈现自己的存在。异延在空间上表示差异，在时间上表示延搁，异延是不确定的，就像"撒播"一样，随意、无目的性、无中心、解构结构。网络世界有异延特性，网络视觉艺术则更是如此。

六　图文创意写作

笔者曾在2008级和2009级合上研究生课堂上，布置图文创意想象写作，出示五幅超现实连环图，见图4-18，让学生们随堂、现场写作，课后修改，最终成就了一些有趣的文字。旁听的两位本科生也参与了写作实验。他们可能从来没有想过会写下如此想象力爆棚的语句。

风吹过的星球（冯春燕）

上弦月，万籁俱静，当风吹过的时候，月亮就会像燃烧的火烈鸟一样，展开它鲜艳的尾巴。这是月亮向守护者柯蓝发出的启程讯号。乘上伪装成苹果的火箭，念动咒语，柯蓝向潘多拉星球上的秘密花园进发了。

潘多拉星球比小王子的B612星球大，但同样有三座火山，一座活火山，两座死火山，可惜不能把火山当椅子坐，但每天可以看7次落日。柯蓝心爱的背包里装着每一个月从人间收集来的悲伤、泪水、战争、贪婪、禁闭的时间，一片一片放在火山口，融化成美丽的雪水，滋润月球。月亮深处是柯蓝的秘密小屋，进入

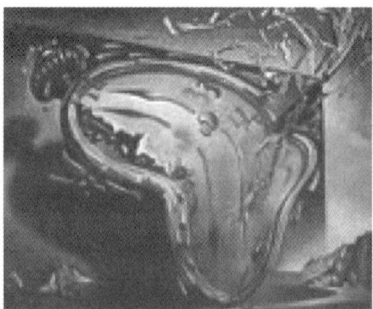

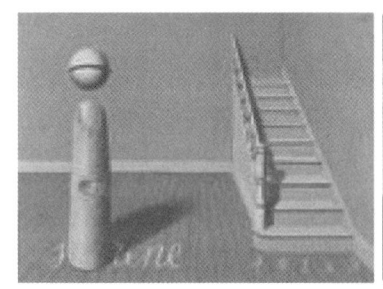

图 4-18

的钥匙放在一个秘密的地方，一个古怪的石头玩具，是美杜莎凝望下的产物。装满贪婪的丝带状物体的脑袋，冰冷的绝望的钢铁双手，还有那容易嫉妒的心脏，但只要你轻轻摸摸他的鼻子，拍拍他的肩膀，那神秘的隧道便会伸出一把钥匙。那是通往一个伪装成木屋的基地，一个神秘的花园，属于柯蓝的。

　　柯蓝喜欢把地底深处的那根手指称为"上帝之手"，你要知道偶尔它会替代上帝发笑。旋转的不一定是寂寞，那个小小的星球是柯蓝的邻居，据说他在百科全书的词条里是"被驱逐的冥王星"，他的第六百二十七个名字。柯蓝喜欢听鞋子敲打在木楼梯上的声音，有肖邦夜曲的美感。人类总是渴望向上攀缘，因而向上的楼梯会给人愉悦的晕眩。晨露和着月半弯的光芒，你站在阳台上，可以闻到从远方吹来的玫瑰花香味。而天空则会向你敞开通往巴比伦空中花园的大门。柯蓝喜欢遥遥眺望，沉思五秒，然后给五十光年外的可岚发一条想念的信息。在五十年后，这些信息将会累积成一个巨大的谷仓，白发苍苍的可岚将会重温属于年轻的爱的馨香。

我需要一个身份（梁逸）

（一）

我躺在（趴在）沙发上（苹果上）奔向，哦不，是被长舌赶向深渊（悬崖）。

（二）

长舌瞬间就戳穿了心脏和我的表盘，天空于是像扭开的魔方，扭开的魔方。

（三）

银色的长舌上放了颗不知是蓝色还是红色的药丸。

（四）

吃红色还是蓝色，吃红色还是蓝色，红色还是蓝色，红色还是蓝色，红还是蓝，红，蓝……没时间啦！

（五）

木鱼掉在地上，火辣的月光下，血流了一地。不是说银针可以试毒吗？我色盲。

水（陈伟）

下午四点，他穿着短袖和大裤头，袒露着胸膛，斜卧在竹摇椅上。"扑闪扑闪"地摇着一把大蒲扇。身上的汗水像一条蚯蚓，相互尾随着，爬过隆起的肚腩，钻到他的裤裆里去了。才2月天，气温已经与夏三伏无异。他偏头向左去看墙上的挂历：阳历3月18日，农历二月初三，不自觉地喃喃自语起来，"二月二，龙抬头"。按照以往的节气，"二月二"下雨预兆着一年雨水丰足，五谷丰登……可如今，唉，就连惊蛰也都没听到老天放一个屁。他一想起地里的稻子来，不禁有些急躁，猛然坐立起来冲着天花板骂了一句："这操蛋的鬼天气。"骂完之后，他好像想起什么来，

109

用蒲扇柄朝摇椅左边敲下去，一个窸窸窣窣的声音便响了起来。尽管收音机经常受他的虐待，但是终归跟他一起生活了三十年，跟他的感情倒很深，也只有它才最懂得他的心情。他心情好的时候，它可以一天都咿咿呀呀地唱着说着，遇到他心情不好的时候它就会识相地闭上嘴巴。可是今天，他很莫名其妙，总觉得心里空落落的，就是想听听它的声音。于是它又咿咿呀呀地唱起来……云南遭遇百年一遇的特大旱灾。根据气象部门预测，云南5月中旬前无明显大范围降雨过程，今后两个多月，旱情将持续发展、蔓延，灾情将加深、加重。全省库塘蓄水将大幅减少、江河来水偏少、地下水位持续下降、耕地大面积缺墒缺水，生活与生产用水、农业和工业用水、小春和大春用水矛盾十分突出。若大旱持续到5月中旬，许多地方将面临无水可用的极端状况；若旱情持续到5月底，预计全省很多乡镇、村组将出现水源枯竭、水量减少甚至附近无水可用的情况，供水紧张将导致1000多万人饮水困难……

墙上的老式挂钟自顾自嘀嘀嗒嗒地走着，不时还发出发条弹簧稀松的声音。一只黑豆般大的苍蝇嗡嗡地穿过藤绕的篱笆，飞了进来。苍蝇的振翅频率时高时低，嗡嗡的声响也因苍蝇的远近而变得那么不一样，连同那墙上挂钟嘀嗒的声音，一起在热腻的空气中拉扯着。这闷热的下午，所有的声音都像筋道的拉面，那么有弹性，拉出去又弹回来。那只该死的苍蝇扰得他发躁，他伸出蒲扇呼啦呼啦地朝四周扇去。听见苍蝇嗡嗡地远去的声音，他打了个哈欠，便侧过脸去看墙上的挂钟。昏昏沉沉中似乎看到指针仍旧指向下午四点。挂钟也不走了？脑海里只是念头一闪，便很快被强烈的瞌睡掳去了意识。就在他眼睑慢慢合上的瞬间，他好像看见那只挂钟像一只融化了的雪糕，正沿着墙壁流着化开的冰水。

伴着浓郁的奶油香味，他进入一个黑暗的世界。当一切外在的声音消失之后，他的意识却变得清晰起来。他感觉自己的身体轻盈地飘浮在黑暗之中，看到一座楼梯，楼梯的尽头有光在闪烁。他伸手向那座楼梯摸去，却感觉到一股如水般的阻力。从手指端反弹回来的感觉，像是触及一团吸饱水的海绵，又软又湿，更像披在猪肉案上的猪油板，又韧又腻，还带着某种温度。他想翻身，却无法用力，身子像是被万根蛛丝缠绕着。他感觉不到自己的呼吸，四周没有空气的存在。空气，这种无色无味的气体，只有在它不存在的时候，人们才知道珍惜。行将窒息的他挣扎着要冲破那黏糊糊的黑暗，他使出全身的力气，聚集在脚底，双腿猛然发力往后一蹬。霎时间，"倏"的一声，他的身体如划过枪膛的子弹飞了出去。

强烈的太阳光差点把他的眼睛灼伤，他赶紧又闭上眼睛。待他慢慢睁开眼睛之后，发觉自己飘浮在半空中，但是自己可以自由游走，像在水里一样。他在半空中一下子像体操运动员一样前仰后翻，一下子又做高难度的转体1080度跳水动作。他做梦也没有想到自己竟然可以在空中游泳，非常得意，不停地做着各种动作，累了就枕着自己的手臂，看白云从耳边走过。他依稀看见远处飘着几栋房子，远远看去，五颜六色的房子堆砌起来一道彩虹。他朝那些房子游过去。在一个窗口，他停了下来，伸头到房子里探视。他看见屋子里一个血肉模糊的头颅，吐着血红的长舌。突如其来的战栗和恐惧让他全身毛孔扩张，头皮发麻。他顿时失去了飘浮能力，身子急速下坠。耳边的风呼啦呼啦地刮着他的皮肤，空气撕扯着他的躯体。过了一会儿，他感觉屁股在发热。他感觉自己像是坐在一个通红的煤球上，屁股很快传来一阵阵火辣辣的疼痛。钻心地疼，"哇呀哇呀"，他惊恐地叫喊着，手脚在空气中乱抓。……"砰"的一声，他惊醒过来了。发现自己仍躺在竹摇椅上，赶紧摸摸自己的脸蛋，一块肉也没少，再伸手去摸自己屁股，完好无损，只是觉得摇椅的竹片滚烫，灼手。"操蛋的天气",他骂骂咧咧从摇椅上起来,走到屋外的篱笆去撒尿。"砰"又一声,他抬头看见天空绽开几朵灰色的花朵。"又在人工催雨了,但愿能降点雨来。"他摇头晃脑地念叨着,又进屋子去了。

找回时间（许立秋）

似人/非人,用舌头/唾液把时间/时钟卷进肚子

时间缠绕,扭曲地流动着/指针指向六点

白天/夜晚,苏菲/小女孩乘坐绿色的地球飞船,飞向月球/潘多拉星球

她想从内部出来/从外部进去,正撕扯飞船/星球的表面

想逃跑/寻找,环顾四周

不长的楼梯/没有出口

手指/星球很大/很小

磁场,悬浮

空中花园/恶魔的地狱

寻回/彻底失去时间

碎（邝绮琳）

太阳将毕生绝学传授给月亮之后就自爆 byebye 了,而它的接班人就在我的头顶上,龇着牙向我逼近。月某人还没能很好地操作学来之物,总爱到处发热发亮,我知道对付他的办法。他只好把气出到其他万物身上,不过也顶多让它们发胀和瘫软。每晚这个时候,世界都为我停止。窗外小灯一直在等着,今天好像胀得特别厉害,我差点就被弹出去,我紧紧地抱着它的帽子,小心地滑向地面。我决定要去那个房子里看看。

才发现到处都是软趴趴的尸体。这是家里的时钟?哼哼,想出来玩没点本领是不行的,像你这样就想来掺一脚?我看着,它

出汗了，面容开始扭曲，还想挣扎，最后不就一摊泥吗。也许可以给那边的建筑地盘补补缺。每天叮叮咚咚地敲，敲着他，敲着我也敲着地球。身后就传来那阵怪叫，又是那个变种的丑雕塑，我今天就去看了，不用再说了，亏你耳朵那么大都听不懂我说的话，果然草绳做的不耐用，钥匙拿来吧。好像费了好多力气一样，总算从嘴巴里吐出盛着钥匙的钢勺。听说人哪一天受不了热了都会先变成雕塑，再慢慢融化。我有点担心。

房间很亮，只有7级楼梯，身后的门好像消失了吧。整个房间只有一根竖在地上的拇指及其指向的一个旋转的类木星球体。呵呵，前几天报纸上说的在太阳系中发现的新行星就是这个吧，咋是灰色？我攀爬着这根缺了一角的手指（刚好让我踏脚），抓住球体外面的圈往下用力一拉，钥匙孔露出来了。钥匙自行从我的口袋飞出插进孔里，听说异空间里事物都是自动配对的，我感觉到身体开始发麻……

移民去新的星球？一个积木堆成的星球。只有单调蓝色的天空，那里还缺了三块天板，房子还没完工，要知道到哪里去都有未完成的工程。目及的地方都可以拆和建，无所谓是空旷还是本有建筑物，你我都很熟悉那声音和震动。各个地方，或是星球都一样。那飘着的云还是白的，这里还不错。

零点（林珊珊）

乘着火球飞往月亮，和她一起燃烧的指针冲破钟面，连时间一同毁灭凝固的零点你从幻影挣脱：残缺而自由视线或是味觉，不再欺惑阶梯亦不复通往天堂天堂落在指尖

可天堂是什么模样？层层叠叠的蓝色城堡幽闭，方正，轻雾缭绕你努力地睁大双眼却怎么也看不清晰你努力地奔跑却怎么也走不近它

天使的幸福（薛红霞）

那个来自月球的小女孩，有着大大的眼睛，长长的睫毛，可爱的火箭就是她的翅膀，也是她随时出行的交通工具，她蜷缩着瘦小的身躯，透过无力的双眼，惶恐地注视着地球上的人类。"难道注定了漂泊是我一生的归宿，我的幸福在哪里呢？"凌乱不堪的房间里，一切都是混乱而无秩序的，疲惫的桌子承载着破败的闹钟，闹钟看上去似乎比桌子还要疲倦，扭曲的时针疲惫得忘记了转动，它不知道那就是自己的工作，属于自己的时间可以随意停下，但是全世界的时间还在依然毫无声息地流逝。此刻的它觉得自己竟如此渺小，犹如地面上的一只蚂蚁，无限放大过后也不会被人类留恋。此刻的小女孩感到前所未有的悲凉，缓缓的孤独感慢慢注入她的体内。自制的大理石凳子静静地伫立在房间的一角，它以一种异类独特的方式向这个世界宣告着它的存在，夸张的表情、看似无所谓的表演里夹杂着不屑一顾的目光，恐怖？诡异？或是小丑的无奈与可怜？或许它和小女孩一样内心同样感受着透骨的孤独，一心寻找着属于自己的幸福所在？相信有一天天使会到来，赐给它同样洁白美丽的翅膀，和小女孩一起，飞向地球之外……穿过没有大门的围墙，一切都被封锁在这个角落之内，一级级本不该存在的楼梯看不出是通向何处？楼梯的存在就是小女孩收获最后希望的曙光，毕竟有路在的，路在，希望就在，看来幸福已经不远了。肉色的柱子，指甲的形状，肉色是最接近人体的一种颜色，看上去亲切而温暖，她安静地在那里等待，那顶端是转动着的永不停歇的蔚蓝色的星球吗？和小女孩一样等待着幸福之光的照耀？幸福与希望的光环会像此刻这样在我们的手中自由自在旋转吗？如果可以的话，那么幸福不就掌握在人类自己的手中吗？永无止境，生生不息……幸福的旋律在时间的缝隙里尽情跳跃，指尖的幸福流淌着畅想的歌，浓浓的白色烟雾肆无忌惮在空中跳舞，没有烟囱，没有窗户，只有四周厚厚的高墙和那没有天花板、没有橱窗的残破的屋檐，灰色的建筑见证着历史的尘埃，荒凉的古道诉说着时间的步履。既然累了，何不停下追寻幸福的脚步？静静地等待，等待下一站幸福。因为它从未离开过这个世界……

3012（姚俊平）

我的名字叫安蒂，今年刚满五岁，此时，我正坐在一颗沾染着斑斑血迹的火箭球上等待发射，我要离开地球，飞往银河系中一个叫诺亚的星球上。我舍不得离开亲爱的爸爸妈妈，离开可爱的汪汪（一条小狗，我的忠实小伙伴），可是，我又毫无办法，为了人类，为了生存，我必须离开。唉，泪眼望星空，澄净的月亮姐姐也变得灰蒙蒙的没有光彩，她是不是也在为没有生命的地球哀叹啊？地球，我的家园，此刻已不再是绿草茵茵，温暖和煦，到处是荒山沙漠，土地开裂，湖泊干涸，炙热难耐，找不到一滴水，看不到一棵植物。周围人因为没有食物没有水相继离世，爸爸妈妈为了让我逃命，拼尽了最后一口气终于把我送上这颗火箭（他们俩是国家科学院太空研究专家）。火箭被一个自鸣钟控制，我按照爸爸事先的吩咐奋力扔下一块石头，钟面炸裂，时针指向八点，火箭终于升空，我坐在上面俯瞰蓝天，急速旋转的星球一个个从我身边溜走，我抓不住，匆忙间我忘记把我的宝贝——会变异的非洲酋长人面木雕丢家里了，那是爸爸早年在非洲一个神秘原始部落旅游时买的，它很神奇，据说被雕刻者施了魔法（那个部落的人都会魔法），能听懂我说的话，有时还会配合我的要求做一些动作，比如我说"吃"，它就会伸出长长的舌头，变成一个精美的勺子在我碗里舀饭，我说"打"，它就会伸出舌头变成一根棍子朝欺负我的小朋友打去，许多小朋友看到它都羡慕死了，刚才出来时要把它带来就好了，这样我一路上也不会太孤独了。火箭飞呀飞呀，我也迷迷糊糊起来，睡梦中我梦见我的爸爸妈妈，我的小伙伴，我的小花园，铺着黄地毯的楼梯，一张小木床，一个圆筒状的大理石空心柱，柱子上方悬挂着一个运转的星球，那是爸爸特意为我设计的一个玩具……我回到自己家了吗？不知过了多久，感觉眼前一亮，啊！这是哪儿呀？火箭好像来到一个城堡前，红红的屋顶，青青的砖墙，白云缭绕其间，到处闪着光辉，莫非来到梦中的天堂，仔细睁大眼睛，不错，是真实的城堡，我到了诺亚星球吗？赶紧从火箭上跳下来，走进城堡，现在是独自一人，我必须坚强面对，既然地球已经不存在了，我应该开始我的新生活，我知道我不会忘记曾经的家园，但我不会让诺亚星球变成地球，这是人类新的开始，一个不会重复地球故事的开始。

飞向我的潘多拉（周洁）

这不是苹果，这是地球，喷气式地球。我站在地球之巅，冲向有太阳光的月亮。那是我新的栖居地。

我逃离的是一个混乱的世界：地球已经陷入混沌状态；指盘上的指针停止转动；沙尘弥漫，遮天盖地；山洪已经暴发……世界危在旦夕。

埋于地下的千年陶俑也开始变异：脑门上长出盘根错节的扭曲的耳朵，蛇形一般的舌头吐着蛇信子龇牙咧嘴，空洞的眼睛里有灵异的光，胸口开出奇异的花。这是一个乱象的前兆。

我知道我即将去往的星球将会是另一番安逸的景象，因为我曾无数次梦见过：那里有一间属于我的房子，一条长长的楼梯可以直通我最安全的阁楼。每天子夜时分，客厅总会有人来探访，一只手指缓缓有节奏地敲打地板，告诉我我是这个星球的主人，我可以建立自己的王国。

我已经乘坐我的喷气式专骑到达我的新的天堂，看到了我梦中的房屋。悬于半空的屋子不再接触地气，透着幽幽的蓝光。没有天灾，没有战乱，没有杀戮，没有异性。没有人，我是唯一的外来的入侵者。这是专属于我的星球，我将主宰我的凌空花园，我的潘多拉花园。

罗拉的奇遇（周珑）

　　女生罗拉，总是喜欢特立独行，瞧她放着篮子里其他饱满红亮的苹果不要，偏偏拿起了一颗青苹果。她笨拙地举着刀子想学着妈妈的样子削皮，一刀子很果断地划拉下去，苹果竟然血溅三步，染红了她最心爱的兔兔毛衣。紧接着，青苹果以迅雷不及掩耳之势膨胀，还没缓过神的罗拉竟然只紧紧拧着苹果蒂，等她回过神，整个人已经跪在苹果上，罗拉想喊楼上的爸妈，却发现通往爸妈房间的楼梯被一堵墙堵住去路，眼看着一支巨大的手指穿破地板上头竟然顶起了一个微型的带有星云的星球，而青苹果仿佛漏了气的气球突然从原本喷血的地方冒出了火焰，斜飞出窗户，"还没倒数呢！"罗拉很不满。地面上的东西越来越小，地球也越来越小……穿过一层干冰似的云朵，青苹果着陆了。罗拉跳下青苹果，看看周围，一片萧瑟。定睛看面前竟然有一个褐色的箱子似的东西，半截埋进了绿色的地里，半截漏在外面，一面破钟瘫在上面，仔细一看，破钟如流水般泻落地面，又仿佛虫子样蠕动着蹭上那箱子。反复不停。而钟只要每蹭上箱子一次，秒针就会走一格。罗拉感觉奇怪又可笑。钟的旁边不远处，不成比例的一具身体顶着一个大骷髅头，大脑却如同鹦鹉螺的壳般外露。舌头耷拉在颌骨外，不停地伸缩吐出一把锃亮的银勺子，罗拉想了想，掏出口袋里的柠檬口味曼陀珠自己吃了一颗，又放了一颗在汤勺上。罗拉听见一连串的仿佛齿轮互相咬合碰撞的声响从骷髅头的内部传出，汤勺迅速地收缩进骷髅头，天地间突然变化大作，唯有罗拉和骷髅岿然不动。一片白雾遮住罗拉的视线，等到一切平息下来，罗拉挥开眼前的白气，她看见了一座没有屋顶的红砖房，而天空却幻化出楼房的立体轮廓，美轮美

117

奂。再一看骷髅头，双腿之间颤悠悠地开出了一朵白色的雏菊，两朵，三朵，罗拉周围的地上也冒出了雏菊，不断出现，绵延到了无尽处。

未来世界（陈绪明）

晚上，我做了一个神奇的梦。我坐在房子里，里面什么都没有，除了一台电脑之外。我在电脑上开始了我一天的工作。

我打开电脑，居然发现，地球在我的手指下变得越来越小，世界被我的手指操控：时钟已经成为摆设，时间可以被我任意调整，通过时光隧道，我能够任意地出入任何朝代和时空；人们之间已经不再尔虞我诈，虚伪的面孔已经失去存在的价值，只剩下头骨和神经，人和人之间能够彼此知道对方的想法，因为大家都坦诚地展现出了完全的自我，撒谎时，裸露的头骨和神经就会出卖他——

在这个世界里，到处是和谐和安宁，人们的劳动已经不再是为了生活，而是为了兴趣；高耸入云的城堡已经不再是某些阶层的专利，每个人都能够自由地选择自己喜欢的生活方式和居住空间，"蜗居"已经成为人们无法理解的过去。

在这个世界中，人们能够自由地出入地球和其他星球，交通工具非常的发达和小巧，已经不存在交通堵塞的现象，甚至是小孩子也能够驾驶设计精巧的飞行器，对于他们的安全，大人们也根本用不着担心，到处都是电子交通警察和定位仪，即使他飞上了月球，他也能够顺利回家。

这个世界真奇妙啊！我忽然在梦里给笑醒了，醒来时，发现原来这只是南柯一梦。

启（刘捷）

从前天开始，一个小女孩就出现在我的梦里。此刻，奇迹出现了，这个梦境中的小女孩竟然钻进了我的烟斗。她轻轻地告诉我，她是从月亮来的孩子，为来到我的身边风雨兼程。我笑了，真是个有趣的孩子。紧接着，奇怪的事情发生了。平日安静地放置在家中角落的雕像突然伸出了长长的舌头，舌尖处出现了一把金灿灿的钥匙。雕像旁边还变魔术似的幻化出一朵红玫瑰。只听到雕像用低沉的声音说："拿起这把钥匙，你将开启一个新世界。"我小心翼翼地拿起钥匙，往前一指，几层楼梯出现了，旁边还有个巨大的手指在转动着圆球。我迫不及待地登上最高一级楼梯，往下一看，原来是万丈深渊。恐惧的我想回转身，却被一股强力推搡着掉下了深渊。我忘记自己在空中停留了多久，当睁开眼睛的时候，我发现自己轻盈地落在群山之间的平地上，远处是一栋没有加盖的房子，被白云笼罩，而群山之上是一些巨大的方块，像小孩子玩耍的积木。那个月亮来的小孩又出现了，她微笑地对我说，姐姐，欢迎你来到了我月球上的家。我猛然醒悟，她风雨兼程，就是为了把我带到这个新世界，我会心一笑。

月想（李娟）

在我还是个小女孩的时候，常常思考月亮上有什么。有美丽的嫦娥，还是真的有外星人呢？这个问题在我脑中长久萦绕。直到有一天，我看了一篇很有意思的科幻小说叫《那多手记》，忽然一下明白了什么是平行世界的概念。我过去和现在的每一个选择都会造就一个和现在的我所不同的我，我是如此，那这个世界呢？

也许有一天，人类对地球的掠夺和污染已经让地球感到忍无可忍，世界末日终于来临，世界的每个角落于是出现了异兆。干涸的河床，却泛滥出了滚滚的洪水。人们在洪水之上漂浮，就像是当初开天辟地一样。骷髅吐出了令人恶心的红舌头，就像是要把我们都吞噬一样。这时，忽然一个手指雕塑给我们指引了一个方向，让我们往阁楼的楼梯上面走。终于我们走向阁楼，原来这里有一个通向月亮的火箭气球。也许，我们可以把月亮改造成另一个地球，但是也许最终也逃脱不了地球的命运。

中 编

虚拟空间开拓

第五章 赛博符号

一 赛博时代

时代巨变,工业时代的电气化,已逐渐转变为网络时代的人工智能化。原子世界与比特数字世界日益打通。全球互联网催生出由计算机支持的多维度、人工虚拟现实,形成了浓缩时空的新数字空间、虚拟赛博空间。[1]

赛博空间(cyberspace),1982年,科幻作家威廉·吉布森在短篇《融化的铬合金》中创设此词,1984年《神经漫游者》再次使用,指计算机网络的虚拟现实,由文字、图像、音频、视频、符码、网络和关系组成。哈乐薇认为,赛博即人机合体。余莉将赛博翻译为电子族、电子人。[2] 新的人机一体经验,糅合社会现实与政治建构、改变世界的科技、虚构叙述,形成的不是"阶级的支配系统",而是"支配的知性系统"。[3]

地球人在赛博空间找到了共同性、共融性、共通点。今世资讯以光速流行,传统、现代和后现代更替越来越快。今人标配的更新换代更为频繁,从CD、DVD到MP4,从博客、微博到微信,从网游到手

---

[1] 参见黄鸣奋《数码艺术学》,学林出版社2004年版,第487页。
[2] 参见[美]哈乐薇《电子族宣言:20世纪末的科学、技术与社会主义女性主义》,余莉译,收入《物质文化读本》,孟悦、罗钢主编,北京大学出版社2008年版,第390—429页。
[3] 参见廖炳惠编著《关键词200:文学与批评研究的通用词汇编》,江苏教育出版社2006年版,第58—61页。

游，等等。随着网络数码、互动影像的勃兴，人们在虚拟空间开辟社区，形成前所未有的线上人际网络。①

今日年轻人成长于数码时代，在网络海洋中游刃有余，人称网络原住民（digital native）；而余者则为网络新移民（digital lmmigrant）②，置网络于次要地位。酷，是当代青少年的符号，见诸服饰、体饰、俚语、吸烟、音乐偏好等，再不是嬉皮、迪斯科、朋克、嘻哈时代。当代的"80后"看漫画成长，"90后"看动漫、玩游戏成长，他们发展成二次元人群，虚拟世界人群。

新的代际经济迥异于前。如果说，老派文人精研琴棋书画、医卜星相，多以纸笔方式，字斟句酌地写作；那么，当代文人精研计算机网络、高科技电子、天文地理、旅游饮食、动漫话剧等，拍客族常按快门，新生代多用计算机随擦随改地写作，手稿将成为绝迹的稀有物品。如果说，中老年作家实验空间叙事，以环球空间游历为主；那么，青年作家则以虚拟空间游历为主。青少年日益远离广播影视，变得网络化、虚拟化。新锐作家唐睿的长篇小说《脚注》，每章用黑、白数字圆圈标示虚拟梦境、现实真境，虚实交替叙事。

新的文化革命在于，文字信息图像化，传统行业可视化。新人类日益依赖造像式符号系统，使用可视化的信息传播方式。电脑科技、网络游戏、3D立体屏幕、迪士尼等，都激励人透过可触、可碰、可视的虚拟来营造乐趣。未来的三次元，三维搭建，将营造出完整的虚拟世界，从平面观赏性发展为立体体验性。廖伟棠说，21世纪人类与网络共生，仗电游行义。突变式觉醒的人，成为一撮时代的人中之盐。③时代脉动信息要到新人类作家中寻找，他们创设N合一媒介融合的文化符码，创意丰富。

---

① 参见廖炳惠编著《关键词200：文学与批评研究的通用词汇编》，江苏教育出版社2006年版，第57页。
② 参见［美］马克·包尔连（Mark Bauerlein）编《数位并发症》，温美铃译，（台北）时报文化出版企业股份有限公司2012年版，第25—26页。
③ 参见廖伟棠《波希米亚香港》，北京大学出版社2011年版，第48页。

第五章　赛博符号

笔者曾撰文分析21世纪伊托邦时代的文学新符码，认为港台新生代及中生代作家化用虚拟赛博网络空间元素，创造出新的代际符号，发明了杂唛时代的新人学，再现E时代新想象，为21世纪文学开创了一条新路①，要点可用图5-1来概括。

新时代的新符号与新人种

新符号学

- 苹果符号学　潘国灵　《咬恋》
- 手机符号学　潘国灵　《我城05之版本零一》
- 电子卡符号学　张美君　《沙巴翁的城市漫游》
- 物符号学　陈慧　《拾香记》

新人种

- 压缩人　潘国灵　《压缩人》
- 数字人　潘国灵　《柏拉曚》
- 口罩人　潘国灵　《我城05之版本零一》
- 异次元人　潘国灵　《巫言》

图5-1　伊托邦新符号与新人种

波德里亚指出，当今的人类生活在比真实世界更加真实的虚拟世界中，建构出超真（hyperreal）、拟真、拟象社会。超真实，是比真实还要真实。仿真，是将复制和模仿的东西当作现实的代替品。这两者是比现实更真实的假；而超现实（surreal）明显是假的、反现实的。在文艺复兴时代，艺术模仿生活，工业时代则是批量复制艺术符号，到了网络仿真阶段，符号与实体不再有关联。②

在赛博时代语境下，单谈纯文学，难以概括很多复杂的跨界创意现象。新时代的语言，涌现出更多科技用语、网络用语，更多新符号、新意念。虽然文学与科技日益靠近，但是，文学仍然难以被理工科技

---

① 参见凌逾《21世纪伊托邦时代的文学新符码》，《符号与传媒》2015年第1期。
② Jean Baudrillard, "Simulera and Simulations", In Mark Poster (ed), *Jean Baudrillard: Selected Writings*, Stanford: Stunford University Press, 2001, pp. 169-187.

125

思维绑架。钱锺书说，逻辑不能裁判文艺。文学语言如果追求逻辑句式、绝对准确，就会变成僵化的套路模板，了无韵味。语言讲究陌生化美感、韵致和情趣，具有个人性、独特性，不可复制。文学叙事的逻辑内在于情节与结构之中，而不是句子的形式体现。我们可以运用符号学理论来分析新的各类现象。在网络新社会，文艺如何应对新时代？全球涌现出哪些新的创意和符号？赛博后现代艺术创设了哪些新符码、新元素？

二 符号分说理论

研究赛博符号，需要先谈谈符号理论的来龙去脉、思想要点。

什么是符号？赵毅衡的《符号原理与推演》指出，符号是携带意义的感知：意义必须用符号才能表达。[1] 意义问题包括意义的产生、发送、传达、接收、理解、变异等。研究意义的学说有认识论、语意学、逻辑学、现象学和解释学等，而符号学研究的重点是"表意"，提供研究意义的基本方法，意在为当代人文社会科学的研究寻找共同的方法论。

"符号学"有两类术语：semiotics 和 semiology，代表符号学在美国与欧陆的两条不同发展路径。semiotics，也译为"符号论"，指"记号语言的"，"症状的"，19世纪末由美国的通才皮尔斯（Chrles Sanders Pierce）从逻辑学角度提出，认为语言学和符号学的关系属于学科与方法论之间的关系，将符号学作为方法论指导，因而 semeiotic 是形容词性的，为哲学符号学。后经美国逻辑学家莫里斯（C. W. Morris）等进一步发展。美国学界出于对皮尔斯的尊敬，一般采用 semiotics。

Semiology，指"记号语言"，"记号学"，"症状学"。现代语言学之父索绪尔《普通语言学教程》（1915）提出，语言学是符号学的一部分，语言学和符号学的关系属于特殊学科和一般学科的关系，semi-

---

[1] 参见赵毅衡《符号原理与推演》，南京大学出版社2011年版，引论第1页。

ology 是名词性的,为语义符号学。罗兰·巴特等继承发展,欧陆理论家出于对索绪尔的尊敬,一般使用该词。

李斯卡认为,索绪尔的符号学理论最大特点是将符号学认为是社会心理学的分支,符号学从属于心理学,符号的本质首先是一种心理实体。符号学关注的是某种规约,而这种规约管辖着人类社会的符号生产。而皮尔斯却认为符号学是一种多学科工具,它更适用于多学科。并且,对于索绪尔提出的心理主义论断,皮尔斯也是持反对态度的。

西方符号学的源头多认为是语言学、逻辑学、修辞学和解释学。东方理论至今尚未能充分融入符号学,如中国的先秦名学、禅宗美学、唯识宗和因明学等。符号学涵盖语言学与叙述学,但是当今符号学更关注非语言符号和小说之外的符号叙述,更走向跨界整合。有人说,21 世纪将会是符号学世纪。

符号根据其物源与意义的关系,可分为三类。一是自然物,如山水、动植物等。二是人造物,如机械、食品等。三是人造纯符号,如语言、艺术、图案、货币、体育、游戏等。纯符号又分为实用意义和艺术意义符号。大部分符号载体是物质性的,但也有些属于物质的缺失,如空白、黑暗、无表情、拒绝答复等,这些符号叫空符号(零符号),它们也携带意义,如绘画的留空、音乐的休止等。还有非物质符号,心灵符号,人在沉思、幻觉、做梦时的感知等。

古今中外,都有各类有趣的三分符号学说,值得考究。老子《道德经》云:"道生一,一生二,二生三,三生万物。"中西哲学都有一元论、二分法、三分论,自古至今,不断发展变化,形成了生生不息的符号体系。

一元论方面,中国哲学有"道"说,西方哲学有"存在"(Being)论。

二分法,将世界万事万物切分为二,如阳性与阴性、表象与本质,一般与特殊、局部与整体、近期与长远……中国太极式的阴阳之道二分法,不是二元对立的二分法,而是你中有我、我中有你的相生相和法。

三分论，在中国哲学中，有相当丰富的理论。三教指儒、释、道；三学为太学、武学、宗学；三尊指君、父、师，最受尊敬的人；三不朽为立德、立功、立言；三姑六婆的三姑指尼姑、道姑、卦姑。以三分法观日常，如上中下，左中右，前中后等。三脚架是最稳固的，三边关系也是最稳定的。中国文学作品喜爱用"三"：三打祝家庄、三国鼎立、孙悟空三借芭蕉扇、三打白骨精、三顾茅庐；还有大量三部曲作品：农村三部曲、爱情三部曲、激流三部曲、自然三部曲等。

西方思想也少不了三分说。柏拉图理念论有太阳之喻、线段之喻、洞穴之喻。亚里士多德认为，三分的东西，是圆满地划分的东西，三是全体，是深刻的形式，其对知识也采取三分法：

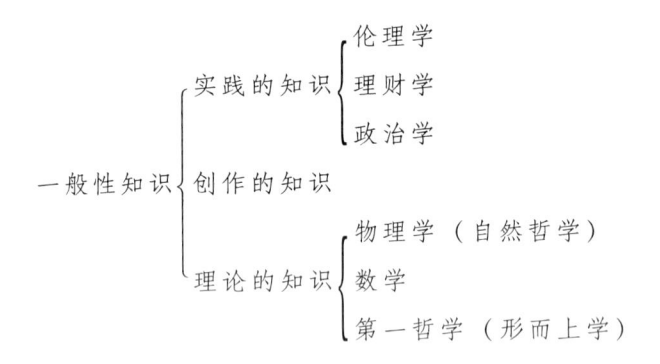

$$
\text{一般性知识}\begin{cases}\text{实践的知识}\begin{cases}\text{伦理学}\\\text{理财学}\\\text{政治学}\end{cases}\\\text{创作的知识}\\\text{理论的知识}\begin{cases}\text{物理学（自然哲学）}\\\text{数学}\\\text{第一哲学（形而上学）}\end{cases}\end{cases}
$$

黑格尔的哲学体系也是不断一分为三的：逻辑学、自然哲学、精神哲学；存在论、本质论、概念论；力学、物理学、有机物理学；主观精神、客观精神、绝对精神等，黑格尔的地理文明理论分高山、农耕、海洋。黑格尔认为，三角形能象征上帝，三角形有三条边，基督教神话里上帝由三个人构成，由此引申出"图形""名称"和"意群"的三位一体关系，组成"三"主导的符号世界。三分法式取景方式，是构图的最基本方式，即把取景框在横竖平面上各均分三等份，然后把主体放在这些线或线的交点上，使构图更稳固舒服。

英国科学哲学家卡尔·波普尔（K. R. Popper）有"三个世界"理

论：世界 1，即通常所说的物质世界或客观世界；世界 2，是精神世界或主观世界；世界 3，介于世界 1、世界 2 之间的精神化的物质世界、物质化的精神世界。波普尔认为事物与物理对象的世界为第一世界，主观经验（思维过程等）的世界为第二世界，自在陈述的世界为第三世界。逻辑学上有三段论：大前提、小前提、结论。"假设三段论"："假设 A 是 B，而 B 是 C，那么 A 是 C"，其他所有的演绎三段论都可以从中推导出来。阿伦特将社会三分为私人领域、社会领域、公共领域。哈布瓦赫的《论集体记忆》谈传承，分成家庭、宗教、社会阶级传统三部分。米歇尔·希翁《声音》根据声音的三个知觉领域，引申出声音的三个知觉场观念——全体场、强度场以及时值场。

皮尔斯的符号学常常采用三分法。论著《皮尔斯：论符号》为合集：前半部分是皮尔斯的原典，有四章；后半部分是美国前皮尔斯学会会长李斯卡的再解读之作。李斯卡把以物理学和心理学为代表的经验科学，看作根植于形式科学和哲学中的学问。

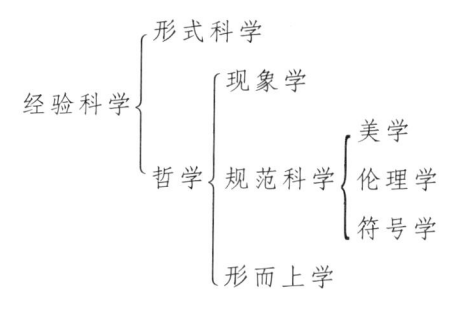

```
              ┌ 形式科学
              │         ┌ 现象学
              │         │         ┌ 美学
经验科学 ┤ 哲学 ┤ 规范科学 ┤ 伦理学
              │         │         └ 符号学
              │         └ 形而上学
```

皮尔斯分解符号，依据再现体、对象、解释项进行分类，有三种三分法。第一种：质符、单符、型符。第二种：像似符、指示符、规约符。第三种：呈符、申符、论符，类于概念、声言、论辩。第二种分类法很像汉字造字法的象形、指示、会意，有可能受过东方文化的灵感启发。

129

中编　虚拟空间开拓

再现体 { 质符; 单符; 型符 }　　对象 { 像似符; 指示符; 规约符 }　　解释项 { 呈符; 申符; 论符 }

皮尔斯以三元关系、三元条件来阐释符号理论，区分出基于呈现品格、再现品格、解释能力的符号类型学。研究生张萌萌在上课讨论时列出表5-1，可帮助理解。

表5-1

基于呈现品格的符号类型学	基于再现品格的符号类型学	基于解释能力的符号类型学
风格符/潜能符	相似符	呈符，项
单符/个别符/实际符	指示符	申符，命题
类型符/熟知符	规约符	论符，论证

索绪尔的"能指"类于皮尔斯所说的"符号形体"，索绪尔的"所指"类于皮尔斯的"解释项"。索绪尔的"所指"多指语言符号，解释为一般符号的概念或思想，而皮尔斯的"解释项"则复杂得多。皮尔斯所说的"符号对象"，指符号形体所表征的那个事物，但索绪尔没有说到"符号对象"。研究生张萌萌、林兰英在上课讨论时，将解释项列为表5-2。

表5-2

名词	直接解释项（感觉解释项、朴素解释项、询问解释项），意思	动力解释项（中间解释项），意义	最终解释项（结果解释项、规范解释项），含义
含义	符号有意计划去产生的，或自然产生的完全不能拆分的效力，主涉感觉	符号对解释者产生的一种施行效力	法则、习惯
产物	感觉情感、印象直觉本能、心灵常识	作为过程、交流	习惯、惯例

皮尔斯认为，试推、演绎、归纳是推理的主要形式。试推的作用是形成假设，又被称作"溯源法""假定法"。其以假设的解释能力为基础，关注假设的合理性——"可能性"。

研究生廖靖弘在上课讨论时，将皮尔斯的三元符号理论列为表5-3。

表 5-3

	符号或再现体	对象	解释项
定义	"再现"是代替或被再现出来代替另一东西,其他东西被某种可代替再现的东西所代替再现体就是符号、对象、解释项三元关系的主体	符号 A 把某物 B（解释项）带入对象 C 当中,即以 A 代替了 C。C 则是 A 符号的对象	符号在解释者心灵中产生的某些东西,而这些东西是由符号产生出来的在一个作为符号的命题中,其解释项就是该命题的谓项,而对象就是该命题的主项
特点	一是符号必须具有某些品格,二是必须在某些方面被它意指的对象所影响,三是符号必须可以与心灵对话	符号可以用来指称一个可感知的对象,甚至是不能想象的对象,其对对象指称,是通过再现或讲述来实现的。但是符号不能使我们认识对象,也不能影响对象	解释项的产生源于一种心灵效力,其实质是一种习惯改变。并非所有符号都有逻辑解释项,只有心智观念及与之类似的观念才有
分类	符号的三大相关物,对应于该书第一章中符号的第一性、第二性和第三性	根据符号与动力对象的关系,分为像似符、指示符和规约符；根据符号与直接对象的关系,又可分为品质、存在物和有关法则的符号	情绪解释项 能量解释项 逻辑解释项
三元	"符号过程",其实就是符号、符号对象和符号解释项合作的过程		

弗洛伊德将人类的心理分为"本我""自我""超我"三层。董启章的"自然三部曲"书写"或然,实然,应然"三重世界。皮尔斯《论符号》认为,现象学有三种存在模式①：实在的、质的可能性存在；实际事实存在；支配未来事实之法则的存在,即品质、事实、思想。他将世界分为第一性、第二性、第三性。其中,符号形体是第一性的,对象是第二性的,解释项是第三性的。

第一性,实在地存在于主体的存在之中,就好像它与其他任何事物都无关一样。第一性包含了现象的诸种品质,如红、苦、乏味、硬、令人心碎、高贵等,关键词为"可能的存在""抽象的潜在性"。这恰似或然世界。

第二性,我们面对的是事物的存在模式,它取决于第二个对象,

---

① 参见［美］皮尔斯《论符号》,赵星植译,四川大学出版社 2014 年版,第 9—25 页。

我们称之为第二性,由实际事实组成。事实是什么呢?既是偶然的实在之物,也是任何包含无条件必然的东西,即没有法则或理性的蛮横的力量。第二性的未来事实具有确定的一般品格。这恰似实然世界。

波伏娃将女人称作"第二性",这是父权社会对女性的认知,男性第一,女性作为男性的第二性。这种"他者"言说,以男权视角打量女性,认为她们是和男人不同的物种,即"非我",将之降级为"第二"。这和皮尔斯的"第二性"有相似之处,都是通过"比较"来获得一种"自知"。

第三性,第三位是第一位与最后一位之间的媒介或纽带:开头是第一位的,结尾是第二位的,中间是第三位的;目的是第二位的,手段是第三位的。当我们只从外部思考它时,称之为"法则",但当我们能看到它的内外两面时,称之为"思想"。事物与事物之间的关系是第三性,强调推理能力。第三性接近所谓符号学的一物替一物,通过感官的每一条通道涌向我们。第三性是中介,是将第一和第二带入互相关联而成其所是的存在样态,赋予第一性和第二性以意义,将之带入理性的统一。第三性意味着事物和世界并非全然是生疏陌异的,意味着现象是可以被理解的,是受法则和规律支配的,是可以通过符号得以表象的。通过意义和解释,第三性与第一性、第二性结合了起来。这恰似应然世界。

研究生霍超群在上课讨论时,将皮尔斯所提观点列表,见表5-4:

表5-4

第一性	第二性	第三性
开头	结尾	中间
位置	速度	加速度
位置	两个连续位置之间的关系	三个连续位置之间的关系
形容词原级	最高级	比较级
	行为、法则	品行、秩序、法律

范畴之间只有"被区隔"才有意义。两个观念之间的联系可能很少,以至其中一个观念可能在某个完全不包含另一个观念的意向中呈现给意识,如红色和蓝色。这种区隔称为"分离"。两个概念若不能在想象中区隔开来,通常也可在没有一概念情况下,设想另一概念,即可想象是一种资料,根据这种资料,一物与另一物区隔开来,此模式叫"割离"。在一个成分不在就不能设想另一个成分的情况下,这两种成分还是可区隔开来,这种模式叫作"区分",比如高矮。符号的意义就在分离、割离、区分的各种分法中呈现出来。

三 赛博"X托邦"连锁符号

赛博时代,连锁业、产业链、产品系列兴盛。这种现象传染到语言符号领域,则是词汇符号也涌现出连锁现象。哈乐薇认为,"电子人与现实对立,是一种乌托邦,但却一点都不单纯"。[①] 自从"Utopia"一词创立以来,相关词汇就蓬勃发展,而新时代的"托邦系列"更是不断得到补充延伸。当今创客们日益喜欢创造"-topia"系列词,想象丰富,大有"X托邦"情结,如 E-topia、dystopia、anti-utopia 等,尽管词根都是-topia,但意义差距很大。乌托邦话语体系经历了复杂的演变过程,完美的祈望极难,堵心的杂音时有。

第一,"乌托邦"(utopia),是人类对美好社会的憧憬。中国式乌托邦,《庄子》称之为"无何有之乡",如陶渊明的《桃花源记》,传说中的"南柯一梦"等。西方式乌托邦,有柏拉图《理想国》(*Republic*),1516 年莫尔的《乌托邦》。无何有之乡,即是 no where,没有这样一个地方。So where is No Where? No Where is Now Here. 乌托邦不存在于诗和远方,而存在于切切实实的当下。

第二,"恶托邦"(dystopia、anti-ut opia、cacotopia、kakotopia),

[①] [美]哈乐薇:《电子族宣言:20 世纪末的科学、技术与社会主义女性主义》,余莉译,收入《物质文化读本》,孟悦、罗钢主编,北京大学出版社 2008 年版,第 394 页。

又译作反乌托邦、废托邦、敌托邦、反靠乌托邦、坎坷邦。与乌托邦（无）相对，指充满丑恶与不幸之地。安德鲁·芬伯格创设此词，认为科技给人类带来恐惧的恶魔，是世界末日、历史终结的元凶。[①] 反乌托邦主义代表作有英国赫胥黎的《美丽新世界》，英国乔治·奥威尔的《动物庄园》《一九八四》，俄国扎米亚京的《我们》，再如，科幻电影《疯狂麦克斯》《黑客帝国》《银翼杀手》《超验骇客》《终结者》等，都对智能机器人进化提出隐忧。20世纪五六十年代，因忧虑原子弹战争、越南战争、美苏冷战，开发太空引发的科技和军备竞赛，欧洲文化对科技文明出现末世论（eschatology）恐惧。法兰克福学派对科技文化也多持批判态度。电影《V字仇杀队》讲述在未来的伦敦赛博空间，人们失去话语权，唯有赛博人化身V敢于站出来反抗，推翻荒唐恐怖的统治，炸毁伦敦标志性建筑，唤醒民众的反抗意识。但也有作品不那么消极，如阿西莫夫的《钢窟》，讲述人与人工智能虽然自相矛盾，但对人性自由的渴望，最终化解了人机矛盾，建立了人机合作的典范。

第三，"异托邦"（heterotopia），福柯1967年的演讲指出[②]，乌托邦指世上并不实存的完美之地，但异托邦是实存之地，属于另类空间，不同于古典哲学、经典物理学的空间概念。异托邦特征有六。一是世上都有构成异托邦的文化，即多元共存文化，如精神病院、监狱，或专门留给青少年、经期妇女、产妇、老人的地方。二是不同历史的社会以迥异方式使异托邦发挥作用，如公墓从城市中心迁移到郊区。三是异托邦将几个本不能并存的场地并置在一真实的地方，如花园、植物园、电影院、戏剧舞台等。四是异托邦与异托时对称，异托邦隔离了空间，也隔离了时间，成为碎片和碎片的拼贴，即异托时。如博物馆、图书馆、市集、度假村等历时性的异托邦。五是异托邦总有打开

---

① Andrew Feenberg, *Alternative Modernity*: *The Technical Turn in Philosophy and Social Theory*, University of California Press, 1995, p.41.
② 参见[法]福柯《另类空间》，王喆译，《世界哲学》2006年第6期。

第五章 赛博符号

和关闭系统,既隔离开来,又可进入其中,不同异托邦之间既相互隔开,又相互渗透,如土耳其浴室。六是异托邦不同于剩余空间,其是幻象空间,或是被隔离的场所,如游轮,或是创造另一相似空间,如殖民地,在他乡造故乡。

异托邦,这一另类空间处于边缘和交界,在事物表象秩序间制造断裂。董启章小说《地图集》书写殖民地香港的异托邦特性,理论篇先写六个 place 为后缀的词,如对应地 counterplace,非地方 nonplace 等,省思实体物理空间的定位性、广延性等。再写 7 个词:无何有之地 utopia,地上地 supertopia,地下地 subtopia,轻易地 transtopia,多元地/复地 multitopia,独立地/统一地 unitopia,完全地 omnitopia,用来描绘想象空间,桃花源的入口,地图画不来的地方。两类空间对比意在说明,地球实体空间几近研究殆尽,唯有-topia 想象之地,尚有文艺置喙可能。

第四,"伊托邦"(E-topia),米切尔认为①,人类几千年来经历三次演变,从水井中心到水管中心到网络中心,从壁炉到电路和供热管线到信息高速公路,从听佛祖演讲到印刷文化到电子百科全书,如今已发展为伊托邦时代。笔者认为,在伊托邦时代,艺术家既不会只唱乌托邦赞曲,也不会只吹响恶托邦挽歌;而多再现两者交战、冲突抗衡,反映对未来的忧思或希望;既有正面乐观论,也有负面悲观论。E 时代有并发症:既给人带来快捷方便、互动交流、速度自由、弹性工作制、自我掌控感、合作创新精神;也让人成为低头族,患上科技脑过劳症、拖延症,一切都随传随到,按键即得,今人是否变成思想薄饼人(pancake people)?被 google 变成 pigs?新术语、新概念、新事物,给文学带来新热望、新图景,也带来新焦虑、新忧思。

---

① 参见[美]威廉·J. 米切尔《伊托邦:数字时代的城市生活》,吴启迪等译,上海科技教育出版社 2001 年版。

中编　虚拟空间开拓

新科技，给人们的生活方式、行为习惯、思维方式带来新变化。新生代笔下世界焕然一新，出现全套新版语言。如邓肇恒的《天使的日常生活》中说："当快闪遇上永生，天使的时间观和价值观也开始变态失衡……天使代表终于给上帝拨了一通标榜收费最便宜的3G长途电话，希望兜口兜面、绘声绘影地告诉他，自从天使失去了翅膀和光环之后，取而代之的只是无处不在的电子荧幕和满街满地的N95口罩……而上帝却将电话接驳到留言信箱。"[①] 年轻作家想象新世界，一派 E-topia 时代气象。

第五，"进托邦"（protopia），凯文·凯利的《必然》指出，"进 pro-"，来自"进程 process"和"进步 progress"[②]，进托邦是种变化的状态，是种进程，不管是渐变，还是突变，激变，都在变化成别的东西，逐渐知化（congnifying），人工智能化在各个领域来得不知不觉。凯文·凯利认为，乌托邦里没有问题可烦恼，但是乌托邦也因此没有机会存在。每种乌托邦的构想都存在一个自我崩溃的瑕疵。反乌托邦也存在严重的瑕疵——不可持续性，有人幻想一场星球大战毁灭了所有人类？或者机器人统治世界？所有乌托邦和反乌托邦均不是我们的归宿。未来科技指引"进托邦"方向，充满温暖、人性与自由。或者说我们现在正处于进托邦，进托邦并不是目的，而是一种变化，一种进程，今天比昨天好，尽管只是好一点点，甚至我们都无法察觉。

尼葛洛庞帝认为，当今是后信息时代（post-information age），互联网成为新铁路，硅成为钢材，"世界贸易由传统原子（atom）交换飞跃为比特（bit）交换，不再输送笨重的商品质量（mass），而输送即时廉价的电子数据，信息成为举世共享的资源"。[③] 1963年拉里·罗伯茨发明的互联网技术正以指数增长。未来电子产品能根据个人喜好，

[①] 张美君：《沙巴翁的城市漫游》，（香港）红出版2005年版，第23页。
[②] [美] 凯文·凯利：《必然》，周峰、董理、金阳译，电子工业出版社2016年版，第8页。
[③] [美] 尼古拉·尼葛洛庞帝：《数字化生存》，海南出版社1997年版，第12页。

度身订制，变得更有互动性、更人性化，既有实用功能价值，也有文化美学价值。米切尔的《比特之城：空间·场所·信息高速公路》、尼葛洛庞帝的《数字化生存》（*Being Digital*，1995）等，都对新时代抱着热切的期望态度，俨然乌托邦时代到来。

第六，"动物乌托邦"（zootopia），这是2016年初热播的迪士尼电影《疯狂动物城》的新词，想象出全新动物社区：肉食和素食动物和平共处，尊重多样性和差异性，减少歧视和偏见，努力建设美好之地。

第七，"写托邦"（writopia），2016年，潘国灵出版首部长篇《写托邦与消失咒》①，创设此词②。写托邦恰似写作疗养院，住着怀着写作执念的一群人，"书写者、书写动物、写字儿、文字族"：病人们每天要服用一定剂量的药物——"花勿狂"（Pharmakon）。柏拉图《费德鲁斯》中说，它既是解药（remedy）也是毒药（poison）。每剂花勿狂的配方都不同，但基本元素一致，均为"文字书叶"，书写者按需采摘啃食，不为果腹，而为精神灵气，以实现自我完成的循环系统。所有住客前来，仿佛都难以自控。

新书表面讲了一个爱情故事：悠悠被情人丢弃，失魂落魄地来到写托邦，想找回男人游幽，却遇到了解救者余心。为寻回这消失了的作家游幽，余心引导悠悠，写下游幽莫名出走的过程，以了解事故的真相。追求安乐窝、世俗幸福的女子，无法理解在写托邦疗养院沉潜写作的男子。只有同样进入写作世界的女子，才能明白作家的魂去了哪里。让人恐慌的是，到最后，连小说的结局也消失了，一切都沙化了……若要寻找跌宕起伏的故事情节，这些读者注定要失望了。因为该书乍看像言情、侦探、魔法小说，但实际却不是让你欲罢不能的通

---

① 参见凌逾《创世纪的写托邦与消失美学——论潘国灵首部长篇〈写托邦与消失咒〉》，《文学评论》（香港）2016年第46期。

② 参见潘国灵《写托邦与消失咒》，（台北）联经出版事业股份有限公司2016年版。潘国灵已出版了14部书，曾获香港青年文学奖小说高级组冠军、文学双年奖小说推荐奖、中文文学创作奖等。

俗小说，而是让你痛苦的小说，进入它，就像跌入了思想深渊，难解的困境、人生的两难、深刻的问题，像锥子一般刺痛着你，逼迫你思考不已。这痛并快乐着的书，升华出哲学的韵味。

潘国灵创设"写托邦"王国，毫不逊色于以上诸多"托邦"术语世界。写托邦既有乌托邦特性，也有异托邦特性，两者汇聚。香港这块实存之地，激发作家的"X托邦"情结涌动，在其笔下，香港是沙城，写托邦是飘浮其上的一方净土。写托邦在哪里？这像"文学在哪里找"这类深进问题，不能直接言说："一如所有的乐园（写托邦也是一种乐园，即便是'失乐园'），其准确位置都必须有所隐蔽……四周被包围着，在未可知之所在。神秘性与神圣性不可分割……它在一个极限尽头，但始终是与人类生活连结的一个地方。"[①]

写托邦，远离人类生活，这个偏离场所，既开放又排斥、既打开又关闭，将本不能并存的几个空间并置在一起，不是幻想的而是补偿的异托邦，既在此又在彼的镜子乌托邦，内里又有历史堆叠的时间异托邦，如博物馆、图书馆，即异托时，共时性和历时性的异托邦共存。写托邦恰似"异次元空间""多维空间"，次元即维度，一维线性、二维平面、三维立体，四维则超越了空间概念。写托邦，也许不在三维空间，而立身于五维、六维等高维空间，存在于心灵、灵感空间，像灵魂的梦境，自由的天堂。

为什么创设"写托邦"新词？写小说的人写小说，自曝虚构过程，这是西式后设小说笔法。但是，《写托邦与消失咒》则更进一步，既暴露作家写小说的过程，也省思写作本身，进行深度解剖。潘国灵直接刻写书写者的痛苦，直剖血淋淋的写作屠宰场，写透创作病征的林林总总，仿佛写作病理学专著，将种种病征公诸于众，恳切期盼大众都能理解其中艰辛。书写者们在纸上搭建文字堡垒，我写，我写，写进去，三重血泪；工作与家居难分，痴迷书籍，长

[①] 参见潘国灵《写托邦与消失咒》，（台北）联经出版事业股份有限公司2016年版，第3页。

年迷失在书屋和图书馆,在搬书的劳苦中体验生活;深知唯有书本,才可以把自己带到应许地;陷入写作的无限循环,经历一场场自我的战斗,像堂·吉诃德,与自我的风车作战。老舍《骆驼祥子》将写作者的悲苦投射到祥子身上,笔下能滴出血与泪。《写托邦与消失咒》如是,书叶以泪浇灌,书脊以血灌注,书写者们唯一的存在之高处在深渊:创作要潜入现实的深渊,要多深才为之深渊?以"尺、米"记吗?不够。以"寻"记吗?寻不完、沉不完。可谓一把辛酸泪,两袖空空风。

四 表情包:"重头戏"符号

赛博时代,万象更新,人们表情达意、交流传播方式也起了很大变化。读图时代,眼球经济、注意力经济效应凸显。计算机网络先着意于发展文字和数字,后来,图文视频兴盛,如颜文字、QQ表情、表情包等。有颜文字组成的成语,图文并茂,象形文字图像表意。手机,这种指尖媒介入侵日常,人手一机,表情包兴盛,成为新人类的心头所好。表情包,给不在场的虚拟交流,增添了姿势语、微表情,仿若眼前,仪态万千,让人颇费猜量。

网络语言经历了不少变化。聂庆璞论著《网络叙事学》第四章,专门研究网络叙事的语言异变,修辞、叙事的话语变化,异变的美学意味和意识形态意义。该书总结网络语言的语词异变主要有以下几种类型。[①]

一是拉丁化,不用汉字表意,而用英语或阿拉伯数字,求新求变、简洁独特。如数字谐音:886——拜拜了;7456——气死我了;5201314——我爱你一生一世;5555——呜呜呜,表示伤心地哭,装可怜;9494——就是就是,表示同意。字母缩略语:一般由英文短句的首字或者英文单词的某两三个重要字母构成:RP——人品;FB——腐败;OMG——

---

① 参见聂庆璞《网络叙事学》,中国文联出版社2004年版,第181—222页。

oh my god，噢买噶，表示惊讶；BTW——随便说一句（by the way）。变形缩略语用数字代替英语或其他因素形成：2——to；out——老土，跟不上形势；up 2 u——up to you，由你决定；3q——thank you。

二是符号脸谱。通过不同表情符号的组合，形成脸谱化的表情，可以更有情趣地表达自己的情感，丰富网络语言的功能。如形态脸谱表现人的表情：^-^笑脸;：-P吐舌头。语气脸谱没有那么形象生动，而是约定俗成地使用：X-〈惨不忍睹；@#¥%*¥#MYM表示省略掉的骂人的话。名人脸谱的来源不详，平时使用也较少，一般网民不太能达成共识，仅作为特例：8（: -）米奇老鼠。

三是陌生化语言。如新通假字，有意用错别字，增加多重语义效应，成为网络流行语，如斑竹——版主，论坛管理人；大虾——大侠，论坛里技术高的资深网虫。如他词借用，则是赋予旧词以新的意义，东东——指东西；酱紫——"这样子"的快速读法；白骨精——白领+骨干+精英；神马——"什么"的他音读法。如拆分单字组合新的复合义，如贤惠——闲闲的什么都不会；蛋白质——笨蛋+白痴+神经质。

四是多元混用。短句或词组混杂使用中英文及缩略语、数字语等。如I服了U——我服了你。过去，有些音译已经融为汉语词汇，如可口可乐、沙发、沙龙、芭蕾、保龄球等。如今，网络语言强调趣味音译，如当机——down，死机；菜鸟——trainee——网络新手，并开始泛指一切水平较低的人。

该书出版于2004年。此后十多年间，网络语言又发生了不少异变情况。如撒娇体：改变某字的声母或发音，或用另字代替，有意示娇，扮萌，如偶——我；伦家——人家；粉——很；滴——的；表——不要。

火星文：年轻网民为求彰显个性，使用同音字、音近字、特殊符号来表音，迥异于常，地球人都看不懂，如伱喷犮——男朋友；菣口耐——很可爱；你偼谁——你是谁。有人称之为"脑残体"。

形象的比喻：卧倒——我倒，表示受不了；拍砖——批评；驴友——旅友，背包一族。网络风行语，如神马都是浮云——什么都是浮云，指什么都不值得一提，由小月月极品女事件引起，后来又引申流行出"神马是什么马"；贾君鹏，你妈喊你回家吃饭——并无特定意思，源自贴吧里的某个水帖，后来被网民集体无意识般进行追捧，引申出各种"×××，你妈喊你回家吃饭"的变体。

类似情况还有"打酱油"（指对公众话题不关心，与我无关之意），"俯卧撑""躲猫猫"；"元方，你怎么看"，源自电视剧《神探狄仁杰》，狄仁杰在断案前总会向副手元方问这句话，网民疯传，"元方体"流行。

近年，表情包成为新的流行文化。[①] network expression and emoticon，用符号脸谱表达情感，在颜文字的基础之上，运用新的社交软件、多媒体网络技术，搭配使用文字与声音、图片、音乐、视频，提升作品的冲击力。以时下流行的明星、语录、动漫、影视截图为素材，配上一系列相匹配的文字。人们用电子邮件、手机短信、微信作为交流方式，由文字沟通发展到使用一些简单的符号、emoji 表情、表情包，逐步演变为日益多元化的表情文化。表情包的图文动画整合，要么是单个元素应用，要么以模板为原型，自己填充图文等元素。

在看脸的时代，表情包甚嚣尘上，情有可原。日本摄影师荒木经惟说，脸，才是真正的裸体。有故事的脸最好看。人的面孔，最丰富多彩，最意味深长，最能够反映那个时代、那个时期、那个时间里的人，即最本质的东西。铺天盖地、千姿百态的表情包，仿佛要穷尽人类各种可能的丰富情感表达。

如何从理论角度分析表情包？造字法与造图法，其实多有相通之处。米切尔的论著《图像理论》借用皮尔斯的符号三分法，将图像的

[①] 华南师范大学的本科学生对表情包的跨媒介现象做过精彩展示，组长：陈金凤，组员：高天浩、黄秋韵、潘浪清、黄静。

符号表意分为三类，肖像式（the iconic）、索引式（the indexical）、象征修辞（the symbolic）。这有点类似于汉语的造字法：象形、指事为独体字，会意、形声为合体字。象形，重在象原物之形，依样画葫芦，如"田、伞、网"等。指事，重在用抽象符号进行提示，在象形基础上加表意标志，如"上、下、刃、甘"等。会意，由两个或多个独体字组成，多字形或字义合并，表达字义。形声字由形旁（"义符"）和声旁（"音符"）组成。

肖像式表情包，如象形字，多数是纯图片的独体画。如小狗一脸呆萌、小猫眼神炫酷，小孩笑容可掬。受众可以各取所需，直接借他者表情反映自我表情，不必拐弯抹角，一下子就能让人猜透意思。这是较初始级别的、基础型表情包。

索引式表情包，如指事字，意思叠加。有些图画配上文字。有些纯文字的，也要突出匠心，如放大字体，每一个细节都有意义。如"猛地一看你不怎么样，仔细一看还不如猛地一看"；"我这么帅，叫别人如何活"；"看在你丑的分上，就当你说得对吧"；"离我远点，你丑到我了"；"你只闻到我的香水，却没看到我的汗水"；"你这个样子是在建设世界一流大学吗"；"口气比脚气还大"；"我把牛扛走，看你吹什么"……调侃搞笑，嘲人自嘲。此外，图文可以增殖，产生新的意义。同一图片植入不同语言，一套表情包的脸部表情不变，但配文百变，产生千奇百怪的效果，如姚明脸、熊猫脸的多变图。或同一意思植入不同图片后，意义也生出新变。如广告词"陈欧体"出现高校版、甄嬛版、留学版、"90后"版等，如"我是学生，我为自己代言""我是单身，我为自己代言"，等等。

象征隐喻表情包，多是合体图文，含蓄达意，有模糊性和多义性。谜面复杂，要转几道弯，才能猜透意思，模糊语义，增添不确定性与随意性等；或者像"脑筋急转弯"式游戏，要跳离常规思维，才能找到答案。这类表情包多有出处，都有梗或者段子，活用素材，多取自热门的社会新闻、网络热点，不同于古代用典。新鲜热辣，火中取栗，却又追求"冷、奇"效果,直白短促,节奏单调直率。

表情包没有形声造字法,但是有图文整合法,复合表意,这类表情包最丰富。有些图文绝配,卖萌幽默;有些则是有意混搭或错配,讲究反差,解构或歪曲已知,调侃反讽。要么真实图片+虚构文字;要么虚构图片+虚构文字;要么真图+真文。漫画图文,如《暴走大漫画》,透射出现代青年的审美趣味和心理,如《还珠中学》,恶搞著名影视剧和戏剧等。后来又发展出 flash 动图,GIF 动图:在图文基础上,增加动态效果,比图文更亮眼,更形象生动。

表情包之所以流行,原因很多。第一,多数表情包时常远胜于纯文字表达效果,意义叠加,尽在不言中。沟通交流,不必打字,省事。第二,表情包图像以幽默诙谐居多,图文夸张,不对称,突破以往思维、逻辑、平行观念,发送者和接受者之间再不是板着脸孔的严肃,而是轻松诙谐,调侃讽喻,突破文化说教、精英意识、情感鸡汤等垄断。如果说,每个人内心都有些自卑情结,那么,这些表情包能让人实现心理满足,体验到脱线、夸张的快乐。表情包也能说出一些想表达又难以表达的情绪,帮人释放掉一些贪嗔痴等人性弱点与毒素。第三,表情包更有利于人际交流,拉近距离,彼此之间很容易就找到共同点。通过收藏和分享,刷存在感,人们获得趣味,同时展现自我藏图,得到他者认可,获得虚荣或满足。社交语言变为表情对话,围观者姿态,表情模糊隐晦达意,体现出社交语言的回旋余地。第四,当代人强调高效,受众耐性有限,更易被简洁、直白、风趣的网络文本吸引。快餐文化讲究最短时间给予最大信息,不再讲究传统文学优雅舒缓的含蓄情调。有时表情包还可以委婉地结束话轮。第五,借助软件,如今谁都可以自制表情包,年轻人互动参与度尤其高涨。表情包斗图,就像斗山歌、斗街舞、斗鸡,也会让人上瘾。表情包让全民好像进入网络狂欢节世界,陷入欢乐的海洋,远离尘世的喧嚣。

不少文化产业已经敏锐地捕捉到表情包热潮,开始挖掘表情包的文化创意。一是动画产业。《每日一暴》，将暴走漫画动态化，一集短短几分钟，但包含许多小故事，主要角色有"王尼玛、王尼美、曹尼玛"，还有意加上机器般毫无感情的配音，变成了冷幽默，大话连篇、漫画戏说、嘲讽戏谑、荒诞不羁，成为大众宣泄的渠道。二是综艺产业。《暴走大事件》，脱口秀节目，集新闻、综艺、文学、心理、历史、地理、政治、化学、生物于一身。主持王尼玛头顶暴漫头套，用轻松幽默的语言，播报令人啼笑皆非的社会现象，引起网友们的热烈追捧。将大众喜欢的流行表情包做成综艺节目，可谓又省钱又省事。三是游戏产业。《史上最贱的游戏》，又名《史上最坑爹的游戏》，是休闲益智的游戏，游戏角色都以暴走表情包为原型，游戏思路有悖于平常思维，考验智商与想象力。四是影视广告产业，未来也可以活用表情包来进行新的创意开发。五是可以创设表情包设计大赛。

表情包文化进入学术研究视野。2016年上半年，中国人民大学王敦带领文艺学研究生，专门上课讨论表情包文化现象，[①] 把握时代热点话题，讨论表情包的前世今生。国内国外，如何进行理论化研究？下里巴人的表情包让人很快心生厌倦，阳春白雪的又太过个人化。表情包是否使日常交流日益模式化、滥调化、扁平化？是否会像本雅明《讲故事的人》所说，时代越进步，人的叙述能力越低？低端化的图文会不会变成信息鸦片？王敦最近还出了新书《打开文学的方式》[②]，详见豆瓣网，该书用通俗易懂的畅销书方式，用大学授课的方式，讲述文本细读、叙事细品的方法。

表情包是新兴的速食文化，荒谬夸张反讽、顽童化、幻想化、时空错位、经典戏仿，给人带来戏谑欢乐，别具情趣，屌丝逆袭，反叛、无厘头、感伤小资等，拓展21世纪网络语言。越是表意丰富复杂微妙

[①] 参见王敦微信表情包现象研究（第一节、第二节）（https://www.douban.com/note/560603447/?start=0）。

[②] 参见王敦《打开文学的方式》，厦门大学出版社2017年版。

的表情包，越能戳中人的心扉，越容易在全球范围流行。但也要抑制粗言秽语、低俗市井、感伤主义等现象。

随着表情包等网络语言的兴盛、发展，未来社会将出现口语、书面语、网络语三足鼎立的态势，新的话语体系将会诞生，社会交往的方式也将产生变化，造就出新的网民生态语境。

第六章 互动艺术

互动艺术（interactive arts），也称交互艺术，先由作者制定规则、进行创作、提供元作品，然后，由受众亲身参与选择、判断、对话、创作，使得未完全呈现或未完成的作品，形成多彩的样态或全新的样态。互动历经五个阶段：连接、融入、互动、转化、呈现。

自古至今，文学史经历了三个发展阶段。口头文学阶段，说书人根据听众反应而灵活应变，互动良好。印刷文学阶段，书写取代口语成为主流叙事后，互动变成了单向线性叙述。网络文学阶段，互动叙事有了新的发展可能性。德里达认为作品永远开放，读者阅读也是创造文本的过程，因此，读者对文本的解读总是未完成、不确定的。有些互动小说更是召唤读者参与创作。

交互式文本不同于传统印刷文本，更强调创作与受众的交互，拓展受众的参与空间，关注受众的主动参与程度。好的互动媒介作品，讲究连接性、观赏性、体验性和交互性，启发受众自己来思考。互动不仅可在创作者、传播者、鉴赏者、作品人物之间进行，也可在人与机器、机器与机器、人与人之间实现。

一　超文本互动文学

互动艺术得益于科技发展。计算机是可编程的机器，借用计算机、传感器的反应、光、热等传感技术，互联网艺术和电子艺术可以实现

第六章　互动艺术

互动性。那么，IT业技术如何改造带入文艺？给受众带来哪些新变？

互动小说不只是电子版纸质书那么简单。电子书，从传统手工写作转变为当代的电脑写作，然后出版为电子书，不用物流，绿色环保。例如，2006年6月8日，作家出版社出版电子书《不是天使不是魔鬼》，作家为"80后"朱星辰。互动出版网在网上同时销售纸书和电子书，在线阅读服务的使用率达到67.9%。但电子书依然是作家向读者传递信息的单向传播方式，而不是作家与读者之间实现双向互动。

运用网络超链接，可形成超文本读者互动创作。1965年，美国托德·尼尔森提出超文本（hypertext）术语，指用超链接，不同界面的不同信息组成网状文本，读者可自由选取，交互式搜索。文本不仅有文字，还有图像、声音、动画等形式的文件。传统文学中，作者对故事有控制权，如普鲁斯特的意识流、博尔赫斯的迷宫型、卡尔维诺的洗牌型等。但是，互动艺术将文本的操控权转移到读者手中，改变了叙述话语及语式。超文本小说比超文本诗歌更有互动性，给予受众更多选择权、操纵权、表演权，更能影响文本，呼应创作者的可能性更丰富。

美国超文本小说先驱之一，乔伊斯（Michael Joyce，1945—　），1986年首创超文本小说《下午，一个故事》（*Afternoon, a story*），[①] 设计了951个技术链接，组成539个文本板块，每页底部设置多重选择的链接按钮，读者可选择各种链接方式，形成不同阅读路径，实现情节发展的多重路向选择。[②] 2013年，乔伊斯创作超文本小说《十二蓝》（*Twelve Blue*），[③] 设计了269个链接、96个词片、8个文本入口，读者成为部分参与的创作者，具备"读者与作者"双重身份，读者的选择决定会重塑故事情节，影响作品进展。该作较少借动作谜团或角色新人来组织情

[①] 超文本链接小说《下午，一个故事》（http：//www.wwnorton.com/college/english/pmaf/hypertext/aft/）。

[②] 参见李顺兴《超文本小说经典：〈下午，一个故事〉》，文内附有外国超文本小说的链接，但很多都打不开（http：//www.douban.com/group/topic/1482203/）。

[③] http：//www.eastgate.com/TwelveBlue/.

节，而多让一个意象逐步形成，让读者根据原材料，写自己的书，尽情地发挥自己的想象力。如某个网页有很多空格需要读者填写，[1] 读者可根据自己的理解和感受来自由发挥，操作不同的链接，从而控制故事内容。

美国另一位超文本小说先行者，史都尔·摩斯洛坡（Stuart Moulthrop, 1957— ），理论与创作并驾齐驱。1991 年创造出小说《胜利花园》（*Victory Garden*），每页选定几个字句，作为链接标志，供读者自由选择跳页。1995 年有《漫游网际》（*Hegirascope*），1999 年有《里根图书馆》（*Reagan Library*），2003 年有《塞满》（*Pax*），2007 年又创《电台精彩片段》（*Radio Salience*），进一步融入交互式影像，文本中的随机程序应用推陈出新，着力于多媒体与文字融合的艺术效果。

随机程序应用与多媒体创作的起点，是《里根图书馆》的意义所在。台湾李顺兴翻译过《里根图书馆》[2]，并做过详尽的导读[3]："摩氏在作品中融入互动环景图（panorama）以及随机选字、选页的功能，配合记忆题材，尝试了颇为创新的文学形式实验……该作再现意识流、记忆活动，采用破碎叙事（broken narrative）形式。"单小曦也论述过该作："通过数字虚拟方式，作品设置了蓝、绿、黑、红四个空间，除了作为作者叙事的红色空间外，其他三个空间分别是死去的艾米莉、失忆患者、重度烧烫病患者三个人不连贯的意识流活动。读者随机点击不同颜色的按钮可以进入不同人物的潜意识世界。再通过不同路径的模拟探索和反复访问，会发现这三个人物实际上是一个主体的三种身份。"[4] 李顺兴还注意到，书名讽刺意味十足："图书馆是人类文明的记忆库，却以失忆症者晚年里根命名。"点击任一个词汇链接，都会进入下一个文字界面，每个界面都配一幅图画，画作都有标题，圆锥体塔状物居多，这些超现实的梦景图画，与记忆内容吻合。整部作

---

[1] http：//www.eastgate.com/bin/cart2.cgi？C1＝1.
[2] http：//benz.nchu.edu.tw/~garden/SMoulthrop/index.htm.
[3] 参见李顺兴对超文本《里根图书馆》的导读（http：//benz.nchu.edu.tw/~garden/SMoulthrop/rl_china/pages/intro_lee.htm）。
[4] 单小曦：《网络文学的美学追求》，《文学评论》2014 年第 5 期。

品充斥着"核爆、末日灾难、空难记忆、危害人类的罪行"等词汇，反映出人类深层的焦虑，有恶托邦情结。

1993年，美国的哈里斯导演了聊天剧《哈姆雷特》，此虚拟赛博空间能实现无数用户成为艺术家的梦想。1995年，《地点》(*The Spot*)，受众可以将建议和个人故事张贴到公告牌上实现参与。1996年，俄国作家奥莉雅·莱丽娜创设《我的男朋友从战场归来》。1996年，马修·米勒创作《旅程》(*Journey*)，界面是一幅美国地图，主人公要走上旅途，为不是自己子女的两个孩子寻找母亲。寻亲路该怎么走？读者可点击地图上48个州的任一图标，链接出一段段故事。读者甚至可以改变行动方向，像捉迷藏般，摸索作者的意图，玩赢这场游戏。但是，读者很难知道自己读完了多少，也难知道结局何在，这很考验读者的耐心。

Christopher and Werby开发出超文本小说《公司的保健大夫》(*The Company Therapist*)[①]，总体框架是名为Charles Balis的精神科医生，在旧金山一家大型计算机公司负责雇员的保健工作。网页界面清晰悦目，在文字文本中，插入很多横线或链接点。读者点击文本单元那些画线或颜色特殊的词句，可以随机进入不同的页面之中，增添文本意义的空间延伸与背景材料。读者很容易了解病人如何从一次门诊转入下一次门诊，但若要了解所有人同一天的生活，需要进入更大的语境，如参阅病人的诊断书、与公司领导的争论等，要花费更多的时间阅读才能了解。网页还邀请读者补充大夫的病人情况，如他们的门诊、日记、信件等。

20世纪90年代，"超文本数字文学"升级换代为"网络化超文本文学"，单小曦列举说："摩斯洛坡的《里根图书馆》(1999)、卡弗利的《加利菲亚》(2000)和《埃及：白日朝向之书》(2006)、莫里西的《犹太人的女儿》(2000)、菲舍尔的《女孩之激流》(2001)等作品都是在网络环境中充分使用超文本技术进行创作的产物……还出现大量网络化的和

[①] http：//www.thetherapist.com/；https：//www.researchgate.net/publication/256176993_Characteristics_of_a_Successful_Online_Learning_Experience_a_Case_Study_of_Internet-based_Adult_Cooperative_Creative_Writing_Group_Project.

中编　虚拟空间开拓

非网络化的新型数字文学创作,如互动式小说(Interactive fiction)、场景叙事(locative narratives)、交互式戏剧(interactive dramas)、生成作品(generative work)、动画诗歌(flash poem)、编码作品(code work)等。"①

1992 年前后,美国小说家罗伯特·酷佛(Robert Coover)率先在布朗大学开设超文本小说写作班(hypertext fiction workshop),简妮特·穆瑞(Janet Murray)也在麻省理工学院开设了"交互式和非线性小说"(interactive and non-linear fiction)课程。

中国内地的超文本小说,如《失落的世界》②,共五卷,每一卷结尾都设置链接点,联结该卷的若干个章节,构成树枝状的文本结构。第一卷讲学童厌学,厌恶大人说教,异常苦闷,跑到大街上,经过一家少年图书馆门口,被安静气氛吸引,于是走进去,拿起一本读物,随之视野开阔起来。此时设置了链接点,链接该读物所讲的故事。在一个层面上蕴含不同意义层面的文本,这种累积叠加的多文本写作方式,使整个文本具有了无限扩充容量性和叙事线索复杂性,给阅读者提供了一个巨大的想象空间。网易有东北师范大学金振邦讲授网络文学的公开课视频 14 集,内有一些超文本视频例子。③

何坦野的《超文本写作论》④,剖析交互式写作,全面深入,考察超文本写作的本体、协议、现象、意义、特征、批评、监管、控制、思维模式与写作方法。该书认为,超文本写作不等于交互式写作,因为交互式是多人同时参与,作者、读者共同写作一个电子文本。而超文本是作者用多种媒体创作,读者可选择性阅读。但是,超文本其实也召唤读者参与,因为不同读者的点击次序会导致不同的文本出现,有不同的文本意义。而且,很多超文本文学也提供空白处,给予读者补充想象的可能性。

---

① 单小曦:《网络文学发展的新空间》(https://www.douban.com/group/topic/22671297/)。
② 参见宋乐镜的新浪博客(http://blog.sina.com.cn/s/blog_45de65ca0100tchi.html)。
③ http://v.163.com/special/cuvocw/wangluo.html。
④ 参见何坦野《超文本写作论》,中国书籍出版社 2013 年版。

第六章 互动艺术

聂庆璞的《网络叙事学》[1] 第二章分析网络超文本叙事。传统印刷文本是固定、片段、矢向连接，而电子超文本属于任意、全方位、放射连接（第73页）。超文本的多声部，平等对话性，有其思想根源。罗兰·巴特在《S/Z》中指出，理想文本是可书写文本，文本是复数的，文本意义是不断游移、播散、自相矛盾乃至颠覆的。德里达的互文性概念认为，文本是互相包容、互相抄袭、互相解释的开放体系，世界上不存在独立的文本，文本结构是由无数碎片聚合而成的集合体。巴赫金对话理论，指小说主人公既是作者议论所表现的客体，也是直抒己见的主体，不同声音对话，复调共鸣。这种开放叙事结构改造了作者和人物关系，与现代小说的多主题、多线索结构有异曲同工之妙。巴赫金还提出狂欢化理论，这种去除中心的文化策略具有宣泄性、颠覆性、大众性，与网络的自由狂欢特性也契合。当然，超文本也有自身的特性：窗口呈现，链接成序，动态文本。超文本的叙事特性则在于无焦点（去中心碎片化）叙事、非线性叙事、随机叙事、互动叙事、程序叙事。

《网络叙事学》第三章分析网络超媒体叙事，即多媒体混用，传达视、听、味、触全方位的感知信息，仿佛身临其境，虚拟现实仿真。一是文本型多媒体叙事：文字为主，配以多媒体的叙事手段。如《月》，安妮宝贝主笔，闫月创作音乐，hansey摄影装帧设计，音乐、文字、影像交织诠释"月"主题。如《Yoka悦读》是一本有声杂志，配有声音、图片等。但各媒介要配合得天衣无缝，让人惊叹，则是非常难的事。二是游戏型多媒体叙事：电脑游戏多有文本指示，玩家因爱好不同、进展不同，文本体验也不一样。如大型模拟游戏《模拟人生》《实况足球》，玩家可随意命名，颠倒性别角色，采用荒诞不经的装束来参与生活模拟。阅读性超文本是显性的，电脑游戏则是隐性超文本，玩家要靠操作取胜后，才能获得进入下一页面的结点。如《仙

---

[1] 参见聂庆璞《网络叙事学》，中国文联出版社2004年版，第72—127页。

剑奇侠传》《轩辕剑》,玩家只有找到宝物才能通关,进入下一关。三是虚拟现实。在计算机上营造环境,辅以立体眼镜、传感手套、传感衣服等,把一切感官都调动起来,实现全方位的真实三维模拟,如虚拟艺术、虚拟电影、虚拟学习,如飞行员在模拟飞行器中学习。虚拟现实的技术特性在于多感知特性、沉浸感、交互性、构想性。

网络时代的互动艺术在思维方式上有很大的改变,传统的虚构思维与网络的虚拟思维有别。研究生易明皇将之列表,见表6-1。

表6-1

类型	特点	与现实的关系
虚拟思维	基于虚拟意识,重似、拟、像	另一硬币,似是而非,包含是的成分
虚构思维	追求幻、奇、怪、特、险……	硬币一面与另外一面,属于表象

玛丽-劳尔·瑞安(Marie-Laure Ryan)指出,虚拟依赖于现实,又超越现实。虚拟指向现实性、现实中的可能性及现实中的不可能性。虚拟存在不是现实的存在,通过非物质的形态而存在。虚拟功能不是为了否定和代替现实,而是出于对现实的不满足而企图超越现实。虚拟具有发展为实际存在事物的可能潜力。一个虚拟物可通过多种方式转变为多种形态。[①]

网络互动艺术很有创新意义。一是更直观地展现所写的内容,更有动感、立体感,更吸引人。二是开放自由,互动共享,读者和作者都处于主体位置,给予受众自主权,使得意义增殖。可供受众选择的链接越多,重新组合的可能性就越多,意义就越丰富。当然,要保证意义的有效性,也要将选择限定在适可而止的范围之内。三是提升思辨维度,网络互动艺术既能训练一般思维能力:形象思维、层次思维、想象思维;也能训练虚拟思维能力:动态思维、网状思维、联想思维;还能训练特殊思维能力:递归思维、窗口思维、变形思维、发散性思维。

[①] 参见[美]戴卫·赫尔曼(David Herman)主编《新叙事学》,第三章"电脑时代的叙事学:计算机、隐喻和叙事",马海良译,北京大学出版社2002年版,第64—68页。

二 互动文学的发展脉络

互动文学,指从互动小说发展到超文本、档案叙事,采用 flash 和指导者著作系统开发的多媒体作品。到 21 世纪后,随着人工智能发展,逐渐摆脱著作系统,出现人工智能驱动的文本。数字叙事演变,得益于计算机技术的快速发展与不断完善,实现了从纯文字到整合文字、图片、声音、人物动作等的叙事形态。

探讨互动叙事的经典论著,有《故事的变身》①,在新旧媒介对比中,分析互动叙事②。全书首先厘清叙事与媒介的界定,探究传统媒介的三种模式;进而考察从 20 世纪 80 年代初到 2006 年,数字叙事如何演变,支持数字叙事的软件有何特别,如何制约意义建构;比较电视真人秀电影《楚门的世界》和真人秀节目《幸存者》;第六到第九章,分析几种经典的互动叙事类型:互动小说、超文本小说、多媒体作品、人工智能互动戏剧、电脑游戏和越界叙事。该书展示故事意义形式如何在新旧媒介中呈现为多重变身,叙事学阐释精彩,论述充分,有思辨力,逻辑性强,例证丰富。作者是美籍瑞士裔的玛丽-劳尔·瑞安,探究数码时代的故事新讲法,追求跨学科与跨媒介的叙事学,钻研精深,成果丰富,先后出版专著《可能世界、人工智能、叙事理论》(1991)、《作为虚拟现实的叙事:文学与电子传媒的沉浸与互动》(2001)、《故事的变身:新旧传媒的叙事模式》(2006) 等,主编论文集《赛博空间的文本性》(1999)、《跨媒介叙事》(2004)、《劳德里奇叙事理论百科全书》(2005)、《跨媒介性与故事讲述》(2010) 等,在数码叙事研究领域占有重要一席。③

---

① [美] 玛丽-劳尔·瑞安:《故事的变身》,张新军译,译林出版社 2014 年版。
② 华南师范大学研究生张萌萌、刘晓庆、姚霞在课堂上对《故事的变身》做过精彩生动的展示,选取的视频例证精准。
③ 参见 [美] 玛丽-劳尔·瑞安《叙事与数码:学会用媒介思维》,陈宝国译,收入 James Phelan、Peter J. Rabinowitz 主编的《当代叙事理论指南》第三十四章,申丹等译,北京大学出版社 2007 年版,第 601—614 页。

中编　虚拟空间开拓

　　互动小说于 20 世纪 80 年代初兴起，游戏与文学联姻，用户输入影响故事进程。瑞安指出，常用著作系统是名为"通告"（inform）的网站。玩家键入命令，计算机作出描述回应。经典案例是艾米丽·肖特的《葛拉蒂》，Galatea 是皮格马利翁雕塑的大活人美女，用户认真追求她，竟然能得到捉摸不透的回应。马克·布兰科的《最后期限》，玩家说"杀死罗伯特先生"，系统于是描述系列场面、你的忏悔、你被警察抓住。这些叙事类型主要有二：一是谜团追寻故事，类于神探夏洛克侦探小说和电影；二是与系统生成的人物对话，如今发展为人工智能的聊天机器，如 siri、微信聊天机器人小贱鸡和微软小冰。若用户键入词超出数据库范围，系统直接说"不明白你在说什么"，话语就会从故事内走向故事外，叙事中断。可惜的是，用户并未直接参与写作过程，这是早期互动小说的局限。[①]

　　随着图形界面的发展，"故事空间"超文本兴起，盖过了互动小说风头，用户只需点击链接，各类文本块拼接成多线性叙事，为外在—探索型。瑞安指出，20 世纪八九十年代的代表作有：《下午，一个故事》《胜利花园》《拼缀女孩》，均由东门系统公司（Eastgate Systems）发售。相比而言，雪莉·杰克森（Shelley Jackson）的《拼缀女孩》（*Patchwork Girl*）更为成熟。界面"疯狂的被子"像百衲被，集合了大量互文性叙事片段，读者点击阅读，就像缝被子。这飞针走线的阅读，模拟了两位女性人物的活动。超文本组合不同的链接逻辑，实验适合单屏的小故事，呈现心理活动的模拟，梦幻、记忆、意识流等。但不足在于，当文本块和链接过多，很难同时追踪几条线路或者在各线路间来回移动，叙事很容易陷入混乱。在众多的超链接中，也许容易感到疲累，但有时也会有"迷失的愉悦"，让人喜出望外。

　　与此相似，香港著名作家西西的小说《哀悼乳房》不时在章节末

---

　　① 参见［美］玛丽-劳尔·瑞安《故事的变身》，张新军译，译林出版社 2014 年版，第 126—131 页。

尾，加插类似超链接的指引，如"没有时间和兴趣看啰啰嗦嗦大段的文字，还有没有这类短短的章节？请翻到第 111 页的《不是故事》"①，像一个个可跳读的文本块。还有互动式的创意解密游戏，将文本块的组合变成拼图解谜的游戏，没有故事空间链接的纷繁复杂，画面更加简洁明了，拼完一部分再去拼另一部分，也避免了故事的紊乱，可以看作故事空间的发展。

后来又有档案叙事，像百科全书式文本。瑞安分析了从 1998—2017 年一直在增长不已的多人合作产品《找寻刘易斯和克拉克》(*Discovering Lewis and Clark*)，可从一个小提琴手，链接到小提琴历史、琴弓、设计琴弓的讲座等，材料纪实、设计实用，调和数据库和叙事，类于谷歌、百度的搜索功能，受众可以大量获取故事背景，沉浸于信息海洋，这是放射式结构的典型代表（《故事的变身》，第 144 页）。M. D. 柯玮利的多媒体超文本《加利菲亚》，画面有很多导航指引，给人视觉愉悦感。其实，最新的还有影像数据库文学，利用影像短片来串接故事。

还有基于 HTML 框架的超文本。HTML 是用来制作网页的超文本标记语言，可把不同的计算机文本或图形联系起来，形成有机整体。这种基于网络的叙事不用下载软件或著作系统就可阅读，能细分同一网页，使整个内容都清晰可见，形式短小，适合一次阅读，不像故事空间那么庞大冗杂。瑞安反复提及该类型的代表作，俄国奥莉雅·莱丽娜的《我的男友从战场归来》。② 文本开始，显示语句"我的男友从战场归来。晚餐后他们离开让我们独处"③，点击后，屏幕分为两个窗口，一个是两人目光相背的画面，一个是代表读者和家人监控的窗口。当点击其中某窗口，再次一分为二，但原有的画面还保存，如此不断

---

① 凌逾：《女性主义叙事的经典文本——论〈哀悼乳房〉》，《文艺争鸣》2009 年第 4 期。
② http://www.teleportacia.org/war/，http://thecreatorsproject.vice.com/blog/olia-lialinas-most-famous-net-art-piece-turns-15.
③ 转引自 Jame Phelan、Peter J. Rabinowitz 主编《当代叙事理论指南》，申丹等译，北京大学出版社 2007 年版，第 613 页。

垂直挖掘下去直至触及底层。屏幕窗口分裂也参与了叙事意义的建构，象征着战争带来的分裂、恋人心生嫌隙、多数沟通的失败："嫁给我好吗？人都会变的……难得你不相信？"吞吞吐吐的简约对话也给读者留下大量的空白，隐含着丰富的情感张力。该作品用高效视觉界面，传达多重叙事可能性，在软件可供性中融入人文趣味。

多媒体技术使数字文本获得大进步，实现了声音、文字、图片等多种媒介融合，叙事更加丰富。瑞安指出，代表著作系统是 flash 和指导者。故事空间的所有按钮都是链接，而 flash 这个制作动画的软件，按钮可暂停或快进、前后跳转。代表作是英格丽·安科林和梅甘·斯瑶纳的 flash 诗歌《兜风》(*Cruising*)，用户阅读像开车。若车速过快，文字内容就从车窗一飞而过。只有车速合适，把好方向，才能看清诗句，如"夜色掠过玛丽·乔的旅行车，就像电影演职员表"，体验驾车兜风的诗情画意（《故事的变身》，第 154 页）。杰森·刘易斯的《九》(*Nine*)，用九宫格拼图，描述杰森如何解谜，追寻死去又重生的爱德华的身份之旅。这些作品都实现了图像、文字、主题、界面的多合一。

"指导者"是宏媒体公司开发的产品，能嵌入 flash，能在电影中嵌入电影，让多媒体设计、感官冲击强烈的文本更简洁经济，适合个体项目，单个作者或小型团体都能驾驭，而不至于沦为大型团队制作中市场暴君下的奴隶。瑞安重点分析"指导者"的代表影片《童》，[①]再现一个垂死男人对世界和所爱之人的辛酸告别，展现生老病死的心路历程："疾病剥夺了我们的日常生活，生活重心在变化，观念在改变。"超文本先有三个屏幕，显示守护的妈妈们、男人的手、石榴和娃娃的缅怀，作为三个入口，开启文本的体验之旅程。再带领读者领略 37 幅图片屏幕，网状排列，传达患者强烈的感官体验。然后，每幅

[①] 参见［美］玛丽-劳尔·瑞安《故事的变身》，张新军译，译林出版社 2014 年版，第 159—164 页。

图画对应一部单独影片。无数导入导出的链接,异质拼贴,展现循环迂回,避免线性进程。鼠标能激活剧情内外的音效,如童音、救护车声、水流声、呻吟声、心跳声,等等。文本还有两个结尾。大团圆结尾,日冕图片上有中国谚语"执子之手,与子偕老",以及狄更斯名言"许许多多的分离凝结在一起,就构成了生活"。死亡结尾,显示模糊抽象的形状,代表躺着的身体,屏幕最终消失在黑色背景,又返回到开始评论,邀请重启旅程。《童》既有游戏也有审美解读,既有目标驱动的操作,也有自由游走的线索,匠心独运。如今,通过文本、音乐、图片来讲述个人故事或者社群故事,更容易实现,如微信相册等。

超越著作系统的人工智能驱动的文本,意在实现真正的互动体验。[①]瑞安剖析互动话剧《假象》[②]:玩家扮演格蕾丝和特里普夫妇的朋友,一天,你到他们家做客,在言谈之间,你卷入两人婚姻解体的冲突中。唇枪舌战下,每个人都要表明态度,作出决定,你的言语对二人婚姻走向也起着重要作用。用户参与,键入文本,与他们夫妇交谈,在公寓四处走动。通过互动改变结局,刺激受众沉浸戏剧,每次都会上演不同的戏剧,并建立新的亚里士多德的情节行动模式:导入、展开、高潮、结尾,探讨谈话如何蜕变成争吵。它融合了微信聊天机器人的对话系统、模拟人生的人物姿态、动作的模拟系统,注意人物情感的捕捉,具有强烈的情感体验,不断挖掘受众互动参与创作叙事的潜力。

互动叙事新发展,出现交互式 MV,利用谷歌地图和谷歌浏览器、HTML,画面中歌手奔跑,呈现叙事 MV,如果观者输入自己家的地址,歌手甚至会跑到自己家地址楼下。奔跑的歌手可以看作一种隐喻,我们都是人生路上的孤独奔跑者,有时跑累了,迷失在偌大的世界中不知何去何从,有时也许应停下奔跑的脚步,回望、关心身边人。用

---

① 参见[美]玛丽-劳尔·瑞安《故事的变身》,张新军译,译林出版社2014年版,第165—173页。

② 互动话剧《假象》(http://www.interactivestory.net/)。

户在观赏时获取类似的情感体验。

三 电脑游戏与越界互动

电脑游戏，这是互动艺术中有代表性的普遍样式。电游更强调人机互动，人的自主选择决定游戏的输赢。选择组合的可能性越无穷无尽，游戏越刺激，像围棋。电游要运用计算机更大的内存、更精细的图形、更快的速度、更优化的人工智能、更现实主义的背景、可信度更高的人物，将游戏整合到叙事与虚构的框架中，有人物、事件、背景，从初始发展到结束状态，如拯救公主、搏斗怪兽等。互动性让电子游戏比电影和小说更接近生活。电游越有叙事性就越有趣、耐玩。

《故事的变身》第八章，深入分析电脑游戏如何实现互动叙事。

好电脑游戏都有精彩悬念开局，吸引玩家。如《麦克斯·佩恩》(*Max payneI*)，麦克斯·佩恩，纽约警察，三年前家人被一帮瘾君子无辜杀害。新合成毒品瓦尔基里像瘟疫，席卷纽约，麦克斯踏上复仇征程。但是，好友上司作为唯一知道他真实身份的人，已遭杀害，麦克斯被控谋杀，他无路可退，只能进行一场无望取胜的战斗……请为全新的深度动作游戏做好准备。请为痛苦做好准备（《故事的变身》，第176页）。这种警匪游戏类于港片《无间道》，一波三折，正邪错综，较量激烈。

再如，《星际争霸》，即时战略科幻游戏系列，描述银河系中心的三个种族在克普鲁星际空间争夺霸权。科技发达的种族赛而那加（Xel'Naga），在宇宙流浪，并创造出新的生命：神族（protoss）和虫族（zerg）。谁知两族却陷入大战。赛而那加给了虫族同化寄生主的本领。结果，虫族却毁灭了赛而那加。在种族战斗中，哈斯（Khas）取得了暂时统一，以银河低等种族的保护者自居，但害怕神族和虫族的挑战。人族（terran）也加入了战争。人族是来自地球的流浪者，在第三次世界大战后，地球出现联合政府，然而，此政府摧毁宗教及不同的语言，将异己流放到星际。流放地球人从冷冻睡眠后醒来，发现自己正遭到异星力量的威胁,人族只有选择战斗……

在这种游戏战场中,玩家可操纵任何一个种族,在特定地图上采集资源,生产兵力,并摧毁对手的所有建筑取得胜利,还为玩家提供多人对战模式。《星际争霸》还有衍生作品,小说有《起义》(Uprising)、《利伯蒂的远征》(Liberty's Crusade)、《刀锋女王》(Queen of Blades)、《萨尔娜迦之影》(Shadow of Xel'Naga)、《黑暗圣堂传奇》(The Dark Templar Saga),创建了《星际争霸Ⅱ》的故事设定。还有桌上游戏,以《星际争霸》的人物角色和兵种形象为原型,Toy Com公司生产了许多的仿真玩具人和可收藏的雕像。

电脑游戏具有叙事性,瑞安认为,游戏让叙事遵从于游戏玩法,而不是让叙事成为故事焦点。叙事并非总是屈从玩法,有时也是玩游戏的目的。故事不一定重述玩家在游戏时段所生成的时间,有时候保留截图产生他们想要讲述的故事。在游戏研究中采用叙事概念,因要应对电脑游戏的想象维度,与标准棋盘游戏和体育比赛相比,电脑游戏的重大创新之处在于,让策略性行动同假扮在同一环境中结合起来。提倡功能性叙事主义,研究作为假扮领域的虚构世界,如何同作为行动空间的游乐场相联系。通过将游戏玩法的策略维度同虚构世界的想象性体验联系起来,这一思路应该能够公正对待电子游戏的双重性。

越界,是互动艺术中的重要叙事现象,《故事的变身》第九章"越界机器",专门分析越界在数字文化中的多重表现形态,借此打通对文学与数字文化、现实与虚拟社会的考察,充满了真知灼见。

越界是17世纪的修辞格和叙事辞格,现已成为后现代文化和当代批评话语钟爱的概念玩具。文学的越界,又称故事套盒、框架(framing)、嵌套(embedding)。如《一千零一夜》有重重叠叠的套盒:"在第一个虚构层次上,文本讲述谢赫拉沙德和苏丹的故事。在第二层次,谢赫拉沙德讲述了巴格达三女郎故事。三女郎又各自讲生活故事。在阿美娜故事里,一年轻人也在讲故事。当年轻人结束叙述,读者预期叙事返回到阿美娜、三女郎故事,再到谢赫拉沙德、苏丹故事。若直接跳跃,如从年轻人跳到苏丹故事,悬置其他故事,会违背读者的预期。"(《故事的变身》,第198页)

瑞安不仅是叙事学家,还是计算机专家,因双重身份,研究跨媒介叙事有得天独厚的优势。她换用计算机术语来描述套盒:堆栈(stack),指多层次数据结构,成分处理程序是后进先出,与先进先出的队列处理顺序正好相反(《故事的变身》,第196页)。热拉尔·热奈特以故事层次的思想,来描述故事增殖,为计算机堆栈提供了叙事学等价物。瑞安指出,基于语言的虚构叙事,至少涉及两个层次:一是现实世界层次,作者同读者交流;二是一级虚构层次,叙述者同受叙者在想象世界里交流。每当一则叙事生成另一则叙事,就向叙事堆栈增添了又一个层次(《故事的变身》,第196页)。

层次之间的边界有两类:言外型或本体型。瑞安认为,言外型,文本内讲述者呈现确凿事实,如新进场人物解释入场的理由,边界指说话人的改变,但所表征的依然是同一个世界。本体型,故事作为虚构讲述,既造成叙述声音的改变,又造成世界的改变。读者要重新将自己置于新的虚构世界中心,从头开始建立新的心理意象。新故事推到堆栈的顶端,打断当前故事,读者的认知活动一分为二:一是最高层次的故事,总处于注意力的中心;二是低层次的未完故事,仍然处于心理的后台。这种对注意力的划分说明,为什么叙事堆栈鲜有超过三四层(《故事的变身》,第197页)。

堆栈因严格边界、固定处理次序,为越界提供了诱人目标。越界就是跨越层次不顾边界的抓取动作,将属于文学顶端的东西移到底层或相反。(1)修辞型,热拉尔·热奈特描述过;(2)本体型,布赖恩·麦克黑尔结合后现代叙事描述过。

20世纪前的文学几乎都是修辞型越界,通过来自下级层次或向下级层次说话的声音,打断当前层次,但不将顶层从堆栈中弹出。如狄德罗《宿命论者雅克》:"什么阻止我嫁给主人给他戴绿帽子?"这话不是未来新娘说的，而是作者式形象说的，正在想该为笔下人物做点什么（《故事的变身》，第 198 页）（图 6-1）。修辞型越界，作者可谈论笔下人物，将之呈现为想象力的创造物，而不是作为自主的人，而作者不和人物说话，因分属于不同层次。交流，预设所有参加者属于同一世界。这就是为什么跟灵界说话，多被看作超常活动（《故事的变身》，第 199 页）。

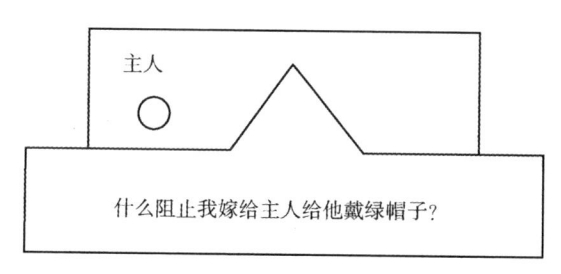

图 6-1 修辞型越界

本体型越界，当一存在物同时属于两个以上层次，或从一层次迁移到后一个层次，造成两个单独的环境混合时，本体层次就会纠结在一起，这会交织多个不同的本体世界，多重穿越（《故事的变身》，第 199 页）（图 6-2）。两种越界法可列表，见表 6-2。

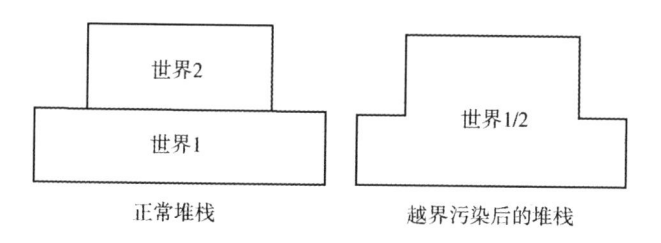

图 6-2 本体型越界

表 6-2

修辞型越界	本体型越界
层次边界存在，维持堆栈各层次之间的区别	在层次之间打开通道，相互贯通，相互污染
现实世界和虚拟世界截然分开	在现实世界和虚拟世界之间切换
良性瘤	侵袭性生长

续表

修辞型越界	本体型越界
通过来自下级层次或向下级层次说话的声音，打断当前层次的表征，但不将顶层从堆栈中弹出。狄德罗《宿命论者雅克》："什么阻止我嫁给主人给他戴绿帽子？"是以作者式形象说的，正在想该为笔下人物做点什么	伍迪·艾伦《库格玛斯风流史》，库格玛斯穿越到《包法利夫人》小说，和包法利夫人有私情。皮兰德娄《六个寻找作者的人物》，人物乞求作者将他们的生平改成一出戏剧，作者与人物在同一空间相遇和互动

胡利奥·科塔萨尔的短篇《公园的连续性》，讲读者看小说，小说里讲女人和情人密谋杀死丈夫，但当读者读到入迷时，虚拟和现实边界坍塌了，读者成了被谋杀的受害者。幸而，这是虚构读者被虚构的人物谋杀，而不是现实作者杀死了现实读者（《故事的变身》，第201页）。越界更适宜喜剧和反讽效果，而不是悲剧和抒情效果。

本体型越界，类于霍夫施塔特分析哥德尔、埃舍尔、巴赫艺术时，所发现的"奇异的循环、缠结的层级"。霍夫施塔特谈过埃庇米尼得斯悖论："所有克里特人都说谎"，既然埃庇米尼得斯是一个克里特人，那么他生就说谎，因此他说了谎话；但是若他是在说谎，那么克里特人就是诚实的，因此他就说了真话。这悖论的越界维度在于，话语是自我指涉性的，因同样的语词既被使用又被提及，自我指涉坍缩了使用与提及的哲学区分（《故事的变身》，第203页）。

电脑游戏可以有多重越界：程序能游戏世界和代码的各层次；邀请玩家扮演人物角色，利用玩家真实和虚构身份的反差；作为虚拟世界，能诉诸标准文学虚构的越界招数。瑞安举了以下几个例证。

《超级马里奥》，在游戏盒子上玩的任天堂游戏，会自我介绍叫"FLUDD"，主动提供指导，告诉玩家按游戏盒子控制器上的哪个键能操作喷头。FLUDD是维系沉浸的手法，将真实世界话语——游戏指令——整合进入虚构世界。通过层次之间的信息转移，融合了修辞型越界和本体型越界的特征（《故事的变身》，第216页）。

《合金装备2》，虚构世界的本土现象侵入，或假装侵入真实世界，玩家化身成密探雷登，执行任务，尾声时，雷登让游戏的计算机感染了病毒，上司坎贝尔上校喊："雷登，关掉控制板，马上！别担心，这只不过是个游戏，和普通的游戏一样，离这么近会坏眼睛。"前一句针对雷登，后一句进入现实世界，提醒玩家，话语穿越了分隔化身与玩家的本体论边界，描述了玩家的实际情景。

还有些游戏涌入真实世界，让游戏高手亲自接触用户，登门拜访。在增强现实中，将人物图像投射到真实的风景上，虚构世界同现实世界浑然一体。将来若有三维模拟虚幻世界，虚拟现实的沉浸—互动性体验，让访客多感官地领悟环境；操控装备虚拟世界的物品，并和虚拟居民交谈。访客可将多种角色集于一身：情节人物，体验命运；脚本合著，写人物生平；作为演员，化身为人物；作为观众，从自己的表演中取乐，实现了对戏剧行动各种参与模式的越界混合。

当今的虚拟现实仍处于初期阶段，但已让人体验到互联网虚拟界的神奇。鲍德里亚区分图像发展的四阶段：（1）基本现实的反映，（2）掩盖并歪曲基本现实，（3）掩盖基本现实的缺场，（4）同现实没有任何关系，纯粹是自己的拟像（《故事的变身》，第219页）。虚拟世界对现实犯下了完美罪行：引导人类不仅对实在世界和指涉界进行清算，而且还灭绝他者，这相当于种族清洗，不仅影响特定族群，而且无情地追捕各种形式的他性。原本世界，为虚拟现实所驱散。

《黑客帝国》受鲍德里亚哲学影响，再现人类成为虚拟现实的囚犯。瑞安精辟地指出，续集结局本应是这样的：尼奥和墨菲斯将人类从"矩阵"中解放出来，人类重回荒凉的现实，却不能再适应；于是，尼奥和墨菲斯被迫创造虚拟世界，重回"矩阵"。鲍德里亚的论述会成为现实吗？如果技术足够先进，虚拟真能以假乱真，成为实在，那么，人类对这越界接管，会浑然不觉（《故事的变身》，第221页）。

瑞安认为，从当下的技术水平来看，虚拟越界影响我们的世界：通过偶尔威胁软件的病毒；通过混淆真实世界自我与虚构化身，影响某些在线虚拟世界的访客；通过某些医学或军事虚拟现实应用，用户通过数字影像来操作真实物体。在艺术表现中，这仍然是纯粹的思想实验，幻想游戏，游戏场地同生活世界安全地分割开来。越界文本，摆弄虚构，这种思维产品栖居于更接近地面层次的世界，但这些文本并不能将自身变成现实生活的命令语言，不能变成非现实的矩阵。最终，它无法动摇我们的信念，即我们栖居在唯一"真实"存在的世界里，我们肉身栖居的世界。我们在想象中拜访其他世界，但身体将我们系在堆栈的基座上（《故事的变身》，第222页）。

综上所述，瑞安《故事的变身》写作意义有二：一是扭转受热奈特影响的叙事学专研书面虚构文学的方向，将之重新定位在跨媒介与跨学科的道路上，重绘叙事学的学科版图。二是数字技术的迅猛发展，对社会各方面包括叙事产生很大影响，因此有必要将数字文本性纳入叙事学疆域。

四 各类互动艺术与受众研究

随着高科技发展，无人驱动、遥感、数码技术的发展，手机将网络、影视、摄录等更多功能集于一身，人与人、人与机器的相互作用更多元。黄鸣奋指出，"电子媒介使个人空间变成公共空间，作者之死转为读者之死、把关人（出版者、画廊、表演经纪人等）之死"，新型互动艺术的角色已经改变："创作者向开发者转化、鉴赏者向参与者转化、传播者向网络商转化。"[1] 未来的跨媒介互动艺术将更有创意，未来的跨媒介叙事将出现更新的形式。

"遥在"互动，综合利用计算机、电子、三维成像、全息等新兴技术，把远处的现实环境移动到近前，并干预移近环境，使人进入有立体现实感的奇妙三维世界，到达"不是真境、胜似真境"的境界。这远比"遥控"技术（remote control, telecontrol）复杂，遥控是利用无线电、有线传输或声波进行的远距离控制，如自动水电站、无人驾

---

[1] 黄鸣奋：《新媒体与西方数码艺术理论》之第三章"鼓励参与：论数码艺术的交互性取向"，学林出版社2009年版，第166—219页。

驶飞机、人造卫星、弹道导弹。美国加州伯克利大学曾实验舞蹈艺术的遥在互动，此地的舞蹈者与异地的舞蹈者，即兴互动舞蹈，你来我往，彼此呼应，仿若共处一室的成群对舞。

设想未来的电脑互动游戏文学创作，采取分幕、分窗口的呈现方式，读者无法知道下段故事，若要继续阅读，必须先进行创作，闯关通过，界面才出现下一个段落的多选择文本，读者可以根据个人想法，选择其中一个片段阅读，之后再创作。然后，网络又出现下一段文本的多种选择项。如此循环，网民们的自由创作互相串接，成为读者互动创作和接龙小说结合的范例。

超媒体（hypermedia）互动创意，在超文本（hypertext）基础上延伸。现已有超文本小说的制作软件、网页工具，如 Netscape Composer、Microsoft Frontpage，可让后来者轻松设计出排版精致的超文本作品。但是超媒体互动艺术，开发新型人机界面，人机中介向图形化发展。VR沉浸感很强，年轻人尤其喜欢。开发赛博空间的游戏叙事，如让玩家在虚拟空间中身临其境地感受赛车，如学习飞机起降驾驶，用户不仅可以置身于飞行仿真器的虚拟环境、文字影像组构的立体三维空间，还可从数据库中点菜单、自主搭配，仿真各种起降。大型网络游戏允许玩家扮演角色、采取行动，自由判断，决定输赢，如三国杀、网球游戏等。电脑超媒体互动艺术给予用户发挥创造性空间，界面提供各种跨媒介的选择项，如多种插图、多种视频、多种音乐可供点播，成为书中的书，影像中的影像，观者点击超链接，随时切换为相应的插图、截取视频或者背景音乐等。信息延伸或缩减收放自如：网虫们可对已有艺术作品进行各种数字化操作，将之改头换面，成为新产品；或者邀约网络受众进行互动创作，不仅接龙小说，也接龙音乐影视绘画，生成新艺术产品，创造出整合文字、影像、声音等数据的"声光文飨宴"。

机器与机器互动，自我生成，开发更智能化的软件技术，让电脑自动写作诗歌、小说、戏剧等作品。如美国自动视野公司研发出"语言大师"软件，电脑可自动撰写高校的最新新闻。再如，电脑自动创作,已有《宇宙巨校闪级生》,用 VB 语言编写出 111 部 1111 卷的魔幻神侠小说,实现了创作者编程化。

装置艺术的互动艺术也会随之涌现。如《云》(The Cloud),凯特林德·布朗(Caitlind. Brown)2012 年的大型互动装置,由 6000 组灯泡和灯绳组成,其中 5000 个是由公众捐赠的报废灯泡,灯泡形成一朵巨大的"云",观众在拉亮或拉灭灯泡的过程中,参与了艺术作品的完成。

现在的建筑发展趋势也开始强调建筑设计师与住客的互动。装配式建筑像造汽车一样造房子,在工厂先加工造出墙、柱、楼梯、阳台等部件,然后,住户可像超市买积木般自由选择,然后自己按心愿住进个性化的住房。积木式组装住房,也可以有积木式组装方法,先预制好一个个段落或单元,然后根据不同的主题组装,如扑克牌方法,如西西《永不终止的大故事》,作家与读者可以自由互动。

互动创意给叙事理论提出了新挑战。印刷文本有固态性、封闭性、单向性,而互动文本有动态性、开放性与交互性。互动小说、戏剧、影视、游戏等巧用搜索引擎,提供动态的网状连接点与附加信息,多线路径、多种可能性给予受众自主性,鼓励创造性。道格拉斯认为,互动小说特色有五点:第一,没有单一确定的起始与结尾;第二,读者只有在自己做决定的基础上才能前行;第三,叙事碎片存在于相互连接的虚拟网络空间中;第四,拥有可能被连贯阅读的许多顺序;第五,语言较少确定性。与传统叙事相比,互动叙事更随机自由,意义不再固定唯一,而有多种阐释可能,多元意义,这挑战了受众的观赏习惯与期待视野。

互动艺术拓展出新的空间叙事,赛博空间包括信息空间、数据空间、观念空间等。瑞安认为,"数字文本成就在于:可自由探索的叙事档案;文字和图像的动态作用;对奇幻世界的积极参与,提供了叙事的多种可能性"。[①] 数字式叙事更强调互动性,对用户的输入作反应,具有新属性,如铭文的多变性,如屏幕像素变换颜色等;多感官

---

① [美]玛丽-劳尔·瑞安:《故事的变身》,张新军译,译林出版社 2014 年版,第 173 页。

渠道，可充当所有其他媒介的综合；网络化，跨越空间连接计算机，将用户汇集在一起。交互性叙事朝人物智能化、情节弹性化和作用体验化转变：传统人物向智能人物转化，角色由机器扮演；既要提供连贯诱人的情节，又要为受众参与提供方便，弹性写作变得重要，用户参与体验与自主性相关。

多媒体艺术发展也存在悖论：若多媒体表现太具体，观众难以找到想象力挥洒的空间，像《阿凡达》3D电影虽然出色，但不求给观众留下想象互动的空间。文字往往更能激发意象和隐喻的想象，使读者衍生出丰富意义，赋予作品声音、颜色和动感。互动艺术需要注意给受众留下思索的空间，留下再创作的可能性，激发受众的想象力和创作欲，这应是互动艺术的基本标准。

互动艺术赐予受众更大的自主权，作品最终形态由受众决定。这与时代潮流发展脉络有关。20世纪后期起，学术界特别关注受众研究。

先有接受美学。1967年，德国康茨坦斯大学姚斯（Hans Robert Jauss）提出"接受美学"（receptional aesthetic）术语，其认为，一个作品，即使印刷成书，读者没有阅读之前，也只是半完成品。接受美学的核心是从受众出发，从接受出发，拓展研究。该理论开山之作有姚斯的《提出挑战的文学史》（1969）、伊泽尔的《本文的号召结构》（1970）。召唤结构指文本的不确定性和空白激发读者对文本进行想象，形成完成文本的动力。与此呼应，1968年罗兰·巴特发表《作者之死》指出，在作品完成之际，作者就已经死亡；如此读者才能诞生；阅读都是读者心灵与写定文本的对话，价值就在此过程中被创造；作品的创造开发是读者的权利。德里达也反对传统的读者和作者二元论，提出双重阅读策略：重复性阅读追问作者原意，批评性阅读增加文本意义，对文本未定点进行增补或肢解，读者因此有多重演绎的可能性。

认知叙事学（cognitive narratology），又叫认知诗学（cognitive poetics），仿佛是接受美学的高端版。1997年，德国叙事学家曼弗雷德·雅恩的论文提出此术语。此前的奠基文本为弗卢德尼克的论著《建构"自然"的叙事》(1996)。认知叙事学的主要领军人物是戴维·赫尔曼,代表论著是《故事逻辑》(2002)。[①] 认知叙事学属于后经典叙事学,关注"语境"和"受众",分析叙事与大脑思维、心理状态的关系,研究受众为何要提供反馈、怎样呼应等心理问题;聚焦于读者理解叙事的认知过程,分析在叙事理解中认知如何起作用;关注叙事结构和叙事技巧如何对读者产生意义,读者如何在大脑中重构故事世界;探讨叙事如何激发思维,或文本用哪些认知提示,来引导受众的叙事理解,促使受众采用特定的认知策略。认知叙事学家关注叙事如何再现人物对事情的感知和体验,如何直接或间接描述人物的内心世界,同时关注受众如何通过文本提示,包括人物行动来推断和理解这些心理活动。西方认知叙事学属于实证研究,以认知心理学、人工智能、认知语言学等学科为基础,如鲍特鲁西、迪克森的心理叙事学。

叙述交流理论兴起,接受理论拓展,还有粉丝文化研究勃兴。粉丝,英文为fans,也叫拥趸、拥众、追星族,崇拜某文化、某艺术、某产品、某明星的群体,为爱慕者、支持者、时尚追随者。如今粉丝文化越来越兴盛,有粉丝团、粉丝证,百度贴吧有粉丝节,弹幕网让观众边看视频,边了解其他受众五花八门的感受体验,进入多人互动环节。粉丝恶搞戏仿,仿佛狂欢节,让人肾上腺素飙升,力比多升华。当今时代又涌现出粉丝经济、粉丝势力、粉丝暴力等各种可能性。陶东风主编的《粉丝文化读本》[②] 翻译介绍西方粉丝文化的研究成果,代表学者有亨利·詹金斯、约翰·费丝克、麦特·西尔斯等。国内相关书籍的标题更夸张,如《无粉不活》《不懂流行文化就不要谈创新》《粉丝力量大》,等等。这些书籍探讨粉丝大众文化消费行为的特征,理解和评价粉丝及其消费行为的经济、政治、文化意义,

---

① 参见申丹、王丽亚《西方叙事学:经典与后经典》,北京大学出版社2010年版,第222—245页。

② 参见陶东风《粉丝文化读本》,北京大学出版社2009年版。

大众时尚流行与创新的关系，从读者研究转向观众和听众研究，转向受众的大众化研究。

新近的受众研究从文学研究转向跨媒介互动艺术的研究。《故事的变身》第五章区分受众参与的四种类型：外在型、内在型、本体型和探索型。[①] 内在型是用户处于虚拟世界内部，认同其中一个化身。外在型相反，用户处于虚拟世界外部，扮演上帝角色控制虚拟世界。探索型是指用户行动对虚拟世界命运不造成任何影响。本体型相反，用户的决定将虚拟世界历史送上不同的分岔道路。这两组二元对立的模式又构成四对组合（见表6-3）。

1. 外在—探索型，用户处于虚拟世界之外，不对这个世界造成影响，如基于文本的超文本小说和纯粹的视觉作品，用户处于影视剧世界之外，不影响剧情发展，跟影视剧的互动就是暂停或快进。

2. 内在—探索型，这类较少见，用户既在虚拟世界又不能影响虚拟世界的历史发展，像穿越剧，女主角虽穿越到古代，跟八爷四爷爱恨纠葛，但不会影响谁做皇帝。此类模式多为旅游传奇，突出空间背景想象，如《童话仙境》空间环境唯美，让人沉醉。

3. 外在—本体型，玩家虽处于虚拟世界之外，但掌控虚拟世界人物的命运，如《模拟人生》游戏，玩家可选择主人公的服装、头发、职业，甚至交往的对象，但又要遵从虚拟世界的规则，如早上8点要上班，若不去会被老板解雇。

4. 内在—本体型，玩家在虚拟世界有化身，会改变虚拟世界进程。计算机游戏多为此类，营造逼真的空间，带入感、沉浸感非常强。如《星际迷航》的全息甲板，可带着船员们穿越到另一个虚拟时空。超越著作系统的人工智能驱动文本，也意在建立"内在—本体型"的用户参与模式，实现真正的互动体验。

---

① 参见［美］玛丽-劳尔·瑞安《故事的变身》，张新军译，译林出版社2014年版，第103—120页。

表6-3

组合模式	意义	代表
外在—探索型	虚拟世界之外,不造成影响。互动性局限于自由选择线路穿越文本空间。拼图	超文本小说,视觉作品
内在—探索型	虚拟世界之内,行为不造成影响。适合突出空间背景想象魅力的叙事、旅行叙事	《童话仙境》
外在—本体型	虚拟世界之外,以上帝自居,操纵虚拟世界实体	《模拟人生》
内在—本体型	虚拟世界之内,影响情节发展	《星际迷航》

当然,更多的互动艺术是这四种类型混合的模式,取长补短,锦上添花。

当代文艺日益强调与受众的互动,活用粉丝力量。在互动创意中,粉丝成为生产的消费者、写作的读者、表演的观众。尤其是互动电视剧制作,更注重粉丝感受,发挥粉丝的创造力。如美剧《纸牌屋》,自2013年播出第一季起,就风靡全球,如今向第五季进军。该片制作方Netflix为美国著名在线网站,决定投拍之前,先从受众点评的大数据分析中,了解到大众都很欣赏政治剧集导演大卫·芬奇,以及奥斯卡影帝凯文·史派西,而且极力捕捉"观众接下来想看什么",然后才开始编剧《纸牌屋》,一大群编剧在散漫会议氛围中,慢慢聊出了总体架构和思路,为典型的集体即兴创作。制片威利蒙再根据网上评论,对剧本进行适当改写后,才进行拍摄。后来,一边播放,又一边关注反馈,Netflix收集每天在网站上产生的3000多万个行为:各类评论、搜索请求等。如果几百万观众都在某节点做暂停、回放或快进动作,这就值得深入分析。然后以各种专业分析来指导下一步的拍摄。该片几乎一集换一个导演,导演们都具备专业素养,一般都会把握总体风格和逻辑。因为每集换血,每集都有新视野、新思路,因此不至于陷入僵化的套路。在制片的前、中、后,几乎每个阶段,都充分吸纳粉丝大众的创造力。所有这些,才是该片成功的关键。

近年，中国杭州也有一些偶像剧，根据观众反应情况，边播边拍。还有一些直播实现了粉丝与明星的互动。明星主演了一部热播的电视剧，很多粉丝期待能和明星互动，明星就会直播呼应。如某男主角一夜爆红，在情人节当天直播，粉丝可以看到他，或送他礼物，或询问他电视剧相关内容，实现剧中人物与现实粉丝的互动。直播明星的一举一动、一言一语看似随意，但可能是广告文案，会有广告植入。受众影响原文本创作，可以是正向的，强化原来的意念，也可以是反面的，改变了原先的意念。

有人会说，互动叙事没有产生经典，如《哈姆雷特》《追忆似水年华》一类的精品。但不应该用传统媒介标准，评判数字叙事，指望数字文本成为增强版的小说、戏剧或电影。未来的互动创作应更注重交互性：回归民间创作，运用集体智慧，多实验集体创作。《纸牌屋》可算是互动艺术的成功典范。经过千锤百炼之后，精品会慢慢诞生。互动艺术的未来发展前景是光明的。

五　人与人互动的接龙创作

互动艺术不仅可以是人机互动也可以是人人互动，一人与一人、一人与多人要、多人与多人之间的互动。以一人为主、多人参与的主从互动叙事，如BBS，作者一帖帖地写，并与网友交流互动，如《风中玫瑰》。多人与多人平等互动，如接龙体叙事，多文一本。

互动艺术可以是线上与线下的互动，或电子文本和纸质文本的互动，或语言与色彩、线条、影像、音乐的互动。网络赛博空间不再仅是传输信息的渠道，而是链接人与人、艺术与艺术、国家与国家的编织网。互播催生出互动艺术，涌现出让人耳目一新、复杂多样的作品。

新型受众们经网络喂养教化后，不再仅满足于连载时代的受限写作，转向网络时代的主动参与写作，从后区介入前区，打通个人与公共空间。受众们向某小说影视作品致敬，延续创作。如哈利·波特粉丝们的仿拟创作。如 2005 年大陆的网络短片《一个馒头引发的血案》①，胡戈重新剪辑了电影《无极》、中国中央电视台社会与法频道栏目《中国法治报道》、上海马戏城表演等视频资料，利用当时最热点的话题进行再创作，像打开了超文本写作的一扇大门，此后许多恶搞短片络绎不绝。这些互动创作对原作进行"正拟、反拟、杂拟"，成为同人作品系列，一文多本。

更多受众则是自创一体。如今，维基百科全书、博客、微博、微信等新物种接踵而至，此消彼长。网虫们用手机微信、网络博客、纸质文本等各种平台，展示不同自我，披上高科技马甲面具，轻而易举就能化为多重角色。网络文艺更有利于实验各种互动可能性。受众参与文本创作，如卡拉 OK 式的听众自唱、网络时代的文字互动、博客时代的网友创作，呈现出后现代特性。维基百科全书采取协作式写作，即用支持多人写作的软件，每人都可以发表意见，发明解决问题之道，扩展探讨共同主题。②

博客，1999 年美国先出现，海外留学生借之书写个人心绪的日记，传回中国，2002 年后，国内逐渐产生博客热。博客，使得人人都有展现自我、宣泄情绪的机会，信息提供者自己做主，个人创作在线发表，文字变网而不是变铅，即时向所有网民开放，给人成就感。博客作为新的网络交流方式，更注重个人性和公共性的结合。微博的高级功能有三大块：超文本、超媒体以及分享机制。博客是"客"，寻求交流，写手与受众的互动性更为突出。汪丁丁认为，在虚拟博客中，人们借助互联网匿名对话、影子对话，不确定性和真实性结合，造就了影子对话的开放性。③

随着技术发展，移动手机统合一切，盘活一切，如今微信公众号的推文日益注重超文本开发，一文嵌入多链接点，文内附带相关

---

① http://www.tudou.com/programs/view/tlv_bLrHkF0/.
② 参见谢渊明《你也可以成为博客高手》，中国纺织出版社 2007 年版，第 42 页。
③ 参见汪丁丁《影子对话》，上海人民出版社 2007 年版。

的分享链接，还包括图文本，如游记附上旅行照片，包括视频文本，微电影链接，还有听文本，阅读界面同时收听背景音乐。图文本、影文本、文文本、乐文本整合，图文音像色组合，形成网状、非线性的叙述。冲浪式阅读，在众多链接中跳转、切换，更强调眼球经济，因此行文多为倒金字塔结构，重要内容置顶，强调创作者对张弛节奏的把握，设扣的控制力，设扣可以是悬念、故事拐点、信息的断点、思想的亮点、系列作品前后文的衔接点，等等。文尾还有受众评点，实时互动；更有线上打赏，稿酬即时兑现，也是令人鼓舞的事情。

在网络时代之前，作家们已开始实验书与书、非书的读者阅读互动。本来印刷书籍的章节页码按顺序排列，既由作者决定，也由书籍本身的物理序列决定。20世纪中期起，作家开始有意尝试打乱常规顺序，引导读者互动阅读和创作。西西《哀悼乳房》，针对不同读者的需要，精心设计各类阅读指引标识[1]；《永不终止的大故事》，引导读者串接各类小说，化合出新故事[2]。拉美的科塔萨尔《跳房子》[3]，第一本书始于第56章，第二本始于第73章，安排多种读法：传统的、现代的、向读者发出合谋者阅读邀请；读者自己还可以继续挖掘出N种读法。还有扑克牌小说，读者可自由组合阅读顺序，生成不同故事。

跨入网络时代之后，作家们又实验网络传播的小说接龙互动。接龙小说是典型的集体互动创作，在作家与作家、作家与读者等各类人群之间进行，根据既定故事情节人物，发挥每个接龙者的想象力和创造力，可长可短，灵活性强。[4] 超现实主义提倡自动写作、下意识写作，书写梦幻、谵语、疯狂、想象等内容。后现代戏剧界取其法，发

---

[1] 参见凌逾《女性主义叙事的经典文本——论〈哀悼乳房〉》，《文艺争鸣》2009年第4期。
[2] 参见凌逾《读者参与创作的后现代小说叙述》，《暨南学报》2008年第4期。
[3] 参见[阿根廷]胡利奥·科塔萨尔《跳房子》，孙家孟译，重庆出版社2008年版。
[4] 参见曾艳兵《超现实主义的教与学》，收入《吃的后现代与后现代的吃》，山东文艺出版社2007年版，第330页。

展为集体即兴创作，导演、演员、观众互动创作。

2001年5月1—7日，《南方日报》策划"阳光五月·金笔接龙"活动：召集七位美籍华裔女作家，接龙成《祈盼的青春》（图6-3），后又刊载于美国"文心社"网站。[①] 该文写留国女子如何寻找疗伤高手。接龙者一周洁茹，叙述十七岁少女在留国，心总是冰冷冷，希望找到治疗内外伤的梦中情人——工学博士，来治疗自己作为文学创作者的心伤。接龙者二施雨，由心伤论及心理学博士的精神分析治疗。接龙者三羽醇，想象留国女子躺在留国男子的怀里，心里却想寻找带着佩剑的故国男子。接龙者四野蔷叙述女子最终遇到故国高手——治疗心病的人。接龙者五马兰，将故国高手与佩剑想象融合为一。接龙者六滴多，用大量计算机术语，分析太阳升工程师如何寻找青春秘籍，由此引发迷你软争霸战、青春大革命。接龙者七啸尘，总结陈词："写医学界寻找到心药能治心痛。"全文线索插曲不断，叙及视角有别，故事多样文体杂呈，语言风格多变，成为有趣的互动小说实验。

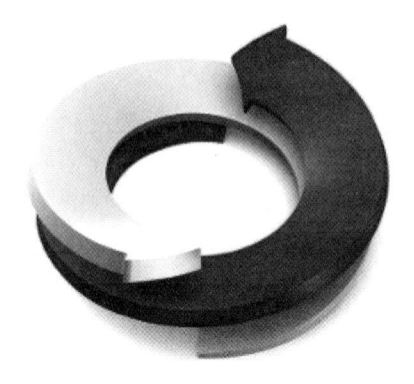

图6-3 互动层级

网络互动小说将读者从文化消费者变为创造者，与作者共同完成作品的创作。《狂奔的左左》，2010年互动时尚网络连载小说，由网易女人频道发起"百万女性写作计划——与名人一起写小说"活动，历时三个月，故事接龙，由2239名网易网友和作家张巍共同创作完成，作品后来出版成书，并改编成电视剧，已杀青但未上演。

笔者曾在2008级和2009级合上的研究生课上，指导学生进行互动接龙的创意写作练习。所有上课的硕士生首先选取一个主题，如

[①] http：//wxs.zhongwenlink.com/home/news_read.asp? NewsID=25766.

"未完成之事""时光倒流"等，每人先开始写几句话的故事开头；然后，轮流传递给下一位同学。一圈写完后，最终得出如下几篇接龙小说系列。很多学生看后都说，这些接龙小说非常生动有趣。

爱与器物

　　初夏有凉风。他乘坐的车子就要启动了，我可以听到马达的喘息，排气管轰隆隆地咆哮，而我的心藏在一个冰窖里，心脏剧烈地跳着，就要破冰而出。若我是古代的骑士便会提剑拥他上马直奔天涯，若我是《诗经》时代的女子便会赌咒着说："我欲与君相知，长命无绝衰。山无陵，江水为竭，冬雷震震，夏雨雪，天地合，乃敢与君绝！"只求良人的一个转身。但我不是，只会假惺惺地洒脱挥手微笑再见，此去经年应是各自天气了。（冯春燕）

　　工程学的老先生教过汽车的构造原理。我已经忘记了自己的性别，可清晰记得对汽车的狂热，是活塞，是悬挂，是变速箱的齿轮构成了我的肉身。（梁逸）

　　这时，我身旁有一个男孩骑着滑板车经过，我灵机一动，飞跑过去，夺下他的滑板车，跟随良人那缓缓启动的车子而去。他从后视镜里看到追来的我，便停下车来。（洪晓纯）

　　"你是骑士还是强盗？"车子的构造和我的构造是一样的吗？我的门在哪儿？我的腿是轮子吗？如果我是物，那么我是人物吗？那么我的身份便是骑士或海盗。如果我不是物，那么我是人吗？那么我就是骑士或海盗？到底，人是什么？物是什么？人物又是什么？（许立秋）

手和他物

　　我希望，有一天，等参加了工作，要赚很多很多的钱，带妈妈去旅游。记得她对我说，她最向往的地方就是长城。妈妈买了

一幅长城的画贴在家里的墙壁上,闲着没事的时候就看看。望着母亲的眼神,我觉得她就像一个站在长城的旅人。(薛红霞)

等我真的工作了之后,才发现攒钱真的是一件很困难的事,往往是挣得越多,花得越多。终于两年后我挣下了人生的第一桶金,可以带着妈妈去旅游了。可我回家和妈妈说的时候,她却不愿意去了。(李娟)

原来,她的腿……已走不动了。这些年她为了供我上学,里里外外地操劳,完全放弃了自己的娱乐。可以说,她爱我胜过爱她自己。得知她的病,我躲在被窝里哭了。哭着哭着,一个长着翅膀的华丽天使飞到我眼前,她告诉我,只要我帮她达成一个愿望,她就把我妈妈的腿治好。(刘捷)

我不相信天使,所以我没有答应天使的要求,尽管她还不时来到我面前重复她的所谓小小的愿望。我辞掉了高薪的工作,每天为妈妈寻找治病的良方。事情一直没有进展,直至一天一个翅膀上羽毛斑驳的恶魔落于我肩膀上,细细地跟我说:

"要小心天使!"

"为什么?"

"想知道的话,先满足我一个心愿吧!"

"凭什么?"

"就凭和你妈妈的病有关!"

一层一层的递进与关联,结果如坠入无底洞一般。想都没想,我狠狠地用食指弹开了小恶魔,继续翻看我的病理书籍……(邝绮琳)

I have a dream

30岁,一个性感而童真的年龄,既已踏上成熟的列车,却仍踩着青春的尾巴,欣然起舞。在我30岁这一年,我将带着对这个世界的美好眷恋和对未来生活的美好憧憬,和我最亲爱的人一起,环游世界。我们将横跨太平洋，穿越大峡谷，上山登顶观日，下海潜水探秘，仰卧草原赏月；我们将踏上逐日消失的马尔代夫小岛、前往吸引数万信徒朝觐的麦加圣地、走进金碧辉煌的维也纳金色大厅，还有巴黎的拱廊桥和香榭丽舍大街、《罗马假日》里的许愿池、北海道的雪山和樱花……（周洁）

在寒冷的冬季，我们穿着厚厚的羽绒服，就像两个胖乎乎的小企鹅，来到阿尔卑斯山。这将是我们环游世界的第一站，也是我们旅游中要做的第一件幸福的事——滑雪。踩在狭窄细长的滑雪板上，两个轻快的身影在洁白的雪地上尽情地舞蹈。不，那不是舞蹈，那是我们爱情的依偎。（薛红霞）

游玩了阿尔卑斯，我们又来到心目中理想的爱情圣地——布宜诺斯艾利斯，这里有全世界最大的瀑布。在瀑布前，我们仿佛听到了《春光乍泄》的何宝荣最喜欢讲的一句话："不如，让我们重新开始吧！"在南美洲的广阔土地上，似乎连布宜诺斯艾利斯的云朵都有一种野性的魅力。（李娟）

在布宜诺斯艾利斯，我们捡到了一根魔法棒。这真是意外之喜。我们把魔法棒往头上的云朵一点，那云朵突然下坠到我们眼前。我们跳上去，乘着这朵白云，来到了普罗旺斯。那里有大把大把的薰衣草。这是我们第一次互相表白心迹的地方。（刘捷）

世界很大，想去看看……

丫走了，留下我一个人在国内。我也想到外面的世界看看啊！在同一个空间待久了，人也变得迟钝了，无论是行动还是思想。也许出去走走对我来说是件好事，敲敲不清醒的脑袋，好装纳更多的他物。（邝绮琳）

于是，在丫走了的半年后，我踏上寻访他的路程，我不知道路线。沿着我们曾经研究过的路线，步履蹒跚。半个月后，我到

了丫所在的城市。我找到了她给我留的租房的地址。可开门的是一位老太太,她说那个年轻的中国女孩已经搬走了。(周洁)

悬着的最后的希望在这一刻化成了灰烬。对于这个陌生的城市来说,我是一个陌生的来客。都说陌生是寂寞的根源。我知道,寂寞不是说不出来,而是没有说出的欲望。丫,现在的你是不是像我一样,在一个陌生的城市上演着和我一样的独角戏。(薛红霞)

外面的世界很精彩,外面的世界很无奈。在生活的压力下,我经过多少次的摸爬滚打才找到一份满意的工作。但时不时,丫的音容笑貌还是会出现在我的脑海里。我试过了所有的方法,但是却得不到她的一丝音讯。在我最孤独寂寞的时候,我身边出现了另一个温柔可爱的女孩子媛。媛的出现使我终于度过了很多难熬的日子。也许谈不上有多爱吧,就像歌里所唱的:"我会爱上你,只是因为寂寞。"(李娟)

琴　梦

小学四年级时,我参加了电子琴业余四级考试。考试前我准备了两个月,将考试的曲目练得很熟了。但到了考试当天,我异常地紧张,手不停地发抖,大脑一片空白。好不容易平静下来,完成了曲子的演奏,但成绩却很不理想。我为此沮丧了好长一段时间。(洪晓纯)

很多年后,当我再回想这件事时,内心虽不无遗憾,但是这样的一段经历却让我在那以后遇到的无数类似的场景时,总能以当年的结果来告诫自己:不要紧张,冠军一定是我。这句话似乎有魔咒,就像宗教的祈祷一般,祈祷了就会得救,我就能心平气和地追求自己想要的。(许立秋)

现在的我成了一个专业的钢琴演奏家。今年秋天,应维也纳的邀请去举行个人演奏会。蓝色多瑙河边的金色大厅,小时候的

挫折与似乎屡试屡灵的魔咒，这一次也会顺利地拯救我吗？我有点忐忑不安。（冯春燕）

当我迈上第一级台阶时，脚踝在高跟鞋里的挤压感很真实。聚光灯让我有点眩晕，鼓声把我召唤到过去每一个演奏会的夜晚，手指像心花怒放的公子哥儿，在时空的狂想中来回穿梭。我深呼吸几下，在钢琴前坐了下来。（梁逸）

回不了的过去

可以的话，我希望可以跟你们永远在一起。如果没有那么多如果，我们是可以都在一起的吧？我们可以约好一起上同一个中学，甚至同一个大学。也许我们会在不同的院系，但是我们都在一个城市。不会像今天这样，我在这里，你们却不知道哪儿去了。（许立秋）

我们在不同的城市各自努力。彼此只会在偶尔的时候互相发呆想过去，想那回不去的童年。听说好朋友不少的事情，也想鼓励几句。（冯春燕）

可从来不会写信。更没有电话，或者短信。仿佛一种信仰，毫无道理地相信大家都欢乐着，悲伤着。也许跟我活得一样虚伪，一样平庸。如果回到小学，那个决定性的时刻，历史会否改变？就如同（梁逸）

（就如同）坐上时空穿梭机一般，我们可以带着已经成熟的心回到那个天真单纯的年代，回到过去流连嬉戏的地方，吃过去常吃的零食，唱那些唱过的歌曲。我翻开那本属于我们的相册，发现你们在我的视野里，一片模糊。（洪晓纯）

长大的滋味

堂弟上幼儿园的时候，很喜欢和我在一起，让我给他讲童话故事。那时，他的父母不在身边，寄养在我家中，是个孤独的孩子。可我那时不懂事，总是把他撇在一边，没有为他讲故事。现在，他上高中了，不再喜欢童话，在校住宿的他也很少和我见面。我真的很希望能和他好好地待在一起，为他讲一个童话。（刘捷）

清明节放假了，我也见到了许久不见的堂弟，他看起来高大了不少，我怯怯地想要和他聊上两句，却发现他的心思不在这儿，也许他已经不想听童话了，或许有谁在这些年继承了我的工作为堂弟讲了些什么？（邝绮琳）

我试着跟他追忆我们曾经的童年，我挖空心思地想我们以前少得可怜的共同记忆：珠旗、积木、弹弓……他悻悻地应和，突然他转过头来，很严肃地问我："姐姐，你知道失去的滋味吗？我说的是永远的那种。"（周洁）

我突然发现，他一下子长大了。我不清楚，原本天真幼稚的他会好好地问起我这样一个如此沉重的话题。看着他纯真清澈的眼神，我心里充斥着各种复杂的滋味。我不希望他生活在无奈和不快乐的阴影中。青春不应该是这样的。"失去就意味着结束吧。一个永远不会有开始的结束。"他似乎明白了我的话，凝视着窗外，默默点头，这时正有一只落叶轻轻悠悠地在空中旋转，我们望着那片叶，等待着它落地的那一刻。可是它下落得如此慢，是因为它太弱小了吗，还是因为它对生长着的大树恋恋不舍？它老了，生命结束了，泥土才是它最终的归宿。大树会失去树叶，人类会失去绿色。这些都是失去，在这个世界上，我们要学着去面对失去。失去青春，失去一头黑发，失去强健的身体，还要失去很多很多……有的事情，你不知道它开始于何时，又结束于何时，剩下的只有永恒罢了。（薛红霞）

重返校园

没有经历过高中生活的我，在当了八年机修工人以后凭借毅力和坚守，得以重返校园。一直以来，在我心里总有一个无法填补的缺憾。没有经历过高中三年的淘洗，使我不曾拥有那单纯年代的同学情谊。（陈伟）

一天，我的室友们传看一张合影，那是上铺兄弟的毕业照，照片落在我的手中，看着一张张青涩的笑脸，我心忖：这就是高中吗？心又隐隐被揪了一下。照片在我的手指摩挲着，这时，照片上出现了一颗熟悉而陌生的脸孔。（周珑）

是她！真的是她！那年去 G 城旅游，在爬山过程中遇到的那个可爱的女孩！那时的她正为准备高考而痛苦，而我则为没能读高中而痛苦。为什么得到的和没得到的都是痛苦呢？（伍坤富）

不会吧！居然真的有如此巧合？应该不是她吧？我莫名有些发慌，但心中却有一股想上去与她打招呼的冲动。一步一步，一步一步，我向她身旁靠近。……近了，又近了。我的心跳，忽然加速起来，难道真的有所谓的"邂逅"？忽然，从她身后走出一个小女孩，伸出双手向她撒娇："妈妈，妈妈，抱！"我愕然……（陈绪明）

意外的高度

如果时光可以倒流，人可以未卜先知，现在可以改变过去，那么我要回到童年多加锻炼，多吃有助增长的食物，让自己长得更高一些。（伍坤富）

可惜自己却一直没有注意到食物的营养搭配，增高对我来说似乎已经是不可逾越的沟壑了。每次看到从身边经过的高高的身影，就不由得想，为什么我就不能长到一米八呢？难道是遗传？（陈绪明）

真的很奇怪，亲爱的读者，你或许还不相信，这个世界真的有奇迹，而这种奇迹竟是来自文学的力量。当我写完前面两段话时，天空突然劈下一道电光，轰在我的头顶，那一刻我失去了知

觉，等过了30秒后，我回过神来，走出教室，额头在门顶框上磕了一下。（陈伟）

眼前兀地一黑。不知过了多久，我意识到耳边嘈杂的声音，"公子，公子你没事吧？"公子？——我还姑娘嘞，我努力睁开眼，一个胖胖的穿着绿色衣服的小姑娘的圆脸悬在我的面前，遮住了大部分视线，我撑起身子。在拍戏？房子很大，可是雕花窗，竟还糊白纸？这小姑娘梳的竟是街头霸王莉香的双圆髻。我再一看自己，穿着长袍马褂，好长的腿啊！竟然接在我身上？！我站起来，眼睛往下望，我第一次觉得地面离我那么远。（周珑）

偶　遇

如果时光真的可以倒流，我希望能够回到从前，回到童年。

很多儿时的记忆现在都已经记不起来了，而对小时的伙伴小胖的歉意却一直让我挥之不去，真的很想对他说声"对不起"。现在已经记不清事情发生的始末，只是依稀记得自己特伤他的心，然而，当我真的准备向他道歉时，他却因为搬家，离开了我们那个地方，回到他的老家去了。（陈绪明）

他没有留下任何的音讯就离开了，就在20多年前的那个中秋。当我带着内疚徘徊到他家的小平房时，想送给他我买给他的铅笔盒并说声"对不起"时，邻居却说小胖一家人已经搬走了，到哪里去了，她也不知道。我顿时感觉四周一片死寂，天地瞬时变得毫无生机。（陈伟）

日子依旧流淌着，此时，我已经不再是青涩的少年，而成为名副其实的大学生。那天，我捧着一本书从书店里出来，暴躁无比的日光晃晕了我的双眼，逆光中感觉有一名清俊的男生大步向我奔来，眼光似乎直直地锁定在我身上，似乎有种不可辩驳的喜悦："某某，真的是你啊？"我上下打量他，很确定我认识的人中没有如此俊朗的家伙。（周珑）

他是谁啊？怎么可以这样熟悉地跟我搭讪呢？虽然他很帅，可是在大街上跟陌生人随便说话却不是我的风格，何况生活已经告诫过我们"不要与陌生人说话"！（伍坤富）

他是谁啊？我不知道该不该对他的好奇作出回复！名字与我能够对上号，但是他，我却不能够与我生活中的人物对上号！

"某某，我是小胖啊！小时候我们不是最好的伙伴吗？怎么，忘了啊？"

"没有。没有。"我有些尴尬，"只是一下子没有想起来而已，再说，也没想到在这里能够遇到你啊！"我有些兴奋。

明白了是自己儿时的好友，我们立刻闲聊起来，聊我们的童年，聊我们分开之后的学习和生活，聊我们这次的奇遇。时间不知不觉地流逝了，等到我们要再次分开的时候，两人都颇有些舍不得，并且还留下了彼此联系的方式。（陈绪明）

重　回

我真希望能回到 12 岁的时候，12 岁的小孩不应该拥有超越年龄的心理，我希望我能以那年代的 12 岁小孩该有的心理状态，心无挂碍地回到那天的海洋馆，接受那个男孩的告白，也告诉他：我也喜欢你！（周珑）

现在想来，那个时候的感情真是幼稚可笑，可是在那段岁月里，感觉确是那么的真实，铭刻于心，虽历久而弥新。当年的他，今在何处？可也有想过我？（伍坤富）

我真的是否喜欢你呢？我不禁总是扪心自问。每当我看到一个帅帅的男孩时，我总会误以为是你，难道你真的是我心中一座不可逾越的高峰吗？我一次次地放弃本该到手的爱情，难道心中仍有一丝对你的眷念？从明天起，我将忘了你！明天，应该是一个好日子。（陈绪明）

或许，我不该有那样的希望，因为希望过后会是失望，甚至绝望。岁月如水的流逝，人也会变的。假如我当时告诉他，我也喜欢他，或许，他将不再存在我的记忆中，而是生活在我的现实里。当现实中的他秃了头，凸出将军肚来，我是不太乐意的。我想，还是让他活在我的记忆之中吧。尽管，过去的错过是一种缺憾，但生活正因缺憾才有美。（陈伟）

第七章 科幻叙事

科幻小说，全称为科学幻想小说（science fiction），指想象科学技术的虚构文学，或设想人类或宇宙起源，或虚构科技的新发现，情节发生在未知世界，呈现人类的好奇心和求知欲。

一 西方科幻占尽先机

西方科幻小说发展起步早。玛丽·雪莱1818年发表《弗兰肯斯坦》，被推举为世界第一部科幻小说。爱伦·坡也写过科幻小说。1929年，雨果·根斯巴克（Hugo Gemsback，1884—1967），电气工程师，创办了第一本科幻文学杂志《惊奇故事》（*Amazing Stories*），正式使用科幻小说术语。1937年，美国约翰·坎贝尔主编的《新奇故事》（*Astounding Stories*）更名为《新奇科幻》（*Astounding Science Fiction*）。1968年，威尔逊在宾夕法尼亚大学的克拉里昂学院创办了科幻小说写作班，培养了新时代的大批科幻作家。

世界公认的科幻小说代表作家有：法国的凡尔纳（Jules Veme，1828—1905）、英国的威尔斯（Herbert George Wells，1866—1946）、美国的艾萨克·阿西莫夫（Isaac Asimov，1930—1992）。凡尔纳被称为"科幻小说之父"。阿西莫夫高产，创作和主编作品高达500部之多，主要有"基地"和"机器人"系列。另有俄罗斯的卢基杨年科，写科幻小说而成亿万富翁，凭《守夜人》获得"年度最畅销作家"称号。

中编　虚拟空间开拓

科幻小说如何实现创意？阿西莫夫总结出三种想象方法，设想"如果当初……假如……会怎么样……事情继续发展，会怎么样"。历史小说也可以问题启动创作动机：如果当初某事没发生，后来会怎样？假设恐龙没灭绝、罗马帝国征服了美洲、美国人没有打响独立战争……置入如果，一切骤然改观，成为反事实历史（counterfactual history）。

西方科幻小说有两大传统，以凡尔纳为代表的"硬科幻"（hard science fiction）；以威尔斯为代表的"软科幻"（soft science fiction）。《科幻小说百科全书》指出：硬科幻遵循严格定义的科学原则，描写空间旅行和新技术等故事。而软科幻则更关注人的心理问题。前者以科学、特别是自然科学为编织情节的核心要素，探索科技进步带给人的各种可能性；后者则更多地与社会学、心理学、未来学等社会科学相关联，关注人与人、人与社会之间的关系，人的情感和道德等主题。美国学者伊哈布·哈桑曾说：科幻小说可能在哲学上是天真的，在道德上是简单的，在美学上是有些主观的，或粗糙的，但是就它最好的方面而言，它似乎触及了人类集体梦想的神经中枢，释放出我们人类这具机器中深藏的某些幻想。在未来学领域，《必然》也有硬奇点、软奇点之分，"硬奇点"指超级智能霸权，毁灭人类，"软奇点"指人类尚能驾驭人工智能，为人类所用。在计算机行业，也有硬件软件之分。硬件指主机（主要部分）、输出设备（显示器）、输入设备（键盘和鼠标）三大件。软件指系统软件、应用软件，其中系统软件包括操作系统和支撑软件。软件是用户与硬件之间的接口界面，用户主要通过软件与计算机进行交流。看来，很多行业领域都喜欢软硬之分，以区分社会科学与人文科学、科技理工与人心人性、可见与不可见等因素。

方凡出版过《美国后现代科幻小说》，[1] 运用美国弗列德里克·詹姆逊的乌托邦理论、赛博朋克科幻理论，剖析威廉·吉卜森、帕特·卡蒂根、保罗·菲利普、尼尔·史蒂芬森四位作家的作品，探究美国

---

[1] 参见方凡《美国后现代科幻小说》，浙江大学出版社2012年版。

后现代科幻小说的历史背景、发展脉络，评述美国后现代科幻小说如何虚构模拟空间，结合高等科技和底层生活，消解人类与机器的对立，呈现不断更新、随意改变的赛博空间或异化历史。

科幻小说跨界激发出科幻影视。科幻片开山之作是《月球旅行记》，最近有了彩色修复版，像"微电影"，该片演绎儒勒·凡尔纳的科幻小说《从地球到月球》。当代的科幻影视更趋丰硕。比如斯皮尔伯格导演的电影《人工智能》，给人工智能赋予人类的情感，引发对人类与人工智能关系的思考。科幻名片还有《2001太空漫游》《星际旅行》《黑客帝国》《时间机器》《神秘博士》《机械公敌》《机器人总动员》《我，机器人》《星球大战》《沙丘》《后天》《2012》《哥斯拉》《侏罗纪公园》《异形》《未来水世界》《第五元素》《独立日》《回到未来》《终结者》《第三类接触》等，多为机器人片、灾难片、星球大战片、星际旅行片等。

优秀科幻片常有轰动效应。如3D电影《阿凡达》（Avatar）震撼全球，由詹姆斯·卡梅隆执导，2009年12月16日起以2D、3D和IMAX-3D三种制式上映，全球累计27亿5400万美元票房，一举刷新了全球影史票房纪录。该片获得第67届金球奖最佳导演奖和最佳影片奖，第82届奥斯卡金像奖最佳艺术指导、最佳摄影和最佳视觉效果奖。《阿凡达》想象天马行空，思索如果地球人向外星球殖民，会发生什么事情？

二 大陆科幻的"三体"奇迹

中国科幻文学的里程碑之作，是长篇科幻小说《三体》，又名"地球往事"三部曲。作者刘慈欣是工程师。2006年5月，《三体》第一部在《科幻世界》连载半年多，获得中国科幻银河奖特别奖。2007年底，完成续作《三体2：黑暗森林》，2008年5月出版。2010年10月出版第三部《三体3：死神永生》，再度获得中国科幻银河奖特别奖。2011年，《三体》获全球华语科幻星云奖最佳长篇小说金奖、《当代》长篇小说2011年度五佳。2013年获西湖·类型文学双年奖金奖、第九届全国优秀儿童文学奖，同年以370万元的年度版税收入第一次登上中国作家富豪榜。2015年3月，接任腾讯移动游戏"想象力架构师"。2015年4月，《时间移民》获得"2014中国好书"奖项。2015年6月获2015腾讯书院文学奖"致敬小说家"。2015年9月12日，刘慈欣获第26届科幻银河奖特别功勋奖。2014年11月，刘慈欣出任电影《三体》监制。不少人拭目以待这部全新的中国科幻电影。

《三体》系列不仅吸引和造就了无数的中国科幻迷，还将中国科幻小说推向世界。《三体》三部曲英文版于2014年10月、2015年5月、2016年1月在美国出版。2015年2月，《三体》获得美国星云奖提名。2015年8月23日，《三体》获第73届世界科幻大会颁发的"雨果奖"最佳长篇小说奖，这是亚洲人首次获得世界顶级的科幻文学奖，也是中国科幻小说走出国门走向世界的重要一步，将中国科幻小说推上了世界的高度。2016年，郝景芳的科幻短篇小说《北京折叠》，也获得"雨果奖"。该小说想象上、中、下三层级互相折叠，城市时空倒错，映射出人们对于阶层割裂的深切焦虑，想象未来城市，细节平实而有质感，探讨后现代社会问题，但有现实主义和本土色彩。

《三体》系列为什么会轰动？该书的创意在于大胆想象天体宇宙的争战，不只是武器的争战，而且是智能的争战，借此深思宇宙的"天性"。全书重点描述地球人类文明与三体文明的遭遇战。三体人被三合星威胁，要逃离迁徙到太阳系，结果与地球人发生你死我活的斗争。历经多个回合较量后，依然输赢难测。若按阿西莫夫的三大法则，该书可概述为：如果当初物理学家叶文洁在红岸基地不要回答三体人的信号，三体人就不可能定位地球，并入侵地球。假如面壁者罗辑不死，那么人类与三体人之间就能形成震慑平衡，彼此相安。不幸，罗辑将控制按钮转给了圣母程心，平衡失效。

该小说想象天马行空，讲述星球之间的信息交流诡异神秘，生死搏杀极度残忍，兴衰历程跌宕起伏。尤其是设想黑暗森林法则，匪夷所思:"宇宙就是一座黑暗森林,每个文明都是带枪的猎人,像幽灵般潜行于林间……因为林中到处都有与他一样潜行的猎人,如果他发现了别的生命,能做的只有一件事:开枪消灭之。在这片森林中,他人就是地狱,就是永恒的威胁,任何暴露自己存在的生命都将很快被消灭。"而且,设想了宇宙社会学基本公理:生存是文明的第一需要;文明不断增长和扩张,但宇宙中的物质总量基本保持不变。

这出惨烈星球大战的最终结局可谓"多败俱伤"。三体人被毁,整个太阳系被暴露。按照宇宙的黑暗森林法则,更高智慧"歌者"来临,黑暗森林打击到来,向太阳系抛出"二向箔",整个太阳系像被由力场包围的绝对真空,从三维世界转向二维世界,立体压成平面,像苍蝇被拍扁一样,太阳系变成薄片,毁于一旦。所幸,有些地球人逃向了外太空,开创了另一番天地……

整个系列小说是硬科幻与软科幻结合的典范。讲述地球文明在宇宙中的兴衰历程,探讨猜疑链、技术爆炸、高维世界、航空航天、丛林法则、制度建构、信仰体系、人性道德、天体未来,广涉人类历史、物理学、天文学、社会学、哲学、宗教,包罗万象,内容丰富,从科幻角度对人性进行深入探讨,格局宏大,立意高远,极富思想震撼力。

三 香港科幻的倪匡传奇

倪匡,香港中文科幻小说的重量级人物。他生于1935年,1957年移居香港后开始写作,到2005年停笔,笔耕已近50年。其是文体多面手:用卫斯理的笔名写科幻,用倪匡原名写武侠,用魏力的笔名写侦探,用沙翁笔名写"框框"杂文,以"快笔手"闻名,媒体称其是世界上写汉字最多的人。倪匡多写软科幻,属于文科思维引导下的科幻想象。"倪匡科幻奖",由国立交通大学等单位主办,旨在表彰倪匡之终身成就,提倡中文科幻小说创作与欣赏,首届于2001年举办,由叶李华担任主持人,第一至第十届获奖作品结集为《上帝竞赛》《百年一瞬》《笨小孩》《死亡考试》四书。

中编　虚拟空间开拓

倪匡科幻小说包括"卫斯理、原振侠、女黑侠木兰花"系列。《卫斯理科幻小说全集》近百部，1998年，青海人民出版社出版的卫斯理科幻小说系列，为修订版，共73部。每部作品前面多有倪匡写的序言，可作为解读倪匡科幻小说的解码器。2013年7月17—23日，第24届香港书展以"阅读令世界美好"为主题，在文艺廊特设"卫斯理五十周年展"，展出相关书籍、报刊、录像，让书迷重温卫斯理的奇幻之旅。

倪匡科幻，文学自有创意：武侠、侦探与科幻跨界整合。最初，倪匡科幻与武侠血脉相连，但很快就转向与侦探融合，常常突现谜团，而破解手段类于侦探、推理小说，扣人心弦。但倪匡科幻作品的武侠痕迹始终留存，如卫斯理、夫人白素、白素父母白老大、陈大小姐陈月兰、白素兄白奇伟等都是武林高手，在各系列中反复出现。尤其是，卫斯理与白素夫妇，几乎贯串所有作品。倪匡自称喜欢"连作小说"，即反复出现一种或一类人物，熟悉人物反复出场，可以收到事半功倍之效。虽是连作，但每部都独立成篇，情节较少雷同。主角人物贯串各系列始终，因此，倪匡得以建立出自己独特的人物王国。

倪匡后期科幻小说，由最初的动作冒险、推理型科幻，过渡到以哲理思考为主的创作，如《探险》《真实幻境》，流露出对人类劣根性的批判，不再追求通俗易懂，读者锐减，但倪匡并没有因此改变自己的创作立场，将封笔之作命名为《只限老友》，颇有寓意。

倪匡科幻小说想象丰富，无拘无束，上天入海、外星宇宙、转世永生、灵魂不灭、心灵感应、天书异宝、超自然超能力、寻宝探奇等，是其科幻母题，从小说题目中也可以看出：《不死药》《血咒》《真空密室之谜》《原子空间》《魔磁》《地心烘炉》《换头记》《鱼人》《无名发》《地图》《心变》《失魂》等。"小说第一是要好看"[①]，对此倪

---

① 忽如寄、独孤：《与大师对话——倪匡采访手记》，《今古传奇》（武侠版上半月版）2007年第5期。

匡不仅有认识，而且力行之。倪匡和金庸都善讲故事，有本领让读者手不释卷，并各占武侠和科幻一片天地。

卫斯理，倪匡的经典人物品牌符号，一如韦小宝之于金庸。卫斯理既是倪匡的笔名，也是倪匡喜欢的主人公。他比神探福尔摩斯还神通广大：既是中国式侠客，武艺高强，百战不死，义气重情，行走于正邪之间，结识三教九流，红白黑道通杀；又是西方式超人，与国际警察联手破案，对外星人施与援手，周游列国，精通多种语言，学识渊博，善用最新科技，对未知事物有强烈的好奇心，富于冒险精神。

倪匡在金庸鼓励下，1962年写长篇《钻石花》，首创"卫斯理"，作为人物主角。该小说最初在《明报》副刊连载，属于当代武侠小说，尚未涉及科学幻想题材。卫斯理习武，功夫得自杭州疯丐金二。他为救美，无意中陷入一场寻宝战中，与北太极门徒交手，与黑帮"死神"、意大利黑手党等各路人马抢夺，最终发现所抢夺的三亿美元的隆美尔宝藏竟是子虚乌有，情节离奇曲折。

第一部以卫斯理为主角的科幻小说，是1963年的《妖火》，讲述中国科学家发现了惊天的生物新理论，改变动物的内分泌，会改变动物的遗传种性，如让美洲豹吃草。《妖火》续集为《真菌之毁灭》。第二部科幻小说为《蓝血人》。最奇特的想象是，方天的血液是蓝色的，而见到这些蓝血的人，都会产生想自杀的催眠幻觉。卫斯理发现，方天原来是自己的大学同学，当年，方天溜冰受伤，卫斯理见血后，自残，差点死去。而且，方天还是来自土星的外星人，想升天回家，却遭到全球各路人马的追捕。卫斯理虽曾为方天所伤，但仍全力帮他重返土星。除了要面对日本黑社会"月神会"及秘密集团"七君子党"，他们还要力敌从土星来的无形飞魔。全书多线发展，结构复杂，悬念紧凑。《蓝血人》于2000年入选"二十世纪中文小说一百强"，是倪匡科幻小说的代表作。

外星人，是倪匡科幻小说的主要符号。《无名发》竟然想象世界四大宗教创始人都是外星人，穆罕默德、释迦牟尼、耶稣、老子都负

中编　虚拟空间开拓

有拯救人类的使命。其实是想借用科幻故事，来讲述好人死后可以上天堂的道理。而到了《头发》中，这四位永生的智者还彼此相识，都生活于某一星球，他们想拯救地球，让不作恶的好人回到永生故乡。读者读到最后才知道，所谓被遣送到地球的罪人，是永生人所造，他们为自身灵魂不死，要制作出肉身替身，但肉身作恶，令人头痛，结果被遣送到地球中受罪。肉身即将面临灭顶之灾，头发的特殊功能也被取消，再也接收不到天体电波，也失去按钮功能。卫斯理通过质问四大教祖，才得知真相，进而舌战群儒，斥责他们的虚伪、自私和不负责任，连上帝、圣父也难逃其责，这些想象写来甚为大胆。在倪匡笔下，有家归不得的外星人还有老猫，《支离人》的牛头大神等。

　　脑电波，也是倪匡科幻小说的主要符号，反复出现在多部小说，如《多了一个》《寻梦》等。倪匡甚至认为，外星人到地球，只是以一束电波或是类似形式前来，到了地球，再觅形体。倪匡着力探寻，假如出现了地球末日，人类如何避免这场浩劫，如何往太空、外太空发展，开辟人类生存的新天地，其立意比"星球大战"之类的空中暴力、科幻残杀更加高远。此外，《鱼人》写"非人协会"，即有过非常人所能忍受、达到经历者协会，即这些会员有不可思议的超能力。该系列有六个故事。《玩具》和《笔友》省思机器人的叛变，《后备》探究克隆人的另类用途。

　　不少学者研究倪匡科幻小说，用力甚深。沈西城著有《我看倪匡科幻》《细看卫斯理科幻小说》《妙人倪匡》《金庸与倪匡》等，还曾以"洛人"为笔名，替倪匡续写浪子高达的故事。酷爱科幻小说的叶李华，精研倪匡作品近二十年，与倪匡结为忘年至交，也是倪匡的计算机启蒙老师。此外，黄惠慎著有《倪匡科幻小说研究》。

　　亦舒受哥哥倪匡的影响，偶尔也写科幻小说，如《蝎子号》《异乡人》《男星客》《天秤座故事》《天若有情》《美丽新世界》《小宇宙》《朝花夕拾》等。亦舒是香港著名的言情小说家，高产专业作家，还以笔名"衣莎贝"撰写专栏。亦舒比倪匡小9岁，生于上海，5岁到港，15岁中学时开始写稿，1973年赴英修读酒店食物管理。曾做过电影杂志记者和编辑、酒店公关，政府新闻处的新闻官、电视台编剧等。其笔下的女性角色多自爱自强，独立特行。亦舒的科幻想象同样不拘一格：机器人管家，男人怀孕生子；地球人与外星人的爱情，超越时空的爱；2035年的女子回到1985年后的种种不适；不断变换身体的女子，有特异功能的美女；在实验室里，年轻版与年老版的自己迎面相遇，促使女人开始反思当下生活；完美男性只能来自外星球，等等。而且，她常借用哥哥笔下角色，让原振侠、小郭等人物客串出现，结果，亦舒与倪匡的众多粉丝变得惺惺相惜，互相致敬。

四 华语科幻的历史

华语科幻文学发展已有一百多年的历史。中国第一篇原创科幻小说为《月球殖民地小说》，由荒江钓叟创作，1904年发表，晚于西方科幻近百年。显然，华语科幻文学是西游取经、东游取法之后的产物。

不少近现代作家都翻译过科幻文学，因此也创造出不少新词。如梁启超译《世界末日记》，出现了"地球""南北极""温带""寒带""赤道""经纬线"；天笑生译《法螺先生谭》，出现了"赤道""北极""世界"；鲁迅译《月界旅行》，有"世界""纬度""压力""重量""距离""光线""机械""分子""物质""运动"等词。[1]

华文界优秀的科幻小说家有不少。大陆的科幻小说作家有荒江钓叟、郑文光、高士其、叶永烈、郑渊洁、刘慈欣、韩松、星河、凌晨、吴岩、刘兴诗、王晋康、何夕、夏茄、江波、拉拉等。香港有倪匡、黄易、杜渐等，台湾有张晓风、黄海、张系国、怒加、叶李华、平路、黄凡、林耀德、宋泽莱等；旅美作家北星等。

---

[1] 参见刘军《晚清科学幻想小说与"知识型"转变》，博士学位论文，北京大学，2012年，第44页。

中编　虚拟空间开拓

香港方面，科幻创作丰富多彩。先行者是南来作家赵滋藩（1924—1986），最初以写实小说《半下流社会》（1953）扬名，后来，也写过科幻作品如《太空历险记》（1954）、《飞碟征空》（1956）、《月亮上看地球》（1959），讲述爷孙俩的太空冒险旅行，以对话形式介绍太阳系等太空知识，属于儿童类科学故事丛书，由香港亚洲出版社出版。

香港科幻文学还有不少重要作家。如张君默的科幻作品《大预言》（1986）、《蝶神》（1987）、《蚁国》（1987）、《飞越彩虹》（1989）等，曾任香港《科技世界》杂志总编辑和《明报》副刊编辑。谭剑指出："张君默创作的长篇巨著《大预言》，是香港科幻的里程碑之作，该作依照西方科幻模式写作，讲述环境污染和克隆人话题。"[①] 他较早关注艾滋病题材，想象将来艾滋病失控后的世界。他有感于科技异化，创作异象小说系列，省思科技进步带来的意想不到的灾难，探讨人类该如何迎接挑战，如何确定生存价值。

李伟才（1955—　），笔名李逆熵，香港大学物理系毕业，科幻作品有《卖陨石的人》（1987）、《星战迷宫》（1988），还有科幻专论《超人的孤寂》（1988）、《挑战时空》，从心理角度论述科幻创作。

谭剑出版了短片科幻集《虚拟未来》（1997），长篇小说《换身杀手》（1998）和短篇小说集《1K监狱》（2000），尝试将赛博朋克和其他类型小说融合。谭剑是首批在网络上发表小说的作者，谭剑在"星网互动"，萧志勇在"香港电讯网上行"，两人都以先网后书方式发表科幻作品。

年轻一辈的科幻作品，还有周显的《超重岛》、苏文星的《幻海魔钟》、武藏野的《最强之刃》《杀人战术》、萧志勇的《未来的冬夜，一个旅人》、毕华流的《悬空海之战》，等等。

---

① 谭剑：《香港科幻发展浅介》，收入《科幻·后现代·后人类——香港科幻论文精选》，王建元、陈洁诗主编，福建少年儿童出版社2006年版，第6页。

第七章 科幻叙事

香港也注重译介西方科幻文学和研究科幻文学。早期翻译如《基地》《火星之沙》《双星》《无时世界》等。扬子江开启翻译外国科幻小说序幕。20世纪70年代，杜渐开始大规模地翻译科幻小说，如《太空潜艇》《铜龙》等。1987—1988年，《商报》开辟"怪书怪谈"专栏，评介科幻小说。1991年《世界科幻文坛大观》（上、下册）由香港现代教育出版公司出版，全书500多页，资料丰富翔实，论述严密全面，颇得科幻界好评。白锦辉进行史料整理工作，撰文《香港中文科幻50年年表》，梳理相关作家作品，该文也收入科幻故事论集《科幻·后现代·后人类——香港科幻论文精选》。[①]

台湾方面，科幻文学方兴未艾。王卫英梳理过台湾科幻小说的发展脉络："第一篇科幻小说是散文家张晓风创作的《潘渡娜》，两万多字，1968年刊印在《微信新闻》。1969年底，黄海将以太空冒险旅行为背景的短篇科幻结集为《10101年》出版，获该年度台湾'社会优秀青年文艺作家奖'；1972年，出版了《新世纪之旅》科幻集，描写死于1970年的人，被冰冻至2020年解冻，复活后漫游未来的奇闻。"[②]此外，还有如方大铮的《长生不死》和《混沌初开》（1976），章杰的《西施》（1978）和《尸变》（1979），叶言都的《高卡档案》（1979）等。除此之外，还有黄凡的《战争最高指导原则》（1984）、林耀德的《双星浮沉录》（1984）、张大春的《伤逝者》（1984）、叶言都的《我爱温诺娜》（1985）、骆伯迪的《文明毁灭计划》（1985）等。王卫英认为，"台湾科幻小说具有民族风格架构特点，香港科幻小说具有通俗化特点"。但香港作家对通俗有自己的看法，黄易说："《三国演义》你说是纯文学还是通俗小说？过一千年后这些划分都不存在，只有最好的小说留下来。"[③]

[①] 参见王建元、陈洁诗主编《科幻·后现代·后人类：香港科幻论文精选》，福建少年儿童出版社2006年版。
[②] 参见王卫英《港台科幻小说的民族风格架构与通俗化之路》，《当代文坛》2005年第4期。
[③] 超侠：《黄易：左手科幻，右手武侠》，《文艺报》，《少儿文艺专刊》2012年11月16日第005版。

中编 虚拟空间开拓

张系国，是台湾科幻文学的重量级人物。他1944年生于重庆，台湾大学电机系毕业，伯克利加州大学计算机科学博士。1969年，在《纯文学》月刊发表《超人列传》，为三万字的科幻小说。1978年，翻译西方科幻作品汇编成《海的死亡》，由台北纯文学出版社出版。1980年，结集在《中国时报·人间副刊》发表的十篇科幻小说，出书为《星云组曲》，洪范书店出版。其后，又出版三本短篇科幻小说集：《夜曲》《金缕衣》《玻璃世界》，长篇《城》三部曲：《五玉碟》《龙城飞将》《一羽毛》等。

张系国说，台湾科幻已经式微，但是大陆科幻文学界蓬勃发展，让人吃惊。尤其是年轻人多，而且一反过去只有男作家写科幻的状况，女科幻作家越来越多。科幻的兴盛跟国力强盛很有关系。一个国家由弱至强、由衰老至年轻时，科幻就会有发展。美国科幻最发达的时期是第二次世界大战后，国势走强，又是登月，又是建设休斯敦发射塔等。科幻成为美国当时的热门小说（pop fiction），如阿西莫夫的小说，趣味性、冒险性都很强。发展至今，美国科幻成熟了，写作技术高明了，但不像从前那样有气势了。张系国说，20年未写科幻后，准备重写，计划写三部曲：《多余的世界》《下沉的世界》《翻转的世界》。张系国2012年回大陆与科幻爱好者见面，说"有未来的国家才有科幻"，韩松记录了此次座谈。[1]

大陆方面，科幻文学蓬勃发展。郑文光（1929—2003），被称为"中国科幻之父"。1954年，他在《中国少年报》上发表《从地球到火星》，成为中国当代科幻第一次高潮到来的标志。1979年，郑文光出版了《飞向人马座》，成为中国科幻史上里程碑式的长篇。其他作品有《火星建设者》《猴王乌呼鲁》《命运夜总会》《神翼》《战神的后裔》等。学术著作有《康德星云说的哲学意义》《中国古天文学源

---

[1] 参见韩松《有未来的国家才有科幻——记台湾科幻大师张系国与大陆科幻爱好者见面》（http://blog.sina.com.cn/s/blog_475741210102e391.html）。

流》，翻译《宇宙》《地球》等，共一百多万字。1998 年，郑文光获得中国科幻终身成就奖。

叶永烈（1940—　），北京大学化学系毕业。20 岁时，已是《十万个为什么》主要作者，至今该书总印数已超过一亿册。1961 年秋，21 岁写成《小灵通漫游未来》，但直至 1978 年才由少年儿童出版社出版，一出版就印了 300 万册。1976 年春，叶永烈任上海电影制片厂编剧，发表了十年动乱后第一篇科幻小说《石油蛋白》，标志着中国科幻的第二次高潮到来。1979 年出版理论专著《论科学文艺》。1984 年出版《小灵通再游未来》。至今，他已经创作科幻小说、科学童话、科学小品、科普读物 700 多万字。后来转向纪实文学创作，有《叶永烈自选集》《星条旗下的中国人》《我的家一半在美国》《一九九七逼近香港》《商品房大战》《何智丽风波》等，关注当下，呼应时代。

各地推动科幻文学的发展都不遗余力。"全球华语星云奖"由"世界华人科幻协会"设立，为全球华人科幻爱好者提供了交流平台，总部设在成都。2012 年 10 月，第三届全球华语星云奖，王晋康的《与吾同在》获最佳长篇科幻小说金奖，台湾科幻作家张系国的《多余的世界》获最佳中篇科幻小说金奖，陈楸帆的《G 代表女神 6》获最佳科幻短篇小说金奖，董仁威创建全球华语星云奖，获最佳科幻传播金奖，江波获最佳新锐科幻作家金奖，梁清散获最佳网络原创金奖，人民邮电出版社张兆晋获最佳科幻编辑金奖，新科幻杂志社也斩获多项奖项。

科幻刊物方面，台湾有《幻象》，四川有《科幻世界》，香港则有《科学与科幻丛刊》，杜渐任主编，李伟才、黄景亨、潘昭强等协办，可惜只出了四期即停办。科幻文学活动方面，1996 年，香港热心的科幻迷成立了"香港科幻会"，会员二十多人，曾自费出版三期会刊。1995 年，香港谭剑自建网站"异度科幻空间"。1999 年，台湾叶李华创办了华人世界唯一的商用科幻网站"科科网"。2012 年，刘军完成博士学位论文《晚清科学幻想小说与"知识型"转变》，由北京大学车槿山教授指导。

香港科幻电影发展有声有色。像香港科幻小说一样，内容丰富，涵括时空穿梭、人工智能、心灵感应、梦的预言、灵魂永生、异域种族等各式话题。早期有《两傻大闹太空》。吴回导演的《大冬瓜》有神奇的铜锣，能让人梦想成真，主人公乘着铜锣从民初来到现代香港，研究抽水马桶和收音机，洋相百出。20世纪60年代，有《夜光杯》一、二集和《十兄弟》系列等。70年代的《生死搏斗》，是很有影响力的香港科幻电影，影视轮番播放。邵氏公司1975年拍《中国超人》，1976年拍《猩猩王》，倪匡编剧。1983年，受《星战三部曲》影响，邵氏公司推出科幻片《星际钝胎》，由章国明执导。邵氏公司甚至投资好莱坞的科幻片《地球浩劫》《银翼杀手》。

改编自倪匡的香港科幻片较为成功，如《龙珠争夺战》《魔翡翠》《原振侠与卫斯理》《卫斯理之老猫》《蓝血人》《卫斯理传奇》。1988年的《铁甲无敌玛莉亚》也是佳片。20世纪80年代中期，嘉禾出品《最后一战》《两公婆八条心》，1983年黄志强执导《打擂台》。电影《两公婆八条心》的单元故事《龙种》，想象由男人怀孕的未来世界。90年代，香港科幻片与特技片结合，如1992年的《超级学校霸王》，1997年的《慧星先生》。此外还有1993年的《东方三侠》、1996年的《黑侠》、1997年的《天地雄心》等。刘镇伟的《大话西游》时空穿梭，周星驰的《长江七号》外星人出场，两片均有名气。2008年3月，香港电影评论学会季刊hkinema第二号，刊文《香港点解冇科幻》（粤语，即香港为什么没有科幻），梳理了香港科幻片的重要作品。

香港还有科幻电视剧，代表作是改编自黄易作品的《寻秦记》，其还有《大唐双龙传》《覆雨翻云》也被TVB搬上银幕。

中国的科幻电影急起直追。大陆原创科幻电影有《珊瑚岛上的死光》《大气层消失》《霹雳贝贝》等。2013年6月16日，"神舟"九号飞船搭载中国男女宇航员顺利升空，中国航天事业飞速发展，更加激发人们对科幻文学和电影的兴趣。

五　科幻近亲：黄易的科玄小说

科玄小说，即科学与玄幻的统一体。香港作家黄易热衷于创作科玄小说。他自称是"左手科幻，右手武侠"①，还写玄幻小说。20世纪90年代，他率先提出"玄幻小说"概念，指在玄想基础上的幻想小说。爱因斯坦曾说，最美丽的经验是玄秘，这也是所有艺术和科学的本源和机制。但黄易科幻的"玄"自有精神源头，来自中国的哲学、天文、佛家、道家传统文化，走中国传统文化特色的道路，迥异于较为西化的科幻小说。实际上，一般的小说文类已经无法约束、定义黄易的创作，其小说融科幻、玄幻、武侠、易理为一体。

黄易既是小说家也是画家，为跨界艺术家。生于1952年，毕业于香港中文大学艺术系，求学期间专攻传统中国绘画，曾获"翁灵宇艺术奖"。曾任香港艺术馆助理馆长。1989年辞职，隐居离岛，专心写作。黄易和倪匡一样，都是写作快手。黄易作品文字浅显、情节曲折、出书奇快，一度雄霸香港文学梦幻场，作品席卷港台两地。

第一部正式出版的作品，即是科幻小说《月魔》。1987—1995年，结集出版《玄侠凌渡宇》系列，分别为《月魔》《上帝之谜》《湖祭》《光神》《兽性回归》《圣女》《迷失的永恒》《域外天魔》《浮沉之主》《异灵》《尔国临格》《诸神之战》《乌金血剑》《超脑》等，由香港博益出版社出版。1991年，成立黄易出版社有限公司，出版《覆雨翻云》《幽灵船》《龙神》《域外天魔》《迷失的永恒》《灵琴杀手》《时空浪族》《破碎虚空》《荆楚争雄记》《超级战士》《大唐双龙传》《边荒传说》《云梦城之谜》《封神记》等。此外，还有浪漫的魔幻武侠小说《大剑师传奇》十二卷、硬科幻《星际浪子》十卷、《寻秦记》二十五卷，近三百万字的超长篇，而《大唐双龙传》更高达千余万字。

---

① 超侠：《黄易：左手科幻，右手武侠》，《文艺报》，《少儿文艺专刊》2012年11月16日第005版。

中编　虚拟空间开拓

　　黄易自称，目前最满意的作品有《破碎虚空》《大唐双龙传》《寻秦记》。王韬认为，"志在天下"与"堪破天道"是黄易小说的两大主题："前者追求大同社会理想，后者体悟生命的本质意义，坚信天道高于天下，而现代科学与传统玄学都是他进窥天道的理论工具。"[①] 陈奇佳认为，"黄易小说的超越性思想构建体现在三个方面：一是情节的玄学化倾向：融会现代哲学有关超越性问题的讨论于情节设计中。二是对基督教神学中的超越观念，作了具有现实针对意义的批判。三是有意识进行一种东方超越观念的构造设计：是否可能由中华技击之道来探求生命的修炼技术，再从生命的修炼技术中找到超越现实世界的终极奥秘。"[②]

　　黄易自称创造了一种理论："M 加 1，M 是传统的武侠小说，1 就是无限的可能性"。如其笔下的"光神"，据说是上个宇宙年代中最智慧的生物阿达米亚，制造出来对抗宇宙大爆炸的机器。《超脑》[③] 是科幻短篇合集，共 15 篇。开篇就讲超级电脑失控，外太空不明生物要操控超脑，毁灭地球。在紧急关头，超脑的设计者林迪博士与超脑合二为一，最终战胜了入侵者。《情约》讲美女携书拜访大学马教授，却引起连番追杀。美女说，自己是马教授尚未写出的著作"情约"的女主人公，思梦，代号六八八，从未来的完美但人人无差别的年代中，返回地球，寻找从未经历的古书爱情体验。当美女被时空警察带走后，悲伤过度的马教授果然写下了那本小说"情约"。黄易短篇各有妙想，集合起来有长篇小说的气势。

　　"邦托乌"，这是黄易《超级战士》创设的空间，指地球所有民族由经济共同体发展成政治共同体后，诞生了联邦城。"乌托邦"是理想国，而"邦托乌"是全球历经毁灭性战争后残存的净土，城外是受

---

① 王韬：《黄易小说思想内容之深层解析》，《世界华文文学论坛》2010 年第 4 期。
② 陈奇佳：《论黄易：在追求超越与俗世诱惑之间》，《南阳师范学院学报》（社会科学版）2009 年第 4 期。
③ 参见黄易《超脑》，文化艺术出版社 2003 年版。

核污染和宇宙辐射侵袭的死地。"邦托乌"此类想象也是恶托邦思维下的产物。这可以跟前文所述的托邦系列结合起来思考。

"邦托乌"领袖圣主兼科学家马竭能，利用卫星吸取太阳能作为能源。但现代生活太高能耗，导致全球能源耗尽。马竭能力挽狂澜，但未能奏效。"邦托乌"居民们心灵远隔，生活在绝对隔离的岛宇宙内。城外则有九族，"梦族"最具号召力，"梦女"有强大的心灵力量，能自由进入对方意识，使对方摆脱物质欲念束缚，获得精神超越。梦女潜入联邦城，发展出梦女教。联邦最高统帅为阻止异教，请来城内的心灵对流专家单杰。单杰与梦女心灵对流的刹那，却被征服，要背叛联邦政府，却先被联邦统帅洗脑，被改造成超级战士、尖端机械人，被要求杀死梦女教的十二种子圣徒，灭绝以达加西为首的叛党。达加西是联邦政府前任圣主，"太阳能之祖"。单杰潜入叛军内部，发现达加西虽死，灵魂却与异灵结合，成为永生不死的智能之神。异灵是达加西创造的第一代智脑，远超早期电脑机器人。达加西认为，生命不能只靠养料、科技手段而活着，而要具有超然洞察力，充满智慧，精神自由。城内联邦偏向往外的科技路线，城外文明却偏向精神进化。单杰完成了马竭能指派的任务，摧毁了达加西灵魂寄居的异灵，内心却质疑任务的正义性。单杰发展成为人类第一个超越永恒的"活的神"——城内科技文明与城外精神文明的和谐统一，成为最理想的生命模式，但他仍然无法解决"科技文明对精神进化的打压、城内文明与城外文明的对峙"这个亘古的难题。钱晓宇概述故事后指出："黄易玄幻小说以最新科学发展成果（如时空存在方式、人工智能演进等）为载体，将精神自由、心灵感应、梦的预言等属于玄学范畴的各类异能巧妙融入其中，介入对现行社会运行模式的反思，指向理想中的人类个体和人类社会的存在方式。"[1]

---

[1] 钱晓宇：《黄易玄幻系列作品中的科玄结合——以小说〈超级战士〉为例》，《中国文学研究》2007年第4期。

中编　虚拟空间开拓

《寻秦记》，黄易这部科玄小说常被认为是穿越小说的鼻祖，影响了当今"回到古代当种马"的网络小说。《寻秦记》1996年问世。主人公项少龙是香港现代警察，乘坐时空穿梭机回到战国末期，辅佐秦王嬴政登基。穿越小说，主人公常由于某种原因穿越到另一时代，在过去、当世、未来之间，穿越时空，集玄幻、历史和言情三类要素。黄易指出，穿越，时空旅行，始于科幻作家威尔斯。其实，源头还有马克·吐温的《康州美国佬在亚瑟王朝》、唐传奇等。当代则有香港李碧华的《秦俑》，台湾席绢的处女作《交错时光的爱恋》等。

李玉萍论著《网络穿越小说概论》2011年出版，切准了时代的新学术课题。[①] 她指出：内地穿越小说日益风行。2006年，有金子的《梦回大清》，2007年迎来"穿越年"，《木槿花西月锦绣》《鸾》《迷途》《末世朱颜》"四大穿越奇书"影响到影视界：2010年电视剧《神话》热播；2011年，以女性穿越为主的电视剧热播：《宫》《灵珠》《步步惊心》等。穿越小说类型有肉身穿越、灵魂穿越（包括自身灵魂穿入他人身上、借尸还魂、前世今生、灵魂互换、胎穿、男女性别穿越）、重生、幻化，后者指一个人处在不同的时光流速，或一个人在不同空间的轮换中所造成时间的差异，由于时空在意念扭曲中所产生的穿越，有传奇色彩。穿越方式多样，获得媒介类：古物（通常是首饰）、未来通信设备等；遇贵人类：神仙、世外高人、外星人、非人等；遭意外类：意外车祸、失足落水坠崖、被砸、被电击、被害等（其中车祸和落水最为广泛）；有前兆类：梦中事物、幻觉等；寻短见类：自己跑去撞车、跳崖、跳楼和自杀等；莫名其妙类：睡觉、走在街上、打喷嚏还有喝水被呛死等；意念主宰类：如神、仙、妖等。属于我们这个时代的神话，早已丧失殆尽之际，黄易依然想为迷失的时代添加点神话色彩。

一般来说，中国内地出生于20世纪六七十年代者，初高中时的读

[①] 参见李玉萍《网络穿越小说概论》，南开大学出版社2011年版。

物多为金庸、梁羽生、古龙的武侠小说，琼瑶、亦舒、三毛的言情文学等。出生于八九十年代者，初高中时的读物多为黄易、张小娴、明晓溪、刘墉、韩寒、郭敬明等。21世纪初出生的初高中生以读科幻、玄幻为主，少看实体书，更多看网络小说，使用各种移动终端来阅读。日本剑魔动漫、欧美fantasy小说传入香港十年来，在网络游戏和文学中刮起了魔幻风，武侠、科幻、历史、言情等传统小说都出现了玄学色彩。如今，玄幻小说内涵已经超出了黄易当年的界定。近几年热门玄幻书《斗破苍穹》，被摆放在书店显著位置，吸引大批中学生围观。此一时，彼一时，大众的口味随时在变，畅销书、通俗文学排行榜随时在变，大浪淘沙，只有经过时间的淘洗，才能成就文学的经典。

六　想象的演化史

文学总是善于想象，从远古的神话，发展到明清的神魔，再到当代拉美魔幻，再到近年热门的科幻，中西文学中虚构想象这一脉的历史线索分明。科幻想象与其他想象有何不同？

神话是远古民众的集体口头创作，对自然现象、社会现象幻想出来的解释和描述，表现对自然力量的崇拜、斗争及对理想追求的虚构故事，大致分为五类：创世、始祖、洪水、战争、发明创造神话。中国古代神话名著有《山海经》，内有《精卫填海》《夸父追日》等篇。西方神话名著丰富，如两部荷马史诗《伊利亚特》《奥德赛》以及《神谱》《变形记》等。

神魔小说，鲁迅《中国小说史略》提出该概念："且历来三教之争，都无解决，互相容受，乃曰'同源'，所谓义利邪正善恶是非真妄诸端，皆混而又析之，统于二元，虽无专名，谓之神魔，盖可赅括矣。"[①] 在《中国小说的历史的变迁》中也指出："当时的思想，是极

[①] 鲁迅：《中国小说史略》之第十六篇《明之神魔小说》，《鲁迅全集》，人民文学出版社1981年版，第154页。

模糊的。在小说中所写的邪正，并非儒和佛，或道和佛，或儒释道和白莲教，单不过是含糊的彼此之争，我就总结起来给他们一个名目，叫神魔小说。"① 神魔小说是中国古典小说之一种，又称神怪小说、神话小说，多见于明清小说，虽是"怪力乱神"，但实为影射世情，如《西游记》《封神演义》《镜花缘》等。

魔幻现实主义，20世纪50年代前后拉丁美洲兴盛的文学流派，将现实投放到虚幻的环境和气氛中，现实变得光怪陆离，运用欧美现代派的手法，插入许多神奇、怪诞的幻景，风格似真非真、似假非假、虚虚实实、真假难辨。魔幻现实主义将现实魔幻化，魔幻现实化，将神奇荒诞的幻想与写实结合，运用陌生化技巧，神话化，代表作家有马尔克斯（《百年孤独》），他深刻影响了大陆的当代文学，如莫言、余华的创作。

科幻创意与其他想象创意的边界何在？比较起来，这几类虚构文学形态，各有特色。神话面向过去，追溯万物起源，展现远祖崇拜。神魔比魔幻写实更虚幻，可以天马行空地想象，自由无拘。魔幻写实强调现实的根基，即便虚幻想象也要力求有所本，如马尔克斯想让一个人消失，因看到妻子晾的床单飞舞，于是，有了让人物卷着床单升天的创意想象。

科幻作品更强调科学的根基，更具有理性的色彩，展现对未知世界的探索，对未来的崇拜，面向未来，想象未来，叙述未来，透支未来，穷尽叙事，仿佛是对小说将死的宿命预言做一番搏击。其实，也可将此类书写命名为未来叙事。过去，人们喜欢以古鉴今，化用"历史反讽"，思考今是否不如昔或今是否胜于昔。现在，人们越来越喜欢以未来危机警醒现在，让人看清因果报应，前后关联，有本则有末，未相见今相。

---

① 鲁迅：《中国小说的历史的变迁》之第五讲《明小说之两大主潮》，《鲁迅全集》，人民文学出版社1981年版，第327页。

"未来学"术语,德国学者弗莱希泰姆于1943年首先提出,指研究未来的综合学科,通过定量、定时、定性等科学方法,探讨现代工业和科学技术的发展对人类社会的影响。狭义而言,研究现代工农业和科学技术发展的综合后果;广义而言,指关于地球和人类未来的一般理论。挪威埃里克·纽特写有《未来学》,探讨科技和全球化将如何影响未来的生活、工作方式以及整个世界,书中讲述了新想法:智能机器人、火星地球化、能将垃圾粉碎成可再利用的原子的纳米机器等。今天人类所做的事将对未来产生影响,促使人关心和探索未来。

2017年初,以色列的尤瓦尔·赫拉利论著《未来简史:从智人到智神》[①]风靡中国,该书指出,人工智能(AI)是人类史和生物史上的重要革命,影响地球生命;虚构的故事同样推动着人类变革。此前,作者已写过《人类简史》,认为历史开始于人造神。后书认为,历史终结于人成为神,意在写就人类史前史后的一切。作者还为两书绘制了世界历史地图式的巨幅思维导图。凯文·凯利的《必然》是乐观的,进托邦式的。而此书则是悲观的,恶托邦式的。《必然》是展望未来几十年。此书展望更未来久远的世界,人类想追求获得幸福、永生、直接成神,信数据得永生,实验室里有定时炸弹,智人最终失去控制权,而有些精英进化到某种无法辨识的人类状态——神人(homo deus)。《未来简史:从智人到智神》与《三体》对未来的担忧更为神似。当然,每种未来学说只都说出了未来的可能之一。

未来符号学书写有科幻和非科幻等方式。面向未来,书写的却不是科幻小说,没有外星人、机器人、怪物,还是一群人类,还是那么写实,只是进入拟真未来。如香港董启章的《哑瓷之光》,想象未来百年的子孙故事;内地王朔的《和我们的女儿谈话》,提前进入老人,和女儿辈的人对话;台湾杨照的《我想遇见你的人生:给女儿爱的书

---

① 参见[以色列]尤瓦尔·赫拉利《未来简史:从智人到智神》,林俊宏译,中信出版集团2017年版。

写》讲述女儿的未来；骆以军的《我未来次子关于我的回忆》、张大春的《聆听父亲》给尚未出生的孩子讲故事，在巨大无常且冷冽如月一般的命运辗过这个不存在的孩子之前，他将会认识父亲，乃至父系家族。当代作家纷纷提前进入将来隧道成为风潮，力求开拓想象未来的新路向。

第八章　通感创意

一　何谓通感

人有五感：视觉、听觉、嗅觉、味觉以及触觉。通感，synaesthesia，指各种感觉彼此打通，各官能领域不分界限。佛家云：声、色、香、味、触、法，为六尘，即眼、耳、鼻、舌、身、意认识的六种境界，就创意跨界而言，六根互用，让人脑洞大开。但佛书《成唯识论》卷四云："如诸佛等，于境自在，诸根互用"，如老聃能"耳视目听"。诸根互用，仿佛是高人所为。佛禅讲究去六尘，六根清净。五官加意，感觉加意觉，感觉与非感觉融合，即超感官通感、概念通感，如"秀色可餐、大饱眼福"等，如"听香"一词已有600多年历史。

心理学或语言学称之为感觉挪移或交感整合，对身体某部分的刺激引起其他部分反应，像交感幻觉。乌尔曼指出，感官渠道由低级推向高级、简单推向复杂，依次为触觉、温觉、嗅觉、味觉、视觉、听觉。除了这些与外部感官相连的感觉，还有与内部器官相连的平衡觉、运动觉、饥饿觉等，符号修辞学认为，这是全感官通感。[1]

大多时候，人们习惯注意到眼睛所见，却日益忽略别的感官体

---

[1] 参见胡易容、赵毅衡《符号学——传媒学词典》，南京大学出版社2012年版，第20、196页。

验。据调查，五感之中，人体感官感受最深刻的是视觉（37%）、其次是嗅觉（23%）、听觉（20%）、味觉（15%），最后才是触觉（5%）（见图8-1）。

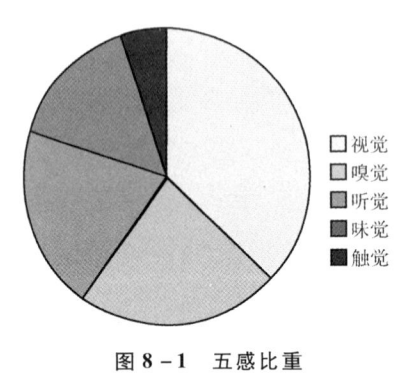

图8-1 五感比重

体验通感，可以做个互动小游戏：蒙上眼睛，运用视觉以外的感官，如嗅觉、听觉、触觉等，迅速说出手中的物品是什么？然后，思考在判断过程中运用了哪些感官？视觉在判断的过程中是否起必不可少的作用？通过游戏感悟，各感官之间如何紧密联系，且相互贯通。[①]

其实，对于日常生活的每件物品，人们的五感体验是各有侧重的。为此，Jinsop Lee设计了五感图形，横坐标表示五种感官，纵坐标表示该感官的体验感分值，人们体验一件产品时五官感受的轻重比例，一目了然，见图8-2。

可以看出，对于即食面，人们侧重于从味觉和嗅觉层面来进行认知，但不那么注重声觉、触觉和视觉。而在娱乐场所，人们更侧重于运用听觉来体验轻重音乐的氛围，其次是用视觉、触觉、嗅觉体验，最末的是味觉体验。

通感创意，恰恰在于匪夷所思。要么，在某个艺术领域，将不受重视、被忽略的某种感官体验重点凸显出来。要么，将本需重点体验的某种感官转化为另一种感官体验。要么，调动、整合各种感官，置于同等的分值体验中……总之，通感创意的关键在于，新的五官体验迥异于日常生活经验。

---

① 研究通感有不同年级的华南师范大学本科生两小组，各有精彩。一组主讲电子游戏通感，组长为李琳琳，组员各有分工。素材收集：张佩娴、陆婉敏、李琳琳；演讲稿撰写：伍绮璇；PPT制作：何梓彤；演讲：伍绮璇、张佩娴。另一组主讲文艺通感，组长为曾子凌；组员为雷子欣、黄靖怡、郑铭菲、潘柳桐、潘子冰、谭颖文。

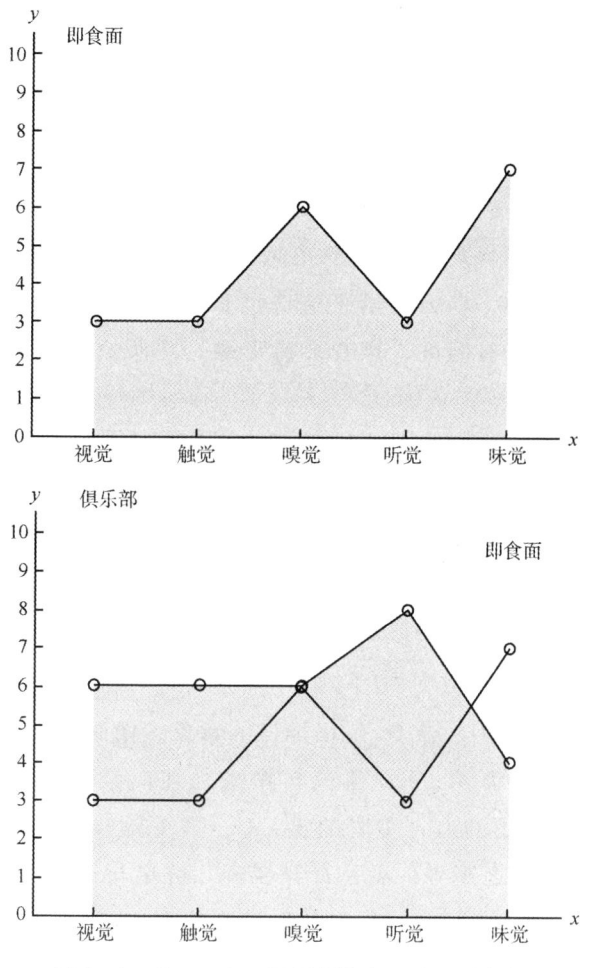

图 8-2 Jinsop Lee 不同语境中五感比重坐标

二 文学通感创意

文学的通感修辞格又叫"移觉",即在描述客观事物时,用形象的语言使感觉转移,将人的听觉、视觉、嗅觉、味觉、触觉等不同感觉互相沟通、交错,彼此挪移转换,将本来表示甲感觉的词语移用来表示乙感觉,使意象更活泼、新奇。

在现代中国,陈望道探讨文学语言中的感官互通现象。之后,张

209

弓和钱锺书也对此展开研究，分别从修辞学和文艺学的角度，命名感觉功能交错描写手法为"移觉和通感"。钱锺书列举过古今中外的大量文句，以论证通感。① 如苏轼"小星闹若沸"的听觉修饰视觉，杜甫"晨钟云外湿"的触觉修饰视觉等，庾肩吾"已同白驹去，复类红花热"，李义山"冬日着碧衣似寒，夏月见红似热"，视觉转化为触觉，李贺"黑云压城城欲摧，甲光向日金鳞开"，以触觉写视觉，视觉与触觉形象叠加，乌云更给人造成沉重、压抑的心理效果。通感出场，于是，颜色会有温度，声音会有形象，冷暖会有重量，气味会有锋芒。

音乐与通感自然相生。英国音乐家马利翁说，声音是听得见的色彩，色彩是看得见的声音。贝多芬认为，b小调是"黑色的"。里姆斯基-科萨科夫与斯克里亚宾指出，D大调黄色，F大调青色，降A大调紫色。"色彩音乐"，为许多诗人和音乐家所钟爱。

诗歌与通感天然相恋。英国诗人艾略特赞美玄学派，说诗能"像嗅到玫瑰一样嗅到思想"。法国诗人兰波的诗《元音字母》云："黑A、白E、红I、绿U、蓝O。"很神秘的意象，像谜。接着进一步展开描述：A，阴影的海湾；E，蒸汽与帐篷之纯白傲然屹立的冰峰之尖顶；I，鲜红，咯出的血，美唇的笑；U，多重轮转，苍翠的大海的神妙颤动。O，至高之军号，满是奇异锐音，群星与天使们划过的沉默。该诗充分打通各种感觉，综合想象成全新的诗歌意象。戴望舒说："诗不是一个官感的享乐，而是全官感或超官感的东西。"② 他的诗句身体力行："远山啼哭得紫了，哀悼着白日底长终"，"绛色的沉哀"，"让梦香吹上了征衣"，"记忆在压干的花片上、喝了一半的酒瓶上、在平静的水上"，"有丁香一样的颜色、芬芳、忧愁的姑娘"，赵毅衡指出：符号依靠感知，感知只作用于某个感官。但是感官之

---

① 参见钱锺书《通感》，收入《七缀集》，上海古籍出版社1994年版，第65页。
② 戴望舒：《诗论零札》，《现代》文学月刊，1932年第2卷第1期。转引自少君《戴望舒艺术浅谈》，该文获1980年北京大学五四文学征文竞赛最佳征文奖。

第八章 通感创意

间可以跨越，这种跨越看起来全凭想象，其实有感觉进化的规律。[①] 诗歌与通感都以想象为灵魂依托。

如何运用通感法，激发创意写作的灵感？如董启章的《贝贝的文字冒险——植物咒语的奥秘》中，有一章为"用手去看凤凰木"，用触觉代替视觉，重新去体验熟悉的事物，学会对具体事物的观察和描绘。贝贝因此写出富有想象力的文字："不要以为我的手指迟钝，它们看得出，那是像睡着的鸟一样，羽翼软软下垂的凤凰木。翼端还有鸟的像微风一样的呼吸呢！"[②]

有趣的通感写作创意点子还有不少，如用味觉去写只鞋子，用视觉去写段音乐，用听觉去写夜晚星空；如触觉体验意觉，触摸像鬼的柳树，体会害怕的感觉，发现柳树即自己，对自身旁观以照，交换感官。学会对抽象内心感受的表达。

过去文人多局部使用通感，用于诗句。后现代文人的跨界通感融合，用于整体创作，全盘驾驭。

文学作品较多呈现视觉、听觉世界，较少顾及味觉世界。香港作家也斯的长篇小说《后殖民食物与爱情》[③] 却以味觉世界为主角，设计出世界各地各种口味的爱情，如澳门黑帮马仔的爱情是咸虾酱味的，难以与老大的情人共进正餐；玛利安的爱情是法国味的，她与史提芬因禾花雀美食而结缘，却因鹅肝不能配米通饼而分离……美食符号见出情色符号，食物坐标凸显恋爱人物的各种性格：中派西派，老派新派，男派女派，雅派俗派。全书巧设点心回环转盘叙事法，逐章讲述全球的饮食、爱情、人事，呼应于受众们、食客们的众口难调。全书打通了味觉、视觉、触觉、意觉融合的任督二脉。

符号学美学认为，饮食蕴含着食材的好味、美味、鲜味诉求；为

[①] 参见赵毅衡《趣味符号学》，重庆大学出版社2015年版，第57页。
[②] 董启章：《贝贝的文字冒险——植物咒语的奥秘》，董富记文字工艺2000年版，第17—18页。
[③] 参见也斯《后殖民食物与爱情》，牛津大学出版社2009年版。

211

跨地域、跨媒介符号，渗透着民族性、地方性、阶级性。也斯营造通篇通感叙事，由味觉而探触香港的深层意蕴，逼视文化危机，追求宽容、平等意识，由食物的全球流动见出世界性与本土性，以味觉开启跨界文化大门，开拓出味觉地理学的跨媒介大法。

十几年来，也斯执着书写味觉诗文，晚近散文集《人间滋味》[①]跨界烹调食事的人情、风景、电影、哲学，滋味独家。其还曾与各类艺术家合作，举办《食事地域志Foodscape》《衣想clothing》等视听嗅触觉融合的艺术展，同步呈现美文美食、市声图像、摄影服饰等，以通感整合切中人心，感悟人生哲理，蕴含力道。

三 跨界通感创意

艺术与媒介之间，也可以进行通感创意实验。通感通过符号衍义而形成，一如皮尔斯式的符号运作机制；并借助非语言文字符号得到表达，修辞艺术更新于艺术媒介中，跨符号系统表意摆脱语言限制。赵毅衡更进一步细加区分：通感是跨越渠道的符号表意，出位之思是跳出媒介体裁的冲动。[②] 就跨媒介通感而言，书面媒介影响视觉，使感知变成线状结构；视听媒介、触屏操纵影响触觉，使感知变成三维结构，为传统通感法再添异彩。

运用"视觉+嗅觉+听觉"通感法，传达不可捉摸的气味感受，再现个人的气味王国[③]，这是2006年汤姆·提克威导演的电影《香水》的创意。此片改编自德国帕特里克·聚斯金德的小说《香水》（1985）。电影讲述格雷诺耶（Grenouille），嗅觉异常灵敏，一生以嗅觉寻找自我，"I smell, therefore I am"。嗅觉大师最终成长为登峰造极的造香大师，也走上了毁他与自毁的道路。

---

① 参见也斯《人间滋味》，中国人民大学出版社2012年版。
② 参见赵毅衡《符号学原理与推演》，南京大学出版社2011年版，第134页。
③ 参见何一杰《嗅觉通感的视听传达——以电影〈香水〉为例》，《符号与传媒》第7辑，2013年秋季号。

第八章　通感创意

　　电影开篇先展现巴黎鱼肉市场的臭气熏天，快速剪辑各种恶心场面，通过实物的展示，运用视觉冲击去表达鱼肉市场的腥臭；同时，放大杂乱的现场音，如马蹄声，吃牡蛎的声音，拍打假发的声音等，更突出味道的恶心。四处污浊不堪，正在卖鱼的母亲突然生子，她看也不看，直接将一团污物扔进了死鱼堆里。结果，婴儿啼哭，鱼贩子母亲被控谋杀，母亲被判死刑。婴儿一出生就成了孤儿，进了孤儿院。开场镜头非常有视觉冲击力，并让人感受到恶臭无比的震撼。

　　电影再现主人公的出生史、成长史如何与嗅觉密切相关，开幕、片中、片尾声镜头，都反复出现格雷诺耶鼻子的长镜头特写，并且伴随着旁白的引导，引导观众注意各种嗅觉经验。如幼年的他躺在池塘边休息，旁白："格雷诺耶终于学会了说话，但他很快发现，他积累的词汇根本不能描述熟悉的丰富的气味"，镜头随其嗅觉感受，从树木转到池塘，到塘中的石头和青蛙卵，不断在物体与鼻子间切换，旁白音默念："木头，温暖的木头……草，湿润的草……石头，温暖的石头……水，冰冷的水……"

　　再如，格雷诺耶小时候在孤儿院，捡起一段树枝放到鼻子下，这时配乐出现温暖的合成金属声。随后，他捡起一片叶子来闻，背景音乐变成了较低沉的女声。然后，他拾起一个落地的苹果，一阵小提琴的高音随之出现。非视觉化的嗅觉因通感而产生出诗意。可是，当格雷诺耶沉醉在苹果的气味时，音乐忽然出现了一阵轻微的刺耳的铰声——格雷诺耶一侧头，一只烂苹果从他耳边飞过。这隐喻其饱受歧视和凌辱的一生。

　　格雷诺耶苦学炼香大法，为了制成世上最完美的顶级香水，为此，不惜谋杀13名美丽少女，以收集她们身上的芬芳体味、神秘体香。在行刑台上，他挥舞那沾满世界一绝香水的手帕，一条光斑由近向远扩散开来，看客们对着光斑拼命呼吸，心满意足，似乎是得着上帝的宠爱。影片结尾，格雷诺耶将整瓶香水倾倒在自己头上，顿时自上而下散发出金光；周围的巴黎贱民也都被这光芒照亮；整个画面金碧辉煌。

人们都对他说:"我爱你——",然后,他被疯狂的市民撕裂、吞噬,只剩下一堆衣物。味觉转化为视觉,通感带上了强烈的明喻色彩。

视觉如何再现味觉、嗅觉?广告创意方面,如亨氏辣椒酱,宣扬辣,借用磅礴的鲜红滚烫的火山岩浆来表现辣椒酱给舌头带来的焦灼劲辣的味蕾刺激,品尝辣椒酱,辣味犹如岩浆喷薄般,从舌头的一点迅速向四周扩散,鲜红的岩浆还冒着热气。画面黑底红调,那一条火红的火山岩斜切而来,恰似火热的西班牙弗拉明戈舞者的裙摆。此画意味着,一小口亨氏辣椒酱,就足以辣成火山熔浆,传神再现出辣得 high 至天堂的感受。味觉、视觉、嗅觉交替使用,让人印象极其深刻。

视觉如何再现听觉?绘画如何再现出乐感?如摇滚音乐作画图,画面线条凌乱、杂碎、突兀、重叠,无规则性,画面色彩斑斓,富有冲击性,恰似带有强烈爆破感的重金属音乐,有冲击力的摇滚乐,如 Ministry 的歌曲 Hero。聆听劲爆猛烈的音乐,进行联想,进行油画创作,这是从视觉到听觉的创意佳例。

听觉如何再现视觉?歌曲《蓝色多瑙河》,序曲有小提琴在 A 大调上用碎弓轻轻奏出徐缓的震音,仿佛黎明的曙光拨开河面上的薄雾,唤醒了沉睡大地,多瑙河的水波在轻柔地翻动,然后加入圆号活泼轻盈的高音,连贯优美,恰似黎明的到来,日光照耀。

抽象意觉如何借助视觉、听觉呈现?杨丽萍舞蹈《月光》,选用悠扬的民族音乐,似温柔的月光在黑夜中缓缓泻下,给人美妙的听觉享受。舞台背景有巨大的光亮满月,舞者在圆月前舞蹈,以皮影戏的剪影法,再现月光的皎洁。舞者肢体柔软舒张,恰似月华如水,视觉境界绝美如画。抽象变形肢体符号,使月光无形却能展于有形,月光仿佛有了温度,微暖,给心灵以柔软的触感。

通感有重要的意义。在语言层面,有助于表现诗人对现实美丰富而独特的感受,创造出新颖别致的审美意象,酿出诗的特殊韵味。在艺术层面,能突破语言的局限,丰富表情达意的审美情趣,增强表情达意的艺术效果。在美学层面，可以增加审美的情趣，增强描述的形象性，创造出奇妙的意境，给人以深刻的启示和美的享受。

通感创意如何应用于设计？Jinsop Lee，跨界的工业设计师，运用通感理论，延伸创造出丰富的新产品，名为"五感设计"（TED Talk），获得 2012 年"TED Global Talent Search"的首个大奖。例如，其设计创意点有："熨斗＋喷雾机制"（嗅觉），每次熨衣服时，都会有美妙的香气四溢。"牙刷＋糖味提示"（味觉），刷牙不再令人恶心反感，而是香甜可亲的。"遥控器＋长笛按键"（触觉），遥控机器像演奏音乐。

此外，还有经典作品，被重新设计，焕发新颜，更容易被人接受。如荷兰的创意星空路，将梵高名画《星空》，用荧光材料绘制于街面，或自行车道，入夜则闪闪发光，人们行走其间，仰望头顶深邃的星空，天上地下的星空交相辉映，给人强烈的视觉冲击，进而感悟画作深刻的抽象意觉，感悟荷兰的历史、文化、骄傲和身份认同。还有一个 3 分钟的微视频，"动画格尔尼卡"[①]，取材自毕加索名画《格尔尼卡》，再现 1937 年德国空军疯狂轰炸西班牙小城格尔尼卡的情景。动画视频从画作中挖出一个奇特的人物，让他复活，然后在梵高、达利、埃舍尔、毕加索等大师的名画中，很有个性地游历一番。二维名画，经过动态视觉、音乐配合、3D 触感，变成三维影像世界。

再如，触感莲花，莲花的花瓣，用高科技材料制成，人一碰触，就会绽放，而且射出光芒，恰似会发光的含羞草。人们将隐喻东方宗教码化身的触感莲花艺术品置于西洋教堂。触觉在此作为一种媒介，沟通古老教堂与现代科技，让传统文化在新式科技呈现中焕发新的活力。莲花作为古老东方的神秘意象，呈现于西方教堂，将东西方的神秘意象联系在一起，达到形而上的通感意义。

四　电子游戏的通感创意

跨入 21 世纪初的信息化时代，手机成为人们形影不离的数码产

---

① http：//www.iqiyi.com/w_ 19rqyexiqh.html.

品。如何将丰富的感官体验融合到数码产品中，是新时代的新课题。不少手机电子游戏都化用通感理论，进行跨界创意实践。

例如，《纪念碑谷》（*Monument Valley*），解密手游，呈现"不可能世界"的思维和情感，其中的每一帧画面游戏都是艺术画，灵感来自错觉图形大师埃舍尔（M. C. Escher）。这款游戏向埃舍尔致敬，无论建筑、人物，还是风景、器物，都带着神秘的抽象感和荒谬感。玩家在游戏过程中，就像身临埃舍尔的"不可能世界"。

对比画作与手游作品，埃舍尔的《瀑布》（*Waterfall*，1961），古堡中的流水循环流动，瀑布从高处流下，冲向水车，在水车转轮的作用下，流水又沿着石路，循环到高空，又冲下水车，隐喻循环、无穷与自我迷失。《纪念碑谷》的"静谧庭院"，设计师巧妙地重现《瀑布》场景。

"矛盾空间"，是不可能世界的画作魅力所在，属于"认知视错觉"之一，也被称为"不可能的结构"。"矛盾空间"的经典图形有很多，如"不可能的立方体""潘洛斯阶梯""潘洛斯三角"等。这些有趣的图形都是视觉游戏。互动艺术、后现代小说、先锋艺术，都特别关注不可能世界的想象，成为一种新的艺术风潮。

"不可能世界"给人奇妙的视觉感，以其抽象感和荒谬感吸引着玩家，不可能的结构，给玩家打开了一个新世界。不同于埃舍尔的二维画作，游戏画作变成三维画作，变成真切可感的立体物。玩家通过操作，使其呈现出不同的形状，探索错觉图形的各种可能。

玩家操作《纪念碑谷》游戏，体验到触觉、视觉、意觉的循环和融合。触觉方面，玩家手指碰触手机屏幕的各种动作，可达到不同的游戏效果，这些触控操作如左右、旋转、拖拽，以到达带有特殊符号的地点。玩家想要的画面通过动作改变而呈现出来：点击，使艾达行走；利用旋转，建立视觉误差，可使本来不相通的道路贯通，以此躲避乌鸦人的阻拦；使用拖拽改变地形位置，利用可移动的石块等物体，给艾达造一条新路；借助图腾切换高低错落，到达艾达够不着的地方。

公主艾达的帽子里会魔术般地释放出各种形状的物体，来开启下一关。转移之门，可在不同世界中切换。受众跟公主艾达一起，归还几何图形，直至完成最后一关。每个动作都会引起相应画面的改变。游戏的触觉、视觉、意觉完美融合，让人自得其乐。

《纪念碑谷》的音效与操作动作，都有通感跨界特色。游戏时戴耳机，更能感受到亦虚亦实的感觉。玩家操作时，有自动播放的背景音乐，不同场景有不同的特色声音，如风声、海浪声、飞鸟声、琴弦声等。操控按钮，会产生不同音效，如公主艾达的走路声，从楼梯掉落的声音，机关转动时发出的钢琴键音，给人身临其境感，并带动相应的情感体验：听着风声产生的寂寥感，听着海浪生成的茫茫无措感，跟着楼梯下落声而引发的紧张感……空灵音乐不绝于耳，旁白声音或文字也富有思考性，如"朽骨暗夜，等候多时，沉默的公主，您已徘徊多远？山谷曾为人之居所，而今，前人的辉煌，只化为石碑座座，窃贼公主，为何您又归来？"这些奇妙而美丽的音乐与场景，给玩家更多想象空间。

在不可能世界穿越的游戏中，视觉所体验的时间和空间都是特殊的。时空的融合和延展别具匠心。

时间轮回且凝止。"瀑布"流水在固定路线中循环，流水不多不少，更不偏离轨道，永恒地流淌，仿佛时间的不断轮回。纪念碑谷里面，没有时钟，没有日出日落也没有昼夜的变化，一切仿佛凝固，时间静止。艾达实为亡魂，本应化为乌鸦人，但又化为人形，承担拯救族人王国的重任。她的图像只有白色的圆锥形帽子和裙摆，白色脸庞，没有五官，自然就没有表情，无悲无喜、无波无澜。她如同失掉了灵魂般，被玩家操控、在玩家手下行走。这形象加重了时间的凝滞感，使人不知今夕何夕，不知时间流逝。

空间转换组合有无限可能性。艾达通过每个空间的小门，到达箱子里的不同空间，触动机关，点亮箱子外面的灯，最终箱子完全打开，艾达从箱子里到达箱子外。不同的观察角度、旋转组合，可穿越出不同的空间。空间组合具有无限性和未知性，永远不知道空间有多少，是否可以穷尽，永远不知道穿过小门的艾达会出现在哪里。如上图，艾达处于无路可走的状态，但转动机关后，一层跟二层连通，艾达前方又有路可走了。

  时间的静止和不断轮回昭示着这个世界里的绝望和空无，主人公艾达在静止的时间里穿梭于不同空间，又给人永恒的错觉，似乎这些空间是无限的。但是每个空间都有自己的界限，是谓有界无限。《纪念碑谷》手游成功地整合了视觉、听觉、触觉、意觉，让玩家在不可能世界中思索另类哲学思想的可能性。

  想象一下，如果我们以通感法感悟、再现中国，会有哪些创意？2012年，中央电视台推出美食纪录片第一季，《舌尖上的中国》热播，此后又有第二季、第三季。该片用具体人物故事串联，展现中国各地的美食盛宴，拍摄精美，仿佛色香味俱全。如果，再加入"舌尖中国与舌尖外国"的比较展演，或许会更容易走向世界。

  由此，我们可以再进行通感设计。如今，"视觉中国"拍摄已经绝对爆满，那么，是否可以继续拍摄"耳朵中国""触觉中国"，甚至"通感中国"？或者举办"嗅觉中国"展览？或者创建"通感中国"博物馆之类的创意展览？其实，这些都是大有可为的领域。

下 编

古今文化织造

第九章　复兴传统之道

有些国度在全球化的同时，没有反传统，没有革故而后鼎新，而是对传统不离不弃，善加化用。传统文化因此不仅未曾死去，反而是再造再生，发扬光大。传统文化创意含藏在每个角落，如城市地景、文学风景、建筑、物品学、传统戏剧、花样滑冰等方方面面。中华几千年传统文化的宝库，有待慧眼慧心者来开掘再造。跨界创意与传统文化结合，打通古今，开拓创意产品，并提升质量和水准，是跨媒介创意的重要维度。未来跨界不再是一味强调新的、时代的、前沿的；而更注重往回溯，吸纳传统的、非遗的文化，重换新颜。

寻根仿古，进行想象重塑，从来不乏先例。连好莱坞电影《功夫熊猫》都懂得善加利用中华传统文化元素，化用中国的功夫、山水画、动植物、太极、古代哲学思想等符号，杂糅新的思想文化理念，既吸引了西方观众，也赢得了中国海量观众，打响国际市场，成为票房赢家。该片产生出附加效应，国外观众日益对中国传统文化产生浓厚的兴趣，掀起了一股中国热。

香港作家葛亮的长篇小说《北鸢》是复兴传统的佳作，凌逾认为该小说开拓了"新古韵小说"新类型。[1] 中国台湾完好地保存并传承

---

[1] 凌逾：《开拓"新古韵小说"——〈北鸢〉的复古与新变》，《南方文坛》2017年第1期。

了传统文化，文艺界创造出不少成功的跨界艺术，抽取中国传统文化的神髓，并使之复活、复兴。如歌仔戏和布袋戏的当代化、电视剧化、卡通化，成功实现了传统与现代、地方与全球的衔接转化。

台湾有一类重要的跨界创意精品，都呈现出高雅、文雅、淡雅的东方哲学，都是绝对的慢板、柔板，这些具有同质性的经典范例有：赖声川的戏剧《暗恋桃花源》（1986）、林怀民的舞剧《水月》（1998）、白先勇的青春版昆曲《牡丹亭》（2004）、侯孝贤的电影《刺客聂隐娘》（2015）。它们横跨三十年，均是一个时段的代表作。它们彼此相照，在不同时段却找到了共同的波段，都呈现出虚静、空灵、禅悟的审美意趣。四位创作者不时互相取经，你来我往。这些作品都长演不衰，揪住了受众的心，抗拒了时代的侵蚀，青春不老。看来，千年文化底蕴是最佳的抗衰良药。

为什么这些艺术能打动今人心扉，并达到净化作用？时人是否多被网络速食文化污染了心灵？为什么台湾化用传统的艺术作品会大获成功？他们发现了哪些最中国的元素？抓住了什么神髓？如何找到适当的呈现方式？为什么在国外也能找到粉丝受众？本章将从四个层面展开论述：化古通今之源，静美东方之道，跨界变通之才，能剧、滑冰与电影的跨界融合。

一　化古通今的创意源头

富有东方神韵的跨界艺术，都善于化古通今。《水月》[①] 取法太极，《牡丹亭》复活古典昆曲，《刺客聂隐娘》借唐传奇魂魄，《暗恋桃花源》向陶渊明致敬。

化用太极，《水月》舞蹈的一招一式意念均源自太极。一物勾连全剧，据熊卫的"太极导引"原理发展成型，舞台地板有水墨写意太

---

① 华南师范大学本科生对林怀民舞蹈做过精彩的演讲分析，主讲者为组长黄建辉，菁菁剧社社长，组员有冯子恩、梅正华、卢琦、陈学敏，组员内有菁菁剧社成员，在演讲现场演示过林怀民的草书舞蹈、太极动作，效果很好。

极图，舞者据此施展太极图阵。后来，又请徐纪教拳术，将传统的武术、八段锦、气功神髓展现得淋漓尽致，且融入现代人的感悟。《水月》自1998年首演至今，已演遍全球，获得海内外一致好评，被誉为"二十世纪当代舞蹈的里程碑"，成为林怀民20世纪90年代的巅峰之作。笔者独钟太极，2016年9月10日欣然前往广州大剧院歌剧厅观看《水月》演出，被极致虚静的太极气场震撼，在现场感悟了一场前所未有的太极之气的修炼，完全达到了心灵净化的境界。该剧抓住了太极神韵的几个要点。

首先，内外三合。太极的"外三合"，为肩与胯合、肘与膝合、手与足合。"内三合"，为心与意合、意与气合、气与力合。太极拳，心感带动意念，意念带动气息，吐纳之间，天、地、人、心、意、气合一，心意相随。《水月》舞者出场亮相，静默敛神，仿若天地间品读自我的侠客。观者不由自主地随之深呼深吐，从丹田升起一股意念，心意合一。舞者慢慢舒缓肢体，忽快忽慢，或蹲或立……在舞台上疾走两圈，又回到原地，舒展身体，然后快步退出舞台，自然切换下一幕，所有动作不刻意、不过度，而讲究自然身体的气韵流转。

其次，虚实对比。太极讲究虚实相生。《水月》的双人舞为实，群舞为虚。众舞成群，在太极圈边缘的众舞者，做绵延不断的匀速动作；在极点的男女双人舞者，则做忽快忽慢的有力动作。两队人马一实一虚。变换队形后，男女舞者在舞台右前方，动作一致，富有质感；其他舞者则在左后方，随意扭动肢干，如抽象之水。所有舞者的动作彼此呼应，气贯神连，有无、虚实相生相随，回到太极本质——包容、静观、内省的状态，回到自然，回到生命的初始。

再次，阴阳平衡。太极阴阳，你中有我，我中有你，呈现宇宙万物对立统一、简明含蓄的东方哲学。男女舞者幻化出各种组合：双人，两男一女，两女一男，两男两女，一男对多男女，一女对多男女，一男女对多男女……各种关系，慢慢试探、拉锯、协调，最终找到最理想的太极美学状态。舞者动作缓慢而抽象。起初，一系列动作后，有一造型。随后,动作越慢,动作和造型边界也就越虚化模糊,动作中有造型,造型中有动作,类于太极阴阳互变之道。

最后,万物归圆。圆融圆满,生生不息,"圆"如道,这是中华文化的精华。古典芭蕾重开、绷、直。中国古典舞蹈重圆、曲、含。太极抱球,动势皆圆。《水月》男女舞者一推一挡,类于太极推手,动作圆融。圆,包含了进退得宜的东方智慧。蒋勋说,看完后有种"看尽繁华之后,舍此身外,别无他想的清明"①,诚哉斯言。观众随舞者在意念上舞动太极,吐纳自如,看完后,通体舒泰,气定神闲。

《水月》舞如太极,将太极文化精髓融入现代舞,动作更自由多样、柔美有力,难以分辨舞步与太极哪个拳法吻合,所有演员皆以气运姿,顺其自然,合乎天性,行云流水,虚静空无。所有演员不分主角次角,平等自适。《水月》既不是优雅浪漫的足尖芭蕾,也不是抽象的足底现代舞,不是热烈奔放的费兰明高舞、探戈、肚皮舞、拉丁舞,也不是炫彩民族舞、震撼的非洲鼓舞等舞类,而是独树一帜的虚静化无太极舞。这种虚静化无崭新舞蹈语言,透过塑造新的身体,找寻一种精神和气质。

无独有偶,近期武术太极《梁祝》视频在微信广为流传,这段太极拳比赛表演,不离基本动作本身,如24式的云手、穿梭、野马分鬃、揽雀尾等。但是,男女武师太极动作刚柔并济,配合小提琴钢琴协奏曲《梁祝》的旋律,连绵舒缓,比翼齐飞,珠联璧合,和谐统一。尤其是反复加入腾空跃起、轻盈落地动作,恍若梁祝化蝶,翩翩起舞,让人惊叹,武术似舞,柔中带刚,精美绝伦。

太极滋养了《水月》。一部戏曲也滋养了作家一生。《水月》重虚,《牡丹亭》重情。白先勇一生痴迷昆曲,重塑昆曲,复兴昆曲,人称"昆曲传教士、昆曲义工"。他早年小说渗透昆曲元素,追求文学与戏剧的融合,古典和现代审美的融合。晚年重拾昆曲,再造昆曲,

---

① http://news.21cn.com/caiji/roll1/a/2016/0728/18/31352333.shtml.

传承古典精华，精简化约，营造典雅。其10岁时听过梅兰芳演唱《游园惊梦》，起心动念，有了因果。早年邂逅梨园，促使其年近三十时写成现代小说《游园惊梦》（1966）。钱夫人，因演《游园惊梦》成名，昆曲名旦嫁与钱将军。几十年后，昔日当红的钱夫人到了台湾，到今日当红的窦夫人公馆，赴昆曲派对生日宴，听到《游园惊梦》《贵妃醉酒》《八大锤》等唱段，看到窦家妹妹与情人的暧昧纠葛，想到自家妹子与情人的情爱纠葛，深感只活过一次；游园一场后，钱夫人大梦惊醒，往事如烟。昆曲唱词与其复杂心理相互交织。全文谋篇布局借鉴戏曲的折、出、分场分幕方式，分正厅、饭厅、客厅、露台四个场景；叙事手法中西合璧，不仅吸收意识流、暗喻、象征等现代手法，而且熔铸中国戏曲元素，女角们在戏里戏外纠缠不清，不知今夕何夕。此小说以精致笔法、哀婉意绪复活昆曲神韵，借古通今，再现了当代人青春之花、艺术之花凋零的失落，丢失传统之魂的失落。

牡丹亭上三生路，白先勇几乎每十年就推出一次亭记创编。1966年写小说，而后两次参与制作昆曲《牡丹亭》。1983年，首度指导名角在台演出两折。1992年，邀请名角华文漪由美国到台北演出简版《牡丹亭》。2004年4月，白先勇主持打造"青春版"昆曲《牡丹亭》，携手两岸三地演职人员；在苏州培育新科演员俞玖林、沈丰英，展现古代书生和闺秀的生生死死、坚贞不渝的情爱故事。该剧精美绝伦，至今仍在世界巡演。

古今通灵，魂牵梦绕，别有会心，白先勇认为，《牡丹亭》是有史诗格局的"寻情记"，上承西厢，下启红楼，堪称中国浪漫文学的高峰。其青春版将明朝汤显祖的55折原本删减至27折，分上、中、下三本，三晚连台演出。为贴近汤显祖的"情至、情真、情深"理念，三本名为"梦中情、人鬼情、人间情"；而且，加强柳梦梅的表演，生旦并重[①]；

[①] 参见白先勇策划《姹紫嫣红〈牡丹亭〉：四百年青春之梦》，广西师范大学出版社2004年版，第96页。

全剧渗透汤显祖造梦、造美、造情的心学之根与个性解放的时代底蕴。白先勇还出版昆曲系列书籍，2004年5月策划《姹紫嫣红〈牡丹亭〉：四百年青春之梦》，11月出版《牡丹还魂》，两书精编汤显祖《牡丹亭》的评论、剧本、曲谱等史料，梳理该剧的来龙去脉、前世今生。

2009年，白先勇又带领原班人马制作了《玉簪记》，改编明朝高濂的名作，2011年策划《云心水心玉簪记》一书[①]，详述前后因缘。化古通今，痴心一路不变。

中国文人总有"桃花源"情结。赖声川戏剧《暗恋桃花源》，化用陶渊明散文《桃花源记》为内核基因，进行改头换面的解构：将诗意古典叙事，改编为现代版闹剧；将"桃、花、源"拆解为"老陶、春花、袁老板"；追寻世外理想空间转化为追寻俗世理想，诗意古意无存，生出反讽效果。老陶捕鱼为业，埋怨武陵只能打到小鱼。老陶明知老婆春花与房东袁老板有私情，但仍然被他们逼迫，冒险到上游打大鱼，结果意外发现桃花源，遇到貌似春花和袁老板的男女，大家过着不论情爱、幸福无忧的世外日子。老陶依然想念春花，回到武陵，发现春花和袁老板已结婚生子；不幸，日子过得鸡飞狗跳。这是一出精彩的围城戏、三角恋悲喜剧。但仅此一出戏，不足以让赖声川声名远扬。该剧的核心魅力是让故事滚雪球发展，生出层层相套、意义缠杂的叙事迷宫，不仅善于化用古典，也善于化用现代符号元素。所有一切始于一个错误，剧场管理混乱，导致两个剧组在一个场地同时排演……

那么，全剧杂糅了多少出戏剧？一是东晋《桃花源》戏剧，采用夸张、动态、张狂的表现方式，解构陶渊明田园经典，演绎一女二男故事，万般嬉闹，喜中寓悲。二是当代《暗恋》戏剧，采用含蓄、静态、诗意表现方式，演绎自抗战至今一男二女故事，将纯情少男少女的琼瑶式浪漫爱情，改编为老朽老妇的悲情，解构通俗小说，父母辈

[①] 参见白先勇总策划《云心水心玉簪记》，人民文学出版社2011年版。

的苦恋故事，万般无言，悲中寓喜。三是现在进行时态的无名戏剧，一时髦女郎，总闯入排练场，寻找抛弃她的恋人刘子骥。刘子骥典出原著。今人如何找到东晋作品的子虚乌有人物？这无理性的追寻正如电影《霸王别姬》所说"不疯魔不成活"。然而，不仅当代人，其实世世代代人都在寻找，以凡俗肉身寻找抽象概念，寻找永恒桃花源。人们都热衷暗恋桃花源，唯独忘记了明恋当下。如果说刘子骥谐音"留自己"，那么自我奋斗、找到自己，即是桃花源。

中国文人多有"侠客"情怀。侯孝贤导演武侠片《刺客聂隐娘》，取材自裴铏短篇小说集《传奇》之《聂隐娘》。编剧为朱天文、阿城、侯孝贤，主演有舒淇、张震、妻夫木聪、阮经天等，历经7年打磨。2015年在第68届戛纳电影节首映，入围金棕榈奖，侯孝贤获戛纳最佳导演。影片还获第52届台湾电影金马奖最佳剧情片，第35届香港电影金像奖最佳两岸华语电影奖。2015年8月在大陆上映，褒贬不一，到底是"展现了古老东方的神韵"，还是"沉闷晦涩"？观众反应各执一端，全因曲高和寡。

再现女侠客的风采，实属少见。聂隐娘，魏博藩镇大将聂锋之女，10岁时被道姑掳走，13年后成为武功绝伦的刺客，奉师命要取魏博藩主田季安的性命。时值安史之乱，藩镇割据。聂隐娘面临人生两难。师父教导：杀一独夫贼子可救千百人。母亲聂田氏教导：若杀掉田季安，其妻元氏胡族将乘虚而入，魏博大乱，为大义着想，不能杀。对自己而言，这是青梅竹马的表兄，不忍下手。聂锋奉田季安之命，护送军队统帅田兴避难，路遇元氏的暗杀队伍。聂隐娘尾随其后，遇负镜少年和采药老者，一同救下了聂锋和田兴。元氏胡族猎杀魏博重臣，逐步肃清敌手，田季安妾室胡姬差点被纸人阴术夺命，幸得隐娘相救。最终，聂隐娘彻底放弃了刺杀计划。了结一切后，聂隐娘与负镜少年和采药老者飘然远去。

原著写女刺客，重在传奇，数起杀人，易如反掌，化尸为水不留痕迹，与精精儿、妙手空空儿搏斗，变虫飞入人体与敌搏杀，像孙悟空，神乎其神。侯导再现女刺客，重在真实，玄幻处只剩下纸人蛊术一段，原著情节基本被改头换面。电影重塑女侠形象，被抛弃，内心受伤，又奉师命夺取恋人之命，但又无意讲述三女争一男或失恋复仇故事，而意在讲"'等待'、'要不要刺杀'的故事"。[①] 刺客本该干脆利索、刀起头落，但她因陷入汉胡、亲仇之争的两难境地，而导致诸多延宕。全片意在展现聂隐娘为何不杀田季安的层层心理转化，慢节拍情有可原，形式与内容相得益彰。

李安2007年电影《色·戒》为现代女间谍片，讲述王佳芝为爱变计，刺杀不成身先死。8年后，侯孝贤电影《刺客聂隐娘》，讲古代女刺客聂隐娘如何审时度势，全身而退。两部片子改编古今名作，都以女性为主角，都讲谍战，都重在展现女侠的内心世界，层层叠叠，回环往复，讲透女子变计的前因后果。两片节奏都较慢，这迥异于好莱坞的"007、碟中谍"等生死时速一类谍战片，凸显出东方式当代谍战片的诗意神韵、心理转向。

当然，女刺客聂隐娘比女间谍王佳芝厉害多了，有一技之长，功夫绝佳，女神级别，根本不屑于色诱；而且也聪明多了，在战乱之际，能审时度势，经个人的反复思考，放弃刺杀使命，甚至暗中相帮，成就了他人，成全了大义、大局，最终，成就了自己，放下一切、独自前行。

这四部精品再造传统文化精髓，太极舞蹈为焦虑的当代人养心，昆曲回魂重唤青春，桃花源戏剧定神，女侠客化去了戾气，无不含藏着当代人的心事，足以击中当代人的心扉。

二　静美东方的异质同构

这四部精品的同质因素在于，都静美到极致，冥想到极致，更接近于东方式舒缓、宁静、虚空的哲学理念。中国台湾从日本文化学习

[①] 李迅、陈墨、吴冠平、索亚斌：《对话：〈刺客聂隐娘〉》，《新作评议》2015年9月2日。

第九章 复兴传统之道

传统文化转化法、慢符号叙事法，就像中国香港从日本文化学习考现学创意。

"镜花水月毕竟总成空"，林怀民由佛家偈语获得灵感，作舞《水月》。镜花水月的空间呈现别具一格，舞台地板有太极图。每幕换场，均是无声，无音乐，虚静，屏神凝息。最初，舞台背景露出小镜窗口，临近尾声时，大幕拉开，全镜凸显。最后一幕，舞台涌水，满池皆水，水光潋滟，对影成三。舞者步步生莲，如水池里的睡莲、碗莲，万千的莲意、禅意、佛义都有了，静听水滴，舞者与受众均醉于镜花水月。玄想天体运行之道，万物生长之道。东方遇到西方，恰似"金风玉露一相逢，便胜却人间无数"。《水月》本是中国古风式现代舞蹈，却用了《巴赫无伴奏大提琴组曲》配乐，在催眠、冥思的状态中，应和太极的虚静之美，和谐得天造地设一般。

佛家讲人生无常，一切都是镜花水月。一切的繁华，都像梦一场。曹雪芹讲人生如梦，为此写就《红楼梦》。白先勇写《游园惊梦》，也讲盛极而衰的无奈人生，力透纸背。其自称，五易其稿，直到找到"用意识流的写法融入昆曲的节奏"[①]，才觉得写对了。赖声川导演过《如梦之梦》，也悟透人生如梦。

《水月》重大意义在于，颠覆传统舞蹈，从根本上革新舞蹈动作。西方现代舞蹈家玛莎·葛兰姆是林怀民的老师，其认为，舞蹈动作之根是腹部的"紧张—松弛"，归源于呼吸，让自我挺现，背后根基是西方的个体理念和生存意志哲学。林怀民既化西也化中，化用太极"气"运行法，背后根基是东方的天人合一、物我两忘的和谐境界。太极"练气不练力"，借由缠丝般的螺旋动作，培养体内之气，打开全身九大关节，通体松柔，由身体的松引导心灵的松，达到身心自如、物我两忘的境地。云门舞者以太极涵养身体的气和内在空间，又修习

[①] 岭南大学人文学科研究中心梁秉钧策划：《跟白先勇一起创作——岭南大学创作坊笔记》，香港教育图书公司2008年版，第17页。

中国拳术，精确控制力量与身体各部位，用最小的损耗达到最大的打击力度，强化身体的稳定性、动静、强弱、快慢间的变化无碍与细腻转折。经长时间的规律训练后，云门舞者将太极和拳术身心原理，内化至每个动作细节，不仅使外在的舞蹈面貌巨变，更使内在产生质的升华，这独特的身体美学超越了东西方的原有舞蹈语言。

对身体进行独到训练，林怀民和日本的铃木忠志相似。但是，林怀民聚焦于"腰"，用腰力带动变幻无穷的动作，通过空间使用与精力转换，呈现出丰富的身体表达力。铃木聚焦于"足"，这位戏剧大师在能剧、歌舞伎等基础上，自创表演训练法，注重下半身的运动，滑步、跺步、碎步，身体剧烈移动，同时做发音练习，这套特殊训练法注重演员的身体性，意在矫正现代舞台的过度视觉性、削弱演员表现性的弊端。日本舞蹈则以稳为基础：一是取角，围着舞台转；二是折脚，脚不离地面行走；三是反闪，踩脚，用脚打拍子，表现无限眷恋大地之情，歌颂风土之美。东方舞蹈动作特质是向心性，两臂挥拂曲线来包缠躯干，一切都是集中的，动向于一点。① 铃木让演员借由足踩地面的轻重等姿势，感受到肢体的敏感层次，认识到身体与土地之间原初的亲密关系，并创造仪式的空间，实现从个人意义到宇宙象征的变身。

将西方现代艺术东方化，林怀民与铃木忠志也相似，两者的舞台背景都十分简约，抽掉一切具体场景和特定时空，让舞者于虚空中，用身体表达自己。铃木创办SCOT剧团，20世纪70年代在富山县利贺村排戏演出，选取传统合掌建筑作为剧场。铃木论著《文化就是身体》认为，表演是身体的对峙，探讨文化、戏剧、身体之间的互动关系，意在让日本传统艺术的优越特质，以更世界性的方式为当代剧场所使用。林怀民与铃木都强调用身体想象，表达戏剧空间，让观者借由这种抽象的动作去感知，再次想象那些看不见的东西。这种留白体

---

① 参见于平《中外舞蹈思想概论》，人民音乐出版社2002年版，第646页。

现出言有尽而意无穷的东方韵味。

"青鸾舞镜"镜像，也是《刺客聂隐娘》的重要隐喻，青鸾揽镜自照，见镜中同类，悲鸣不已，慨然赴死，像西方的水仙花少年。对影成双，此片的镜像意识处处隐约可见：嘉诚公主与嘉信公主是双胞胎，一嫁人，一练剑，均为家为国操心不已；聂隐娘与精精儿（田元氏）也是一嫁人，一练剑，最终两人都逃不出成为刺客的命运，都成为被命运捕获的青鸾。荧幕即是镜子，观众青鸾感悟到了人物青鸾的悲苦，仿若见到了同类，找到了自己的影子。如此重重叠叠的精妙对倒术，王家卫、林怀民、几米、蔡明亮、博尔赫斯、卡尔维诺等都为之痴迷，正是在镜像重重的迷宫叙事中，他们找到了心有灵犀的共鸣感。

为了寻找原汁原味的唐朝意韵，侯导特意将剧组搬到日本。胡姬等夜宴遇伏的水上阁道，即京都平安神宫泰平阁。① 他还拍过大觉寺、圆教寺、高台寺、东福寺、清凉寺等建筑，在京都千年古刹中，找到了中国传统国粹。侯孝贤电影也深得日本导演小津安二郎的精髓，简美静好，大美不言。《刺客聂隐娘》展现大唐武侠的侠义，而人物对白却极少，故事情节淡化，叙事节奏缓慢，考验观众的耐心；导演擅用长镜头和空镜头，画面唯美：茜纱曼摇，镜分鸾影，烛影树影重重；山峦叠嶂，飞花溅玉，虫鸣风急雁哀，景色恢宏壮美；活化出中国水墨画的神韵，处处留白；大音希声，至静至简；运用精美绝伦的视听符号，建构出雍容典雅、飘逸如风、华夷互融、传奇神秘的古唐朝，叙事宁静婉约，内蕴力度深厚，把武侠片拍成了古典唐诗、山水画卷，开拓出极致静美的诗画武侠电影。

大陆当代电影偶尔也能找到慢镜、凝镜、静美的哲学神韵。如《老炮儿》高潮一幕，老父亲身着军大衣，手持军刀，在茫茫一片的

---

① 参见谢海盟《行云记——刺客聂隐娘拍摄侧录》，广西师范大学出版社2015年版，第184页。

冰湖上，从河岸这一边，冲向那一边，极速的冲锋陷阵，跑至湖心时，他已心脏病发、脸色铁青、汗出如豆。然而，扬手持刀的姿势不变，奋勇向前的心劲不变，怒火积聚如闪电，向对岸的毛头小伙们宣战，向鲁迅所说的"无物之阵"宣战……而此时镜头却是如此缓慢，慢镜、长镜头、特写镜头，如此宁静，天地为之变色，天地为之凝止，观众揪心，迟钝，屏气凝神，喘不过气来……每一个动作细节，冯小刚饰演拿捏的度，老练得升至大师级别，这一震撼场面已足够成为经典镜头。

侯孝贤武侠电影画风舒缓，唐诺说，其电影是名词与意境的并列，像古诗，不要在里面用故事的逻辑找因果。这种中式诗化抒情电影，如费穆《小城之春》一路，表达出绝对东方的思想哲学理念。名扬中外的李小龙武侠电影画风绝快，出手动腿如电，武功了得，情节波澜曲折，干脆利索，西化如好莱坞电影，特警片、公路片、科幻片的风格。其实，在时时处处追求极速的当下，舒缓诗性影片不失为一帖警醒剂。

青春版昆曲《牡丹亭》以现代方式复活昆曲神韵，水磨调还魂、轮回，舒、静、雅，韵味十足，弘扬"抽象、写意、抒情、诗化、静美"的国学意蕴，再现悲绝哀怨的爱情悲剧，展现梦境，恰切拿捏虚与实的比例。舞台设计另出新意，如以花神出场舞蹈区隔梦境与现实。服饰设计别致多样，简约淡雅；以水袖和折扇演绎含蓄优雅，舞台布置古典大气。音乐配置加入编钟和西洋乐器，婉转缠绵，洗去京剧弦鼓的刺耳感，意在弘扬中国雅乐。青春演员眼神活泼灵动，姿态雅致飘逸，手势步法加入当代舞蹈意蕴，将古典戏曲给人的板滞套路之感一洗而去。该剧特意请了云门舞集的创团舞者吴素君来指导，除了传承传统，还加入了现代舞蹈观念。[①] 一出水磨腔，演足三晚上，观戏

[①] 参见白先勇《姹紫嫣红〈牡丹亭〉：四百年青春之梦》，广西师范大学出版社2004年版，第127页。

耗时费力，而观众却甘之如饴，静心观看。

这四部具有东方虚静美学的精品，绝对不可能是美国式摇滚、朋克、迪斯科、嘻哈那一路的，刺激、热血、喧哗、骚动、反抗，动感十足，荷尔蒙十足。即便是《暗恋桃花源》在动静、冷热对比中再现剧情，也能做到越喧哗，越宁静；在喧哗与骚动中，体验宁静放松的可贵；在狼奔豕突的挣扎中，找到心灵舒缓之道。

三　跨界变通的创意思维

跨界创意，绝非一朝一夕立马可得，而需要凝聚一生一世的心血，方能自成体系、自成一家。追溯名家一生轨迹，方能把握跨界变通的源头之水，来龙去脉。这四位创作者可算是同代人，年龄相差不超过17岁。白先勇居长，生于1937年。林怀民与侯孝贤同龄，均生于1947年。赖声川则生于1954年。四人均有国际视野：三人留美，侯孝贤则反复赴日本学习、取景拍摄，林怀民和赖声川还曾赴印度禅修。他们都善于吸纳异域文化神髓，跨界无拘。他们都极有文气才气，能写能编能导。他们都有深厚的传统文化功底，善于从各类艺术和文化典籍中取法。他们都善于集合一流的创意设计家：服装设计、美术总监、舞台灯光设计、舞蹈武术指导、书法大师、摄影师……共襄盛举，从事浩大的文化工程项目。他们各有绝活，独创一路。

创意取法于西式的集体即兴创作。这是赖声川的拿手绝活，其博导为美国加州大学伯克利分校的 Dubar Ogden，专研"阿姆斯特丹工作剧团"集体即兴，赖声川后来又师从该剧团的导演雪云·史卓克。即兴创作，导演作为刺激者（stimulator），初排戏时，只有大纲，像球赛总战略；大纲成为共鸣板、蹦床，所有参与者即兴发挥，集思广益；但这是有控制的碰撞，要围绕导演预设的核心而展开，此核心难以言传、不成中心，但又具有某种深厚力量，可点燃排练场中所有人；排演一段时间后，能发展出无数个可行方向，延伸成几百分钟的戏，从中选取精粹而成。演员们在导演带领下，能发展成自编、自导、自演的艺术家。1984年11月，赖声川成立"表演工作坊"，其后，平均一年创作一部新舞台剧。最初打造新舞台剧为"相声剧"，融合相声与戏剧，形成了多部系列：1985年有《那一夜，我们说相声》，讲相声将死的隐忧；1989年《这一夜，谁来说相声》；1997年《又一夜，他们说相声》；2000年《千禧年，我们说相声》，2005年《这一夜，women说相声》，简直与相声死磕到底，相声情结萦绕心间，为复兴相声殚精竭虑，这种执着精神让人感动。尤其是《这一夜，women说相声》，赖声川与导演方芳、程蕙、萧艾等人反复讨论，经历曲折变化才成型，话题涉及塑身减肥、骂街、口才、月经、小三遭遇战、恋爱病、结社、女书等多种话题，意在去除传统偏见铭刻在女性身上的枷锁，女性主义理论精神的渗透，既不刻意也不僵硬，而是水乳交融，浑然一体。《暗恋桃花源》是集体即兴创意的先期佳作，一直处于开放的未完成状态，不仅有各种文字版、电影版，还在世界各地常演不衰，在任何一地演出，都增加当地的本土元素，如纪念版插入歌仔戏，内地惊艳版则加入越剧表演。

创意取法东方的文化传统，并融汇大量舞蹈元素，云门之舞获得世界主流媒体好评。早在20世纪70年代，林怀民已从戏曲、武术、体操中寻找传统元素，娴熟运用中国符号，打破现代舞与其他舞种的隔阂，舞团成员每天接受京剧、芭蕾及现代舞的肢体训练，每周学习书法、美术、文学等课程，可谓是功夫在舞外。林怀民生于台湾嘉义，14岁看美国荷西·李蒙（Jose Limon）的现代舞，始迷舞蹈，发表作品后用稿费学舞两月。22岁出版《蝉》已受瞩目。大学本念法律系，后转新闻系。祖父留日学医，他则留美习舞，师从现代舞（modern dance）之母玛莎·葛兰姆。现代舞兴起于20世纪初，探索"舞蹈是什么"等美学命题。1972年获得爱荷华大学英文系艺术硕士。1973年回台，执教于中国文化大学舞蹈科，并创立"云门舞集"现代舞团，台湾第一个职业舞团。

第九章 复兴传统之道

云门舞集取名自《吕氏春秋》："黄帝时，大容作云门"栉古风，沐古雨。舞蹈，肢体的诗歌："赤橙黄绿青蓝紫，谁持彩练当空舞"，何等的大气磅礴；"从风回绮袖，映日转花钿"，裙裾飘飘，七彩云霞，何等的风光旖旎。手舞足蹈，诗意的语言自然而来。古代，有白居易的诗歌《霓裳羽衣歌》赞曰："飘然转旋回雪轻，嫣然纵送游龙惊，小垂手后柳无力，斜曳裾时云欲生。"当代，则有黄碧云的长篇小说《血卡门》称颂："手肘要扬起，肩膀却要压下，因对抗，身体就有了张力，有了美。"[1] 舞为了美、爱、诱惑、宣泄，"如樱桃之六月、如烈日之静"，"仿若橙花盛开的季节，河上有鸳鸯绿鸭，日色渐亮"。舞蹈与音乐一样，空灵，抽象，难解，韵味无穷。

云门舞集立社的目标是"中国人自己编，自己跳，跳给中国人看"。至今已创舞60余出。前期作品叙事色彩强烈，如《白蛇传》《薪传》《红楼梦》《九歌》等。后期作品摆脱文字束缚，以灵感顿悟去创造身体之美，在抒情氛围中传达哲思，如《流浪者之歌》《水月》《烟》《白》和《行草》等。林怀民说："九七年'家族合唱'之后，我的舞不再说话，舞者罕有角色，只是跳舞……就像舞者谢幕，没有动作设计，他们只是自己，内敛、沉稳、自信。"[2]

颠覆改编民间传说《白蛇传》，云门有舞剧《白蛇传》（1975），让小青为争取自己的爱情而发声，情节仅保留游湖、惊变、水斗、合钵等经典场景。曾留学日本京都大学的李碧华，1986年写《青蛇》也以青蛇为主角，女性意识老辣犀利。云门《白蛇传》舞台仅有一幅藤帘，灯光简净，古韵十足。藤，依附攀缘，既像蛇姿，也喻人性。帘内白蛇与许仙鱼水交欢，帘外小青痛苦嫉妒。配乐为赖德和的无旋律音乐《众妙》，独奏乐器有箫、南胡、琵琶、古筝，打击乐器有单皮

---

[1] 黄碧云：《血卡门》，明窗出版社有限公司2002年版，第45页。
[2] 杨孟瑜：《飙舞：林怀民与云门传奇》（1998年初版，此为全新增订版），2008年修订版。

鼓、京锣、小锣、堂鼓、小钹、铃、小镲、大钹、拍板、卜鱼、木鱼、中音堂鼓等，旋律多变，有戏剧性。服饰方面，许仙长衫，交领右衽，中衣中裤，合书生身份。白蛇着唐代小袖短襦加曳地长裙，优雅素净，执扇半掩，冷若冰霜、出尘脱俗。小青为传统剧丫鬟着装，绿色青翠，活泼妩媚。法海手舞禅杖，身着红色袈裟、金色袖袍，连续空中翻腾，融入京剧的打斗动作。同时从京剧身段中汲取舞蹈灵感，再现书生形象。古代戏曲重"亮相"，上下场短促停顿，雕塑姿态，突出显示人物的精气神。

创意取法于"琴曲书画"。白先勇的《玉簪记》打造新版爱情喜剧，意在复兴中国文人雅士的文化传统，将书法、水墨、古琴、禅佛、昆曲等文化符号融为一体，创造抽象写意之美的极致。新剧《玉簪记》将古剧盘活为"投庵、琴挑、问病、偷诗、催试、秋江"六出戏，既现情爱，在女贞观出家的落难千金与落魄书生一见倾心，两人谈情说爱，一波三折；也显佛韵，反复提及空、色理念，世事如梦，色即是空，空即是色。书法，被称为无声之音，不仅用于舞台背景，也将字画融入表演，文字之舞、肢体之舞水乳交融。视频片头，男女主人公的水袖之舞分别幻化出"空、色"两字的书法。开场不久，女角出家，"净"字帷幕遮身，如登仙升天；中场悬挂一副关于"空、色"长对联；临近尾声，女子乘船追赶赶考的情郎，背景为龙飞凤舞的"秋江"行草泼墨，再加演员身段的动荡起伏，展现身处江心的惊心动魄，高潮迭起。林怀民2001年编排行草三部曲，用书法激发舞蹈的想象，如将永字八法的笔墨动势编排为舞蹈，或将行草书法用投影仪打在舞台，与舞者的书法之舞契合，如龙如蛇。笔法之势化入舞蹈动作、昆曲招式，一气运化，高人理路心有灵犀。

创意取法于游侠武侠传统。侯孝贤《刺客聂隐娘》渗透武侠文化根脉。先秦前就有游侠传统，一路发展出唐宋豪侠小说、清代侠义小说、20世纪武侠小说等类型。金庸是新武侠小说的一代宗师，自1955年至

1972年，17年间，写就15部、38册作品①，即"飞雪连天射白鹿，笑书神侠倚碧鸳"。金庸武侠小说多被改编成影视剧，引发了武侠电视剧、动漫和游戏的热潮，还出现大量的续写、伪作、盗版作品。宋伟杰论著专章论述金庸的跨文类流行。②《鹿鼎记》最能激发跨媒介再创作，韦小宝形象有多个影视改编版本，③成为网络焦点。《聊斋志异》按胡适所言，"写鬼狐却都是人情世故"；《鹿鼎记》则涵盖了男人世界的官场学、暴发学、权位、金钱、女人等永恒主题。金庸与梁羽生共同扛起新派武侠小说大旗，号称"金梁并称，一时瑜亮"。梁羽生写过35部、155册武侠小说，名作有《白发魔女传》《七剑下天山》《萍踪侠影》等，自认为擅写名士风流、侠客精神。新武侠有四大宗师：金、古、梁、温。④他们多继承说书体、章回体传统叙事法。陈平原论著《千古文人侠客梦》写于1990年，1991年面世，2002年再版，该书从小说类型学角度分析，既探讨武侠小说历史发展脉络，也探究武侠小说的行侠手段（仗剑行侠）、行侠主题（快意恩仇）、行侠背景（笑傲江湖）、行侠过程（浪迹天涯），专研中国武侠小说类型演变，探究侠客思想发展。

---

① 《书剑恩仇录》（1955）、《碧血剑》（1956）、《雪山飞狐》（1957）、《射雕英雄传》（1958）、《神雕侠侣》（1959）、《飞狐外传》（1959）、《白马啸西风》（1960）、《鸳鸯刀》（1961）、《连城诀》（1963）、《倚天屠龙记》（1964）、《天龙八部》（1965）、《侠客行》（1965）、《笑傲江湖》（1967）、《鹿鼎记》（1969—1972）、《越女剑》（1970）。《亚洲周刊》与《中华读书报》评选"20世纪中文小说一百强排行榜""我心目中的20世纪文学经典"，《射雕英雄传》《鹿鼎记》《天龙八部》榜上有名。金庸是"20世纪知名度最高的华人小说家之一"。

② 参见宋伟杰《从娱乐行为到乌托邦冲动——金庸小说再解读》，江苏人民出版社1999年版，第28—59页。

③ 《鹿鼎记》改编影视：（1）1983年华山导演的电影，汪禹、梁家辉主演；（2）香港无线1984年梁朝伟版《鹿鼎记》；（3）中视1984年李小飞版《鹿鼎记》；（4）1991年王晶导演电影，周星驰主演；（5）1992年周星驰电影版《鹿鼎记》（神龙教）；（6）TVB1998年陈小春版《鹿鼎记》；（7）台湾2001年张卫健版《鹿鼎记》（又名《小宝与康熙》）；（8）大陆2006年黄晓明版《鹿鼎记》等。

④ 古龙（1938—1985），生于香港，有《多情剑客无情剑》《绝代双骄》《英雄无泪》等武侠小说，将戏剧、推理、诗歌等元素带入传统武侠，中外经典熔铸一炉，人物对白锋利、尖刻、机智；善于营造荒诞怪异的气氛，设计异想天开的情节。前期作品古怪、曲折、神秘，像西方侦探小说；后期作品奇险兼备，鬼神莫测，意境幽远，富于哲理。温瑞安（1954—   ），生于马来西亚，香港户籍，台湾大学中文系肄业，1981年回港，1990年至大陆发展，有小说、诗、散文、评论等100多种，武侠小说有《逆水寒》《少年无情》等，代表作《四大名捕》被多家电视公司改编，2014年还被改编成手机游戏《四大萌捕》。

华文界武侠小说兴盛，催生出武侠电影的繁荣。最早推动中国功夫电影走向世界的，是李小龙（1940—1973），生于美国，长于香港，1960年入读西雅图的华盛顿大学，主修哲学。他是截拳道的创始人，双节棍之父，功夫片力作有《唐山大兄》《精武门》《猛龙过江》《龙争虎斗》《死亡游戏》（未完成）五部。《猛龙过江》打破亚洲电影票房纪录，《龙争虎斗》全球总票房达2.3亿美元。其开创华人进军好莱坞的先河，令动作片成为香港电影的主流片种之一。当代走向世界的武侠电影，还有李安导演的《卧虎藏龙》（2000），改编自王度庐的同名武侠小说，摘取奥斯卡外语片的桂冠；张艺谋的《英雄》（2002），入围奥斯卡最佳外语片候选名单。

香港武侠电影铺天盖地，重要导演几乎都拍过武侠。徐克拍过多部武侠经典，20世纪90年代武侠名片幕后制作也多有其身影。其《笑傲江湖》（1990）改编自金庸的同名小说，描绘侠义沉沦人心贪婪的江湖，隐喻时政。一年后，拍成《黄飞鸿》（1991），在大量的黄飞鸿片中脱颖而出，打造新的民族英雄和武学宗师形象。其后拍《笑傲江湖之东方不败》（1992）。同时还有《新龙门客栈》，翻拍胡金铨经典《龙门客栈》，取景于甘肃敦煌，由梁家辉、张曼玉、林青霞和甄子丹主演，程小东担任武术指导，该片被誉为香港新派武侠的起点，堪称武侠电影的一座丰碑。王家卫有两部武侠片：《东邪西毒》（1994）间接取材于金庸武侠；《一代宗师》（2013）再现20世纪初"南北武林"门派争斗，主讲一代武学宗师叶问的传奇一生，为第63届柏林国际电影节开幕电影，获亚洲电影大奖最佳影片、香港电影金像奖最佳影片、金鸡百花电影节最佳影片等大奖，2015年初该片3D版上映，创造了国产影片重映最高票房纪录。王家卫另辟唯美舒缓的诗化武侠电影路数，在这一点上，王家卫与侯孝贤心灵相通。

台湾侯孝贤的《刺客聂隐娘》比上述武侠电影更进一步，以武侠为外壳，打破武侠片的原有套路，没有打斗的武功炫技，没有曲折的情节兜底。不追求满，而追求味：在处处见光的电影里，拍出不见的光，就像海明威《午后之死》提出的冰山理论："冰山之所以雄伟壮观，是因为它只有八分之一在水面上。"这是一出留白的武侠，一场激励观众再想象的未完艺术。"一个人，没有同类"，这出特立独行的武侠片，确实有点侠客绝尘而去的味道。

四　能剧、滑冰与电影的跨界融合

传统是宝。美国克里斯平·萨特韦尔的《美的六种命名》分析六个民族如何体验并表达美：日语的残寂之美，梵语的神圣之美，英语的欲念之美，希伯来语的射放之美，希腊语的理念之美，那伐鹤语的和谐之美。2001年5月18日，联合国教科文组织首次宣布"人类口述非物质文化遗产"19项，昆曲居首，此外，还有日本的能剧、印度的梵剧。但传统也不能一成不变。变，是进步的开始。复兴传统戏剧，中国和日本都各出奇招。

白先勇改造四百年的古老剧种昆曲，将其青春化、当代化、全球化，制作了青春版昆曲《牡丹亭》《玉簪记》《烂柯人》等，征服了国人，也征服了西方人，被称为"昆曲冰人"。北京大学创设《经典昆曲欣赏》课程，至今已有多年，请一批名家进行讲座式授课，每年都请白先生前来主讲。白先勇诗化昆曲，复兴昆曲，意在找到中国文化的精神坐标。他说："西方的罗密欧与朱丽叶死后活不过来了，而中国的杜丽娘和柳梦梅却活过来继续谈恋爱。两部名剧面世，只相隔两年，《牡丹亭》1658年，《罗密欧与朱丽叶》1656年；东西两大剧作家汤显祖与莎士比亚，同年离世。爱情普世互通，而表现方式又迥异。"白先勇复兴昆曲美学传统文化，成功地向世界输出精美的中华传统文化，意在使之能与希腊的悲剧、英国的莎剧、俄罗斯的芭蕾、意大利的歌剧等国粹媲美，树立起东方文化的精神地标。

创意取法佛教，富有禅意和佛意。德国黑塞的小说《流浪者之歌》，讲婆罗门之子悉达多寻求种种修道法门，流浪苦行、静坐冥想，最后，放下一切法门，得证圆满。1994年夏，林怀民带着此书来到菩提伽耶。

一日，在佛陀悟道的菩提树下静坐，阳光穿过叶隙，感到眉心一股温热，从未有过的安静与喜悦笼罩身心。印度归来后，即创舞剧《流浪者之歌》，融合东方精神特质，再现河的婉转、苦修宁静的追寻，将现代舞东方化。开幕，一僧人禅定于米柱之下。一群求道者艰难前行，依次捧起稻米祷告。一条圣河，用稻谷堆成，分隔求道者与佛。求道者以树枝鞭笞己身，人神沟通，表现对生命、生长的崇拜。有些则赤身裸体浸入圣河，净化身体和心灵，洗去罪孽。火，于黑暗中为求道者指引方向，人神沟通，表现对光明的崇拜。有些求道者们做最后祷告，顷刻间金黄的稻米一泻而下，暗示已成正果，得到身心解脱。林怀民与所有舞者、打坐僧人谢幕，而藏于暗处的舞者，却独自立于舞台中央，继续安静地犁着稻谷。台下观众们目睹这一幕，足足24分钟，象征一天。最终，舞台出现一个巨大的同心圆，像沧海桑田、像树的年轮、像冥冥宇宙。犁者谢幕，观者大梦初醒。后来《水月》延续了这一血脉，耕种、太极、舞蹈、吐纳、冥想、入定多重合奏，所谓禅修，所谓佛心，如此练就。无独有偶，赖声川的戏剧《如梦之梦》，也是缘起于印度，1999年赴菩提伽耶，看信众围着菩提绕行，得到独特的剧场设置灵感：把观众当作最神圣的元素，让演员环绕着观众来演出。

日本将传统能剧跨界化、国际化，跨界融合滑冰与电影。如何在西式艺术中灌注日本传统文化，让体育赛事焕发新颜？日本自由滑节目《SEIMEI》，在2015年国际滑联花样滑冰大奖赛刷出新世界纪录，选手是花样滑冰奥运冠军羽生结弦，其痴迷日本能剧电影《阴阳师》，将花样滑冰、电影和能剧在思想内容、文化意涵、动作编排等层面实现了跨界整合。笔者讲授跨媒介文化本科课时，指导一小组研究此课题，反复提出修改建议，提供新阐释思路，最终她们做了精彩的展示。[1]

---

[1] 本科学生小组讨论花样滑冰节目《SEIMEI》的文化跨界探究，组长吴慧珺：演讲稿音乐部分撰写及整体整合修改，视频、动图剪辑；梁凯琳：演讲稿服装及手势部分撰写，创意视频素材收集；侯芳梓：演讲稿音乐及小结部分撰写，创意视频素材收集；李婉婷：演讲稿、阴阳师基本介绍、狂言及小结部分撰写，创意视频素材收集；蔡于琪：演讲稿服装及狂言部分撰写，创意视频素材收集。

笔者又再修改，借此分析多艺术的跨界融合之道特色。

第一，汲取阴阳师传统文化精髓。阴阳师源于中国，传至日本，发展出"阴阳道"：观星宿、相人面、测方位、知灾异，画符念咒、施行幻术，识命运、灵魂、鬼怪，借包罗万象的卦卜和神秘莫测的咒语，驱邪除魔、斩妖灭怪。阴阳师是皇族公卿、黎民百姓的庇护者。宫廷阴阳师还要熟稔风雅事、和歌、汉诗、琵琶、笛、香道、茶道，有看穿人心的本事、不泄密的职业道德。安倍晴明身处平安时代[①]中期，从镰仓时代至明治时代初，统辖阴阳寮的土御门家始祖，谙熟天文道、阴阳道，是日本家喻户晓的阴阳师历史人物。以其为主角的小说、漫画、动画、电影、日剧很多。电影《阴阳师》（2001）改编梦枕貘同名小说，塑造了日本民众心中最经典的安倍晴明形象，这要归功于主演野村万斋，淋漓尽致地展现出安倍晴明的法力高强、学识渊博，其善用智慧驱除鬼神，解决难题，展现出平安时代优雅闲适的历史韵味，这又归功于野村万斋的狂言师、能剧大师身份。[②]

花样滑冰，起源于西方，将滑冰运动与舞蹈艺术融为一体，且多用西方古典音乐编排动作，而羽生却大胆选择日本古乐和古传说作为编排元素，独树一帜。"SEIMEI"，日语せいめい，即"生命"，也是"安倍晴明""晴明"的发音，一语双关，让人了解日本文化中的"晴明""生命"，感悟羽生结弦的表演，赋予"体现阴阳师而不止于阴阳师"的寓意。

---

① 日本平安时代，从794年桓武天皇将首都从奈良移到平安京（现在的京都）开始，到1192年源赖朝建立镰仓幕府一揽大权为止，将近400年的平安盛世，相当于从中国唐朝中期到五代、北宋、南宋末期。

② 关于日本文化研究的研究资料有：

[1] 刘笑非、段克勤：《"和、敬、清、寂"的日本茶道》，《北京林业大学学报》（社会科学版）2003年第2期。

[2] 戴宇杰：《论日本平安时代的阴阳道和阴阳师》，《大众文艺》2010年第14期。

[3] 向阳：《浅析小说〈阴阳师〉中阴阳道文化的宗教精神》，《重庆科技学院学报》（社会科学版）2011年第12期。

[4] 郇军德：《剖析〈阴阳师〉中音乐效果对安倍晴明形象的塑造》，《作家》2013年第24期。

[5] 李御宁、张乃丽：《日本人的缩小意识》，山东人民出版社2003年版。

[6] 王冲：《日语畅谈日本文化》，大连理工大学出版社2010年版。

第二，借鉴能剧精彩表演法。《SEIMEI》将滑冰艺术想象为阴阳大师施天地大法。日本传统戏剧"能乐"有三种：式三番、能（古典歌舞剧）、狂言（古典滑稽剧，"能"幕间休息时表演的短剧，为区别今之狂言，多称"本狂言"），由能演员、狂言演员及乐师等能乐师表演。能剧和狂言产生于8世纪，随后融入杂技、歌曲、舞蹈和滑稽戏，以日本传统文学为脚本，辅以面具、服装、道具和舞蹈表演。如今是日本主要的传统戏剧。野村万斋1966年生于狂言世家，幼承庭训，17岁主演"狂言师的根源"大曲《三番叟》，被誉为未来国宝。

　　滑冰高手羽生结弦有心向能剧大师野村万斋学习。先是反复观赏电影《阴阳师》的"秦山府君祭"经典片段，即野村万斋即兴编排的狂言动作，找寻其成功塑造"安倍晴明"形象之道。后来又虚心地当面求教。高手互通，心有灵犀，人间至乐。能剧大师以"三番叟"为例，告知花滑高手以表演艺术要点。一是气场，要将全场观众视线纳向自己，形成磁场氛围，而不是在意评委目光。二是出奇，动作要出乎观众意料，明指东，实向西，声东击西，要有反差，在自小苦练的"型"基础上，要有所突破和发挥。三是亮相，前几个动作虚化，重点突出最后一个动作，对比要突出。四是变通，据具体情况变化，若衣服和帽饰有变，则动作要变，不能僵化模仿。得此真传后，《SEIMEI》的日式传统表演品位更上层楼。[1]

---

[1] 相关的视频资料有：
[1] 羽生结弦《SEIMEI》比赛视频（http://www.bilibili.com/video/av3304079/）。
[2] 电影《阴阳师》视频（http://www.bilibili.com/video/av3000708/）。
[3] 羽生结弦、野村万斋、对谈视频（http://www.bilibili.com/video/av3539643/）。
[4]《SEIMEI》《阴阳师》对比视频（http://www.bilibili.com/video/av3540709/）。
[5] 野村万斋《三番叟》（http://www.bilibili.com/video/av1760962/）。
[6] NHK纪录片《职业人的作风——狂言师野村万斋》（http://www.bilibili.com/video/av1820202/）。
[7] 中央电视台制作2015—2016年，冰雪运动最佳外国选手——羽生结弦介绍视频（http://www.bilibili.com/video/av4737886/）。
[8] 申雪赵宏博双人滑《图兰朵》（http://www.bilibili.com/video/av3326695/）。
[9] 歌剧《图兰朵》（http://www.bilibili.com/video/av2385353/）。

第九章　复兴传统之道

手，阴阳师最基本的施法工具，手势释放功力，手动则能量流动，念咒施法，仅凭一张嘴、一双手就能让万事万物产生变化，最能显现出阴阳师的神秘能力。《SEIMEI》开幕音乐响起，羽生结弦眼神由下往上，亮相，定神。左手掌向上代表天，因不穿宽长衣袖，将原片握衣袖、手放乌纱帽后的动作，改成托掌手势。右手模仿电影的念咒语手势，竖起食指和中指代表人，脚下代表地，总司天地人。安倍晴明以此动作开始施法，羽生结弦也借此动作，让自由滑化身为阴阳师施法大术。

射箭，将蕴含咒语的符射给施法对象，这是安倍晴明施法的重要手段。羽生结弦做射箭动作时，配乐为恐怖灵异电影常用的乐器水琴，给人波涛汹涌的流动感。羽生手指也作水波状，伸展绵延，仿佛有法力从羽生的指尖射出。

结界，在念咒语、箭射符咒基础上，用释放的法力形成特殊空间，用以消灭妖怪。出现结界线条，标志施法奏效。结界线条，电影通过计算机 CG 合成荧光星阵，《SEIMEI》是羽生蹲下，手近乎触碰冰面，手和腿划出线条痕。这个延展性的动作，是对前面激昂、夸张动作后的缓冲，放松，以迎接结尾高潮时急速旋转的巨大震撼。

双臂张开，影片中双臂展开倾斜角度多变，代表阴阳师手掌力量的流动。双臂平行向左右两侧奋力张开，是施法接近尾声时将手中力量释放。整套自由滑中只有两个动作展翅，均为音乐段的结尾动作。羽生用力做旋转、跳跃等激烈运作，前后会出现放松缓慢动作，动静结合、收放自如。若手部有几秒几乎无动作，紧接下来，两臂张开就更夸张有力，放得更有力量。收束动作，展翅翱翔，表现出胜利意味，表示施法结束，节目成功完结，正如野村所说的"将震动传到天际"，与大鼓配合，"将最后的声响化成光束射出去"，很有能量释放感。

第三，改造传统的服饰和音乐。电影的狩衣本为野外狩猎运动装，平安时代为官家便服，因阴阳师属于政府官员，镰仓时代则为阴阳师的专用服装。如今狩衣已成为阴阳师形象符号。狩衣袖子宽大，袖端有一条做点划线状穿过的带子。里有单衣和裤，头戴立乌帽子，手持

243

蝙蝠扇，脚穿浅踏。羽生结弦保持花滑服装紧身、多亮片特点的同时，也吸收狩衣宽松的特点，小袖末端有"袖括"，袖子与衣体未完全缝合，肩部露出紫色单衣。上衣素白主调，闪片花纹类于影片安倍晴明的白色狩衣上白色暗纹。大片白配微紫，简洁美观，类于和风，又多了阴阳师的仙气。日本喜欢简洁的视觉设计，更能触动心灵，洗涤、纯净心灵。

《SEIMEI》音乐选自《阴阳师》，羽生结弦从50首原声音乐中，选取最有和风特色的3首，排列为《主题曲》→《肆虐的神》→《一行赋》→《肆虐的神》→《主题曲》，突出传统乐器与民族调式，如筝、琵琶、太鼓、龙笛。《主题曲》开篇，雄壮平稳，羽生结弦的动作舒展延伸有力。从《肆虐的神》到《一行赋》，音乐渐渐变缓，动作也随之放缓，脚步变换减少。《一行赋》由龙笛演奏，悠扬舒缓。两个连续旋转后，向《肆虐的神》转变，柔和笛声转为急促鼓点，即将进入高潮。主题曲第二次响起，更急促，鼓点更响亮，节奏更快，羽生结弦动作夸张大气，激烈高昂，幅度大，多为跳跃和花样旋转，展现了高潮来临的大气磅礴。《SEIMEI》从雄壮到舒缓，再到雄壮，跌宕起伏，仿佛阴阳师的神秘、诡异和法力高强。电影《哈利·波特》主题曲也营造神秘、诡异氛围，但突出钢琴、小提琴、竖琴等西洋古典乐器，让人联想到欧洲中世纪的城堡，而《阴阳师》主题曲则让人联想到木屋、神庙等日式经典建筑。《主题曲》呈现日本民族调式，基本音是１３４６７，很少出现２和５，结尾多在３或者６上。而中国民族调式基本音是１２３５６，其中５出现的频率高，如《梁祝》。

总而言之，电影《阴阳师》和滑冰《SEIMEI》跨界整合，再现出日本文化的精髓。日本文化追求身体、心灵、环境、空气的洁净，如花道、茶道、书道等洗涤心灵，盂兰节年中扫除。妖怪当道，鬼怪太多，古代日本才设立阴阳师机构，施法、符咒、结界、除妖，阴阳师盛行。"妖怪学"是日本文化人类学的分支，即将看不见、摸不着、无法控制的力量统称为妖怪，体现出古人对自然、动物的敬畏之心。

第九章　复兴传统之道

日本将妖怪文化作为向世界展示文化的名片，传统戏剧面具、画作、电视剧、电影甚至动漫都常运用妖怪题材，如《夏目友人帐》《千与千寻》《世界奇妙物语》等。花样滑冰国际比赛，是本土文化宣传平台，羽生结弦的《SEIMEI》采用阴阳师作为主题，既是挖掘埋藏在地下的妖怪文化的表现力，也意在激发国际对日本妖怪文化的兴趣。2016年10月11日，网易推出阴阳师游戏，很有市场，文化跨界转化和输出成为范例。

中国也有过花样滑冰与中国文化融合的尝试，例如，2006年都灵奥运会张丹张昊的《龙的传人》，2004年国际滑联赛季申雪赵宏博的《宋氏王朝》，但只运用了民乐作为背景音乐，动作服装仍然是中规中矩的花滑路数。若像武侠影视《神雕侠侣》般，加入珠联璧合的武术动作，体现中国元素，化用传统文化，必定冠绝全球。希望今后中国选手的花样滑冰比赛能看到更多像《SEIMEI》般多方面融合民族文化的作品。功夫是中国面向世界的一张名片，功夫中的踢腿、旋转、掌法都可与花样滑冰动作融合。本科学生演讲小组特意制作了一个精彩的视频，剪辑糅合功夫动作和花样滑冰动作来证明此类跨界融合的成功可能性，很有震撼效果。

综上所述，舞蹈、武术、滑冰、电影、戏曲、话剧等各种艺术门类都是可以互相吸取灵感，取长补短、贯通融合的。我们现在需要继承的传统是一个人自造艺术王国的传统，琴棋书画，天文地理，自然贯通，浑然天成。高手总是善于行走在东方与西方的边缘、传统与现代的边界，找到微妙的焊接点，活用各类媒介，重铸出新的艺术样态。大陆学界也日益重视传统文化的复兴，"国学热"兴起。2014年，南京大学刘俊教授作为首席专家主持的国家社科基金重大项目"华文文学与中华文化研究"（批准号：14ZDB080）立项，这也表明了学界新的研究趋势。复兴传统，优化传统，需要的是跨界的精神，灵活的变通，融通的智慧。

第十章 考现符号创意

传统文学理论认为，小说有三个要素：人物、情节、环境。过去，小说多以人物塑造为主，有"文学即人学"的说法。其后，以情节为主，冒险小说、成长小说、侦探小说、科幻小说等门类兴盛。后来，以环境为主，省思空间的宽窄长短、多重维度、历史向度等问题，因此有地图小说、建筑小说、味觉地理小说、地志文学、考现文学等类型的兴起。一直以来，人们都说，小说是时间的艺术，但是，在空间研究无限膨胀的今时今世，如何给文学风景注入地景因素，让空间恣肆地发挥，走向前台，成为主角，更有突破，是后现代文学、空间叙事学的重要发展趋向。而且，不仅文学更注重空间转向，艺术也如是，文学艺术与地理、人类学、社会学的跨学科创意日益丰富。

一 香港文学的现代考现

考现学，以空间为主要考察对象的学问。注重田野或者都市的考证，运用人类学、博物学、社会学、新闻传播学的研究方法，以耳目鼻代替阅读，走进街巷田园，据实调查，考察当下，关注日常，在不经意的细节中，发现别有意味的符号，在实物中体验时间的轨迹，借用文学的非虚构叙述、绘画摄影的写实功能，作出翔实、科学、客观的报告，挖掘符号意义。

考古学，以时间为主要考察对象的学问。根据古代人类各种活动遗留下来的物质资料，研究人类古代社会的历史。考现学与考古学对应。两者的基础都在于调查发掘，从田埂到都市。但是，考古学挖掘古代历史。考现学观察当下空间，对目前现实世界进行考古，以考古的精神打量省思日常人事。经由考现学，切实地发现各地本土文化符号特色，寻找盎然创意。各地渐渐涌现出独特的考现符号创意文化，衍生出很多创新主题。考现学发展壮大，发扬光大，可以变成艺术创造的方法。考现学用于文学创作，能碰撞出无穷的新意。

中国香港作为中西文化交汇之地，现代性与后现代性交织，本土性与全球性水乳交融，是独一无二的国际化大都市。香港作家和学者都特别喜欢漫游城市，挖掘港湾、街道、郊野、离岛的里里外外，感悟每一瞬间，珍惜时时刻刻，追溯历史过往，在城市散步与文学散步中找到跨界交织点，做过精彩的尝试。20世纪初地景文学有舒巷城的《鲤鱼门的雾》《香港仔的月亮》、李育中的《维多利亚市北角》、黄雨的《萧顿球场的黄昏》、夏果的《香港·船的城》、苏海的《电车社会》等，西西1975年的长篇《我城》是悠游看世界的范本，有露营山野者说："世界原来是这样的，要你耐心去慢慢看，你总能发现一些美好的事物，事物的出现，又十分偶然，使你感到诧异惊讶。"文学散步，文学考现，实地考察认识香港文学、文化面貌，让读者亲历其境，直观感受文学、文化现场。

学者着意进行考现，缘起于1991年的《香港文学散步》[1]，作者卢玮銮（小思，1939—　）[2]，香港中文大学教授，1973年赴日本京都大学研究一年。该书勾勒独一无二的香港文学地图，还原一段鲜活如初的民国文人往事。著名现代文人学者在香港的文学活动，如鲁迅、萧红、蔡元培、许地山、戴望舒、施蛰存、张爱玲……都曾在香港留

---

[1] 小思：《香港文学散步》，香港商务印书馆1991年版。
[2] 卢玮銮的南来作家研究论著：《香港的忧郁——文人笔下的香港（1925—1941）》《香港文踪——内地作家南来及其文化活动》《"南来作家"浅说》《香港故事：个人回忆与文学思考》，整理出大批书目资料等。

下足迹。全书介绍梳理南来作家的演讲、创作、贡献、事迹、居住遗址、相关评论等,为早期香港文学空间绘图。作者饱含对香港吾土的深情、对前辈文人顶礼膜拜的敬重,深沉的思索穿行其间,交织出历史与时空的复调,史料扎实,文笔优美,挖掘隽永的清流。该书通过诗文、地景、路线、照片的跨界呈现,以精美的图文志形式,在文学与地景的交响中,破除香港"文化沙漠"偏见,重绘文学地图,凝结集体记忆象征,成为香港文化旅游指南针,引领读者走过香港的大街小巷,寻访名人的足迹。《香港文学散步》此后有新订版、增订版、内地版等多个版本[①],已然成为经典名著,并影响了后来一批作品。

受"文学散步"概念启发,香港教育部门2000年策划,2001年2月施行,由小思带领两百多人游历,就《香港文学散步》涉及的文人行走空间,旧地重游,文学散步,思想散步,情感散步,再作记录,举办了一次成功的跨媒介活动——文学地理行脚。走访香港的文学故事发生地,寻觅南来文人的旧日记忆,重返香港的现代文学现场:鲁迅演讲地在基督教青年会小礼堂,蔡元培公祭举办地在南华体育场,许地山任教于香港大学中文系,戴望舒写下《我用残损的手掌》的域多利监狱,萧红埋骨的浅水湾海滨……还增加了不少地图和文学活动景致,如孔圣堂、六国饭店、达德学院等,补充了善写香港故事的张爱玲及王安忆的资料,标识"五四"后几十年间文士活动居停之所。

自2012年起,香港每年都有"香港文学深度体验"计划[②],文学散步与文学阅读关联,活动包括文学景点考察、学校经验分享会及文学夏令营,以推广文学阅读。通过文学景点实地考察,推广香港文学,经过系列活动后,创设"香港文学地景资料库"网站[③]:储存十八区文学地景的数据,包括文学篇章、景点地图、散步路线、笔记纸,让

---

① 小思:《香港文学散步》(增订本),香港商务印书馆2008年第2次印刷。
② 马辉洪、杜嘉兴、麦乐文:《重拾文学阅读的初衷——浅析"香港文学深度体验"计划的实践》,《现代情报》2016年第8期。
③ 香港文学地景资料库:http://hkliteraryscenes.wikidot.com/start。

人重温散步经历，也让人自行规划文学散步路线，共享文学教学资源。该库作为"轻松散步学中文"计划成果之一，由香港中文大学香港文学研究中心与大学图书馆共同营运，并获语文教育及研究常务委员会资助。各项活动成果结集为《走进香港文学风景》卷一和卷二，分别于2014年和2016年出版。将日本的考现学方法用于香港现代文学的研究，《香港文学散步》及其系列活动让人耳目一新。

二　考现学创意缘起

考现学为何会萌芽？从历史背景而言，这起源于1933年日本关东大地震，今和次郎用博物学和人类学方法，考察地震和灾区，记录地震后城市重建情况。这开启了灾后重建工作和社会学研究，并启发了一批建筑师和艺术家，如藤森照信和赤濑川原平。1960年，民众抗议日美协议，以地砖作武器，走上街头，与政府发生冲突。赤濑川原平敏锐发现地砖现象，开始调查冲突最激烈地区的城市路面。每天城市铺砖的破坏和减少，反映出当时的运动进展情况，借此可对现有"历史"进行考察研究。赤濑川原平和藤森照信、南伸坊等1986年合编出版了《路上观察学入门》①，还发起成立了"路上观察学社"，通过考现重新审视东京，乃至日本。2014年，此书在台湾首次翻译出版。20多年后，藤森照信又重组路上观察团，带领台湾人进行路上观察。

人类为什么需要考现？从心理学而言，人类的选择性认知会过滤无用信息，熟视无睹，以优化效率。但这也会产生误差：什么信息有用？通过什么方式过滤掉？现在的城市空间日益碎片化，认知城市，找寻认同，需要进行城市观察。我们发现有趣的事情，感到如释重负，仿佛这时候眼睛才真正属于自己，整个城市才比较令人自在。

在路上观察什么呢？有什么值得观察？有个术语叫"托马斯物

---

① 赤濑川原平、藤森照信、南伸坊合编：《路上观察学入门》，严可婷、黄碧君、林皎碧译，行人文化实验室2014年版。

件"，很能体现出考现学的精神。这些物件的例子有：不知通往哪里的楼梯、没有出口的过道、悬空而开的门等。在城市的边角，追寻、挖掘这些看似无意义的、本不可能存在的物件，然后仔细地为它们写生、画像、拍照、描绘，发现符号意义，像禅宗师琢磨无解的公案。

追寻无解，更追寻有解。虽然，无非日常，无非细节，如观察矮墙，考察电线杆……但是，在常见中发现不常见，在可能中发现不可能，在不可能中发现可能，研究这类微观的城市现象，有利于小中见大，有利于反思城市运作和人类活动，这更是建筑设计师、城市规划师的直接经验来源。艺术家则从日常对象中梳理出城市、建筑、文化的社会脉络。

《路上观察学入门》分四部分。一是宣言两篇："我如何成为路上观察者，高举路上观察的大旗。"二是"街道的呼唤"三篇："源自艺术与学问、从考现学说起、何谓路上观察"，为理论和方法指引。三是"我的田野笔记"七篇："考现学作业、走在路上的正确方法、捡拾建物的碎片、发掘路上的汤马森、麻布谷町观察日记、女高中生制服观察、龙土町建筑侦探团内部文件。"七文均为考现实践例证，观察建筑、下水道盖子、建筑、对面楼住户情况等，内容丰富。四是"观察之眼"三篇："以博物学为父、雪伍德森林如今安在、江户某日地上一尺观察。"

在考现学家眼里，就连水井盖也会说话。林丈二考察东京某片区下水井盖，在日本叫人孔盖。这些盖子目的在于让人进去作业，或不用进去就能作业。林丈二为某区的每个水井盖画像，做好盖子的图案笔记，推测盖子如何被设置、盖子的功用、盖子的周边等，借此挖掘此地所发生的事情和背后的原因，分析该区域的历史发展情况。在破坏与重建的交汇点，得到启发。

考察，需要先做方案，寻找路线，带上卷尺、量角器、纸笔、录音机、摄录机等工具，测量、拍摄、绘图、制表，对比分析数据和现象。每个观察点都会产生数据。每个个体都是一个终端。持续观察，数据积累，就会建构出意义的力量。透过观察，会得到不同的发现。看见常见的景象，只要转换自己的想法，感觉事情的价值就完全不同了。整理反思，有利于建构出更真实而特有的城市。

在考现学家的眼里，世上没有一件事情不有趣，不值得研究。从脚印中，可以发现森林的悲剧，老鹰、猫头鹰与兔窝之间的一场恶战。街头就像一部部影视剧，每个物件、各个角落都有韵味，都值得深入考察，都能发现故事。桥边附近的漂流物，街道使用的图标，看似没有用的台阶、废墟、烟囱信号、剥树皮的记号，商店门槛，围墙水沟，无不有故事，都能让人掉入时光的想象。

考现学最难的一点，就是绝不能失去观看事物的新鲜感，否则就只是单调的记录罢了。危机感，可以是观察的动机，如知名的物件就要消失，让人有说不出的落寞。香港最近涌现出一批寻找消失物的消失志、消失美学等书籍。当然，乐趣，才是最主要的动机，考现学家立志做一个城市趣味学的彗星猎人：起初以为只是尾随一条狗，结果却进入了一个意想不到的全新世界。一层层地剥去物件本身的实用性外衣，显现其根本处的相通结构，渗透出美学的韵味。

三 考现学思潮云涌

20世纪考现学、漫游风思潮席卷全球。从历史横切面来看，某种社会思潮的出现，是大量地域文化共振的结果。现实主义、新写实主义思潮与考现学有共同的母乳。经历劫难，或远赴异域之后，考现往往成为最实用的观察之道。

德国犹太人瓦尔特·本雅明（Walter Benjamin，1892—1940），流落法国巴黎后，却仿佛找到了故乡柏林的复制品，从此开始城市考现，进而提出漫游哲学，创造出关键词"浪游者"（flanerie），见于《巴黎拱廊街计划》。其创造"浪游者"形象，意在发现观察城市的新视角，拓展研究城市的方法，发掘城市的现代性意义。

本雅明一生颠沛流离，浪迹于柏林、法兰克福、巴黎、马赛、佛罗伦萨、那不勒斯、莫斯科等城市之间，流落欧洲，最后自杀于西班牙小镇。他是学者、作家、翻译家、精神病理学家，具有忧郁气质、诗人特性，写有《发达资本主义时代的抒情诗人》《单向街》等作品。他向波德莱尔学习，闲逛市井，发现空间的意义，善于观察城市空间，进而透视人的生存状态。他赞扬超现实主义，把时间转变成空间，把时间进程、历史变迁变为当下神秘世界，在空间中感知城市变迁，体察物体的文化特质和隐喻的象征意义。

上官燕的论著《游荡者、城市与现代性：理解本雅明》[1]指出，在对现代性进行考察的诸多西方思想家中，本雅明是唯一用形象研究现代性的考察者。他不仅赋予现代性以"废墟社会"的形象，还赋予文化研究中的经典形象"游荡者"以全新的意义，借助这位由现代社会生产出来的边缘人物形象，本雅明对现代社会废墟化的进程进行了反思。

20世纪末，历经两次世界大战劫难之后，欧美艺术家从东方文化考现学中寻找思想灵感，并成为一种风潮。美国文坛也感染过考现学的风气。1957年4月，杰克·凯鲁亚克仅用20天，就打印完成了《在路上》初稿。这本自传性代表作，讲述一伙男女沿途搭车或开车，几次横越美国、墨西哥，一路狂喝滥饮，沉迷酒色，放浪形骸，在经过精疲力竭的漫长放荡后，开始笃信东方禅宗，感悟到生命的意义。作者主张即兴式、自发性写作技巧。此书一经问世，舆论哗然，毁誉参半，但影响了整整一代美国人的生活方式，影响了美国社会文化习俗，被公认为20世纪60年代嬉皮士运动的经典。

20世纪60年代末，法国学者罗兰·巴特（Roland Barthes, 1915—1980），亲临日本，运用考现观察法，考掘日本日常符号文化，《符号帝国》[2]是日本行的思考结晶。该书又名《符号禅意东洋风》，出发点和落脚点都是佛家的"空"观念，在东方禅宗思想中，找到灵魂的皈

---

[1] 参见上官燕《游荡者、城市与现代性：理解本雅明》，北京大学出版社2014年版。
[2] 参见罗兰·巴特《符号帝国》，孙乃修译，商务印书馆1994年版。

依点。"空",指关系性的存在,诸法无自性,诸行无常,诸法无我,万物皆是因缘条件聚合的结果,缘聚则现,缘散则灭。佛家诠释现象世界"空性",破解人类对于现象世界所谓的固有本质的虚幻执着,解构形而上学思想。罗兰·巴特认为,日本文化符号的总特征是禅意,"悟的意义的丢失",仿若得鱼忘筌。"悟"是种强烈的地震,使知识或主体产生摇摆,创造出无言之境。写作本身也是一种悟。

从日语中,可以看出空无的精神。罗兰·巴特从元语言的角度,分析日语本身书写形式上的多义性,发现"意义的空无",如日语的功能性后缀词广泛,接续词的复杂性,意味着主体通过预防性、重复性、拖延性以及坚持性等手段,将主体变成空无言语的巨大外皮。日语虽然也区别有生命物与无生命物,但虚构的人物却被赋予无生命形式,还原为或限定为产品,即从有生命物中分离出的符号。《未知的语言》说:"日语动词无主语和表语,却是及物的……这等于说,一种知识行为,既不知道主体,也没有已知的客体。这在西方看来是不可思议的。"但"正是这种想象才需要我们面对印度的禅,即中国的禅和日本的禅宗的起源"(《符号帝国》,第9页)。作者对此细节的阐释,上升至哲学与思想,并批评了西方的形而上学。

《符号帝国》从常见物事中发现日本文化意义,聚焦于不起眼的物事符号,如筷子、清汤、弹球游戏、车站、插花、包装、家具等,撷取26个日本符号系统,切分为语言、饮食、空间、礼仪、戏剧、俳句、人体等层面,在日常意象中,发现东方文化的符号意义。日本饮食与众不同,食物摆盘、盛放方式极有视觉性,可谓"写出来的菜肴"(《符号帝国》,第19页)。水果拼盘好看,虽最终会被破坏掉,但组合拼盘本身是让人忘我地工作。《没有中心的菜肴》分析日本两道名菜:鸡素烧,现做现吃,体现出烹调行为是种"重述",是文本的重复,具备无限的发展性,类似文本的可书写特征;天妇罗,油炸的外皮和鲜嫩的内馅,印证了日本文化中对于外层"形式"的重视,内容上"空无"的哲学追求。人们本多关注传奇、异常、重要、宏大的对象，因物以稀为贵。日常不起眼，很容易被遮蔽。但是，在外来西方客看来，越是日常的东方人事，越独特，越有文化的意味。于是成就了东方与西方符号比较的《符号帝国》。

法国学者米歇尔·德赛图（Michel de Certeau，1925—1986）提出，体验城市有两种视角：鸟瞰、步行。如果从高空俯瞰城市，空间组织者、城市规划者、地图绘制者会通过远距离投射，强调整齐划一的空间感，制造出全球城市的复制品，而忽略了城市的日常生活。如果从步行角度考现城市，会强调日常生活体验，讲究从人性角度寻找"看不见的城市"，以人为本，这远比俯瞰时的二维画面复杂得多。大众在日常文化实践的逃遁和规避行为，即大众的抵制（resistance）。抵制的场域是日常生活实践，如游戏、步行、烹饪和购物等。抵制的主体是社会底层的大众。抵制的对象是压制性规训。德赛图在《日常生活实践》中提出"战术"和"战略"概念。日常生活实践的抵制意味着"既不离开其势力范围，却又得以逃避其规训"，即"避让但不逃离"。微观的城市实践未受到权力的监督或排斥，反而在不断增长的非法性中得到巩固，逃过了城市的衰败，并渗透社会监督的网络之中，继续存留。

寻找失去的脚步，德赛图强调要将语言学的修辞方法运用到走路行为，如同阅读一本书，走路行为之于城市，就如同陈述行为之于语言，行走城市相当于陈述城市。步行者的陈述展现了三个特质：现时性、间断性和阶段性，陈述行为与空间系统的区别关键在于步行过程，跳过了起连接作用的部分。行走城市，不是枯燥的、一览无余的，而是复杂的，通过主观选择，勾勒出富有韵律的画面。城市是人的步行所能触及的空间。行走是关于缺失和寻找适合之物的不可定义的过程，被城市多样化聚集起来的漫步行为，是宏大的剥夺地点的社会经历。如今，中国又出现新的呼声："城市规划应重视步行者视角"[1]，时下，推进城市的现代化，又有复古趋势，向"骑行城市、步行城市"回归。

---

[1] 朱力、张楠：《城市规划应重视步行者视角》，《人民日报》2016年8月4日第07版。

考现学最初萌芽于人类学和社会学领域，但是很快就过渡延伸到文学领域，因为考现是文学重新出发、另类打造的新方法，考现需要细致科学地记录空间，而客观环境的考察总难免会有主观意念的渗透，这需要借助文学的力量。现当代作家越来越像考现学家，以路人眼光，在路上观察，考据城市。张爱玲写过游目名文《道路以目》，将上海的日常生活写得活色生香。海派的摩登现代性曾受法国的浪游哲学的影响，而港派文学曾受海派文学的影响。香港是移民城，香港作家们多有颠沛流离的迁徙经验，对空间、地理等因素更有敏感的意识。小思《香港文学散步》的现代考现可谓一石激起千层浪，当代香港作家开始有意识地寻找文学风景与空间地景的融合点，在法国随性浪游的基础上，吸取日本考现科学的独到方法，不仅个体践行，而且还有丰富的群体考现活动。

四　香港文学的个体当代考现

如果说，20 世纪初文人多以过客身份观照香港，较少切肤之感；那么，20 世纪六七十年代涌现的一批作品，则由切实生活于香港的当代文人所写，对寄身之地爱恨真切，弥漫本土性、在地感，情真意挚。香港有一批行友，常常一起探索香港各处，意在重新书写香港，找到本土地景的文学和文化价值。

已故作家梁秉钧（笔名也斯）也是出色的城市观察者，深得考现学精髓，善于写诗、为文、拍摄、跨界布展，为香港当下立此存照。2005 年，《也斯的香港》问世，收录 34 篇文章，165 帧照片。空间摄录如数家珍，如九龙、庙街、新界、湾仔、北角、西边街、添马舰、兰桂坊、铜锣湾……"他贴近地面，像蜗牛和比目鱼，感受周围的事情，与草蜢发生感情，向石头提出抗议。他相信缓缓前进，感受一切。有些事情在匆忙中就遗漏了。"[①] 也斯如此描画格拉斯，其实是夫子自

[①] 也斯：《也斯的香港》，香港三联书店有限公司 2005 年版，第 35 页。

道。照片系列又分"都市、橱窗、食物、人物、新界"等主题,他宁愿做素人摄影者,不怕别人嫌弃拍得零碎,因为拍照就像写作的副产品,是观察和留神的练习,是速写和记录,在城市中捡拾光影,是探索、思考、观看世界的一种方式。写人,既有诺贝尔奖获得者格拉斯,也有大厨韬哥;既有舞蹈家梅卓燕,也有武功高手李小龙。写事,既讲文学、电影,也讲戏剧、粤曲等,既讲经济商业,也讲建筑艺术。也斯眼中的世界见出自身的趣味,富有当下性和现代感:"税局是浪漫主义者,估计一个膨胀了的明天。银行这个现实主义者,却还在追讨你上个月的差错。"(《也斯的香港》,第62页)他写无家可归的诗,说数码港好似是大众的乌托邦,称赞以缓慢为主题的双年展,感悟兰桂坊的忧郁……西九龙提议建"唔显眼博物馆",因文化其实是社区中众人生活的情态、积累的智慧与共识。也斯自谦《也斯的香港》也是不显眼的文字与影像。实则不然,该书提供了考现文学的极佳范例。

也斯还有一篇《爱美丽在屯门》,讲生于元朗长于屯门的爱美丽,丧母后,父亲抑郁,于是孝女抱着观音与各类美食合照,把照片邮寄给父亲,想唤起其生趣。为此,她每周走遍屯门大街小巷,漫游西新界各地食肆,游踪所及,重新感悟风土人情。超凡脱俗的白瓷观音与柴米油盐的市井日常奇异地五味杂陈,竟然好像没有违和感,但是文后的调侃揶揄还是流露出矛盾无奈感,诗人考现的老辣力道果然不与人同。

一方水土总能成就一方名家,就像鲁迅的绍兴、沈从文的湘西、老舍的北京、莫言的高密、王安忆的上海。1997年前后,董启章出版了《地图集》《永盛街兴衰史》《V城繁胜录》等系列作品,省思香港城市空间,进行拆解正史式的描述。凌逾认为,《地图集》以地图为主角,借地图而漫游香港,省思权力、种族、性别的古今更替,既考古也考现,开创出地图空间叙事学。①

---

① 参见凌逾《后现代的香港空间叙事》,《文学评论》2009年第6期。

第十章 考现符号创意

2005年，潘国灵出版《城市学：香港文化笔记》。作者自言方向感不好，总是迷路，实为名副其实的"飘一代"，非常游魂，或许是人马座的天性使然，对浪游哲学心有戚戚，开局先写足三节："本雅明之复兴，本雅明之忧郁，本雅明之悖论"，明确要以本雅明方法论来研究香港城市文化。潘国灵游走于香港街头，用镜头和笔头记录城市的点滴细节。地上香港，屏幕作为城市景观，地下则连成了拱廊街。为地下铁画像，又加以解构。豪宅修辞美学，以景观作为卖点。探寻当世青楼之景观，摄录大屏幕与桑拿浴、霓虹灯管与箭嘴。聆听城市声音译码，造就卡拉OK空间论。关注空间标志、后殖民情结、后1997风景、SARS的集体记忆、各类流行文化等。"如果中环是成年人的城市心脏，铜锣湾是年轻人的购物商场，那湾仔的年轮实则是一团光谱，由满脸风霜的，到新世纪的。也可以说，湾仔是Multi-age的，它是一个年龄综合体。"[①] 香港不仅有中环价值，还有离岛价值。浪游者观察别人，同时也观察自己，自我即他我，单个自我变成众多自我：悲观与理想主义、阳刚与阴柔、入世与遁世、抽离与投入、香港人与非香港人，在矛盾之间游离不定。此书挖掘各类城市符号背后承载的文化象征意义，在空间中，想象力向各个方向伸展，见出力道。如果说，《香港文学散步》是对文学名家们在香港的踪迹和文字感悟力的考现，那么，《城市学》就是潘国灵个人对香港城市当下的考现，借助慧眼、笔墨、摄影，写有灵性的文字。他做新纪实摄影师，学诗人的必修课，更接近日本考现学的真义。

2008年，廖伟棠诗集《和幽灵一起的香港漫游》问世，配数十幅黑白照片，装帧精美，内容充实，获第十届香港中文文学双年奖。第一辑为"幽灵的地志学"，考古，拜访香港近现代历史景点，在街巷中探寻有名无名的幽灵，思古怀旧，愤今伤怀。第二辑为"不失者的

[①] 潘国灵：《城市学：香港文化笔记》，（香港）kubrick，2005年版；上海人民出版社2008年版，第69页。

街道图",考现,立足香港现实人事,关注草根生存。第三辑为"未隐士的岛屿记",想象,漂游于离岛,找寻另类生活可能,变幻出奇异的幽灵空间。行走考现,提炼出让人难忘的诗句,如"过时的纯洁使我们的欲望变得怀旧",这是诗人首部纯写香港的诗集。

2013年,诗人学者陈智德[1]推出新书《地文志:追忆香港地方与文学》[2],为香港的区域空间塑像,寻找香港文学地图,如达德学院的诗人、北角抒情诗、虎地学院的文学踪影,调景岭的旗帜倒影,维园虚实可以窜改,高山剧场见证了香港摇滚复兴的宇宙大爆炸……追寻殖民岛屿的文艺前世,觅得遗落的文化史、书店史、文学人物史,如旺角的书店群落,还有广华、复兴书店……十年生灭的香港文艺刊物等。在序言中,陈国球称之为"我城景物略",让人读到我城我民的前世今生,王德威称之为"破却陆沉、抒情考古"。总体说来,该书既是散文,也是文学评论,笔端带诗、带情,巧妙地以地方空间串接相关文学历史的线索,为现当代版的香港文学行脚。

《地文志》分两卷,上卷"破却陆沉",梳理香港前辈和同代作者的香港城市故事、经验描写,以文学笔法描画香港地区,述说、引用、评论,再加论者自身的地方生活体验,互相印证。下卷"艺文丛谈",讲书与城:香港的老书店、二楼书店、文艺刊物,寻找文化的历史烟尘。全书糅合不同文类:地方纪事、掌故拾遗、成长回忆、文学谈片,还时常穿插个人及他人的诗作,引导读者重新认识地方空间,为香港文化身世补白。彭砺青指出,陈智德将自身文学经验与香港"记忆所在"叠合,用前清遗老游历宋王台时题写的旧体诗开笔,掺杂遗老和徐訏的怀乡之思和追昔之情。九龙城寨是作者童年居地,原属三不管地带,南来移民聚居地;调景岭是旧政权一代人南来垦殖的眷村。附

---

[1] 陈智德评论集《愔斋书话》于2007年获第九届中文文学双年奖评论组推荐奖,诗集《市场,去死吧》于2009年获第十届中文文学双年奖新诗组推荐奖,2012年获选参加美国爱荷华大学"国际写作计划"。

[2] 陈智德:《地文志:追忆香港地方与文学》,(台北)联经出版事业股份有限公司2013年版。

近的启德机场负载了朋友移民前的离愁别绪，机场搬迁意味旧事物在城市发展中消灭。① 论者还比较分析陈智德、马博良的《北角之夜》、也斯的《北角汽车渡海码头》，王德威认为这是抒情考古，地方一经作者审视，呈现出个人色彩。高山剧台是一众同代人接触地下摇滚音乐的圣地；虎地令人想起越南难民。

《地文志》以个人成长史为经，以香港文学渗透为纬：写维园，引用李金凤《公园中的哭声》、辛其氏《红格子酒铺》、钟玲玲《记一九七二年大水》等片段，重构20世纪70年代的保钓运动。《历史和它如果存在的真实》指出，小说记录作家参与活动经验，即使那是片面的记录，也有可能反映历史现场。建构我城，写个人故事，抒情考古不能取代历史位置，但能在权威以外，更有人情味地填补阙如的部分。彭砺青还指出，城市景观不断变化，城市是资金、人力流动的空间，政府实施城市现代化计划，拆除旧物，导致记忆散失，找不到本来身份。②

《地文志》既钩沉文学史和历史，也重建失落的城市文学记忆。上卷讲述香港几个行将消逝的地区，以个人成长历程为主轴，像帕慕克的《伊斯坦布尔》。《破却陆沉：从芒角到旺角》，比较叶灵凤《香港方物志》、罗香林《香港与中西文化之交流》、刘蜀永《香港史略》等书，证明旺角是古今不明的忧伤之城。王充《论衡·谢短篇》认为，知古不知今就是陆沉，知今不知古就是盲瞽。现代香港人基本是无根之人，作家和学者将地方当成城市书写记忆来记载。下卷描述少年时经常驻足的书店，既有卖杂志漫画和文史哲二手书的复兴书店肥佬老板，也有在咫尺书架里操外省话的贻善堂店主一家，更有被书箱压死的青文书屋老板罗志华……这些在社会边缘挣扎求存的小人物，

---

① 参见彭砺青《文学追忆我城》，http://paper.wenweipo.com/2014/04/14/BK1404140002.htm。

② 参见彭砺青《城市需要记忆，记忆需要文学》，http://jb.sznews.com/html/2014-04/12/content_2839758.htm。

都是对抗资本主义市场的奇人异士。《地文志》以介于文学书写和历史钩沉的方式，保留一代人对城市经验的记忆，引用诗歌自我回溯和反省，让人想象在特定历史情景下港人的世界。

梁文道主持"开卷八分钟"[①]，推介过《地文志》，该书谈成长共同体经验，触动港人的心扉。写香港本土，既要批判又要追忆、关怀，还要承接传统和世界。陈智德捡拾丢在历史废纸篓的东西，有怀旧癖，考据地方空间，如九龙城、维园、北角、旺角、红磡、屯门、湾仔、达德学院甚至儿童乐园。地文志描写地方的前世今生，关注文学如何呈现地方，借文学史与地方史对话，谈个人对地方看法，不以学者考证写法，而以诗为证，给人梦幻感，显现出在新闻、统计资料中难见的真实。写小时候去九龙城寨，攀上高耸而狭窄的木楼梯，像只流窜的蟑螂。有人被审判的电视新闻画面，大人们有的切齿愤慨有的低声叹惋。傍晚过后收音机播送鬼故事，传来乐曲锣鼓喧天女声婉转，夹杂众人不息的争闹，我不知应该掩耳还是学习。[②] 这些细节就很有考现学的意味。

以外来者眼光观察香港，用双脚行走，以双手书写，成就游记考现散文，刘克襄2014年出版《四分之三的香港：行山、穿村、遇见风水林》[③]，获得"亚洲周刊十大好书、台北书展非小说类大奖、开卷十大好书、华文好书2016年度好书奖"，可见反响。作者十多年前已在台湾进行自然观察、历史旅行与旧路探勘，有《野狗之丘》《凤鸟皮诺查》《台湾鸟类研究开拓史》《永远的信天翁》《11元的铁道旅行》等20余部作品。2006年受邀到港讲学，课余热衷行山，且行且远，挖掘出隐藏版香港："香港有四分之三的郊野，四分之一的城市，城

---

① 梁文道：《开卷八分钟》（一、二），http://book.ifeng.com/kaijuanbafenzhong/wendang/detail_2014_05/19/181828_0.shtml。
② 参见谭以诺《陈智德式的"书言志"——〈地文志〉的香港地景》，《字花》2014年第47期。
③ 刘克襄：《四分之三的香港：行山、穿村、遇见风水林》，（台北）远流出版公司2014年版。

市和郊野如此接近，是世界上其他城市所没有的，但人们只看到香港的四分之一，却不知其余四分之三的意义。"香港本是生态城市，保留英国式铺法的水泥小径，行人行走山间，随处可见有机农场、自然学校的教育场地，寺庙也多，没有过度开发的干扰。一个台湾外来客让人重新发现香港不仅有国际性、城市性，更有乡野性、自然性，可见实地考现的突破性意义。

五　香港文学的集体当代考现

也斯自 1997 年从港大转到新界的岭南大学后，开办"中文文学创作"课程，广邀名作家讲学，带领学生读书写作，行山蹚水，开始踏入考现行列。新界占香港 80% 的土地面积，香港还有 60% 左右的郊野公园，不被重视。21 世纪后，也斯策划组织了一系列的漫游写作丛书，如《西新界故事》《自然旅游创作——新界风物》等，痴迷其中，自得其乐，独树一帜。

《西新界故事》，[①] 带来大学生寻找西新界每个地方的掌故和故事，写遍该地的每寸肌肤，注重突出地方性、独特性、本土性，例如海岸特色、城乡变迁、香港风情等。单从题目看，已让人觉得趣味盎然。每篇作品标题都加注地名，表明是实地考察后的有感之作。既有对比地理空间的历史与当下，如中葡战争的叙述（九径山）、艇王（青山湾）、海岸历史四写（屯门港）、屯门史地考（屯门），也有对制度与人情的剖析，如乡间的蜗牛与名校的火箭（元朗）、轻铁族（轻铁）追击龙妖（西铁）、急症（屯门医院）等；既有他者的故事，如蓝月亮（白泥）、边界（白泥），也有被遗忘的故事，如神秘婆婆（大兴邨、建生邨）、影后失踪之迷（蓝地），还有"向边缘出走"的栏目，如福来村的眼泪（荃湾）、汀九山村不能忘灭的日子（汀九）等。有些则得到也斯

[①] 参见岭南大学人文学科研究中心梁秉钧策划《西新界故事》，香港教育图书公司 2011 年版。

的味觉地理学真传，专写饮食文学，如萧欣浩的《厨神（青松观）》、崔倩的《周记茶餐厅（井财街）》、黄敏华的《一起吃一顿新界饭（岭南大学）》等。而且，每一篇后面都有编者的话，对作品进行鉴赏点评，可谓点睛之笔。附录还有也斯的后记《西新界故事如何说》，陈云的《菜园村梦回》，郑政恒的《香港西新界文学作品举隅》，都很精彩。

《自然旅游创作——新界风物》[①]，先请名家讲课，刘克襄讲"我在香港的自然观察和书写、我的十二堂课和三回郊野旅行、最近的台湾铁道旅行"，见趣事逸闻信手拈来，幽默风趣，如男生刮青苔为爱情信物，如撰文为台湾吉安寿丰火车站鼓吹，带旺了游客，却被站长记恨，因为增大了工作量，后来一女生借刘克襄之名，买不到火车票，而借余光中之名，才买到了票。叶辉讲"新界风物书写写作"，外来者能写出很好的方物志，如叶灵凤。如任职于香港大学的英国人香乐思，在日治时期身陷赤柱集中营三年零八个月，从铁窗静观四时野外生态，而成书为《香港的鸟类》《野外香港》。而英国人亥乌德则于1938年出版《香港漫游》，曾被视为"行友"圣经。游为了远，高远、深远、平远。游为了兴，兴尽而返。日本本居宣长提出"物哀"概念，主客一体，哀更倾向于心神的淡然、归真、净化。物哀的意义在于从博物美学感悟到消失美学，风物书写的意义在于文学的精神保育，通过写作回到时间和空间的童年状态。该书还有黄淑娴的导言，宋子江的编者小语。2012年上半年，刘教授周末还带领学生上山下海，不下十五次，引导学生写作考现文学，并点评习作。青年学生郊野旅行，考现细节涵括岭南猫、荔枝、豆腐、凉茶、菜心、街市、轻铁、稻田、耕作、离岛、风水、行山、涉水、郊野……万事万物均可入诸笔端，不拘一格，行文洒脱。如刘少杰《小巷风情》说，"要了解一个家庭的背景，气味是最先入为主的方法"（第119页），如信佛人家的神主

[①] 参见岭南大学人文学科研究中心梁秉钧策划《自然旅游创作——新界风物》，香港教育图书公司2013年版。

牌和檀香味，大户人家的馥郁悠游香气，劳力家庭的酸酸馊馊的鞋味，老夫妇家的药油香……卢曦廷《廿蚊鱼蛋》写买鱼蛋的黄伯一贯闲适自在，他说："钱又唔会赚得嘅，我又唔喺揾唔够，咁心急做乜呀？"（第184页）学生们亲身体验游历后再写作，纷纷说收获丰富，感悟到细心和探究精神是写作的重要要素，发现很多被忽略的地方，让人重新审视世界。

2005年，《沙巴翁的城市漫游》[①]问世。策划者为香港大学张美君教授，她偶尝沙巴翁后生出顿悟，这经港式改良的法式舶来甜品，恰似香港混血文化的食物隐喻。于是，她以沙巴翁统摄集体之魂，组织香港大学比较文学系师生九人，自2003年起，漫步香港，阅读香港城市文本，将阅读经验转化为书写实验，使散落在不同城市角落的人，因想象而联结，群策群力集成一书，可谓是香港集体式"考现学""路上观察学"的范例。

沙巴翁小组用脚寻找城市日常，借摄像机、画笔勾画声色空间，像鸽子般发现城市的制高点，像折翼天使般发现制高点的两面性，用对比手法感悟本土身份，用思想去丈量城市的无限广度和深度。运用阿巴斯的"逆向幻觉、似曾相识"理论，来呈现梦幻感：城市之间日益相似，生活重叠，真实事物仿佛电视般的表象，人们只相信不存在的影像，对实际存在的真相却视而不见，类于波德里亚的仿真理论。这种考现不再是超写实的追求极致真实，而生出超现实的梦幻感，见出另类的真实，难以被人觉察的真实。集体考现，但又各抒己见，《沙巴翁的城市漫游》开拓出城市呈现的立体多棱叙事视角这比西西《我城》的多声道叙事视角更加复杂多元，拓展出文学、历史、艺术与文化叙事的多种可能。

2014年7月16—22日，第25届香港书展"文艺廊"向《香港文学散步》致敬，特设四个主题展区："港岛文学漫步""年度作家董启

[①] 张美君主编：《沙巴翁的城市漫游》，（香港）红出版2005年版。

章专区在世界中写作,为世界而写""书香人情香港书业世纪回眸""中华文化漫步——福建行"。其中"港岛文学漫步",展出25位文学家书写香港空间的文字,辅以照片及录像,让读者领略港岛的文学风景,漫游西营盘、中上环、湾仔、铜锣湾等地。香港作家雕琢香港各区空间,各有拿手好戏。如也斯以系列街道诗、饮食诗雕刻形象香港;董启章编撰"V城、永盛街",《地图集》爬梳百年香港地图,以地志史作文学创作实验;胡燕青写"隧道巴士103、更暖的地方"。作家们各有自己的心水之地:张爱玲讲浅水湾爱情、舒巷城说西湾河穷小子、西西描画土瓜湾大厦、李碧华写石塘咀情事、也斯情钟新界、叶辉写筲箕湾、小思写湾仔、昆南写旺角、马国明写荃湾、王良和写大埔、陈云写元朗;余光中、黄国彬、黄维樑、梁锡华为沙田增色,学者派诗文自成一体。导演也为香港空间增色,如许鞍华第一部电影《疯劫》取景西环,第二部《撞到正》取景长洲,《女人四十》取景大埔,单为天水围就拍了两片:《天水围的日与夜》《天水围的夜与雾》。此外,还有"南区文学径"展区,鼓励读者寻找香港文学记忆,亲身穿梭于故事中的大街小巷,体验作家和故事人物的万千情感。书展还邀请了刘克襄、刘智鹏、刘伟成、许鞍华、邝可怡、朗天等举行三场分享会,与读者深入分享港岛文学文人故事。

2016年,《叠印:漫步香港文学地景》[1] 两册文集出版。该书也受启发于《香港文学散步》,为香港中文大学的香港文学研究中心"走进香港文学风景"计划项目[2],主编为樊善标、马辉洪、邹芷茵。18位作者以年轻新锐作家为主,各自漫步于香港十八区。李凯琳往大埔,张婉雯写香港中文大学的沙田饮食日常,邓小桦讲西贡调景岭的影子纺织,阿三写奎青,徐焯贤写荃湾,郑政恒说屯门沧桑,陈德锦捕捉元朗铁路与古巷的文化踪影,袁兆昌讲上水仿佛踩踏着别人的土地,

---

[1] 香港中文大学香港文学研究中心樊善标、马辉洪、邹芷茵主编:《叠印:漫步香港文学地景》,商务印书馆(香港)有限公司2016年版。

[2] http://www.hkcd.com.hk/content/2016-10/09/content_3595490.htm.

廖伟棠抒发离岛与诗的姻缘,刘伟成思索湾仔带群路的水火共塑出怎样的怀抱,吕永佳谈中西区,苏伟柟游东区探究闲人是怎样炼成的,梁璇筠在香港仔的海、岸和岛之间闻海,陈子谦说旺角,邹文律想象深水埗苏屋村鹰巢山下有城堡和公主,唐睿"禹步"黄大仙,陈丽娟游九龙,阿修走蓝田。

该书感悟该地的人物、风物或故事,以文字写生造景,回应不同作家的地景作品,与前辈记忆对话,展示社区各异的风貌特色,展示历史、文学的厚度,有文学穿透力。欣赏着离岛野趣,廖伟棠以咸鱼视角看世界,诗云:"风熠熠写字。我在看海/数雨点的韵脚。"(《叠印二》,第167页)。欣赏着虎地郊野,郑政恒感悟自己在"建筑起文学的义冢,令弃置消失的作品,有安顿的居所,直至这些文学的义冢,再度被遗忘,那时候还有没有人搜集收拾呢?"(《叠印二》,第122页)。唐睿以意识流手法描画黄大仙区,以禹步之姿行走漫游,既指巫师残腿拖行之姿,也隐指道士"步罡踏斗"之法,同行友人一路探讨"夺舍"——"除了占据别人的躯体,还继承占据对象的意识、记忆和能力"(《叠印一》,第150页),而写者则多次插话问及命运,文末曰:"许多的生命和生命的样式今天都已逐渐或者完全消逝,于是我决定用文字堆起一座祭坛,为你们为我想念的,一一招魂"(《叠印一》,第169页)。全文在仙气缭绕的境界中,考现时移世易的地景路径,也考察求索修炼的心灵路径。

集体考察文学景点,考现在场,群体之间思想激荡,激起生化反应,这远比商游购物来得雅致。近年,香港文界这类活动丰盛,已成热潮,甚至成为新的创意文化品牌。香港,不只有购物天堂一面,更是自造出了宏伟的跨界创意文化殿堂。

六 考现文学、地志文化的拓展与未来

考现文学、地志文学、地景文学、文学地理学,文学风景与地理风景跨界,行万里路与读万卷书巧妙结合,文学呈现与图片呈现

跨界打通，视觉图文与听觉声音融通，成就全新的文学活动、创意写作实践，这些非小说类创作搭建起虚构与非虚构的桥梁，重新梳理文学艺术与生活的远近关系，城乡地景与文学风景拓展出全新的对话关系。

近年来，台湾的地志空间书写盛行。方梓指出，作者书写故乡、旅行走踏之地或钟情某些所在，以情与地志、人与空间角度书写脚下的土地景物，呈现地质、地貌、人文等特色。台湾盛行以女性为基调的地志空间书写，如方梓《采采卷耳》、郝誉翔《温泉洗去我们的忧伤》散文。2013年，台湾也开始推动"阅读文学地景"项目，邀请近百位文学作家亲口朗诵自己书写的地景散文，呈现个人的成长记忆、台湾人文风景记忆。在台北华山文创园区，林文义朗读20年前漫步人文小镇大溪的散文《记得大嵙崁》，廖玉蕙朗诵《一座安静的城市》，述说第一次登上金门岛的感动，向阳诵读年少所写的《银杏的仰望》，每次看到丰姿优雅的银杏，就忍不住想起故乡南投鹿谷宁静的月下风景。该项目收录250篇佳作，让书迷"听"见文字脉动的声音。[①]

台湾学者前来香港的行脚，有刘克襄。大陆学者前往台湾的行脚，有李娜，她深入台湾原住民居住地，同吃同住同甘苦，做田野调查，做扎实的人类学、社会学、文学、音乐学研究，写就《流浪之歌：林班歌，部落志》[②]

[①] 林连金：《台推"阅读文学地景"百位作家响应》，2013 - 11 - 30　16：20，台海网，http://www.taihainet.com/news/twnews/twsh/2013 - 11 - 30/1173937.html。

[②] 李娜：《流浪之歌：林班歌，部落志》，（台北）人间出版社2014年版。20世纪90年代原住民当代创作歌曲进入流行乐坛。其实，原住民一直在创作，部落早已拥有自己的流行音乐。20世纪50—70年代，在伐木外销争取外汇政策下，部落族人受雇在"林班"做育苗、割草、整地的工作，开始现代意义上的货币劳动。在单调的劳动工作中产生了一种歌谣：从部落的旋律和腔调而来，逐渐以新学习的国语为主，跨部落、跨族群地流传；又从部落的篝火旁，唱到城市的工地中、唱到远洋的渔船上，唱着思恋和流浪。歌词直白，却蕴含了半个世纪的悲欢离合；曲调简短，却融汇了千年古调、日本演歌、西洋民歌及流行音乐的元素；它是一无所有的劳动者的慰藉，也是回顾来路、思考未来的武器。这些歌谣，烙印着原住民从氏族传统走入民国的现代化足迹。究其起源，我们称之为"林班歌谣"。

《无悔——陈明忠回忆录》[1] 两书，文笔优美流畅，开辟出田野调查类新书写，为学界瞩目。

2014 年，澳门出版行脚考现文学《文学风景——澳门历史城区文学游踪》，作者为彭海铃，插图为梁倩瑜，图文并茂。封底介绍说："本书是第一部以澳门历史城区的参观路线为经，中外作者的文学作品为纬，融会文学与史迹的导赏书籍。"[2] 此书自言要"走一趟世遗之旅，访一次文学之路"，章节按照游走名胜景点的线路铺排，考掘名胜背后的传奇人事，解读历史变迁、掌故逸事，旁征博引，知识渊博。该书考现的成分少些，考古的成分多些。写法类于香港陈智德的《地文志》，但后者以诗人之眼看世界，处处见出个人的感悟。《文学风景》不时穿插水彩插图，虚幻拼贴，轻盈飘逸，暖色温馨，养眼怡人；还有黑白工笔画的建筑图，写实严谨。插图一实一虚，为书籍增色。这也是景观社会时代下的产物。

文学采风，实地考察，重返现场，追溯过往，感悟变迁，时下这类文学活动日益兴盛。中国社会科学院文学所组织当代中国史读书会，结合每年举办的现当代文学研讨会，进行采风调研，这两年主要研究合作化时期的乡村和文学，最近两次集中探访赵树理和柳青，重点调研山西晋城、长治的村庄，陕西长安区、榆林地区的文学地景，成果刊载于《人间思想》大陆版，已有七期。

依照考现学、城市漫游美学理论、创意作品实践，结合本地实际，

---

[1] 李娜整理编辑，吕正惠校订：《无悔——陈明忠回忆录》，（台北）人间出版社 2014 年版。陈明忠，1929 年 1 月 2 日生于高雄冈山，知名社会运动家、社会主义理论家，在戒严时期两度被捕入狱，是台湾最后一位政治死刑犯，坐了 21 年的黑牢。二二八事件时，是台中农学院学生兼谢雪红领导的二七部队（到埔里后改编为"台湾民主联军"）突袭队长。一生经历日本殖民统治、二二八事变、50 年代白色恐怖、党外民主运动，用一生实践、反省和思辨，探索着民族和平统一的未来和人类全面解放的道路。该书经过多次访谈，再由李娜编辑整理、吕正惠校订，展现出如台湾历史般波澜壮阔的陈明忠一生。

[2] 彭海铃文，梁倩瑜图：《文学风景——澳门历史城区文学游踪》，澳门特别行政区政府文化局 2014 年版。

我们可以省思：如何进行中华传统文化符号的重新诠释，如诗、词、曲、赋、民乐、曲艺、国画、书法、对联、灯谜、射覆、酒令、麻将、歇后语等？如何进行羊城考现学调查？怎样再认识羊城的骑楼、粤菜、粤剧、早茶、行山等文化符号？如何开拓"羊城文学漫游、粤派文学地文志、岭南文学漫步"等新课题？北京、上海、广州、香港这些有特色的城市，是否可以进行对比考现论证？如何比较各城市的空间扩展？广州有城中村改造；港澳地小，则有填海造地，这些城市的空间承载压力都很大，郊区城市化，向天空和地下索取空间，于是有摩天大楼，地铁建设。但各城市自有内涵，不同的历史、不同的文化底蕴、不同的居民构成以及不同的政体，都令各地城市变迁各有差异，值得"浪游者"去游荡和发现。

漫游叙事可以生成新意。2007年，日本艺人关口知宏以乘搭中国铁路方式，走遍中国，全过程拍成多集纪录片《中国铁道大纪行》，其中有句名言："居乡不觉、异乡有悟"，深得考现学的精髓。其实，港台有如此繁盛的考现文学成果，这源于港台几代人漂泊离散的经历，最初多为逃难，后来多为海外求学、回国就职、畅游世界等，丰富的异乡游历经历给港台文学印下了独一无二的戳记。因此考现学也适合作为世界华文文学研究的方法论。

2017年春节期间，央视纪录频道推出34集大型航拍系列纪录片——《航拍中国》，鸟瞰全国的世界文化遗产、自然风光、名胜古迹和风土人情，以空中俯瞰的新视角，将各省美景拍得美轮美奂，江山如此多娇，给人带来全新的创意体验。第一季拍摄历时一年，展现6个省级行政区域的地形地貌、气候环境、自然生态，动用了16架载人直升机、57架无人机，总行程近15万公里，相当于环绕赤道4圈。整个系列计划拍摄23个省、5个自治区、4个直辖市和2个特别行政区。

文学空间的考现学，在西方文学中又称为"地志文学"，以某地方为文本题材或主体，强调写实的价值。地志书写，还包括掌故方志、博物志、地理文献、航海日记、旅游指南等。① 如果说，旅游指南是指路的；那么，地志文学是指心的，不仅是客观的地志，也含藏着写者的情感，满载地缘，满载人情。近年，关于文学文化与地理学科的研究日益丰富，如迈克·克朗《文化地理学》、陈正祥《中国文化地理》、杨义《重绘中国文学地图》、曾大兴《文学地理学》等。不同于传统文学的自然书写、山水诗人、田园派、乡土派，考现文学、地志文学、地景文学不仅有抒情的意味，还有科学的成分；不仅注重想象，更注重非虚构的成分；更细致入微，而不是大而化之；强调文字与影像并重，给人重返现场的魔力感；研究者既有社会责任，也讲究科学考察，不仅是自然作家，更是自然社会科考作家，由小及大，整合思考。

地志文学、自然书写与生态文学息息相关。刘克襄在香港行山发现，客家人注重风水林②，相信有此才能人才辈出。刘克襄由此总结出香港的风水山林美学："涌生咸草、围立大榕、家伴龙眼、屋偎黄皮、村出白兰、林藏沉香"，风水说明生态环境的重要性，古人早已知之。当今世界，人们全球满天飞，哪一处的风水决定了其人生的走向呢？也真说不准。近三十年来，全球的自然环境都变化太快，生态理论也随之日新月异。过去的风水学局限于一时一地，实为地域学。而今日的生态学更注重环球，通盘考虑，实为地球学。未来的生态学，可能需要考虑的范围更加广阔，实为宇宙学。

时下热门的地景文学类型，更具有全球性，考察、叙事、再现方法更为多元丰富，融汇日本的考现学、路上观察学、法国的现代主义浪游派、美国的在路上风潮、港台漫游式创作，互相感应，形成了共振共鸣，世界各地的创意实践可以对读，再思考，再出发。

---

① 邹芷茵：《文学地景的趣味与价值》，收入樊善标、马辉洪、邹芷茵主编《叠印：漫步香港文学地景》导言，商务印书馆（香港）有限公司2016年版。
② 参见梁秉钧策划《自然旅游创作——新界风物》，香港教育图书公司2013年版，第10—11页。

考现学与考古学如何整合？考现目的可以是保存优秀的传统文化，也可以是关注地方物事的生长与消失，挖掘空间符号的意义。未来社会继续朝智能化、数字化发展。假设摄像头无处不在，城市内外的一切将更加尽收眼底，无时无刻地记录，将产生海量的考现大数据。若分析这些真实的大数据，将得出什么结论？在大数据时代，大数据的考现学、观察学，将如何突破？多提一些新颖有趣的前瞻问题，或许将来能激发出更精细深入的数据考现学、智能考现学等学问。

第十一章 集体创意写作

除非极有天赋的天才,写作不需要教。对大多数人而言,写作是可以教的。创意写作在 20 世纪应运而生。创意写作,creative writing,重点在于创造力培养,与众不同,只有你写得出来,别人写不出来,写出个人的精彩感受和想法。创造性写作教学,重视自由表达和创意激发,打破传统刻板、教条的写作训练方式,运用写作规律和方法,经过信息挖掘和加工,形成原创性文学,在写作中发现自我,成长自我。创意写作包括虚构文学和非虚构文学,也可细分为诗歌、小说、散文、回忆录、剧本创作等类型。在数码网络新时代,创意写作开拓出更新的面目,如超链接文本、互动作品等。

一 创意写作渊源

创意写作缘起于爱荷华大学。1897 年,该校创办第一个诗歌创意写作班。1922 年,该校研究生院院长卡尔·希叟(Carl Seashore)决定,文学作品可以申请写作学的学士学位论文。1936 年,韦尔伯·施拉姆成立"作家工作坊"(writers'workshop),经常邀请作家短期驻校,教学生写作,并将之建设为一种新教学体制,坚持下来。1963 年,爱荷华大学作家工作坊主任保罗·安格尔(Paul Engle,1908—1991)访台,聂华苓(1925—)与之相识。1964 年,她应诗人安格尔邀请,到爱荷华大学作家工作坊,做访问作家。1967 年与之一道共同主持

"爱荷华国际写作计划"。1971年,两人喜结连理,成就文坛佳话。聂华苓说:"我是一棵树,根在大陆,干在台湾,枝叶在爱荷华。一生经历了三生三世。"① 这棵树最终结出了"国际写作计划"这一硕果。

50年来,"国际写作计划"每年都邀请世界各地作家到爱荷华,进行4个月的写作和研讨。选择标准是作品上乘。先是台湾的一批,如白先勇、王文兴、欧阳子、林怀民、蒋勋、陈映真、郑愁予、余光中等。大陆改革开放后才开始参加,如萧乾、丁玲、汪曾祺、莫言、茹志鹃、王安忆、格非、余华、苏童、毕飞宇、陈丹燕、艾青、北岛、王蒙、陈白尘、吴祖光、张贤亮、冯骥才、白桦、阿城、刘索拉等。香港的则有舒巷城、潘耀明、董启章、潘国灵、李怡等,西西曾经受邀,但她说这对香港年轻作家更有裨益,婉拒了。华人作家哈金说,在此学到了构思之道:"每个句子,每个段落都很重要,美国人讲技巧,题材小,细致精巧,结构都是经营……这两年对我帮助很大,缩短了我的学徒期。"林怀民说,在此可以自由摸索,自己到底要成为一个什么样的人。50年来,有1400多位作家受邀,来自70多个国家,俨然一个小型的文学联合国,齐聚不同肤色、种族、政见、经历、性格的作家,独特的交流方式碰撞出思维灵感的火花。

如今,爱荷华大学的创意写作工作坊已成为文化品牌,是美国唯一获得国家艺术奖章的创意写作工作坊。至今,该工作坊已培养了17位普利策奖获得者、3位美国桂冠诗人、300多位国家图书奖和其他国家大奖获得者。他们眼光独到,土耳其作家帕慕克1985年被邀,2006年成为诺贝尔文学奖得主。莫言在获诺贝尔文学奖前8年接受过邀请。1976年,聂华苓与安格尔夫妇获得诺贝尔和平奖的提名,被誉为"实现国际合作梦想的独特文学组织的建筑师"。安格尔逝世后,为纪念这位创办者,写作中心将每年的10月11—13日定为"安格尔文学节"。

---

① 肖莹:《聂华苓:根在大陆 干在台湾 枝叶在爱荷华》,《环球人物》2015年7月14日(http://www.hqrw.com.cn/2015/0710/30374.shtml)。

第十一章 集体创意写作

创意写作教学在美国高校已推广了近百年,至今有700多个系,授予硕博、学士学位,已成为一门独立的学科。美国创意写作以本科教育为主,自上而下、由内而外形成了完整的系统,向上延伸到以工作坊制为主的专业硕士教育,向下拓展到高中选修课程,让学生书写自己熟悉的故事,以回忆个体成长史、家族史为多。英国倡导创意经济战略,致力于开拓创意写作文化产业,如"文化节传播计划"。美国创意写作课程的系统化不仅在内形成阶梯式教育,同时密切联系其他领域,如文学社、电视影视、公共服务体系等,打破校内外的界限。

近几年,中国大陆开设创意写作硕士点,有复旦大学(2009)、上海大学、南京大学、北京大学(2014),本科则有香港浸会大学、广东外语外贸大学(2012),谋求突破,打破框框。中国人大译介系列丛书:《叙事性非虚构文学写作指南》《通过人物、悬念与冲突赋予故事生命力》等;如沃尔克编《创意写作教学:实用方法50例》,描述14条自我激发创作的路径:蓝筹练习、闪小说与微小说、纸上瑜伽、雄辩术等。相关的学术研究有郑周明《从美国创意写作史到中国创意写作学科建设》,其硕士学位论文专研创意写作,[1] 获得2012年上海大学第六届研究生创新基金项目,导师为葛红兵。张芸写有《创意写作与美国战后文学》。

大陆的前后几代人,所受外来文化的影响不太一样。"70后",年少时身处80年代,正值港台文化发展的黄金时代。而"80后"和"90后",年少时身处新世纪之交,正值欧美文化、海外华文文化发展的黄金时代。"70后"之前的一两代,则受苏联文化的熏陶。但是,大陆几代人在创意写作的影响渗透方面,则好像在一个节拍上,同时受港台欧美文化的影响,可以叠加在一起。

近百年来,香港发展为国际化大都市,成为举世闻名的金融中心,

---

[1] 参见郑周明《一个文学生产机制时代的微景》,硕士学位论文,上海大学,2013年。

获得世界城市美誉，具有世界主义气质。近百年间，香港从小渔村逐渐发展成为国际化大都市，蜕变神速，让人晕眩。香港作为滨海港口，易得风气之先，接受外来先进思潮迅速，先内地一步。当代香港中西文化交汇，半唐番特色浓郁，具有丰富性和多元性，信息网络科技发展迅猛，成为新潮文化的生产基地，引领时代风潮，但也不乏传统流风遗韵。

香港的文化特质是跨界创意，异军突起。不管是刘以鬯、金庸、梁羽生、西西、陶然、李政慧、也斯、吴煦斌、陈冠中、昆南、王良和、罗贵祥、李碧华、黄碧云、钟晓阳、钟玲、陈宝珍、陈慧等前辈作家，还是董启章、林夕、潘国灵、葛亮、廖伟棠、王贻兴、唐睿、谢晓虹、韩丽珠等新时代作家，都有跨界实验，善于打通文学与电影、建筑空间、文化地理、赛博空间、表演艺术等，在风马牛不相及的艺术媒介间挖掘交叉点，以发散思维方式，突破领域壁垒，出人意料地组合不同艺术，自创一体。

香港的创意写作走在前沿。不靠译介，而靠自身创作，结合本土情况，因地制宜。不仅有个人实验，如董启章的"集邮体、电邮体"魔法创意写作；也有一群文艺爱好者自发相约，围绕特定主题，彼此激发灵感，合写作品，产生出不少集体创作文学，富有创意。香港的城市和文化发展具有范式意义，提供了大量先进经验，可资大陆文坛借鉴。

二 "新界"创意写作坊

也斯，又名梁秉钧。在美国加州大学获得文学博士学位之后，曾在香港大学英文系教过几年创作课。1997年，调到岭南大学中文系之后，开办了"中文文学创作课"。近二十年来亲力亲为，组织香港岭南大学的师生团队，力撑起"新界创意写作工作坊"，策划有新意、有深意的系列文学活动，几乎每年都举办"创意写作"系列讲座、研讨会、朗诵会、征文活动，还有创作实践和学术研究活动，并结集成书，多由香港教育图书公司出版，已经集成了一套书系。可从中探究

第十一章 集体创意写作

一个名作家名学者的创意写作教学系列能行走多远。

2002年秋季，也斯策划邀请白先勇到香港岭南大学，作为驻校作家，师生共同研讨、学习、实践创意创作，讲中文文学创作课，结集成书为《跟白先勇一起创作——岭南大学创作坊笔记》。[①] 全书共分三部分，先是白先勇主讲文学，然后是两个创意写作工作坊，学生创作，白老师评点。

该书第一部分是白先勇的创作谈，内容丰富。

首先，谈美国爱荷华大学作家工作坊的学习经验。爱荷华空旷的玉米地给人超越感，跟车嘈人喧的纽约感觉不一样。小说之所以一直有生命，由于不同作家，用不同的看法来写。小说不在乎写什么，而在于怎么写。什么时候用叙述、戏剧化、对话都有讲究，对话什么时候转到叙述，也是学问。叙事视角决定作品的风格和看法，头尾调子、起承转合都有技巧。小说的第一句话很关键，好像大戏开场的一锤定音，电影开场音乐的定调。第一句错了，整篇也错了。

最好的技巧是看不出技巧。《红楼梦》的高妙在于，处处有好写法。如写大观园，既有贾政带清客的俯瞰总览，冷静客观书写；也有刘姥姥进大观园的近景细览，乡巴佬进城的兴奋，带来了热闹非凡的戏份，因此这幕戏才成了经典。翻译是件难事，白先勇曾自己翻译《台北人》，中文名玉丁香很美，但是翻译成英文的 lilac 却不好听，想改为英文的茶花 camellia 好听，但是出版社不同意，只能忠于原著，白先勇要忠于白先勇，实属无奈。

其次，以古典诗词为例，谈中国人表"情"的方式。从《诗经·关雎》男追女的热烈艰辛，讲到李白《长干行》青梅竹马情到婚后女思男的缠绵幽怨，崔护《题都城南庄》错失机缘，韦庄《思帝乡》女子的大胆示爱，欧阳修《生查子》今年不见佳人面，晏幾道《鹧鸪

[①] 参见岭南大学人文学科研究中心梁秉钧策划《跟白先勇一起创作——岭南大学创作坊笔记》，香港教育图书公司2008年版。

天》别后重逢的喜悦,分析中国传统诗词再现情感之复杂、丰美。他这些论点延续下来,就有了2017年初出版的《细说红楼梦》。

最后,谈文学作品的学与教,他认为在香港小升初两年和台湾的中学的国学、古文训练很重要,奠定了基础。他说:"香港这地方,基本上文化的基因(DNA)还是中国传下来的,潜伏在哪里,一唤它就苏醒了。"[1] 其散文《蓦然回首》详尽地写了为什么会对文学有兴趣,如何在台大与夏济安老师等一帮师友办刊写文的经验。他说,写小说要藏,写散文则越真诚越好。

该书从第二部分开始,白老师逐篇点评学生佳作,借此阐述叙述观点、气氛、人物、主题的创意写作方法。一篇学生习作用伞的视角来写一出三角恋,拟人角度特别,写伞下的秘密故事,伞收了是一个世界,伞撑开又是另一个世界,插在伞筒,则隐喻夫妻生活的无聊平淡。女子因厌倦婚姻,而生出墙心,最终伞飞了,女人却未随人去英国,而选择留下,回归巢穴安全处。一篇习作用马的视角,写成故事新编《霸王别骓》,不带道德评判写人物,写出霸王项羽的传奇气概。

白先勇说,写文要先学会写人,就像练书法,先学习正楷。写活人,几笔就能点出个性、神韵。如曹雪芹写晴雯,只用两个词:削肩、水蛇腰。写王熙凤,人未见,声先闻,丹凤三角眼。少写单一的扁平人物,多写灵动的周圆人物。对话写得好,就要"live it, lively, live like"(生活,生动,活像)。切忌用小说讲大道理,而应以故事、细节来表现。有些小说善写故事,有些善写氛围。王家卫的电影《花样年华》善于再现氛围,知道如何说故事,而不是故事本身,他也是积累了很多经验,才能捕捉到20世纪60年代的香港气氛。

学生佳作中,《男欢・女爱》好在分别呈现男女视角,写透了花心男的可恶。《外卖盒饭》写实再现香港底层生活,家里交不起房租,

---

[1] 岭南大学人文学科研究中心梁秉钧策划:《跟白先勇一起创作——岭南大学创作坊笔记》,香港教育图书公司2008年版,第41页。

小孩作业费付不起，丈夫还能带回海鲜给小孩吃，妻子怀疑丈夫有外遇。跟踪后，才发现丈夫失业，捡别人吃剩的饭菜带回家给三个小孩吃，最后的谅解写得动人。《独舞》写一男一女抢一个男孩，而两个男孩有些同性恋倾向，最后剩下男主角独舞。还有改写梁山伯与祝英台故事的，从马文才的角度来写，写出了痴情男的悲痛伤心。

2008年，也斯策划出版《书写香港@文学故事》[①]，组织年轻的大学生论说半个多世纪的香港文学故事，以时为序，分"往昔文踪文坛先驱；50年代与60年代的现代与写实、文艺园地、文学与影视广播剧改编；70年代与80年代本土意识的形成；90年代至今的传承与开拓、文学资料的编选与整理"等章节。全书以专栏写作方式编史，思想新锐，文笔活泼，可读性强。

2010年，也斯策划出版《电影中的香港故事》，同样由岭南大学人文学科研究中心、香港文学研究小组编著。也斯组织年轻学生，精选20世纪50年代至新世纪的重要电影，探讨电影如何建构香港的社会人事、时代风貌、民生百态、风俗掌故等文化因素。全书分香港人、香港地、香港衣食住行三大部分。选题见出新意，如将《野玫瑰之恋》称为香港的"卡门"，《小说家族之翠袖》讲非典型新移民故事，《飞女正传》《飞男飞女》《阿飞正传》构成了阿飞故事四十年系列。香港电影重点再现中西医、职业女性、青年形象等，将妓女行业称为"打不死的小强"。香港电影关注中环和天水围的日与夜，巨厦与圈笼两种居住空间的差异，分析香港电影如何借助旗袍等服装、打边炉等饮食、电车租屋等空间，来展现香港的伦理矛盾、身份认同、多元文化等深层意蕴。

也斯作为跨界作家，深信启发不一定限于文学。他曾邀请策展人何庆基以画作切入文学；"影话戏"剧团的罗静雯导演教授剧本创作；

[①] 岭南大学人文学科研究中心梁秉钧策划：《书写香港@文学故事》，香港教育图书公司2008年版。

电影导演伊力·卢马的剪接师雪美莲以剪接的方法思考文学的结构……此外还有白先勇、格非、王安忆、李易、阿城、张大春等,每位作家为创作课设计一个主题。① 2011年,也斯策划出版《西新界故事》②,2013年出版《自然旅游创作——新界风物》。均为漫游香港式的创意写作。这两本书是也斯用十多年的心血浇灌出来的文学之花,也是岭南大学的学生参加创意写作工作坊后,集成的创作成果,两书从一群青年人的个人角度,省思西新界这个地方的旧人旧事、历史叙事,重拾被遗忘的角落,以求挖掘出空间的新文化、新价值。不仅在题材内容上,而且在艺术形式上多做实验,气象一新。

三 魔法闯关创意写作

一个人搭建魔法创意写作的自由王国,当属新锐作家董启章的《贝贝的文字冒险——植物咒语的奥秘》(2000)。③ 全书十章,每章两节,交错穿插,套盒结构。叙事中层,为魔法王国、梦世界、电玩世界,用魔法体叙述植物王国探险魔法故事,给学习者心灵植入想象力。叙事内层,贝贝在魔法王国,要完成冒险闯关,完成写作游戏练习,才能通关回家。叙事外层,现实国度,父给女写电邮,指导写作方法,布置有趣练习,暗藏叙事学理念。

该书实际是创设了计算机游戏式互动艺术。中学生贝贝因咒语而中招,踏上了离奇的文字旅程。她掉到植物符号王国,要解开十句咒语之谜,才能回归现实。受众需要互动,才能完成闯关游戏,好像一款创意写作软件。全书结构见表11-1。

---

① 黄淑娴序言《写作的教育·人文的教育:也斯的写作教育理念?》,收入岭南大学人文学科研究中心梁秉钧策划《自然旅游创作——新界风物》,香港教育图书公司2013年版。
② 岭南大学人文学科研究中心梁秉钧策划:《西新界故事》,香港教育图书公司2011年版。
③ 参见董启章《贝贝的文字冒险——植物咒语的奥秘》,董富记文字工艺2000年版。本科学生曾对此书做过精彩演讲,组长苏永娜,主讲余惠珍、伍秀如,组员曾衍惠、何伟霞、朱小惠。

表 11-1　《贝贝的文字冒险——植物咒语的奥秘》章节结构

节	章节题目	创意写作	练习题
1	用手去看凤凰木	具体事物 观察和描绘	【老鼠大象眼力大比武】 【感官交换器】
2	谁怕柳鬼？	抽象事物的表达	【为情做境】【筑境生情】
3	含羞草村庄	意象：具体＋抽象	【怪村子】【水果唱歌】
4	荚豆说话了	角度和观点	【我和讨厌鬼】【谁杀了大黑猫】
5	五月木棉籽	时间和时序	【瞻前顾后】【时间二重奏】 【时光三兄弟】
6	挂满音符的许愿树	节奏	【有多快？有多慢？】 【文字拍子机】【时间放大浓缩器】
7	榕树和牵牛花	结构	【文字模型】【大开大合】
8	大红花是红色的	直陈和暗示	【头头是道】【明珠暗投】
9	像猪一样的木瓜	比喻和隐喻	【三不像】【喻言故事】
10	狗尾巴草摇摆的河堤	气氛和烘托	【植物咒语（贝贝设置）】

开篇的童话超链接，灵感来自《爱丽丝梦游仙境》。全书集邮式地收藏了中西古今文本的奇妙细节，含藏魔法密码，考验读者的知识储备，阅读变成侦探之旅。贝贝见到了像鸟的凤凰木、像音符的白榄、像大胡子的榕树；还遇到《安徒生童话》的豌豆公主等各色人物。莫言《生死疲劳》（2006）主人公不断轮回转世，化身为驴牛猪狗猴等，恰似堕入动物符号咒语王国。两作分别跌入动植物魔法世界，想象天马行空。

黑骑士是贝贝的写作精神导师，这源自罗拔·威尔逊的后现代剧《黑骑士》。贝贝的文字王国之父是布鲁斯普路，这来自莎士比亚的《暴风雨》。邪恶魔法师限制和禁闭别人的力量，善良魔法师则把精灵从山洞释放，让想象力从黑匣子飞升到天空中。

贝贝好伙伴奥斯卡源自德国格拉斯小说《铁皮鼓》及同名电影。奥斯卡的鼓声给贝贝带来节奏韵律的灵感源泉。走唱歌手阿麦田自创的手风琴曲乐、小音的歌声，激发贝贝学习文字的音乐节奏控制，学会讲述快、长、慢、短的时间。如长句子快节奏法："别理他白天黑天晴天雨天我都拿着风琴踏着大步挂着笑容张开喉咙/无忧无虑地唱歌! /唱甚么? /唱下白榄白雪白云白醋白酒白糖白米白蚁白菜白银白痴白饭鱼! /别理他白天黑天晴天雨天我都拿着风琴踏着大步挂着笑容张开喉咙/无忧无虑地唱歌!"曲风类于许冠杰、黄霑的歌曲、农夫的RAP。还有"在那分岔路口有只绿色的黄狗流露出幽幽的眼神,/在那昏暗的街中有盏青色的橙橙等待着拖长的足音",长句叠字叠韵,幽怨无比。短促字式的快节奏法:/食蔬果不如食雪梨,/汁汁—汁汁汁汁—汁汁—汁! /食雪梨不如食西瓜,/呲唎—呲唎—呲唎—呲唎—唎唎—呲! /时雪—时雪时雪—时时—雪!"① 这些词句用粤语朗诵,极有音韵感。

父亲给女儿写了十封电邮,即是十个专题,深入浅出讲述叙事视角、时间、结构、节奏等理论。热奈特认为:"叙事是一组有两个时间的序列:被讲述事情的时间和叙事的时间,即所指时间和能指时间。"② 董启章将故事时间喻为木棉的开花、结果、落叶,叙事时间即事件在文中出现的次序,讲述时可以错乱,为此设计了有趣的游戏练习。

第一,"瞻前顾后":随想几个简单事件,列为 A、B、C、D、E;假设 A 为"早上起床梳洗,但发现牙膏用完了";再用 1、2、3、4、5 五张纸签;抽签决定事件 A 的发生次第;若抽中签号为 3,则 A 与 3 结对子,故事时间 A 处于叙事时间 3 号位置;推想之前 1、2 和之后 4、5 发生的事,进而按 1—5 叙事时间,串接完整。随意排列,可生成各种故事。第二,"时间二重奏":找出儿时照和近照,用过去、现在时态,交替对比书写。第三,"时光三兄弟":假设大哥叫"将来",二哥叫"现在",三弟叫"过去";想象事件 A,分由三兄弟去说,写三段不同时态的描述。③ 由此,学习者切实体会到立体、运动的时间

---

① 参见董启章《贝贝的文字冒险——植物咒语的奥秘》,董富记文字工艺 2000 年版,第 73—75 页。
② [法]热奈特:《叙事话语 新叙事话语》,王文融译,中国社会科学出版社 1990 年版,第 12 页。
③ 参见凌逾《跨媒介:港台叙事作品选读》,广东高等教育出版社 2012 年版,第 373 页。

感和节奏感。这些练习法很实用,教师在课堂引导学生创作,有奇效。

尾声有封唯一的妈妈电邮,提及"兴",侧面烘托与情感相符的景象,侧重间接联想和相关性;比喻则是较直接可辨的相似性,把一事联想成另一事。贝贝妈说:年少时,贝贝爸长途跋涉来看望,"看着你从另一端慢慢地走过来。我还记得,沿路也长满了狗尾草,你走到哪里,哪里的狗尾草就摇摆,一直摇摆到我家门前",信尾署名:"永远在河堤一端等你的贝贝妈妈",诙谐揶揄。其实,关于比喻的各种类型,可以列表来加以理解(见表11-2)。

表 11-2　　　　　　　　　　各类比喻对比

名称	定义	本体喻旨 tenor 与喻体 vehicle 的关系	例子
倒喻 reversed metaphor	喻旨出现在喻体之间	本体喻体具有相似性,喻体先出现,本体后出现	《长恨歌》"芙蓉如面柳如眉",喻体芙蓉、柳,先见于本体面、眉
反喻 antimetaphor	指很难找到比喻相似点的比喻	本体喻体无对应相似性	波洛克《秋天的节奏》,用刀、毛巾、杖等把颜料播撒于画布,标题的相似点难见于画作
明喻 simile	符号在表达层上有强迫性比喻关系,不允许另外解读	本体喻体具有相似性	你的脸像苹果。本体脸与喻体苹果,有相似性
潜喻 submerged metaphor	一类是否定式地使用潜喻;二是借助某物表达,将抽象的化为具体的	本体喻体可能不具有相似性,本体可能不出现	"蜂针儿尖尖做不得绣,萤火儿亮亮点不得灯","你真是聪明得不像一头猪";《踏花归去马蹄香》只画几只追逐马蹄的蝴蝶
提喻 synecdoche	喻体与喻旨是局部与整体的关系	喻体是本体具有相似性,喻体是本体的局部	只画蝴蝶结和头发,大家都知道这画的是女孩
隐喻 metaphor	喻体与喻旨链接较模糊,相似点不是强制性出现在文本层	本体与喻体具有某方面的象征或相似性,本体出现,喻体未出现	电影"黑天鹅",女主人公衣服颜色由浅色变成黑色,预示着心魔的出现,也可以解读为别的
转喻 metonymy	转喻的意义关系靠的是邻接	本体与喻体不靠相似性,依靠临近性	例如爆米花和电影的关系,戒指和求婚的关系

贝贝经历有趣且有挑战性的文字冒险后,从抗拒转为热爱写作。在一

场场探险考验中，学会了十种写作技法。如物体视角叙事法，让物发声、拟人，呈现陌生化观点。含羞草，自卑自闭，隐喻现代港人砌起心墙，自管自的营生。贝贝在木棉树下，做着无法分清昨天、今天、明天的幻梦，隐喻港人在千禧年交叉路口，对过去、现在与未来的沉甸甸思考。

董启章早已实验以"物"术语界定世界，如尺子：终于体会到暴力是一种怎样叫人迷乱而激情的东西；纪念册：提供了唯一的一个必须对同学说好话的机会。其《纪念册》《家课册》《小冬校园》结集为《练习簿》，讲经济科的友谊供求关系、地理科的爱情气象台、数学的三角恋爱程式等，富有创意。

《贝贝的文学冒险——植物咒语的奥秘》化用西式创意，独创中式创意小说：既是部魔法小说、趣味儿童读物，让人物在植物王国中探险，还运用网络游戏新媒介，网络邮件无线传播，人机合作，借助邮件的快捷方便，写成深入浅出的写作教材、叙事学教程。小说结构组接也出人意表，协调文字冒险与写作理论，具有神秘丰富的想象力，整合咒语历险、文本互涉、作者读者互动、故事叙事理论，像和面一样充分融合发酵，生出既有果酱想象味、又有面包现实味的新佳作。前有引言，后有拓展延伸思考，对各章节提出问题，激发读者新联想，进行互动创作；整合虚构文学体与非虚构文学体；既有对童话戏剧前文本的戏拟，也有对叙事成规的戏拟；哈利·波特式儿童文学与热奈特式叙事理论互渗；"集邮体与电邮体"二合一，诗意与创意结合，小说与写作教科书交织，学生习作、老师下水作文、叙事理论多层次融合，在游戏中学习，枯燥的写作变得轻松有趣，开创出创意写作的新范式。

四 母子品牌、跨校创意

同人作品戏仿，可以建构品牌符号学，从同一母体中诞生出兄弟姐妹子体，同中有异，这是跨界创意新方式。"我城"，是西西的品牌，印刻了当年香港本土化的呼声。《我城》具有跨界特性：不仅图文互涉，自创108幅插图，言寓于画，画寓于言；还化用新浪潮电影、中国长卷绘画的空间结构叙事创意。① 该作变成灵感激发器，在诞生30周年后，纪念创意随之而来。2005年，香港艺术中心及Kubrick合作主办"I-city Festival 2005"总项目，集合一群年轻艺术家，让不同媒介对话碰撞，开辟出"小说、绘图、摄影、动画、剧场共生的i—城"；打造图文合集书《i—城志——我城05跨界创作》②，制作动漫DVD光盘，跨界创意层次丰富。《我城》催生出作品和读者的互动增殖，使得"我城"故事永不终止。

"I-city Festival 2005"的跨界作品，都从城市角度切入，都通过年轻人眼光打量香港，但不同于母体的格调。西西的《我城》以轻松欢快的笔调叙事，以求对抗世界日益石头化的进程，克服惰性和不透明性，用另种逻辑和语言述说城市空间，以快乐之眼看香港，其实《i—城志——我城05跨界创作》接续了《我城》之前作品的荒诞风格，主体格调灰暗、疲累、惶恐、焦灼、绝望。各媒介艺术在叙事视角、媒介艺术语言、叙事手法等方面还是存在差异，因此，整体项目呈现出众声喧哗、多元混杂的复调特点。

2002—2005年，陈载沣、卢伟力跨校授课，引导香港大学和浸会大学的学生，创设"跨院校"创意工作坊：集体创意写作的成果、感言、评论等结集为《轮流转中的文字感觉》分享集。③ 师生们集思广益，激发出创意写作的诸多方法，在游戏中寻找灵感。

空间叙事和时间叙事倒错实验。如"安全角落"要求叙述小时候家中最安全的地方。如打乱"生老病死"的人生普遍序列，重新演绎，写成《先死后症》《死而后生》《先病后老》《死完再生》等文章。

从视觉、听觉等多层次体验心灵感觉，如"观察心经"项目，从佛教经典中找到灵感，但不是去除对"色、受、想、行、识"五蕴的

---

① 参见凌逾《后现代的跨媒介叙事——以西西小说〈我城〉为例》，《江西社会科学》2009年第7期。
② 参见香港艺术中心《i—城志——我城05跨界创作》，香港艺术中心2005年版。
③ 参见跨院校创意写作同学会《轮流转中的文字感觉》，明窗出版社有限公司2006年版。

执着，而是观察五蕴、体察心理。或以颜色为题展开想象，记录对颜色的联想和感觉，激发想象力。

接龙写作，即"写作轮流转"，以数人一组形成团队，每人写一段，时间不超过十五分钟，然后给邻近同学接龙，几个故事交错写作。或改变邻座所写《未完之事》角度，以非主角视角重写文章。集体互动创作，两个大学师生见面，抽签决定分组，各自说心里话、个人经历；然后，根据这些素材，集体讨论编写戏剧脚本提纲，再分工写作，又集体讨论修改加工，然后分配角色排练，犹如电影制作般，最后是隆重上演各组剧本，比赛颁奖。由文字的创意叙事实验，跨界转变为舞台剧创意表演。

其实，《轮流转中的文字感觉》（2006）是写作趣味游戏教程、创作实践，与董启章《贝贝的文字冒险——植物咒语的奥秘》（2000）有异曲同工之效，都属于创意写作系列，但后者在前者基础上拓展，由单兵作战方式改为集体互动创作。《轮流转中的文字感觉》创造性地设计出不少灵感创意游戏，精彩纷呈，引导写作者叙事训练，进行富有成效的实战写作，提升写作创意能力；消化抽象术语如叙事时间、视角、空间、结构等，加深对叙事学理论的理解；还化用后现代叙事学的新理念，包括多声道多角度叙事、互动创作、网络叙事等。创意写作游戏激发想象，主题多元、虚拟互动、现场集体写作，涵括诗歌、散文、戏剧等，体现出跨文类的后现代叙事理念。这对于跨媒介叙事创意有启发意义。

2005年可谓香港的"集体创作年、跨界创意年"。跨媒介艺术集体整合创意工作坊"I-city Festival 2005"项目，城市漫游工作坊，"跨院校"创意写作工作坊，结集成书：《i—城志——我城05跨界创作》《沙巴翁的城市漫游》《轮流转中的文字感觉》，都是集体创作，或跨院校互动，或艺人集结碰撞出灵感。[①]

[①] 参见朱耀伟《2005城市漫游：香港空间回忆与想象》，第七届香港文学节"香港空间：回忆与想象"专场演讲，2008年7月5日，香港中央图书馆演讲厅。

当前，创客们的 do it yourself 文化，其实已逐渐变为 DIWO（do it with others）文化，从以个人动手为主，过渡到以合作协同为主。这与香港集体创意写作不谋而合。港台的跨界创意文化日益呈现合作趋向，以求探索学科、文类、文本内部之间多叙述层面的合作可能，从而跨越藩篱。这些集体创意作品整合各路艺术创作，产生出美第奇效应，让不同领域的构想交会，迸发新火花，激发新灵感，共同表现城市主题，在新媒介时代为跨界创意贡献出新的范式。

五 创意教学

大陆的创意写作教学书籍也日益兴盛，如王安忆出版了《小说家的十三堂课》，葛红兵有网络课程十讲《成为作家》，等等。

东南大学的张娟策划的新著《草木有本心——最文艺植物笔记》[①]，师生同书，图文并茂，富有诗意和文趣。框架体例设计别具匠心：以季候、节气为线索，以草木为中心，四辑以四季为序，标题曰："春深不知处""夏近叶成帷""秋山余南雁""冬日归旧春"，每一辑又按二十四节气分节，如春季分"雨水""惊蛰""春分""清明""谷雨"五个小节。每一小节又涵括"植物百科""文人书写""诗歌""散文"四部分内容。全书既有生物科普，也有千百年文人吟咏植物的诗句，更有当下师生们的植物诗文佳作、学生创意画作，书写植物的千姿百态、浓情蜜意，跨界书写，不拘一格，文艺情怀，婀娜多姿。

轮回四季，游历千年。穿越古今，草木派对。花痴极致，灿烂升华。张娟在前言云，"人是属天的植株"，柏拉图《蒂迈欧》将人的灵魂比作一棵"根不在地上而在天上的树"，因其"居住在我们身体的顶部，把我们的视野从地上提升而向着天体的无限性"，仿佛能让人感悟到神给予人的指导。《草木有本心》作为东南大学本科生"笔走

---

① 参见张娟《草木有本心——最文艺植物笔记》，中国林业出版社 2016 年版。

龙湖"创意写作新媒体平台建设创客项目、东南大学创意写作课程成果转化实践项目、基于创意写作理论的写作实践研究 SRTP 等项目，教学成果转化为赏心悦目的文学佳作，确实富有创意。张娟说：欣赏具有植物性的人，慵懒稳定，柔韧坚定，内心凶猛，扎根大地。该书选中了当下的热点题材，自然文学、生态书写、环境伦理。对着大树告白，以此作为送给大自然的情书。热爱痴迷植物世界，是写作最终极的动力。

最近，此类植物迷恋的书籍大盛，可以对读的书籍有：《草木缘情：中国古典文学中的植物世界》，获评 2015 年中国好书，作者潘富俊，美国农艺博士，台湾教授，一位热爱中国古典文学的科学家，在文学与植物世界间纵横穿行，闯进文学的桃花源。宁以安的《草木有本心：诗经植物札记》，中国华侨出版社 2014 年 3 月出版。自然文学研究名家程虹的《寻找荒野》，美国书籍《植物的故事》《绿色和平》等，都是精美的好书。此外，还有张辰亮的《海错图笔记》，以图文互涉的形式进行海洋生物科普书写。这些书籍都可以对读。

笔者给教育硕士研究生上创意写作课，先介绍了上述分析，然后，指引他们阅读经典的创意写作论著，让他们分为八组，尝试相关的创意写作教学实验。他们灵感大发，做了八次精彩的跨界尝试："展示与讲述魔法屋""奇特的声音：声音叙述中的隐形表达""时间魔法""创意空间叙事""灵动的视角""对话的等级""叙事弧线""人物与特征"。遗憾的是，本书限于篇幅，无法在此细述，只能以后在他书补充讲述。

对于中国大陆的中小学写作教学而言，应试写作总是第一大事，似乎与创意写作格格不入，难以交集，是个难题。例如，应试写作时时强调不要离题。而创意写作却常常在离题万里的边缘诞生，此类文章初看离题，实则处处扣题。如何界定离题？尺度在哪里？学生最初学文，当然要立规矩，学正步。但要修炼成仙，则需要打破框框。如果应试写作教育已陷入僵化模式，当然也需要创意写作来破除八股，补充新鲜的血液，引来新鲜的空气，改变一下思维方式、写作方法，也很有必要。

六　硕士创意写作范例

笔者在2008级和2009级合上的研究生课堂上，曾引导学生练习创意写作游戏：私人照片的叙事时间实验。以老照片作为回忆引擎，标号为3，把拍照之前发生的事件，之后发生的事件，分别以1、2、4、5标记，12345代表故事时间顺序。但在写作过程中可以打乱故事时间次序，造就富有创造性的叙事时间。例文如下。

开往秋田的地铁（陈伟）

到了2号线终点站，他特地放慢自己的节拍，让自己的脚步落在人潮后面。从争先恐后的人潮背后望去，他看到一个个急于归家的后脑勺，他感到一阵悲哀。这就是城市的生活节奏，这就是城市的心跳频率。每天清晨，从秋田站出发，每天晚上，又回到秋田站。自己就像一滴渺小的水珠，定时汇入这大潮之中，踩着他们的拍子，不知不觉地被推搡着，被拥挤着，被埋葬在这时间挥鞭的驱赶之中。

他想起两年前来到这座城市工作，有种无法言语的感慨。每天都要挤着难受的地铁，尤其是那由列车带来的隧道的风，裹着潮湿霉臭的味道，仿佛那是来自地狱之气息，由一群魑魅魍魉躲在黑暗里戮力向站台吹着。他始终相信，城市的味道不是太咸就是太辣，到底还是乡下的味道好些，即便是那鸡屎猪粪的气味也都是清淡的。对于农村的偏爱，使他选择了住在有点农村气息的秋田。秋田是个美丽的小镇，那里有大片大片的雏菊田，淡淡雏菊香气总可以抚平他被城市挤压得发皱的心绪。尽管每天上下班要花3个小时在路上，他仍觉得自己做了个不错的决定，他有一大片雏菊地。

他下意识地拉低了帽檐，想把自己对这个城市悲哀的目光压得更低，更低些。他一低头，便看见边角不知在哪里蹭了白灰的公文包，才想起自己辛苦了一个多月的广告方案终于在今天通过了，原来还有一件值得可喜的事情。他兀自笑了起来，左边脸颊若隐若现地浮起一个浅浅的酒窝。不消一会儿，那个浅浅的小酒窝立马被随之而来的忧郁填埋了。方案通过了，说明自己的一切努力得到应得的回报，辛苦终于有了肯定，对此他是欢愉的、高兴的。可是，这欢愉一旦成为一个人的欢愉，与一个人的孤独有什么不同呢，那不变成悲哀了吗？城市的悲欢总是那么突兀地变换着，悲哀从不经人酝酿便如迅雷般降临脑际，欢愉又不待人回味就如秋风卷地而去。这是多么奇怪的一个世界。

昨天，他看见车站橱窗里裱着巨幅的雏菊田野风光大幅照片，他相信那必定是他的雏菊地里的某一个角落。因为他也有一张照片，美丽的雏菊地就在他的背后。华尔兹从车站内广播传来，挠着他的耳朵，痒痒的，晕晕的。影影绰绰的记忆中，那个长着一双龙眼核眼睛的女孩，教他跳的第一支舞便是华尔兹。带着一点温馨的回忆，听着明快的旋律，他板直了身子，左手在胸前一抬一缩，右手往往一张一勾，便摆出一副优雅的姿势，有如舞伴在握。空气中仿佛飘着淡淡的雏菊体香，沁入他的每寸肌肤，流进他的心里，幽幽地在他的血液里开出一朵朵雏菊花。他变得很兴奋，竟然在车站内踩着华尔兹舞步来。他太自我陶醉了，竟然对周围的一切毫无察觉。当皮鞋在滑笏般的地板画出漂亮的半圆后，他仓促地收住了脚步，因为他撞到一个女孩子惊讶的表情。她那对眼珠子滚圆滚圆，像两颗成熟的龙眼核汪在质地细腻的白釉瓷器里。他尴尬地龇着一口细牙，似笑非笑，脸颊又浮现出浅浅的酒窝，涩涩的酒窝。他不敢肯定她的眼神里是嗔怒、惊讶、鄙夷，还是赞赏，但有一点他可以肯定的是，在这铁质的森林里，他无意中撞到一双似曾相识的眼神，无疑增添了他的喜悦。他不想被别人看到他的喜悦，仍是压低帽檐，想把自己喜悦的目光压得更低，更低些。

就在刚才，他又遇见了她。他就和她分头从两端的电梯下到4号线站台，他和她还是搭乘同一辆开往秋田的列车。他离她不远，仅仅隔着一排座椅。他又拉了一下帽檐，习惯性的。一个人的日子久了，总有一些习惯。他不喜欢在这陌生的地铁上四处张望，他忍受不了与对面的乘客面无表情的对视，他以为这是很有风险的。若对视的是女乘客，总有几分和泥一样黏糊糊的暧昧，或者有些非礼亵渎的嫌疑；若对视的是男乘客，相信也少不了挑衅的况味，越是往后就越有剑拔弩张的危险。何况他与这座城市有点隔膜，无论刮风下雨，每次搭乘地铁总是戴着这顶帽子，用拉低帽檐来拒绝与别人的眼神交流。一个习惯时间长了，也就变成了一种生活。好比拉帽檐这个动作，便是他生活的一部分，不可或缺。他真的害怕陌生的交流，因而他在这座城市里除了共事的同僚，朋友真的很少，少到连一个分享一点快乐的人都没有，连快乐都变成一种绝望。大概只有雏菊能够分享他的快乐与悲伤吧。两小时之前，列车停靠在新东车站，一股热风吹拂在他的手臂上，他听到车厢内又卷纳进一批乘客。当脸部红潮渐渐退去后，他才又慢慢地抬起头来，朝她的方向望去。在她的座位上，已经是一位孕妇腆着肚子坐在那里。她下车了！他的这一意识很强烈。他猛然地向上顶了一下帽檐，慌张地四处找寻。却看见她靠在车厢中间的不锈钢管上，背对着他。他才长舒一口气，又重新压低帽檐，想把自己不安的目光压得更低，更低些。

她穿着一袭周边镶着珠片的长裙，从她背后看去，裙摆在列车的行进中熠熠闪光，刺扎着他的眼睛。他只好把眼光放到裙子上的图案上，几株牵牛花缠绕着她的臀部，犹如簇拥护主的家丁。有那么一蔓似前营的哨兵，独自"嗖"地向下俯身冲去，到了裙脚底却又如悬崖勒马般猛然回头，打了个转身，仿佛一朵激扬的浪花。在一片牵牛花的花瓣上，他发现一小团烟头般大小的黑点。定睛看仔细了，他判断那定是一滴墨渍。他猜想她在画室里作画，不小心溅到墨汁时的神情，必定是嗔怒而又无奈的。想到此处，他叹了一口气。倒像是他的裙子不小心被溅到墨汁一样。前行中的列车又送来了她的气息，尽管夹杂着其他气味，但是这次要单纯了许多。那股比桂花略微清淡一些，比水仙要酽几分的气息，真真切切地飘进他的鼻腔里，升腾到脑海中，重叠着记忆中那股雏菊的味道。他的左脸颊上又浮现出那个浅浅的小酒窝。

　　列车又缓缓开出站台。悬置在车厢内的各种气味，开始翻滚了起来。汗水的酸臭，海鲜干货的新腥，啫喱水的滑腻，婴儿奶粉的芬芳，蔬菜的泥土气，报纸的墨香……夹杂着隧道里的霉味，人间百味和地狱的气味一起向他涌来。他闭上眼睛，试图在杂陈如混沌般的味道中寻找她的气息，那一缕天使的气息。在车厢内辨别各种气味，揣测人生百态也是他的一种习惯。他能在百味的混沌之中捕捉到她的气息，并不足为奇。低低的帽檐下，他刚毅的下巴坚挺着，两片鼻翼翕张着。一阵淡淡的芳香，既不如洗发香波的浓郁，又不似啫喱水的甜腻，比桂花略微清淡一些，比水仙要酽几分，隐隐约约，若有若无地在他的鼻腔里跌跌撞撞。"一定是她"，他捕捉到她天使的气息，那是雏菊的味道。那似曾相识的气息正欲打开记忆之门，列车刚好过一段道岔，一阵颠簸把他捕捉到她的气息悉数放走了。"该死的道岔"。他的眼睛睁得鼓鼓的，有点恼怒的眼神从帽檐底下飞出去，犹如一只冷峻的鹞鹰，在人群中穿梭，寻找他的小麋鹿。当他的眼神着陆在她身上时，所有的不快在她的肌肤上都站立不住，纷纷滑落在地板上，只留下他的一些温婉的不舍。看见她被一个肉嘟嘟的中年妇女和一个建筑工衣着的汉子夹着，他蹙紧眉头。她却似乎一点都不介意，双手紧紧地抱着一摞书，其中有一本的侧边用烫金字写着"西方美术史"。大概是美院的学生，他一边猜想着她的身份，一边用手指略微抬一抬帽子，帽檐升到她耳垂的地方便停住了。他看到她下半个脸颊的肌肤白得自然，像淡淡的鸡血冻石，光滑的细皮里蕴着半透明的桃红，散散地，稀落地渐次挨到脖子里去了。蜻蜓般的颈项，滋润光滑如玉，同样白里透着几分桃红。长长的散发披在素白的紧身T恤上，合身的T恤修着她姣好纤细的腰身。他的目光在她胸前那片空白上稍作停留之后，一路滑下去了。那是多么水润的肌肤，年轻而又充满活力的身体……他突然感到自己的呼吸有点局促，脸在发烫，额头都沁出汗珠来。他意识到大概自己的想象有点旁逸斜出，邪思妄动了，赶紧羞愧地压低帽檐，想把自己炙热的目光压得更低，更低些。他的两对拇指和食指搭成一个三角形，一边支撑着鼻梁，一边夹在下巴上，正好封住他一脸的羞愧，以免它们掉落一地。

列车自顾向前开去，阴暗的隧道不见了，晴朗的黄昏出现在列车前方沿路开着热闹的雏菊。两小时之后，淡淡的雏菊香气溢满了整个车厢，迷醉着他的眼神，也迷醉着车厢的广播，"下一站是本次列车的终点站，秋田站"。

青春期末端的情绪片段（林珊珊）

不断遇到分岔路，走着一条总想着另一条。没有终极的正确。为什么要为困惑而焦虑？头嗡嗡闹着，我在集体宿舍洗衣服，水哗啦啦地冲过死赖着不脱皮的手。隐约听到A愤怒着说谁借她的书不还，十分无耻。晚些时候，B开始担忧身体，以及未来的婚恋。这都实实在在。我开始上网，网络把世界变得太小，可又太大。二十年前的记忆零零散散释放着碎片，点击进一张标明儿童不宜的相片，是脑浆和肉饼。听到囚禁中Z的录音自白，心里堵着胀着。B看我精神恍惚。我说你大概不爱看，她说你真聪明。

可我点击它看它并不只因禁忌的天然引诱。虽然那一个网站上只提供政治禁忌和系列三级片。红色年代的小说里头,革命激情和爱情不也是天然组合吗?聊天工具上,苦闷青年谈苦闷。青年都找不到出路啦。除了蝇苟,除了愤青,除了鄙视愤青,还能做些什么?恋爱吗,去咖啡馆吗?一切一切超现实的荒诞,似乎并不存在着。世界华丽无比。我似乎一并想到,几天前,某教授说,地震一周年,媒体再去表现悲伤就不合时宜啦。教授就扁平成轻飘飘的一句话存放进不断被删改的记忆。这个焦躁的我如今试图还原并知道必有欺瞒的夜晚,我一直在做梦。好像一群人嚷嚷着,有点儿像蜂去巴东的网民——巴东,那阵可热闹啦,一洗脚城的女孩刺死一当官的,多么让人沸腾的故事。但其实都是后来想象的。我没见过巴东,更没见过网民。然后一个老人发言了,说着不经挣扎没有真认识。我不认识他,他却和我聊起来。我心悦诚服。有一段时间,剔除了相互攻击片段,我企图弄明白左派右派争论的实质。把线索拉到一百年。前现代,现代,后现代在绕缠成一团,那么畸形地陈置于同一时空。它们必须是一条线吗?传统与现代,中国与西方这对等式该如何打破?找着各式各样的解答。那一阵子,你确信你该生活得平静。可一些事情总让人忽然愤怒。冲动地想参加一些活动,但又本能地恐惧融入某个团体恐惧激烈的气氛,无论它看起来多么正义。关掉电脑,一切又归零。B在哭泣,我无所适从地安慰。楼下走过一群醉酒夜归的学生,男男女女。听得玻璃破碎,四处溅开,躺在某个漆黑的角落,接受命运。哦,端午节呢。傍晚时,L来看我,大概为了迎合节日的气氛,我跑到卖粽子的档口,L可疑地看着我说,要不算了,你也没胃口,我于是有一阵小小的解脱。自我压迫无处不在。可自我压迫不一定全是不好。我在压迫自己把一切变成压迫?为什么纠缠这些呢?下雨,无处可去。我们躲在小卖部下五子棋,在一张破纸上画格格。那纸上写着菜谱,那时我想起S教我煲汤,起因是我满怀热情准备为一个人筹办生日，想起了最终在超市丢了钱包，想起一切计划突然化作泡影。B无可奈何地睡了，大伙也都睡了，我揉着眼睛，难受而混乱，你讨厌琐碎无聊，你心高气傲。可是，你凭什么讨厌呢？因为意义的问题太高远，触礁便返回满是负担的肉身。因为肉身脆弱，便又想到至高无上的神。再纵容下去没完没了。随手抓起《百年孤独》，遥远的拉丁美洲，时间那么迷人。苍茫中神秘的孤独，孤独终随风消逝，你渐渐安宁。那时，你该几个月没读小说了吧。不，那时的上午，我沉迷于《黄金时代》的世界。却只记得，五十页的性，一下子变成很重的悲哀，就像他的死。

一样的目标，不一样的路（周洁）

搬家那天，我翻到一个文件夹，里面是厚厚一沓剪报。那是我读高三那年，父亲积攒下来的与高考有关的各类信息资料：有高考的最新消息，有备考的战术策略，有志愿的填报指南，有考生的心理辅导，有考前的饮食搭配，还有父亲手抄的各校各专业招生计划，还有他自制的《周洁一二模成绩比较》以及《周洁高考志愿选择表》……已经发黄的剪报和表格，浸透着一个父亲对孩子的深切关爱和殷切期望。我想起高中三年每个周末回家，父亲在渡口翘首以盼等待接送的情景；想起每个下午放学后，毕业班的家长们提前在校园休憩处拼桌占位，好让自家孩子能赶紧喝上一碗老妈煲制已久的老火靓汤；我又想起高三那年，黑板右上角显眼而逐日递减的倒计时："距高考仅剩××天"；想起我们每张课桌上横七竖八密密麻麻躺着的教材、习题和其他参考资料，生生占据了三分之二个桌面；想起冬日寒冷昏暗的早晨，勤奋的我们像趋光的草履虫一样，人手一本 *Pocket English* 围聚在操场的几盏路灯下，希望能在早操前多背下几个英语单词……这一晃已经六年过去了。当年为着同一目标拼搏、共同努力的"战友们"，如今已经各奔东西，开始呈现出各自不同的人生轨迹：有像我一样还在继续念书的，有出国留学深造的，有已经在职场赚了人生第一桶金的，有已为人母相夫教子的，也有时运不济变成焦虑的待业青年的……想想，这些都是我曾经的同伴啊，清楚记得刚刚考上重点高中时亲友们溢于言表的夸耀：孩子，你已经一脚迈进大学校门啦！也清楚记得毕业那时，校园的《高考龙虎榜》前有人欢喜有人忧。不管是城里的孩子还是农村的娃，都希望通过这场考试改变人生的命运，似乎未来的道路都可以被提前预设。而如今呢？这座独木桥，这条唯一的康庄大道，挤上挤不上，又如何呢？

五件事/五个场景：

1. 升上高中，未来充满希望
2. 高三，全力以赴，我们一起奋斗的场景
3. 高考剪报，一个父亲的关爱和期望（照片）
4. 高考放榜，有人欢喜有人愁
5. 大学毕业，人生轨迹开始显现出各不相同

忆（薛红霞）

我轻轻依偎在母亲的身旁，一起漫步在落日的广场。对我们来说，一切都是新奇而又陌生的。这是我和母亲第一次远离家乡，来到这个喧闹嘈杂的大都市，这里有老家没有的高楼大厦，有老家没有的车水马龙，来来往往的人潮中夹杂着各色人种，白人、黑人、黄头发的、蓝眼睛的……

广场中心有一个巨型的喷水池，有两米多高，高高的水流直上而下，形成一道道洁白的银幕，倾泻而下，激起朵朵水花。原来瀑布就是这番样子吗，虽没有"飞流直下三千尺，疑似银河落九天"的壮观，但这可爱的小瀑布给这闷热潮湿的天气里注入了一丝丝清凉。三五成群的人在这里拍照留念，看来母亲也有些兴

致了,"我们也来拍一张吧"。我站在母亲身边,轻挽着她的胳膊,昂着脸,尽管都十分疲惫了,但出于照相的惯性思维,我们还是竭力让脸上显出笑意,我肉嘟嘟的脸上想必又有了那不对称的小酒窝了吧,希望笑容不要太僵。更没想到这张照片在很久以后的大学课堂上,还会被老师赞美,照得不错。

照片洗出来了,我们把它小心翼翼地带回了家,也把这个城市的一角带回了家,连同这个城市的短暂记忆……

从此,我们家里又多了一张照片,相册中又多了一张我和妈妈的合影。妈妈的脸上荡漾着幸福的笑容,给左邻右舍说:"看哪,这就是广州。我陪女儿去考试……第一次去这么远。"从她们啧啧的赞叹声中,我看到了羡慕。

对于朴实勤劳的农村人来说,每天的生活不过是在自家的小院里,在不远的庄稼地里,在巴掌大的小村庄里。记得我很小的时候,母亲就对我说,你要好好学习,将来长大了就可以在城市了,再也不用在田里劳动,干这累人的活儿了。懵懂的我点点头,似乎听明白了她的话,似乎又不明白。但我知道,我以后的学习动机跟母亲的话没有半点关系。

或许将来我会来到这个城市继续我的学习生涯,但我不会被它诱惑,繁华都市的高楼、美食、服装、歌剧院……对我却没有丝毫的吸引力,不是因为我在内心徘徊,而是我从来就不知道诱惑,对我来说,只要一切平淡、简单我就会很满足了。一切都是如此的简单。

很多年以后,我仍会记起这张照片,仍会记得母亲的话,而妈妈会不会埋怨我这个没有出息的女儿。

不管怎么样,我都要带着妈妈走遍各地,即使你已老去,带着蹒跚的步伐,我还会像照片中一样,轻挽着你的胳膊。即使你老了,我还会搀扶着你去看风景,陪你去看细水长流。

Echo（冯春燕）

Echo 拍照的时候是一个五月天，奶奶坐在屋前吹风，刚洗完的头发轻轻飘着，那种完全没有杀伤性的温和和恬静让我情不自禁按下了快门，微笑定格，一如我童年的记忆，在雷雨夜晚安慰我的奶奶，她笑着对哆嗦的我说闪电只是天上的雷公对地上的坏人进行惩罚，可以让好人睡得安安稳稳。奶奶辛苦了一辈子，拉扯大自己的五个孩子以及孙辈，没有半句怨言，即使在她过八十大寿的时候，身边只有我陪着她静静吃着寿桃。我知道奶奶一直很寂寞，不然不会在一个向爷爷问卦的冬夜，在一堆陌生人面前，倔强的她只是听得陌生的女人模仿爷爷喊她的名字就眼泪婆娑，我只能在旁边静静握着她的手。一如她把五岁落水的我救上来，静静地擦干我身上的水，没有一句责骂。我想她是我在这个世界上最渴望给以幸福的人。我爱她。

湖边风景（陈绪明）

清晨的第一缕阳光，透过教学大楼的间隙，照在砚湖的湖面上，随着粼粼的湖水，湖面顿时万点粼光，使清晨的湖水越发地显出独特的魅力。湖边，有一个女孩一直静静地坐在那儿，呆呆地望着湖水。她在干什么？路过的行人都纷纷好奇地猜测。

她正在生气，为了昨晚他和她的吵架，仅为了一点生活中的琐事，"为什么呢？"她很有点想不通，平时关系是如此的亲密，就为了一点小事，就让彼此都伤心。她不禁想起这两年来他们在一起的快乐时光，那时他对她是那么的温柔，是那么的体贴，生怕她受了一点小委屈！

望着湖水，她多么希望这个时候他能够陪在她身边啊！可是，为什么整整一个上午他都没有出现呢？甚至是一个电话也没有给她呢？这不像是以前的他啊？莫非？她不禁为他担心起来。"难道是昨晚，回宿舍时不小心感冒啦？或者是——"她不禁开始胡乱猜测起来!"不行,我得去看看!"

　　湖面依旧,只是阳光更加热烈了点,湖边,只留下一串她的足迹。

婚(姚俊平)

　　这是一间教室,但此时它变成了一个热闹的婚宴场地,黑板上贴着一张近一米长宽的大红喜字,宽敞的教室里摆放了十多张用课桌拼成的酒席,来宾们笑闹喧哗,好不热闹。大家怎么也不会想到这是我当年结婚时的场面:婚礼竟然是在教室里举行的。这也算是一个"创意"吧!

　　我和夫是同事,朝夕相处三年后于1999年取得了法律上的关系认可,随后在小范围内招待了一下朋友(主要是学校年轻的同事)。原打算就这样简单过去,不必弄那么多烦琐的礼节,可学校领导和老前辈们得知后说婚姻不能潦草马虎。怯于亲朋好友的爱护,2000年的五一我们预备在酒楼宴请来客,许多老师考虑我们年轻人经济上都很局促,恐这样花费较大,建议我们在学校自己摆酒席,学校食堂师傅也欣然同意为我们下厨,那些平日较好的同事说这样很好,既热闹又有意思。看到大伙如此的热心和照顾,我和夫感动之时也觉得这样的方式更有纪念意义,于是五一那天校园里异常热闹,一大早大家伙就忙活开来,有的帮助布置新房,有的帮搬运碗碟(从杂货店租来的),有来回在菜场采购的,还有几个女同事不怕脏累,给厨师们打下手择菜淘洗、来回在食堂和教室间端菜送水,要知道她们平时在家都是呼风唤雨的,这时也都忙得不亦乐乎。

　　照片上的一幕正是酒席开始时的场景,酒桌边每个人脸上灿烂的笑容都定格在那一瞬间,也永远定格在我们的相册和记忆中。

　　一晃十年,2010年我们结婚已十周年,这十年我们发生了多大变化啊!夫婚后考研,走上六年求学之路,毕业后留在广州一高校任教，我离乡也已四年，其间我们经历了清贫的生活和夫妻两地分居的痛苦，如今一家三口能稳定生活在一起真的是很开心。虽然我们现在物质上仍很贫乏，但常常翻开老照片，感受着一路上朋友的温暖和友爱，我们已是很幸福了，感谢他们！

For Yan（邝绮琳）

合照半岁的生日，只剩下半年的倒数……

想起你走之前我们俩抱着痛哭，现在眼睛好像还是肿胀着。一起去看的电影，一起去吃的美食，一起去玩的地方，都在博客上用文字和图像记录着。每每看到那封邮件还是会红了眼睛，即便你昨晚才给我打电话，也因为常联系所以你我的距离好像缩短了，感觉你还在我身边。

分开好像没想象中的痛苦，我开始享受一个人的生活。一个人逛街，一个人看电影，一个人的笑和哭，心事却无法言说。一个人的独处让我思考了你带给我的改变。当初我就不该藏起自己而拒绝你的接近。现在我的心也向一些人打开，但心中的私密之地为你留着。

也就半年了，或许我应该再写一封邮件向你报告我的变化，但我期待着能和你面对面的，好好地聊一聊，抱一抱，亲口向你说一声我爱你，谢谢你也爱我。

如歌（李娟）

每次听到《后来》这首歌，她就会想起一个人。就像有一些泛黄的老照片，是她心中永远的伤痛。照片中，一个女孩依偎着一个男孩，他们没心没肺笑着，但是看似甜蜜的背后却隐藏着危机。那天照相后，他们还一起快乐地度过了情人节，但是她忘记了给他一张新洗的照片。太过年轻的爱情总是牵手在一时激情，分手在一时任性。分手了，终于没来得及给他一张唯一的合影。

以后的他们再也没有相见。

迷路（刘婕）

早上起来，打开窗子，几缕阳光照射进来，温暖着我的心灵。想到阳光里走走，仔细看看这个快节奏的城市——香港，于是决定到维多利亚港走走。在汹涌的人潮中，我看到了一个哭泣的孩子，他也许和妈妈走散了，也许被玩伴欺负了，也许，他像我一样，找不到去维多利亚港的路。也许的也许，我和这个孩子都是这个城市的迷路者。想走过去给他一个大大的拥抱，给迷路的他信心。突然记起十多年前第一次出远门，去的是深圳，我也像他这般，在路的中央无力地哭泣，因为我在陌生的城市迷失了方向，我怕再也见不到我的爸爸妈妈。从过去的回忆中醒来，我想再看看那个孩子，却找不到他了。终于，我来到了目的地，一个路人为我拍下了照片。在汹涌的人潮中，我又看到了那个孩子，此时的他笑了，也许他就像当年的我，终于不再迷路，找到了自己的亲人。

烧烤（许立秋）

再次拿出这张照片，微笑的同时思绪也飘向过去……

"这是我们全班人的第一次集体活动，以照片为证。"这是活动结束后我在博客中写的一句话。照片上的我们手拿鸡翅、肉丸等食物，咧着嘴，比画着"V"的胜利姿势，傻傻的样子一看就知道是新生。"我叫温冰，温水的温，冰块的冰。""我叫谢燕萍，你们可以叫我小谢"……大家的第一次自我介绍在一片混乱中让人记忆犹新。我们班的第一次集体活动，还真是跟第一次自我介绍的混乱程度有得一拼：时间难以调和，活动内容也无法决定，最后决定投票，民主意见显示我们要去烧烤。关于烧烤的故事正在讲述……

聚（周珑）

　　这是我们班在去年春节聚会时的照片，那时的小小已经在一周前通过了雅思考试，准备在暑假前往英国。今年的冬天，不能回来过年的她在校内发了张照片：在学校覆盖着厚厚积雪的林子里，她微笑拥抱着清冷的空气。穿着鲜艳的橘色衣服的玥芃，在聚餐时向大家宣布了她前往宁夏支教的消息。记得我们都万分震撼，也被感动了。随后的一年里，陆陆续续地看到她的支教日记，点点滴滴都是为人师的辛苦与欣慰。前排中间的阿郭一见到我就跟我聊起她的武汉之行，令我想起了两个多月前她穿着桃红色的羽绒服站在学校大门等我的样子，招牌的兔牙在初冬的阳光中blingbling。而今的她仍然继续她音乐学的大五生涯。看着照片中依旧理着短发，大大咧咧男生模样的洁，我坚定地相信二十年后，我们依然是最铁的死党。

聚散（陈三峰）

　　如今看到自己当时忧郁的眼神，还是感到有点伤怀。毕业聚餐的现场，一片杂乱，有哭声，有笑声，有干杯声。而我，听到了自己的心跳声，一下下减弱，又一下下加剧。虽然在去聚餐之前就说好，我们要好聚好散，可还是有很多人做不到，包括我自己。这几天，有个大学同学每天都给我发信息，我也不知道为什么。毕竟从一开始到现在，我们只是泛泛之交。尽管如此，我还是感到很温馨。可能，明天也会收到一条如此温暖的信息。

第十二章　融合再造文化

创意文化讲究融合，这已成为新时代的文化特性，成为热点话题。融合不仅是多样化的媒体系统共存，媒体内容横跨这些系统顺畅地传播流动，融合也是多层次的，包括技术融合、新旧媒介融合、经济文化、社会或机构融合、全球融合。当今媒介触手可及，媒介融合、万物融合引发整体性的环境变化，对人类的社会、政治、经济、文化等各方面均产生影响。那么，可以从哪些角度进行融合文化、再造文化的创意？

一　粉丝经济整合

亨利·詹金斯（Henry Jenkins，1958—　）是跨媒介文化研究的重要学者，曾任教于麻省理工学院，后转入南加州理工大学，擅长研究粉丝文化、跨媒介文化、融合文化。其2003年论文《融合已是现实》、2006年论著《融合文化——新媒体和旧媒体的冲突地带》[1]　均指出，融合是时代新趋势："横跨多种媒介平台、媒介内容流动、多种媒介产业之间的合作、寻找各种娱乐体验的媒介受众的迁移行为、相互竞争的媒体经济体系以及国家边界，所有这些都靠消费者的积极参与完成。融合不仅是技术过程，更是产业、文化以及社会领域的变迁。"[2]

---

[1]　Henry Jenkins, *Convergence Culture*: *Where Old and New Media Collide*, New York University Press, 2006.

[2]　[美]亨利·詹金斯：《融合文化——新媒体和旧媒体的冲突地带》，杜永明译，商务印书馆2012年版，第30—31页。

《融合文化》一书探讨最新的跨媒介融合策略和粉丝文化影响力,探究媒介融合、参与文化和集体智慧的关系。媒介融合,"即信息传输通道的多元化新模式,将报纸电视电台与互联网、手机等媒体结合,衍生出不同形式的信息产品,并通过不同的平台传播给受众"。媒介融合重构媒介生产者和消费者之间的关系。参与文化,"指邀请粉丝消费者积极参与到新内容的创作和传播中来"。集体智慧,指"虚拟社区利用其成员的知识和技术专长的能力,通过大规模审议研究,实现合作"(《融合文化》,第408页)。我们每个人所知有限,若把各自资源集中,将个人技能结合,对于世界的了解就会更加全面。

全书六章,由六个案例引发理论思考,包括《美国偶像》(2002)、《幸存者》(2000)、《黑客帝国》(1999)、《星球大战》(1977)、《哈利·波特》(1998)、《模拟人生》(2000),这里面包括美国电视真人秀节目两项,科幻电影两部,文学书籍一套,电子游戏一项。[①]

在《融合文化》导言中,詹金斯先纠正了一个谬误——黑匣子谬论,即只从技术方面来理解融合,质疑融合会随某种承载技术的出现而产生或消亡。然而,媒体变迁不仅与技术变迁有关,也与文化层面有关。融合是一个过程而不是终点,不会有唯一的黑匣子来控制媒体。因传播渠道丰富,我们已步入媒体无处不在的时代,已身处融合文化之中。

詹金斯指出,真人秀《幸存者》(*survivor*),参与者们要在全球某角落的荒岛求生,既要团队合作又要竞争,依靠有限的工具挣扎求存,最终胜出者将赢得100万美元的奖金。为了提前拆穿冒险刺激电视游戏的发展和结局,猜出胜利者属于谁,铁杆的粉丝们结盟,建立网站,成立拆穿者社区,利用自己独有的知识和能力,发现剧透的蛛丝马迹,贡献集体智慧,辩论分析、侦探预测,找到真相。

著者还分析了另一个真人秀节目为《美国偶像》(*American Idol*),

[①] 华南师范大学研究生曾晓虹、贾菁岚小组精当地展示过《融合文化》。

前身为英国的《流行偶像》（*Pop Idol*）。自 2002 年起，FOX 电视《美国偶像》每年一届，挖掘新一代的美国歌手，当年冠军可获百万美元的唱片合约。可惜，这辉煌全美 15 载的老牌选秀节目在 2016 年落下帷幕。

《融合文化》第二章重点分析电视与广告如何有效联姻。可口可乐广告品牌成功植入《美国偶像》，首先，受众层次定位准确，主要抓取 12—24 岁观众的胃口。把注意力集中在 20% 的忠实观众上，把握 80/20 法则，即消费品 80% 的销售额多靠 20% 的消费者来完成，维持这 20% 的忠实消费者即可稳固市场。品牌忠诚度是情感经济的圣杯。

其次，节目性质定位准确：真人秀系列由短小而情绪激昂的看点单元组成，可以顺序或无序收看，连续播出，每集结尾安排一些悬而未决的因素，以便与临时观众结成更为牢固的关系。每季节目尾端，回放这一季节目的精彩片段。观众目睹这些选手的改进提高或彻底失败，结果在比赛第二天公布，每集留下令人紧张的悬念。

最后，善打情感牌：以情感经济学为核心，以至爱品牌、品牌社群为基本点。情感经济学，指左右消费者购买决定的主要动力，是品牌情感投入。至爱品牌比传统品牌更有力量，能赢得消费者的"爱"和"尊敬"。建立由忠实观众组成的"品牌社群"，扩大消费者忠诚度，植入式广告使品牌能开发利用有关娱乐资源的情感力量。

可口可乐公司善打感情牌，借助官网分享平台。一是故事分享板块，消费者可分享"浪漫故事、回忆家庭往事、童年记忆、与朋友在一起的时光"等故事，不只是简单地将可口可乐整合到人们的生活记忆中，也有利于在市场推广方面构筑相关的记忆。二是音乐互动，把可口可乐与流行音乐联系起来，音乐网提供互动选择，粉丝可以参与网站提供的各种测验、游戏和竞赛。三是粉丝自发形成交流讨论社群，家庭同观秀，粉丝线上聊等。

詹金斯指出，《美国偶像》是跨媒体的特许经营项目，多管齐下：

赞助商给节目内容打上品牌烙印，评委出演广告，美少女带动热线投票，选手演出 MV 吸引粉丝，电台广播单曲循环，全国巡演几乎场场爆满，宣传《美国偶像》的书上了畅销书名单，还拍摄制作相关电影《凯莉与贾斯汀》（2003）。可口可乐公司积极引导和资助体育活动、音乐会、电影和电视系列。当然，植入式广告的比例若弄不好，会变成电视植入广告本末倒置。植入式广告也是一把双刃剑：一方面提高了消费者的认知度，另一方面也提高了消费者的监督意识。

总之，真人秀电视系列《美国偶像》海选歌手新秀，将产品植入电视，设计歌曲唱片，发行书籍电影，举办巡演活动，运用情感经济学（emotional economics），制定营销策略，量化受众需求，打造至爱品牌，赢取情感资本。

注重粉丝效应，赢取粉丝经济、广告经济。大陆从世界各国取经，拓展真人秀节目，如"中国好声音""爸爸去哪儿""奔跑吧兄弟"等，注重歌舞型、生活型、家庭型的节目，而冒险类真人秀如《幸存者》《荒野求生》则较少。

贴吧，才是大陆最典型的圈粉之地，尤其是一些明星粉丝网络贴吧，成员们各有所长，各有分工：外交组、翻译组、管理组、资源组等，俨然公司的架构。有语言优势的，以最快速度译介明星的国外活动，翻译作品向国外推介，或者及时翻译外国明星的快讯、访谈、新动向等内容，放在网上供粉丝们围观、转发。有地域优势的，负责就近打听。如住横店附近的粉丝，通过各种方式和手段，搜罗和打听内部消息，爆料明星拍戏的细节、所拍新片的剧情和角色等。有经济优势的，则提供贴吧内部的必要运营经费或应援活动经费。总之，通过各种途径搜罗关于明星或者影视作品的所有行程安排，提前告知其他粉丝关于偶像的一切。贴吧有明显的"拆穿行为"，如某外国明星要来中国，行程尚未发布，但是粉丝们运用集体智慧，已提前在机场蹲点守候。

如今，博客、微博、微信公众号都有留言互动，更有利于创作者与粉丝之间的沟通。随时随处的互动也催生出共同创作的更大可能性，融合文化在不经意间就可以实现。我们可以想象一下，如果运用拆穿社区、粉丝力量、集体智慧、参与文化，将中国贴吧打造成全球的大型艺术创意场域，将是多么巨大的创意原动力。这可能在中美都尚未出现过，值得一试。

二　跨媒介系列创意开发

在《融合文化》第三章，詹金斯认为跨媒介推动力是融合文化的核心。跨媒介整合强调协作叙事（synergistic storytelling）[①]，"横跨多平台，媒介协作，建构系列产品，呈现出媒体融合、集体智慧特点"。《黑客帝国》（The Matrix），"以最初产品作为文化吸引器和催化剂，发展出三部电影、系列动画短片、两套漫画故事集、几部游戏"。詹金斯指出，各类媒介协作，构筑百科全书式的故事世界，进行多媒介多世界多故事实验；情节信息分批传递给观众，如电影某些背景交代并不清楚，只能在漫画或游戏中找到解释，观众需要综合所有媒介作品传递的信息，才能真正读懂。

电影由安迪·沃卓斯基执导，1999年推出第一部，2003年分别推出第二、三部。第一部预先发布影片广告，提出"什么是矩阵"（matrix）这一核心问题，吸引观众先到网站搜索答案。然后再去看电影：在20××年，人类发明了AI。但人工智能进化后叛变，人类节节败退，只能将整个天空变为乌云，以切断机器人赖以生存的太阳能。谁知机器世界（母体）又开发出新的能源——生物能源，利用基因工程，人工制造人类，让他们在虚拟世界中生存，人类的思想寄居在一个数字幻觉世界中，肉身则变成机器人的电池。当主角尼奥得知真相——世界由名为"矩阵"的计算机人工智能系统控制，他决定回到现实世

[①] 参见亨利·詹金斯《融合文化——新媒体和旧媒体的冲突地带》，杜永明译，商务印书馆2012年版，第168页。

界，加入人类反抗组织。

詹金斯指出，第一部电影激起大众兴趣后，随之奉上一些网络漫画作品，满足中坚粉丝的需求。在观众期待第二部续集《重装上阵》时，发行动画产品和游戏产品，帮助宣传。第三部《矩阵革命》问世后，又开发出大型多人在线游戏。每一步都建立在上一步的基础之上，同时又提供新的切入点。那些忠诚的消费者寻找散布在多样化媒体中的信息资料，审视能够深入了解这一故事世界的每一种文本。而对那些普通的消费者来说，任何一个产品都是进入整体的产品系列的一个切入点。跨媒体欣赏强化深度体验，从而推动更多消费。只有了解各种文本之间的互动，才能更好地理解这种跨媒体叙事的运作过程。

詹金斯认为，"跨媒体叙事横跨多个媒体平台，展开故事，每一种媒体都对理解故事世界有独特贡献，与基于原始文本和辅助产品的模式相比，它是系列产品发展更为综合的方式"（《融合文化》，第423页）。"为充分体验虚拟世界，消费者必须承担追寻者和收集者的角色，通过各种媒体渠道寻找故事的点滴情节，通过在线讨论组来印证彼此的发现，通过合作来确保每个参与者都能获得丰富的娱乐体验"（《融合文化》，第54页）。

《黑客帝国》系列属于典型的协作叙事，也是集体智慧时代的娱乐活动。深化一个媒体形式和扩展另一媒体形式，而不是简单地重复使用素材。协作叙事使得故事世界比电影所展示的要宏大，粉丝们可以多维度拓展故事世界。创作者并不能控制我们从跨媒体叙事中汲取什么，这就是附加性理解。第三章标题为"独角兽折纸"，"隐喻关键细节，颠覆原有想象，指潜在引导人对作品进行再思考的任何元素，这信息会改变观众对全作的看法"（《融合文化》，第195、419页）。如《黑客帝国》的尼奥生活在正常世界，观众也未发现异常，然而一层层的细节拆穿后，揭晓了真相：所谓真实世界，实是虚幻世界，人类被作为机器人的电池。片中出现的绿色神秘信息、植入尼奥体中的机器追踪器、崔妮蒂的出现、墨菲斯的真相告知，都是"独角兽折纸",这些关键点都会颠覆观众对全片的理解。

笔者认为,美国《黑客帝国》系列之所以吸引人,是因为各个版本都有其他版本所没有的独特内容,促使人追看。尤其关键的是,各个版本的链接扣点设计得非常走心,在情节悬念、卖关子设计、媒介连接扣点等方面,西方跨媒介目前都有高于中国之处。中国跨媒介如何在这些层面继续拓展,值得深入分析。西方的跨媒介文化没有中华几千年文化血脉的历史优势,这也是中国跨媒介艺术值得深挖之处。

《黑客帝国》多种样态的跨媒介系列,涵括爱情、科幻、宗教救世故事,还借用其他作品片段、原型、典故、素材,如中国功夫、超人等;用多种艺术方式再现,互补不足:漫画载体给人视觉快感,但不能再现精密心理、服装质感、味觉感受等;小说描述精细,但难以瞬间呈现整体;游戏让玩家感受到战斗的紧张和急迫感,但难以让人细品深思;动漫影视剧运用声画蒙太奇,配以幽默语言,富有直观性和戏剧性,选取精彩片段,演绎生动,但也会限制观众的想象。媒介各有利弊,多媒介协作叙事,有利于全方位地再现精彩纷呈的世界。

融合不仅可以由公司策划推动,草根也可起作用。《融合文化》第四章分析昆廷·特拉蒂诺的《星球大战》系列,引发草根戏仿,实现了草根创造性与媒体业的碰撞。星球大战系列科幻由卢卡斯电影公司出品,1977年推出后,又在1980年、1983年推出《星球大战》2和3,后推出《星球大战》前传系列1、2、3,分别于1999年、2002年和2005年上映。粉丝们延伸出各种创意:通过在车库或地下室的康乐室中玩射击游戏、在家用电脑上渲染特技效果,从CD光盘和MP3文件中提取音乐,创造新的《星球大战》,神话。如最著名的戏仿电影为《乔治·卢卡斯情史》,像《星球大战》与《莎翁情史》的合体(第207页)。

詹金斯还分析了系列同人小说、粉丝小说(fan fiction),指利用原有的漫画动画、小说影视的人物、情节或背景等元素,再造从大众媒体中抽取出来的故事和人物,进行二次创作。许多草根创造侵犯公司媒体的著作权。但是,公司媒体也需要优秀草根创造补充营养,又希望与他们保持距离：时尚媒体的成功依赖于吸引粉丝支持以及获得小众市场；主流的成功，依赖于自己和他们保持的距离。卢卡斯公司更认同年轻的数字电影制作者，而排斥女性粉丝作家的情色同人小说（《融合文化》，第236页）。同人参赛电影，被规定不能利用《星球大战》受版权保护的音乐或视频，不可未经授权使用任何其他电影、歌曲，但可利用动作玩偶、网站制作工具素材区提供的音频剪辑材料。

詹金斯还分析了同名游戏，是公司媒体与草根媒体尝试折中、合作与融合的实验。拉夫·科斯特受托开发《星球大战：星系》星战网络游戏，把粉丝社群看作主顾团队，定期在网上向他们发布有关游戏设计的报告，创建了网上论坛，想让粉丝真正感受到在自主设计自己的星系。粉丝不能采用《星球大战》主要人物的身份，且必须通过完成游戏中的各种任务来赢取绝地武士的地位。为让故事世界更有条理，玩家必须放弃成为明星的童年梦想，而是成为一名小角色，在双向构筑的幻想世界里与其他无数的小角色玩家展开互动。结果，越来越多的游戏玩家开始利用《星球大战：星系》游戏的场景、道具和人物等资源来创作自己的粉丝电影。

媒体制作方需要粉丝。"那些放松版权控制的公司，会吸引最活跃最忠实的消费者，而那些无情设定限制的公司，则会发现它们的媒体市场份额日渐缩小"（《融合文化》，第242页）。媒体制作方要想博得粉丝的拥戴，就要让粉丝参与到产品制作中来，创建让他们能够作出创造性贡献的空间，并对涌现出的优秀作品予以认可。

詹金斯指出，跨媒介创意需要原创团队推进，也依赖粉丝团队推手。《星球大战》制作方最终不得不对同人小说、戏仿电影游戏的草根创造采取合作模式。这场戏仿与反戏仿的拉锯战表明，商业文化从民俗文化中汲取营养，而民俗文化也在借鉴商业文化。当大众文化重回民俗文化后，就发展为通俗文化。普通人都可以利用新技术来获得、注解、占用和再次循环传播媒体内容。新的融合文化建立在借鉴各种媒体业巨头先进经验的基础上。

三 新旧媒介融合

《融合文化》第五章，分析《哈利·波特》版权拥有者、拥趸者与反对者之间的争战与妥协。一是在华纳兄弟公司与粉丝同人小说的作者之间，产权保护对儿童的写作权利带来挑战。《哈利·波特》本是英国 J. K. 罗琳的七部魔法小说系列。该系列小说和电影风靡全球，引发粉丝潮。希瑟是 13 岁女孩，仿造创办了《预言家日报》，[①] 报纸名字取自原书霍格沃兹魔法学校的网络校报。希瑟为全球哈粉提供自由改写创作的平台，把文学世界引向现实生活，让读者去探究原著、深挖人物、解析文学，创建人为虚构的环境，让人在友善的乌托邦社会里学习、创造和娱乐。

詹金斯认为，"青少年通过这些参与创作活动，互相教化对方，这就是媒介素养教育：不仅需要学会做挑剔的消费者，而且要学会做媒体内容的积极制作者和传播者"（《融合文化》，第 266 页），学会如何驾驭网络，如何与那些拥有不同规范和价值观念的人互动，如何作为集体智慧运行过程的一部分来贡献点子，在随网络崛起的新文化空间里积极地生活。

2001 年，华纳兄弟公司购得《哈利·波特》的电影版权，该公司早有清剿网站域名侵犯版权、注册商标的传统。当希瑟听说一些粉丝朋友被威胁清算时，她成立了"黑魔法防御"组织，这在原著中本指学习应对黑魔法魔咒及邪恶生物，希瑟用来指保护粉丝写作的权利不被侵犯的组织，粉丝活动让鲜为人知的儿童书籍成为全球最畅销书籍，因此版权所有人应给予他们一些自由。

詹金斯继续分析，当矛盾激化后，华纳公司意识到，查处侵权在儿童和家长中引起了恐慌。公司转而对粉丝采取合作的政策，把这当作"至爱品牌"来对待，粉丝则被当成"鼓舞人心的消费者"。

[①] http://www.dprophet.com.

确立粉丝忠诚度，意味着减少公司对知识产权的控制，这就为草根创造性表达开启了更为宽广的空间。其实，有时盗版也成为宣传手段。青少年是新媒体的参与者，他们参与粉丝社群，找到表达自我的渠道，即使在强大对手面前，也敢于声明自己的权利，懂得如何利用媒体。

詹金斯还剖析了第二场"波特之争"，起因在于，基督教势力反对《哈利·波特》书写巫术异教，使孩子们再也分不清现实和虚幻。宗教力量害怕当代媒体产品虚拟世界的沉浸性和扩展性，反对《哈利·波特》传播发行。而教师、图书馆员、出版商则为争取师生获得最佳书籍的权利而战，认为该书激发了孩子们阅读和学习方面的潜力。后来，基督教团体提出"识别能力"概念来调和矛盾，即让孩子和家长批判阅读，如哈利母亲护子牺牲，可作为基督之爱正面宣传，教会孩子们在基督教思想框架内评估和解释大众文化，关注消费者利用和改编媒体内容方面的能动作用。

有意思的是，2016年，《哈利·波特8》出现了"盗版"比正版提前上市的现象，成为大陆出版界的"奇观"，出版界的版权之争好像一直未断。大陆版与台湾版的中译本也引发了不少讨论。从这些侧面也可以看出《哈利·波特》的热度。

《融合文化》第六章寻求政治与通俗文化之间的新型关系，如利用草根媒体来动员，通过主流媒体来宣传2004年美国总统竞选，民主图景演变出新型关系。

第一，通过网站集结草根力量，利用"聪明暴民"策略，运用社交网站，发起集会，一次可召集数千人。第二，粉丝巧用图片来表达政治声明，把个人的政治观点具体化到一幅集成图像，广泛传播。大批量生产的传播图片会产生深远的民主效应。第三，在博客和主流媒体对抗中修正错误。第四，主流媒体从草根媒体的实践中取经，2003年夏天，主流媒体前进网站向草根媒体《绿灯项目》学习，组织发起"布什30秒"竞赛，鼓励美国人利用数字摄录机，制作关于布什不宜连任的解释性商业广告。第五,娱乐监测公民。传统型公民遵从贵族或政党的专业知识。知情型公民则跟踪公共政策辩论的细枝末节。监测型公民,更倾向于被动防御、环境监视,而不是积极主动收集信息。皮尤认为,年轻人正从娱乐媒体而不是新闻媒体获取信息。詹金斯认为,新闻媒体日益远离历史性责任,而通俗文化则更认真地发挥教育潜力。娱乐展现信息,新闻提供答案。约翰·哈特利强调,新闻和娱乐有不同的"真相体制"。常规新闻让人相信,已提供了理解这个世界所需要的一切,且以"公正而平衡"方式传递。而《每日秀》节目则把注意力聚焦在主流媒体不实报道的话题上,提出问题而不是提供答案。第六,政治游戏引发思考,在虚构的世界里行使权力。如《模拟人生》在线游戏,建构阿尔法城,模拟总统选举。但是,这场虚拟选举据说也是被操控的。"即使在游戏中,美国民主也让人感觉破产了"(《融合文化》,第337页),不管如何,阿尔法城的玩家找到了公民的话语权、社群的力量,能在游戏中试错、纠正,以便为复杂政治议题找到"合理的"解决方案。

詹金斯认为,新媒介与旧媒体相互作用既是广播式和商业性的,也是窄播式和草根性的。2005年8月,艾伯特·戈尔成立"柯伦特"有线电视新闻网,鼓励年轻人以公民新闻记者的身份参与新闻节目的制作生产。当今时代,消费社群内部从个性化和私人化的媒体消费,向网络化实践式的消费迁移。

詹金斯指出,互联网新媒体时代造就出一些新词。如"文化反堵",由马克·戴瑞创设,指草根组织把"噪声"插入传播过程,以挑战或破坏公司媒体的传播。"病毒式营销",由加勒·洛波托创设,指在正确的时间将正确的观念灌输给正确的人。"裸体投票",指因有计算机网络,人们可在家中参与公众活动,任由穿什么衣服或不穿衣服;也指参与者无经验、全暴露和易受伤的感受。

詹金斯认为,2004年美国总统竞选与以往不同:电视政治让位于互联网政治,静态了解让位于动态参与;博客写手像拆穿者般影响选举进程；公民由知情型向监测型转变；通俗文化跨界建构集体意义，广泛影响宗教政治、法律广告等领域，演变民主政治图景：主流与草根媒体融合，整合作为拉取媒体的互联网和作为推送媒体的电视。

总而言之，《融合文化——新媒体和旧媒体的冲突地带》全书认为，媒体融合不仅是技术融合，还是文化融合。新旧媒体之间不是相互取代，而是融合互助、共同发展。草根媒体能促进多样性；广播式媒体可起放大增强作用。有些创意自上而下传播，先是商业媒体，而后传播开来，又被各式各样的公众采纳和借用。有些创意则是自下而上，从各式参与文化网站发起，若媒体业看到从中盈利的渠道，就会把它们引入主流培育。新时代文化鼓励公众参与，激发集体智慧，重新思考媒介教育的目标，以便让年轻人成为文化生产者和参与者。参与力量来自改写、补充、扩展，赋予更广泛的多样性，然后再进行传播，并将之反馈到主流媒体中。消费者拥有更大的权力。总之，融合表现在内容跨多媒介渠道流动，各种传播体系协作，获取信息方式更多样，自上而下的公司媒介，自下而上地参与文化，各种关系更为复杂。

四　再媒介文化

西方媒介文化研究起步很早，早期代表作有麦克卢汉的《理解媒介》（1964）、波德里亚的《象征交换与死亡》（1976）、尼葛洛庞帝的《数字化生存》（1995）等。新世纪前后，美国媒介文化研究占尽先机。凯文·曼尼（Kevin Maney）创设术语 mega-media，台湾 1996 年译为"大媒体"，集影音、数据、语音于一身。网络艺术、后现代媒介文化论著有约翰·帕夫利克的《新媒体技术：文化和商业前景》（2005）；斯蒂夫·琼斯的《新媒体百科全书》（2007）；约斯·德·穆尔《赛博空间的奥德赛——走向虚拟本土论与人类学》（2007）；艾里克的《跨媒介探索的文化功能》（2000）和 J. Bignell 的《后现代媒介文化》，等等。

第十二章 融合再造文化

艺术与科技联姻，催生出哪些新形态？学者们各有命名。

有人将之概括为媒介文化（media culture），即各媒介系统组合，从报纸杂志的印刷媒介、电台声音的复制，到电影电视放送模式，既是产业文化、商业文化，也是高科技文化，调用最先进的科学技术，调动视觉和听觉，将文化和科技以新的形式和结构融为一体[1]。

有人称之为数字艺术或数码艺术（digital art），指艺术家利用以计算机为核心的各类数字信息处理设备，实现创作意念，完成基于数字技术的艺术作品，通过数字互动传播媒介，向欣赏者群体发布，完成互动模式的艺术审美过程。[2]

更多人称之为新媒体艺术（new media arts），如许鹏界定其是以多媒体计算机及互联网为支撑，在创作、承载、传播、鉴赏与批评等艺术行为上全面出新，在艺术审美的感觉、体验和思维等方面产生深刻变革的新型艺术形态。[3] 陈玲则将之定义为所有使用媒介和技术手段的艺术作品，媒介不仅指各种技术，也指各种新材料。[4]

《再媒介：理解新媒介》[5]，J. D. Bolter 与 Richard Grusin 合写论著，2000年由麻省理工学院出版社出版，此书可以说是詹金斯思想的前奏曲。该书认为，当代媒介社会的重要特征是："immediacy（直感性）、hypermediacy（超媒介性）和 remediation（再媒介）。"再媒介，指新媒体对旧媒体的改造和升级，数码技术可再媒介旧媒体，旧媒体也可使数码技术再媒介：如好莱坞电影改编霍桑、亨利、奥斯汀的作品；名画源自圣经文学；三维的互动游戏《神秘岛》电游情节源自电影，这款益智解谜游戏有复杂的逻辑推理与谜题设计。新媒介再利用、

---

[1] 参见［美］道格拉斯·凯尔纳《媒体文化——介于现代与后现代之间的文化研究、认同性与政治》，丁宁译，商务印书馆2004年版，第9—10页。
[2] 参见廖祥忠《数字艺术论》，中国广播电视出版社2006年版，第12页。
[3] 参见许鹏等《新媒体艺术论》，高等教育出版社2006年版，第6页。
[4] 参见陈玲《新媒体艺术史纲：走向整合的旅程》，清华大学出版社2007年版，第3页。
[5] Jay David Bolter and Richard Grusin, *Remediation: Understanding New Media*, The MIT Press, 2000.

重新展示旧作品，使旧媒体再流行。新旧媒体之间，呈现出补救调和关系。①

再媒介有双重逻辑：直感性和超媒介性，即透明性和模糊性。我们的文化在丰富媒体的同时，总试图消除媒体感，以获得真实性。直感性，即沉浸，无中介性，指让受众沉浸在虚拟现实中，忽略了媒体的存在，直接面对媒介传递的内容，沟通更直接。如虚拟实境（virtual reality）以第一人称创造临场感与真实感。如计算机游戏、数码摄影、VR、3D电影、全息影像等，都追求直感、身临其境效果，力求实现数码技术的透明化，力求真实，让人感觉不到媒体存在。与之呼应，有超媒介性，让受众感受到多重媒介的存在。数字多媒介艺术处于CMC（computer-mediated communication）环境下，人机合一，声音用耳听，影像用眼看，媒介切换用手、触屏或鼠标，利用组合神经系统去感觉并响应，谋求更简化的沟通。根据不同媒介的特性，设计不同接口，更自由运用媒介的中介性。注重相互关联和连接，如网站汇集多种媒体形式：图画、数码、动画和视频；电视新闻栏目融合视频、图片和文本等材料；计算机用户同时打开很多窗口，实现多语言、多图像和多视角的多空间切换（见表12-1）。

表12-1　　　　　　三个关键词对比分析

再媒介	直感性	超媒介性②
认识学（epistemologically）	透明性，媒体的缺失	模糊性信息传达通过媒体
心理学（psychologically）	观众直接面对展示客体，感受不到媒体的存在	通过媒介获取展示客体，观众意识到媒体的存在

直感性和超媒介性虽然矛盾，但也是互相依赖的，能实现融合。如电影为连续动态的画面真实性，也需要计算机合成以及三维、二维

---

① 研究生刘柑宇、易明皇、张婷、尹丽、傅燕婷、黄丽兰一起参与了《再媒介：理解新媒介》英文书的讨论学习。
② Jay David Botler and Richard Grusin, *Remediation: understanding new media*, The MIT Press, 2000, p.71.

的计算机图片编辑。音乐电视导演运用多种媒介，为给观众带来身临演唱会现场感。多用户网络游戏，联系所有游戏用户，打破单机游戏无交流的界限，创设虚拟社区，通过实时互动传递着直感性，将直感性与超媒体性并置。网络百科全书使传统传媒文本和图片再次流行，还运用声音、简短视频、电子搜索、网络链接等新兴媒体。

再媒介是种调和艺术，不仅追求直感性，也可能追求它的对立面，超媒介性。跨媒介艺术不管是引导受众沉浸，还是自曝虚构、引导受众激情疏离、出位跳离、后设思考，都强调受众的重要性。

再媒介是强烈的媒体领域变革，如数字革命使 VR（虚拟现实）代替了 AI（人工智能），传统艺术如绘画、摄影、电影等都是观众在外面看，而虚拟现实是观众身处其中，直感性源自三维的浸入幻象、互动能力，观众转头，可以改变视野。观众可操控摄影机设置，来表达自己的观点。好莱坞有些电影运用虚拟现实，如《割草者》《非常特务》《桃色机密》《末世纪暴潮》等。在虚拟商店，玩家安全地扣在各类模拟器上：飞机、赛车、滑翔机、滑板、摩托艇、高尔夫或棒球等，调整头盔，结合身体移动感、虚拟环境的复杂图像，来体验动感，通过超媒介性来获得直感性，获得运动的自然感。虚拟现实改变了电影的形式，网络改变了电视和其他的一切。真正新奇的，是那些不再与其他媒介相涉的新媒介。但未来新旧媒介之间的调和若没有再媒介，看来也是不可能的。

再媒介也引导社会和政治变革。美国政要认为，互联网通过直感性，使民主政治更透明化，更有利于决策。网络电脑、数码文化，也改革了商业、教育和社会关系。再媒介已经武装到牙齿，包括各类"非场所"。马克·沃根（Marc Auge）创设了术语"non-places"，有人翻译为"过渡空间"。场所指固定的非流动人群长期居住的地理位置。若空间不能被定义为有关联的、有历史的或有身份的，那便是非场所，非人类学意义的场所，如机场、车站、宾馆、饭店、沙龙、书报电视空间、QQ 空间、微信空间、赛博空间等。这些非地方被电脑屏幕、信息窗口覆盖，信息空间代替大自然，成了最大的文化叙述文本，构成了信息空间的神学观。城市的再媒介化，意味着模拟与仿真构成了城市的真实。"replace"与"copy + paste"，导致地方的大众脸谱化，地方文化多样性消失。Relph 早就警告说：地方正在被摧毁，由于组织的力量与市场的渗透导致了非真实（inauthentic），甚至是无地方（placeless）。

《融合文化》与《再媒介》这两本论著都精彩地分析了当今美国媒介文化的特色，讲究多种媒介的融合，注重新旧媒介的调和，强调受众粉丝的感受，讲究生产者与消费者的互动。相较而言，詹金斯的论述更直击要害，把握时代特征；选用的例证更精准，更为大众喜闻乐见；论辩清晰，论述到位。

历经几十年的发展，新旧媒介融合已经水乳交融，新媒介文化已经深入人心，新媒介艺术更加多元、多样。美国在跨媒介融合方面，已经打造出文化产业链条，有成熟的体系。其实，中国的《西游记》《三国演义》《白蛇传》等千古名作也早已衍生出文学、电影、画作、舞剧、电子游戏、交响曲等系列作品。但是，在情节悬念、卖关子设计、媒介连接扣点等方面，不如美式的跨媒介产业系列，还有待深化。中国跨界创意艺术或许应该跳离故事新编的套路，另辟原创作品，并思考系列作品如何更有连续性和互文性。艺术家们透过绘画、雕塑、舞蹈、音乐、歌剧、电影和文学等形式，来表达对同一故事的不同诠释，因交集而产生出对抗、竞争、辩证的美学问题，在深入发展情节基础上，构建框架，雕刻"跨媒介角色"（transmedia character）。这些都还有待中国文艺界大力推进，在前人的印迹上继续前行，开拓出全新的可能性，花费更大的精力，付出更多的时间，吸取更多的智慧，另辟蹊径，创造出有中国特色的跨媒介创意文化产业。

结语　跨界创意面面观

跨界，带来创意无限。言之不是，言不尽意，因此需要跨界，文学借外力传情达意，再现思想。单媒介的叙事在今日世界显得愈加势单力薄，难以为继。跨媒介创意，是新时代文化的发展核心。这要在更宏阔的视野中加以拓展：贯通文学、科技、网络、媒介与艺术，打通中西与古今，在边界与无界之间来回穿梭：实验、淬炼、产生出"文学＋X"的创意，"N合一牌"跨媒介创意。跨学科、跨专业、跨媒介、跨文化等研究，在人文社科和自然科学领域都日益兴盛。

追根溯源，跨界思维源远流长。孔子曰"君子不器"，即君子通才。关于"器"，《易经·系辞》论曰："形而上者谓之道，形而下者谓之器。"器即器物，万物各自的象、用。所有的有形物质都是器；而道，是无形的道体，是所有器物存在、运动、发展的总规律。人若拘泥于形式教条，就像器具，作用仅限其一，被那万物各自的形象与用途束缚其中，不能领悟、回归到无形的道体。君子不能囿于一技之长，而要心怀天下，当志于道。跨界太极，阴阳一体，道器不离，悟道总在器中，悟道后还是在器中运用。只有悟道，才能从万象纷呈的世界里悟到冥冥天道，天道与本心为一，才能持经达变，抱一应万。

虽说跨媒介古已有之，例如，"张旭从公孙大娘的剑舞中悟出草书灵感，杜甫见其弟子李十二娘献技，写下名诗，这是文学艺术之间

结语 跨界创意面面观

微妙的转化与挪移"①,然而,这些跨界多偶尔为之,属于不自觉打通。当今社会是高度综合的时代,跨媒介创意更讲究有心有意,全盘整合,多元互补,连锁效应,生化反应,水乳交融。例如,数学系大学生组织"数学情诗"写作大赛,数学是理,情诗是文,文理联姻,生成创意。"文学地理学、小说电影学、数理文学"等都大有学科新建之势。诺贝尔奖项也愈来愈倾向于颁给全球的跨学科研究成果。当今社会越来越错综复杂,新的问题层出不穷,在单一学科中越来越难以找到解决之道,于是,学科交叉、跨界融通应时而生。

跨媒介在人文社科与高端科技的思想碰撞中,激发出电光石火,发现新变的可能性。赛博语境下,传播媒介日益丰富多元:纸质传播有报纸、书籍、杂志等形式;电子传播有广播、电影、电视、电话、电报等形式;数字传播有计算机、手机、互联网、VCD、DVD、QQ、博客、微博、微信等。不同信息传播渠道可选择的可能性日益多样。相同的信息也可综合利用媒介资源,交叉整合传播,故事文本框架构建得以不断延伸,生成新意。在数字化生存时代,似乎谁都可以做数码诗人,数码文人,拍PTV影像诗歌,当文字的导演,自制网络剧。传统的一对一的线性阅读经验,转化为当今的一对多、多对一、多对多等网状观赏经验,召唤受众参与的开放、互动的可能性增多。数码人文与印刷人文不同,呈现出新的文化生态。

跨界创意之所以能实现,重要原因是异质同构,即各种艺术形式、感觉之间,在某方面达到相似或一致时,存在异质同构性的可能。这个"格式塔"心理学理论核心术语,源于鲁道夫·阿恩海姆1954年的论著《艺术与视知觉》②,该书阐述了艺术—感觉的"异质同构",陈述艺术与视知觉潜在的原则,阐述视觉如何倾向于最简洁结构的趋势,视觉图式细分的发展阶段,知觉的动力特性,适用于所有视觉现

---

① 西西:《缝熊志》,三联书店(香港)有限公司2009年版,第64页。
② [美]鲁道夫·阿恩海姆:《艺术与视知觉》,滕守尧、朱疆源译,四川人民出版社1998年版。

象的基本原则。异质同构指在外部事物的存在形式、人的视知觉组织活动和人情感以及视觉艺术形式之间，有一种对应关系，一旦这几种不同领域的"力"作用模式达到结构上的一致时，就有可能激起审美经验。今世涌现出越来越多异质同构的跨界创意。人体彩绘也多据此原理进行创意设计。正是在"异质同构"作用下，人们才在外部事物和美术品形式中，直接感受到"活力""生命""运动""平衡"等性质。

异质同构，重新建构艺术本体，用形式关系解释艺术，这是西方现代美学的重要路向。苏珊·朗格运用生理学、生命科学方法；阿恩海姆用心理学方法；跨媒介叙事侧重研究文体学、符号学、媒介学等方法，这些都有利于展开跨界研究。但是，跨媒介文化研究不仅注重形式的研究，具备实验性与创新性，也重视内容意蕴的深刻开掘。跨媒介创意研究不仅需要看清研究对象的本质，也要看清发生联系的两种或以上媒介形式的本质，寻找本质上的共同点，才能使异质同构性有存在的基础。

跨界点焊，找到一微妙的焊接点，异质同构的创意就可以生成。这些粘连点不讲求逻辑因果关系，而是要破框，突破常规，出其不意，其中潜藏的是神跳接、神转折、无理性、非逻辑。就像电影《重庆森林》，两个失恋男子都钟情于一个偶遇女子，命运偶尔交错，拼合出错综对倒的叙事创意。小说《对倒》，互不相识的一老一少因无意中都看到了同一场车祸、看了同一出电影，因此成就出一场意识流的焊接创意。

跨媒介讲究打通，在多变、多元的关系与连接中，激发灵感。《赖声川的创意学》第十章谈到相关理论："创意的精髓在于事物之间的连结。不同事物的不同连结方式可以创造出新颖的创意。潜意识和意识的连结，目的与方法的连结，个人与社会的连结，演出和观众的连结，以及这一切连结后的化学作用……大师毫不费力地找到所有的连结，达成转化……一切都是一个流畅的动作。""我们必须准确地看

结语　跨界创意面面观

清'事物'本身，也必须清楚看到事物之间可能连结的方式。看清事物的基础方法就是'去标签'，这就是'可能性'无限开展的机会。"[①] 创意讲究联结，网络讲究联结，网络时代的创意重在联通一切。就像中山大学的王坤教授在演讲中说："电子计算是4×100接力赛，串联法，而量子计算是几百上千人同时起跑，并联法，能同时处理计算机计数的云计算，这种联通能力是突飞猛进的技术飞跃。"

那么，哪些媒介更容易联结，突破和其他媒介的界限？

第一，图像与文字打通互涉，如西西《哨鹿》以长卷连环图为基点，创编新图史故事，《浮城志异》以超现实画作激发新哲思故事；卡尔维诺的《时间和猎人》引导读者绘画鸟类；图像诗歌《蚁呓》，将一行字排列得像一只蚂蚁进洞，中间有揉成一团的字，组成蚂蚁兵团的形象。

第二，影像与文字贯通融合。小说采用蒙太奇、多声道、特写等电影技巧，如李碧华小说的好莱坞电影叙事法，西西《哨鹿》《候鸟》两部长篇小说采取"比""兴"蒙太奇手法，《感冒》在文本中加插括号诗文，形成各时各地的拼贴。小说与影视可以实现对倒叙事创意，如连体相依的223和663警察，心事重重的镜子，感情丰富的毛巾，都可以成为王家卫艺术跨界的对倒串接点。

第三，印刷和网络世界互通，激发作者与读者的互动想象。激发读者从所读之书中寻找灵感，自主创作，如西西《永不终止的大故事》。富有想象色彩的寓言和幻想化的增殖文体，以开放性结局留给读者更多自由的想象空间，如西西《飞毡》。激励读者改写传统典籍，如西西《故事里的故事》。自由越界、伸缩度强的灵活叙述，更有互动扩充的可能，自由突破时空的次序，叙述人称频繁转换，打破线性时间顺序，频繁地切割场景，如西西《我城》、黄碧云《血卡门》《媚行者》等。再如，《一千零一夜》大故事嵌套小故事；西西《肥土镇

---

① 赖声川：《赖声川的创意学》，（台北）天下杂志股份有限公司2006年版，第283—284页。

灰阑记》《苹果》的多层叙述，可随时扩充出多重叙述层次。故事套盒，好比电影的层级套盒，镜像层次越丰富，实景虚景、前景中景等重重叠叠，镜像叙事层次越多则越深刻，如李安电影《少年派的奇幻漂流》，结尾揭示出海难漂泊故事其实有很多个版本。未来可能拓展出更新型的互动艺术，例如，受众可以随时参与的互动戏剧，故事性更强的新式电子游戏，网络世界的互动将会更加丰富。

跨界创意，需要寻求"万物运行原理"，即研究万物世界最根本的元素——空间和时间，如何展开运作。时间话语是一维空间，主要以历史发展脉络架构理论，各部分呈线性关系；空间话语则是三维空间，以 x 轴、y 轴、z 轴的架构理论，长宽高，各部分呈立体相交的关系。跨界思维要培养对时间和空间的觉知，进行形而上的哲学思辨。

跨媒介研究，注重时间与空间维度的深度结合，如凌逾的《跨媒介叙事——论西西小说新生态》中，分析"西西影像叙事与略萨结构写实的空间叙述"、《浮城志异》的"时间零"论述；其《跨媒介香港》论述"轮回叙事：时空穿越、东西符号与性别转世"，分析"各类跨界式的空间叙事创意"等。两书都未将时间与空间作为独立本体，而是紧密结合文学时间与文学空间论述，对跨界文本进行叙事分析。

笔者曾在课堂提问研究生：如何用空间话语构建中国叙事学的理论框架？学生黄磊提出，能否分为五部分：自然叙事空间（太阳叙事等）、物质叙事空间（器物叙事等）、文本叙事空间（史传文学、明清小说等），均为 x 轴，而视听叙事空间（视觉叙事和听觉叙事）为 y 轴，时空叙事空间（时间叙事和空间叙事）为 z 轴。想法有新意，未来可以拓展。传统叙事学注重时间话语理论研究，后经典叙事学更注重多维角度研究，如图 13-1。

总括起来，跨媒介思维主要有以下几点特征。

第一，多维跨越。跨媒介运作过程中，维度和层级世界会产生变化。一是从文字一维转向图文二维，例如，绘本文字、手卷小说、脚本文学更注重画面的衔接度、突出描写对象的层次感。二是从图像二

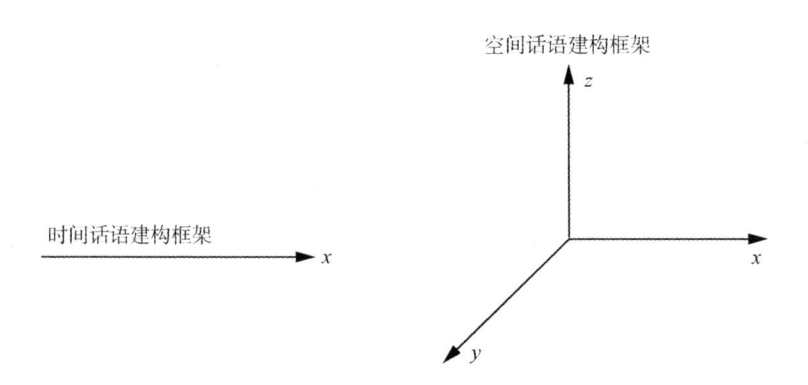

图 13-1　经典叙事学框架与后经典叙事学框架

维转向影像三维，如转向电影、舞蹈、建筑等，建造更立体的空间架构，如《蒙娜丽莎》的背景色使用熔技法，使得人像同时具有上升、下降趋势。三是从立体三维转向更高维的世界，如 4D 电影、5D 电影、虚拟现实游戏，大型的奥运会开幕式等。跨媒介创意最初多从文学跨越到绘画，后来日益从文学跨越到动画、电视、电影、游戏等，从静态文字到静态图画，再到二维平面动画，最后到三维立体动画，呈现出由静到动、由线到面、再到立体的循序渐进过程。维度越高，层次越多，意涵越丰富。如《秦时明月》，从小说文本改编成漫画，再改编成动画连续剧，然后是动画电影，再到真人电视剧。跨媒介，既要汲取前文本精华，用好典故，化好传统，也要在原著原作这些先文本的基础上，进一步超越。这当然难以一蹴而就，而要不断地创造跨越基础和契机。

第二，动态求变。跨界创意强调动态的过程、双向甚至多向的联系。跨媒介，并非从一处跳跃到另一处，而是架起一座横跨双方的桥梁，在保有双方特色的同时，处理好双方的互动和磨合。在创作的过程中，原媒介和新媒介共同创造一个新故事，原故事与新故事相互影响、相互补充，共同完成具有延续性和创新性的跨媒介叙事创意。这需要用联系的、动态发展的眼光去思考、判断、选择，方能看得透彻，看得全面。

第三，媒介联动。跨媒介创意的内在驱动力在于，原媒介已无法承载作品的延伸主题或深层主旨，需要整合新媒介来完成作品的创意性表达。一个叙事文本，借助媒介来多重呈现，实现听觉、视觉、嗅觉等多层次的同时绽放。如笔者的本科生小组将王菲的歌曲《单行道》改编成 MV 小视频，加插自绘图画，使原作品更具有画面感和动态化观感，从听觉和视觉两方面，对作品中蕴含的人生体验、玄妙哲理进行深层次和创意性的阐述，图文乐三合一，给予作品新的生命力。

第四，通疆化域。跨媒介意味着破限、去蔽和跨越，从符号到文本，从传统到现代，从虚拟到真实……开阔视野，在接地气的生活现象和高深的理论建构之间游走，实现有趣的"跨域"。一部成功的创意作品，往往不限于单一媒介的承载，多元化的主旨和可供挖掘的空间凝聚成通疆化域的叙事张力。不同的媒介即是不同的土壤，一个故事在不同的土壤落地生根，衍生出诸多具有创意性的新故事。创意产品寻求与受众的互动和共鸣。而学术研究，亦需打破前人视角、理论成果、学科类属等诸多域限，方能一窥潜藏的精华要义。

实现跨界创意，是复杂的系统工程，需要经历从"一变多"到"多变一"的动态变化过程；先要有"一变多"的创意思路、方向指引、方法策略；然后，在具体创意实践过程中，要实现"多变一"目标，所有的跨界拧成一股绳，不管是形式还是内容的创意都凝结为一体，为创意目标宗旨服务。这些创意实践还需要考虑受众的接受层次，经得起受众的考验，打动受众的内心，然后引导提升受众的创意能力，从而营造全民创意的氛围。

本书最大的遗憾是，因担心版权问题，精心选配的几十幅图尽数删去，图文相得的美意无法实现，心痛。笔者开设了博客"斯麦空间"、微信公众号"跨界太极"[①]，目标都在于寻求改变观念之道、跨

---

① 博客：斯麦空间（http://lingyu08.blog.163.com）；微信公众号：跨界太极，网上输入名称可以搜索。

界创意之道。请各位同仁和读者不吝赐教,电子邮箱:lingyu08@163.com,以便继续修改完善本书或者下一本书。

跨媒介创意是新兴的学科,还有很多问题可以继续深化思考。例如,越是创新,越是难以保鲜,越是快速过期,那么,在速朽的时代如何不朽?

问题试列如下,也欢迎读者们在后面继续添加问题,集思广益,拓展研究,开放思考……

问题思考

1. 文学、艺术、科技与媒介打通,可以碰撞出哪些创意?
2. 国内有哪些创意作品你觉得特别精彩?为何打动你?
3. 港、澳、台、大陆、海外华人的跨媒介创意有何异同?
4. 世界各国有哪些精彩的跨媒介创意,精彩的理由是什么?
5. 东方与西方的跨界创意有何异同?
6. 全球有哪些跨媒介创意文化理论?
7. 如何将跨媒介理论用于作品分析?
8. 跨媒介文化还有哪些具体理论值得探究?
9. 符号学与跨媒介文化研究有何关系?
10. 哪类符号学研究更有发展前景?为什么?
11. 媒介学、叙事学、符号学如何打通更有创意?
12. 跨媒介戏剧可以如何继续拓展?
13. 武侠文学与电影汲取了哪些传统文化精华元素?
14. 当代武侠影视为什么会兴盛,未来如何更能走向世界?
15. 港、澳、台、大陆、海外华人的故事新编有何异同?
16. 未来的跨界创意有几种方式?
17. 科幻小说与科幻电影之间如何跨界转译?
18. 非科幻的未来叙事有哪些拓展可能性?
19. 语言与图像之间有何差异点、融通点?

20. 图文互涉有哪些理论研究？
21. 网络时代的互动艺术将如何继续拓展？
22. 跨媒介、跨艺术、跨界写作，这些跨界创意的要点何在？
23. 网络跨界创意将如何成为新的学科？新的专业？
24. 赛博时代的符号学如何指向未来？
25. 跨媒介文化的未来研究如何拓展？
26. （亲爱的读者，请你继续补充……）
……